# LA NATION INACHEVÉE

DU MÊME AUTEUR

DE LA POLICE EN DÉMOCRATIE, Grasset, 2016.

SEBASTIAN ROCHÉ

# LA NATION INACHEVÉE

*La jeunesse face à l'école et la police*

BERNARD GRASSET
PARIS

ISBN 978-2-246-819707

*À la mémoire d'Animal Chouchou.*

« Dans les démocraties, chaque génération
est un peuple nouveau. »

Alexis de Tocqueville

# INTRODUCTION

## *Une culture politique nationale qui vacille ?*

Le projet de l'État est la construction de la nation. Sa réussite repose sur l'inclusion de la jeunesse dans ce que nous allons appeler une culture politique nationale : une intégration subjective et émotionnelle dans un cadre national, d'une part, et l'adhésion à des principes qui organisent les relations des individus et de l'État, d'autre part. Identification à la nation et attitudes civiques sont les deux piliers sur lesquels est édifié notre État-nation. Dans sa fameuse *Lettre aux instituteurs et institutrices*, Jean Jaurès imaginait que l'école avait pour fonction de les construire : les enfants « sont français et ils doivent connaître la France (...), son corps et son âme. Ils seront citoyens et ils doivent savoir ce qu'est une démocratie libre[1] (...) ». Les déchirements répétés autour des questions de l'immigration et de l'islam, de la laïcité, l'irruption des émeutes en banlieue ont été interprétés comme des menaces profondes sur la possibilité de former une

1. La lettre est publiée le dimanche 15 janvier 1888 dans *La Dépêche*.

collectivité politique. Dans la même séquence temporelle, des attentats terroristes au nom de la religion ont constitué des attaques on ne peut plus frontales contre le pays. Enfin, *last but not least*, certains diagnostiquent une méfiance vis-à-vis de la démocratie et l'émergence de tendances autoritaristes, tandis que les politologues enregistrent une désertion croissante des urnes, en particulier chez les jeunes et les couches populaires. Or, le vote est le mode d'expression par excellence de l'unité politique de la nation. Dans ce contexte de déstabilisation, le rôle même de l'État comme garant de la cohésion tout comme sa responsabilité est questionné.

La turbulence qui secoue le pays est faite de deux questions essentielles. D'abord celle de l'hétérogénéité des populations, de l'ensemble des divisions qui traversent la nation. Ensuite, celle de la manière dont le gouvernement les gère au plan symbolique et par ses politiques publiques. Les choix des responsables politiques et l'action des administrations sont-ils susceptibles de réussir l'inclusion politique de la jeunesse ? Et la jeunesse veut-elle les normes identitaires et civiques que l'État souhaite imposer ?

### *La nation, la religion, l'administration*

La relation de la religion à la nation est au cœur de la première question. En octobre 1988, des catholiques traditionalistes tentent de faire interdire le film de Jean-Luc Godard, *Je vous salue, Marie,* pour « irrespect des croyances, de notre croyance », et des intégristes rattachés à l'église Saint-Nicolas-du-Chardonnet préparent un attentat : ils déposent un engin incendiaire dans un cinéma à Paris. À l'automne 1989, trois collégiennes musulmanes refusent d'enlever leur voile en classe à Creil dans l'Oise, et sont temporairement exclues par le chef d'établissement. L'affaire du voile déchire la France et témoigne de la vigueur de l'identité religieuse musulmane dans un des pays les plus sécularisés du monde. « Faut-il laisser rentrer l'islam à l'école ? » titre l'hebdomadaire *Le Point.* En 2001, au cours du match de football France-Algérie au Stade de France, *La Marseillaise* est conspuée par des jeunes d'origine algérienne. En 2005, les banlieues se soulèvent suite à des violences policières, le mouvement traverse tout le pays avec une intensité et une durée inconnues en Europe. Parmi les pays européens, même si le pourcentage dans la population concernée est infime, la France est celui qui voit partir le plus de jeunes combattre en Syrie auprès de l'État islamique, renommé Daech. Et le terrorisme « élevé à la maison », suivant l'expression anglaise *homegrown terrorism*, après avoir touché Londres, frappe durement Paris. Postérieurement aux attaques meurtrières de janvier 2015, dans des établissements scolaires de banlieue certains collégiens rechignent à s'associer à la minute de silence. 150 signalements sont recensés par le ministère de l'Éducation nationale au titre des « atteintes au principe de la laïcité et aux valeurs de la République[1] ». En juillet 2019, à la victoire de l'Algérie lors de la Coupe d'Afrique des nations, les supporters célèbrent l'événement en France en brandissant des drapeaux algériens : il faudrait comprendre que hisser le drapeau algérien exprime « une revanche sur l'Histoire » qui s'oppose aux valeurs nationales, relaie *Le Figaro*[2]. Tous ces événements ont fait grand bruit : la jeunesse d'origine étrangère n'a-t-elle pas le devoir moral de choisir le drapeau national contre tout autre ? La religion s'oppose-t-elle à la République au point que la manifestation d'une foi constituerait en soi une menace contre la paix civile ? Les collégiens ne doivent-ils pas manifester leur patriotisme civique, fût-ce sur instruction ministérielle ? Ces épisodes ont été interprétés par de nombreux hommes politiques, de droite comme de gauche, et par l'essentiel des médias, comme le signe indubitable des difficultés, voire de l'échec, du processus d'intégration nationale, et plus largement d'une prise de distance avec les valeurs démocratiques.

La culture civique est faite des attitudes vis-à-vis de la politique. L'aborder consiste à étudier la relation des citoyens à l'État, aux principes mais aussi aux leaders et aux administrations. D'une manière générale, le contexte

1. Il faut les rapporter aux 12 millions d'élèves, tempère André Canvel à la tête de la délégation ministérielle chargée de la prévention, cf. *Le Monde* du 10 février 2016, « L'éducation revendique la fermeté sur les valeurs de la République ».

2. Selon les propos de l'auteur de *Décomposition française*, Malika Sorel (Fayard, 2015), au *Figaro*, 18 juillet 2019.

actuel est marqué par un grand désenchantement, une défiance vis-à-vis des élites. Lorsqu'on doute à la fois des chefs politiques et de l'utilité du vote, la distance à la politique institutionnelle prend un tour préoccupant. Deux universitaires, Yascha Mounk à Harvard et Roberto Stefan Foa à Melbourne, ont même qualifié les dernières générations des pays occidentaux, les jeunes adultes, de cyniques vis-à-vis des valeurs associées à la démocratie, désabusées sur le fait qu'on puisse influencer le système politique, et ils ont conclu à une crise de la légitimité démocratique [1]. S'il ne faut pas confondre abstention et apathie politique, au plan du fonctionnement du système cet abstentionnisme n'en est pas moins un problème majeur pour un régime qui tient le vote pour l'expression de la souveraineté populaire. L'unité d'un pays réside dans l'idée de nation et la confiance dans les mécanismes démocratiques de sa représentation politique. Comment résoudre les tensions si le vote n'est plus jugé légitime, et, partant, les élus et les décisions qu'ils prennent ? De plus, comment les citoyens peuvent-ils valoriser les plus hautes fonctions s'ils pensent que, par leurs comportements et par leurs politiques, leurs occupants les méprisent ? L'expression souvent entendue de « crise du pacte républicain » pourrait être une traduction raccourcie de ces défis.

Le projet de l'État serait en échec. Tant à cause de l'ampleur des défis que de ses faiblesses, il ne saurait plus

1. Roberto Stefan Foa et Yascha Mounk, « The signs of deconsolidation », *Journal of Democracy*, 2017, vol. 28, p. 5-15.

faire la nation. Des hommes politiques s'imaginent que la cause de ces maux est ce qu'ils nomment à tort « crise de l'autorité », le fait que l'État ne serait plus « respecté ». Ce diagnostic mérite d'être discuté et mis à l'épreuve des faits. Il me semble qu'il confond légitimité de l'autorité et capacité du pouvoir à contraindre par la force, éducation et propagande. Croire que le gouvernement n'impose pas suffisamment, par la violence si nécessaire, sa définition du « peuple d'État », vouloir faire apprendre les « valeurs » comme des leçons dessine en creux un modèle autoritaire, et non pas une démocratie libérale avancée. Plus dangereux, début 2021, un quarteron de généraux en retraite entouré de militaires anonymes se propose de redresser la démocratie à coups de sabre. Quel programme de revitalisation démocratique ! Ces personnes ignorent-elles que la nation et la culture civique reposent sur un attachement subjectif, que la nation est une croyance, une adhésion volontaire ? Nous sommes une nation démocratique si nous sentons que nous faisons partie d'un collectif doté d'un projet politique, au double sens d'une adhésion à un cadre national et à des normes civiques. Cela ne signifie pas qu'aucun conflit ne la traverse, sur le mode d'un éden harmonieux, mais au contraire qu'elle sait les résoudre. Une nation vivante est traversée de divergences d'intérêts et de convictions. La conflictualité lui est inhérente. Les divisions sont de diverses natures : lutte des classes entre les travailleurs et la bourgeoisie, entre ceux qui sont dans le marché du travail et dehors, les inclus et les exclus, entre communautés religieuses, suivant les lignes territoriales ou encore les divisions idéologiques entre gauche et droite, entre capitalisme et communisme. Et même entre les classes d'âge : on peut penser à la jeunesse qui a ferraillé contre le conservatisme moral en 1968. L'histoire de chaque pays est celle de la résolution des tensions religieuses en Irlande du Nord, d'identité territoriale au Pays basque, des oubliés de la *Rust Belt* désindustrialisée aux États-Unis, ou celles liées à la précarité des banlieues ou des couches moyennes inférieures dans la France actuelle. Est-il vrai que la nation française se délite ? Et si des fractures existent, quelles en sont les causes ? Comment penser la nation, le civisme, des termes faussement simples brandis comme des étendards et insuffisamment explicités ?

### *La nation : destin ou circonstance ?*

S'interroger sur la nation est nécessaire, en tant que responsable politique, citoyen ou chercheur. La nation est un fondement primordial de l'État. La codification juridique est explicite : l'article 3 de la Déclaration des droits de l'homme et du citoyen de 1789 stipule que « le principe de toute souveraineté réside essentiellement dans la nation ». L'identité nationale, trop peu étudiée, est un sujet cardinal : les États se construisent autour d'elle. Il en va de même de la culture civique, particulièrement en France où l'État prétend définir l'identité culturelle du pays. La confiance dans les institutions et ses figures que sont les élus, au premier chef celle du président de la République, est un enjeu tout aussi important. Les gouvernements fonctionnent mal sans autorité, et la confiance en est le fondement. Les hommes politiques de l'heure aiment à faire la liste des grands moments de l'histoire républicaine auquel il est commode de se référer. Les leaders politiques s'emploient à agiter des emblèmes qu'ils présument intégrateurs : comme par magie, la jeunesse deviendrait nationale et démocrate par simple exposition aux symboles de la République. Leur analyse est qu'en se souvenant des grandes heures de la France, et en voyant des drapeaux tricolores plus souvent et en chantant *La Marseillaise* on devient français. Et s'ils inversaient les causes et les conséquences ?

En dépit du fait que l'identité nationale soit un thème central de la vie politique française et européenne, l'essentiel de la réflexion académique a porté sur les grandes transformations historiques qui ont dessiné les États-nations, ou encore sur la manière dont les États ont attribué la citoyenneté en fonction de leurs besoins. Les historiens ont brossé de larges fresques de l'émergence de l'État-nation, et conclu que le nationalisme serait devenu une catégorie mentale instinctive pour les individus, une sorte d'identité sociale fondamentale, récente à l'échelle de l'histoire longue mais essentielle. Pourtant, au plan sociologique, on sait mal comment se fabrique une culture politique nationale ici et maintenant. La réponse des responsables politiques aux chocs qui ébranlent un pays est en général symbolique et pénale, le droit étant doté de vertus mythiques. Après les attentats de 2015, la rue de Grenelle se veut ferme. Considérant que la « prégnance du sentiment religieux parmi les élèves » explique le refus de la minute de silence, la ministre Najat Vallaud-Belkacem lance : « Le temps où l'Éducation nationale détournait le regard est terminé. » Suite aux incidents lors de matchs de football les années précédentes, l'apprentissage de *La Marseillaise* redevient obligatoire à l'école en 2005. Deux ans auparavant était créé un « délit d'outrage au drapeau tricolore ou à l'hymne national ». Bien que civile, leur lecture est de type religieux : les ministres définissent ce qui est sacré, et produisent des rituels. L'appartenance nationale est conçue en France comme une religion civile, mais pas au sens de Rousseau ou Tocqueville : on doit y croire, on doit adhérer à ses dogmes, on doit la pratiquer. Le contraste entre notre modèle d'une religion d'État où l'on doit révérer les symboles, et le modèle américain où le drapeau ne saurait devenir « l'objet d'une piété républicaine », pour utiliser l'expression du philosophe Michael Walzer [1], devrait retenir l'attention. Et inquiéter sur le caractère peu républicain de la définition d'une nation par sa seule identité, en négligeant ses valeurs.

1. Michael Walzer, *What it Means to Be an American*, New York, Marsilio, 1996, p. 24, 29 et 35. Cité par Pierre Birnbaum in *Les Fous de la République*, Paris, Fayard, 1992.

Les grands principes et le choix individuel d'y adhérer dans une démarche de raison sont magnifiés par le lyrisme des hommes politiques. Il ne faut guère d'efforts pour se rendre compte que l'affaire est plus délicate. « Les habitants d'une collectivité politique sont comme des étrangers qui se retrouvent enfermés dans une pièce fermée ou un bus », analysait Jacob Levy, professeur canadien de théorie politique à l'université McGill [1]. Effectivement, les enfants naissent ici ou là, en fonction des contingences. Lorsque leurs parents migrent, ils ne l'ont pas décidé. « Un État est plus grand qu'un bus, mais c'est toujours une circonstance », ajoute-t-il. Autant la fabrication des nations était un projet de groupes en lutte, autant les Européens aujourd'hui vivent dans une forme politique stabilisée, l'État-nation. Désormais, la question est de savoir ce que nous faisons de et dans cette « circonstance ». L'enjeu de ce livre est de comprendre son interprétation par la jeunesse. Les adolescents se transforment-ils en une nation qui partage des émotions et revendique des valeurs, et si oui, à quelles conditions cela se produit-il ? C'est précisément parce qu'il n'y a pas d'unité *a priori* qui fonde la nation qu'il est si urgent pour les leaders politiques de déclarer qu'elle est évidente : il leur faut la faire exister dans les esprits pour qu'elle se matérialise. Si les États exprimaient des nations immuables, les délimiter et les perpétuer serait un jeu d'enfant. Il n'en va pas ainsi.

1. Traduction de l'auteur. Jacob T. Levy, « Against Fraternity. Democracy without Solidarity », in Keith Banting, Will Kymlicka (ed.), *The Strains of Commitment : The Political Sources of Solidarity in Diverse Societies*, NY, OUP, 2015.

La reproduction de la nation est un processus permanent qui passe par la socialisation politique de la jeunesse. C'est pourquoi il faut absolument se pencher sur ce phénomène pour comprendre la dynamique dans laquelle une société s'engage. De cette socialisation dépend le futur de la nation. La III^e^ République avait bien compris l'enjeu, et fait de l'école publique le ferment de l'intégration nationale. Et l'éducation continue de polariser les débats actuels, de retenir l'attention des responsables politiques qui y voient une solution aux problèmes d'intégration nationale. Du côté des sciences humaines et sociales, les travaux ont essentiellement porté sur l'histoire de la formation des États-nations, et d'autres, plus tard, en psychologie, sociologie et sciences politiques sur le développement de l'enfant. Le rapport de l'enfant aux mots de la politique, à la cité ou à la nation, a commencé à être étudié d'abord sous l'angle de la culture civique et morale, et plus récemment sous celui de l'attachement national, c'est-à-dire de l'inscription dans un groupement humain plus large que celui de la famille. On sait aujourd'hui que la socialisation politique est très précoce. Mais aussi que l'école ne joue pas le rôle miraculeux qu'on lui prête souvent. Dès 6 ans, les enfants ont conscience d'appartenir à différents groupes humains, expliquait le grand psychologue américain Gordon Allport [1]

1. Gordon W. Allport, *The Nature of Prejudice*, Reading, MA, Addison-Wesley Pub. Company, 1954.

dans ses travaux séminaux. Le processus d'incorporation de la politique dans les esprits se complexifie et se stabilise à l'adolescence. C'est cette période critique de la vie que nous voulons comprendre. Elle détermine largement les comportements politiques qui vont se manifester quelques années plus tard, à l'âge adulte. Les adolescents ne sont cependant pas une pâte molle que le gouvernement va modeler à sa guise, mais une population avec ses préférences, ses valeurs, ses orientations culturelles. Elle réagit aux expériences formatives qu'elle fait, en fonction du statut et des croyances de chacun mais aussi des contacts bienveillants ou hostiles avec les agents de l'État.

La nation est divisée, fragmentée, et ses segments sont en conflit – tant qu'elle est vivante. La force des démocraties tient dans la manière dont elles ont construit leur légitimité, privilégiant progressivement le respect du droit à la dissension, imaginant que la confiance est le produit du fonctionnement impartial des institutions pour gérer ces conflits. C'est pourquoi la devise de l'Europe est « L'unité dans la diversité », celle des États-Unis « E pluribus unum », ou encore pourquoi la Déclaration des droits de l'homme de 1789, qui appartient au bloc constitutionnel français, garantit la liberté d'opinion et le droit à s'insurger contre l'oppression. Par définition, une unité politique est désunie, concluait le philosophe de l'Antiquité saint Augustin dans *La Cité de Dieu*. Au fondement de l'unité des deux cités, celle des hommes et celle de Dieu, se trouve le compromis, ce qu'il appelle la

« Paix de Babylone ». Elle rassemble ceux qui sont séparés de la manière la plus profonde possible, les damnés et les élus. Il pensait qu'un peuple n'est pas n'importe quelle assemblée, mais une assemblée réunie dans « un accord commun sur ce qui est juste », même entre étrangers [1].

Et si c'était ce qui conditionne l'affiliation nationale des jeunes ? C'est l'objet de ce livre. La thèse principale que je défends est que la culture politique se forme avant tout dans la relation aux formes concrètes de l'État, aux agents de l'administration et à ce qu'on peut appeler l'expérience concrète des droits et des statuts. Non pas à la nation comme communauté imaginée, non pas à la nation comme produit d'une socialisation ordinaire et invisible, mais dans la relation aux médiations humaines, émotionnelles, à ceux et celles qui sont les agents de la collectivité politique. Non pas à la loi comme abstraction, car les droits restent « des promesses vides dans de nombreux contextes, tant que les politiques et les pratiques administratives ne leur donnent pas vie » ainsi que l'expliquait le professeur de droit Charles Epp [2]. Dans des sociétés nationalisées et étatisées, la relation à l'administration rassemble ou divise les hommes et les femmes. Le chercheur

1. Les citations sont tirées de Jacob T. Levy, *Against Fraternity: Democracy Without Solidarity*, NY, UP. 2019. Levy insiste sur la difference entre l'identité et la justice : *« Being a people, a republic, or a commonwealth conceptually depends on unity; justice does not. »*

2. Charles R. Epp, « Implementing the Rights Revolution : Repeat Players and the Interpretation of Diffuse Legal Messages », *Law and Contemporary Problems*, 2008, n[os] 71-41, p. 41-52, p. 42.

qui a le mieux analysé cela est le sociologue Michael Lipsky dans son ouvrage fameux *Street Level Bureaucracy*[1]. Et, ici, nous suivons son cheminement pour comprendre comment l'administration fait la citoyenneté, comment elle fait des jeunes des nationaux et des porteurs des normes civiques, ou au contraire comment elle freine ou bloque ce processus. Il écrivait, en 1980, « ce n'est pas un hasard si les conflits communautaires les plus brûlants depuis 1964 se sont focalisés sur l'école et la police, et sur l'efficacité des administrations de santé et d'aide sociale[2] ». Il pensait aux mouvements des droits civiques et aux vagues d'émeutes qui durèrent pendant près d'une décennie. Le diagnostic est également valable en France depuis plus de vingt ans : les conflits sont polarisés sur l'école et sur la police. Dans les établissements scolaires, la bataille culturelle s'organise autour des normes vestimentaires ou alimentaires et leurs liens supposés avec la citoyenneté. Elle fait rage sur le terrain et par le biais de rapports ou d'ouvrages de témoignages : rapports d'inspection de l'Éducation nationale[3] et ouvrages publiés par d'ancien chefs d'établissement[4] sur la laïcité qui sombrerait,

1. Michael Lipsky, *Street Level Bureaucracy*, New York, Russell Sage Foundation, 1980, p. 3-25. Trad. fr. : « La bureaucratie de proximité », *Les Cahiers de la sécurité intérieure*, 2001, n° 44-2, p. 227-256.

2. *Ibid.*, p. 239.

3. Jean-Pierre Obin, *Les Signes et manifestations d'appartenance religieuse dans les établissements scolaires*, Rapport de l'Inspection générale de l'Éducation nationale Paris, juin 2004.

4. Bernard Ravet a été principal dans trois collèges difficiles de Marseille, il écrit : « Depuis plus de dix ans, le fanatisme frappe à la porte de dizaines d'éta-

s'opposent aux enquêtes systématiques plus rassurantes du Centre national d'études des systèmes scolaires connu sous son acronyme, le CNESCO, ou par des universitaires spécialistes du domaine. Le conflit autour de la police n'est pas en reste : elle se voit parée de toutes les vertus par une partie de l'opinion qui la croise de loin en loin, et par des gouvernements qui la craignent autant qu'ils la commandent. Qualifiée de « force du bien », de « rempart de la République », l'État l'équipe de LBD et préfère ne pas trop la contrôler au nom de son efficacité face aux manifestants en colère ou dans les banlieues contaminées par le virus de l'« ensauvagement ». Inversement, elle est perçue comme « force du mal » et source d'exclusion : ses pratiques discriminatoires lors des contrôles, parfois ouvertement racistes, nombreuses et documentées par des enregistrements vidéo et des enquêtes approfondies de la presse, sont vécues avec une exaspération croissante par des familles de victimes, des associations des droits de l'homme. Le comité « Justice pour Adama » organise en juin 2020, devant le tribunal de grande instance de Paris, la plus importante manifestation contre les violences policières de l'histoire contemporaine tandis que les instances internationales pointent la France du doigt.

---

blissements. Il cherche à empiéter sur le territoire physique de la République, centimètre par centimètre, en imposant ses signes et ses normes dans l'espace scolaire, dans les cours de récréation, les cantines, les piscines. Il cherche aussi à envahir les salles de classe. » Cf. Bernard Ravet, *Principal de collège ou imam de la République*, Paris, Kero, 2017.

Avant de décider de la pertinence d'une interprétation ou de l'autre, il faut étudier les contacts des jeunes avec les agents de première ligne, dans les contextes quotidiens, pour les différents groupes sociaux. Il est probable que ce n'est pas en regardant le drapeau français ou le défilé du 14 Juillet à la télévision que les jeunes entrent en contact avec le système politique. « Pour eux, l'État, c'est d'abord leurs enseignants, les maîtres de leurs enfants et le policier croisé dans une voiture de patrouille au coin de la rue », écrit Lipsky[1]. Cela ne mérite-t-il pas d'être analysé à partir de données solides en France ? Tandis qu'il étudie les fonctionnaires au travail, nous allons nous centrer sur la manière dont la jeunesse vit l'action des agents de l'administration. Dans chacune de ces rencontres, ils expérimentent la mise en œuvre de l'action publique commandée par le gouvernement qui fixe un cadre, et les décisions discrétionnaires des agents. Nous verrons avec quelles conséquences. De nombreux travaux suggèrent que l'expansion de l'État-providence a transformé radicalement la relation que nous avons avec le système d'administration : à tous moments, nous sommes en contact avec ses agents pour le transport, le social, la santé, la culture, et pour les enfants au premier chef l'école[2]. Il faut ajouter

1. Michael Lipsky, « La bureaucratie de proximité », *op. cit.*, p. 231.

2. Voir l'introduction de Staffan Kumlin, *The Personal and the Political: How Personal Welfare State Experiences Affect Political Trust and Ideology*, Göteborg University, Kerstin Gidsäter, 2002. On pourra se référer à l'excellente synthèse d'Alexis Spire, « Les *policy feedbacks* et le rapport ordinaire à l'État », *Gouvernement et action publique*, n[os] 4-5, p. 141-156.

que l'extension des polices et des pratiques de contrôle a eu, dans un domaine connexe, exactement le même effet.

L'inclusion nationale dépend de la mise en œuvre de son projet de nation, de la façon dont le gouvernement produit le « peuple d'État », pour reprendre l'expression de Max Weber. D'un côté le gouvernement procède à travers ses lois à une codification juridique visant à définir la base légale de l'inclusion dans la nation, à la codification de la nationalité, et, d'un autre, il définit le peuple d'État par ses politiques, et par l'action de ses agents de première ligne lors du traitement individualisé de chaque contact. Le second volet, que nous venons d'aborder, est celui des droits au niveau concret : les conditions de traitement par les agents de première ligne, les prescriptions et proscriptions, les aides et les contrôles dont les personnes sont l'objet. Au total, un État décide deux fois qui est citoyen et qui ne l'est pas, par la loi, puis par l'action publique des agents au contact du public.

### *Identité nationale, ethnicité et cosmopolitisme*

On ne peut, dans les pays occidentaux, considérer la nation comme une forme ethnique : la nationalité s'est imposée comme une identité sociale supérieure dans toutes sortes de pays, indépendamment des peuples et de leurs traditions. Une forme nationale devenue universelle ne saurait découler d'un groupe ethnique particulier.

Pour autant, il est difficile d'imaginer que l'identité nationale soit purement de nature constitutionnelle, qu'elle se construise dans une relation à des notions cardinales mais juridiques et abstraites. À chaque fois la collectivité nationale correspond à une diversité d'hommes et de territoires, à un pays. Au terme de leur étude sur la Suisse, les politologues Beatrice Eugster et Oliver Strijbis concluent que l'essence de l'identité culturelle suisse réside dans sa diversité linguistique et régionale. Les Suisses se réunissent dans la reconnaissance de leurs distinctions, et la constitutionnalisation de cette croyance [1]. L'unité de la nation peut donc parfaitement reposer sur la valorisation des différences. L'interprétation dominante en Europe et aux États-Unis veut que l'identité nationale soit territoriale et idéologique, et non pas ethnique au sens où elle renverrait à un groupe à l'exclusion des autres sur ce même territoire national. Tous ceux qui adhèrent au projet national du pays, à ses valeurs peuvent y contribuer. Finalement, le « nationalisme ordinaire » est un sentiment d'appartenance à une collectivité, une allégeance à des croyances et des institutions, le plus souvent sans transcendance religieuse. Tel est d'ailleurs le diagnostic qu'avait établi Tocqueville dans *De la démocratie en Amérique*, et de nombreux autres intellectuels après lui comme Louis Harz, auteur en 1955 de *La Tradition libérale aux États-Unis*. La liberté, l'égalité, l'individualisme et la démocratie en sont les piliers, sans oublier bien sûr le droit à la propriété privée. N'importe

1. Beatrice Eugster et Oliver Strijbis, « The Swiss : A Political Nation ? », *Swiss Political Science Review*, n° 17, p. 394–416.

qui peut devenir français ou américain, du moment qu'il embrasse ces valeurs. En France, la formulation juridique n'est pas très différente.

Plusieurs questions méritent d'être bien distinguées. La première est celle du fondement de la nation. On comprend qu'elle ne peut pas être ethnique car dans tous les pays – ou presque – la nation déborde l'ethnicité. La seconde est celle des modalités pour atteindre l'unité nationale : doit-il s'agir d'affirmer des principes qui reconnaissent tous les groupes sociaux et leur culture ou bien seulement certains, ou bien encore les droits des individus uniquement ? On connaît la réponse en France, elle diffère de celle de la Suisse ou des États-Unis. Mais je note qu'il s'agit d'une préférence des élites, et pas d'une condition de l'unité nationale. Enfin, la troisième question porte sur la segmentation : dans quelle mesure affecte-t-elle l'adhésion à la nation et aux normes civiques ? Il est manifeste que l'appartenance à telle ou telle portion de la société affecte profondément les attitudes vis-à-vis du projet national. Tous les citoyens, suivant leurs identités et leurs intérêts, ne se reconnaissent pas pareillement dans celui-ci. Je dois souligner l'importance de la différence qui sépare la première et la troisième question : observer que l'identification à un groupe ethnico-religieux affecte l'adhésion à la culture politique ne doit pas être confondu avec un jugement sur la nature ethnico-religieuse de la nation.

Nous vivons aujourd'hui des mutations brutales, qu'on appelle globalisation, qui menacent notre modèle d'intégration sociale. Elles sont probablement comparables en intensité à celles que connurent les sociétés européennes du XIX^e^ siècle au moment où le capitalisme, avec ses manufactures, les migrations vers les villes et l'urbanisation subséquente, remplaçait l'ordre ancien des communautés locales. Les sentiments nationalistes actuels sont des réponses aux chocs économiques et expriment une demande de protection face aux vicissitudes de la globalisation. « L'importance politique du nationalisme est plus forte aujourd'hui qu'elle ne l'a été depuis cinquante ans », indiquaient dans leur panorama des connaissances Harris Mylonas et Maya Tudor [1], en Europe (Viktor Orbán oppose les élites globalisées aux « millions qui sont un sentiment national »), mais aussi aux États-Unis (le « Make America Great Again » de Trump), en Amérique latine (le copié-collé de Jair Bolsonaro « Make Brazil Great Again ») ou encore en Inde (Narenda Modi proclamant le nationalisme hindou mariant la foi et l'identité nationale).

Mais la nation ne se réduit pas au chauvinisme ou au nationalisme agressif comme projet politique. Le Mahatma Gandhi se définissait comme un nationaliste acharné, Nelson Mandela « un nationaliste, mais sans caractère de race », le Premier ministre du Canada Justin

1. Harris Mylonas et Maya Tudor, « Nationalism : What We Know and What We Still Need to Know », *Annual Review of Political Science*, 2021, n° 24, p. 109-132.

Trudeau vante une identité nationale qui n'est plus fondée par « l'ethnicité, la religion, l'histoire ou la géographie, mais par des valeurs partagées [1] ». Dans le même temps, différents mouvements sociaux se sont engagés pour défendre leur identité religieuse, aussi bien chez les catholiques traditionalistes, dont la manifestation contre le mariage pour tous est le signe le plus connu, que chez les musulmans dont l'affirmation de la foi dans l'espace public et la critique du blasphème ont attiré particulièrement l'attention en France, mais aussi en Allemagne et dans d'autres pays européens. Parallèlement, les adolescents sont aujourd'hui socialisés dans un pays dont la composition socio-économique et ethnique a bien changé. La question ne se pose pas de savoir si la France, et en fait toute l'Europe, sera ou non multiethnique et multiconfessionnelle : elle l'est déjà. Le monopole du catholicisme du siècle passé a laissé place à une société athée, sans dieu, d'une part, et où, d'autre part, les musulmans occupent une part plus importante. De surcroît, l'horizon européen ne forme pas encore un cadre de citoyenneté au sens fort, il n'y a pas d'État européen, mais c'est un horizon d'expérience de vie, d'échanges plus fréquents. Des formes hybrides d'appartenance se manifestent, sans que la citoyenneté nationale se délite. Mais la citoyenneté par homogénéité culturelle est l'opposé de la diversité et de l'hybridation. Les travaux de Vincenzo Cicchelli à partir d'enquêtes européennes indiquent déjà que

1. *Ibid.*

l'« appartenance supranationale » est plus répandue chez les jeunes adultes ayant un fort capital culturel et vivant dans des villes d'Europe occidentale, et qu'ils acceptent comme voisins des personnes de culture minoritaire[1]. La jeunesse porte les valeurs les plus libérales et égalitaires, et l'identité nationale la plus ouverte. Mais ces enquêtes ne nous renseignent pas sur l'adolescence elle-même en France, et dans ses différentes composantes. Où va la préférence des adolescents de divers statuts, origines et croyances ? Et dans quel sens l'expérience quotidienne des agents de première ligne peut-elle l'influencer ? Au total, entre une affirmation du nationalisme identitaire et une affirmation plus multinationale, on ne sait ni laquelle influence le plus les adolescents, ni comment les différents segments de la jeunesse se positionnent par rapport à la nation et à la culture civique.

### *Les agents de première ligne comme médiation entre les jeunes et la nation*

Il y a une cinquantaine d'années, les politologues David Easton et Jack Dennis suggéraient que des figures non politiques jouaient un rôle essentiel dans l'intégration civique des jeunes, et donc implicitement qu'il y avait des sortes de médiations entre le citoyen et l'État, considérant que l'expérience des jeunes est à la base de leur adhésion à

1. Vincenzo Cicchelli, « Appartenances et orientations cosmopolites des jeunes Européens », *Agora débats/jeunesses*, 2014, n° 67-2, p. 97-112.

un collectif et à ses normes[1]. Les organisations en charge des règles communes peuvent-elles préparer les enfants et les adolescents à devenir des adultes autonomes dotés des connaissances, d'une part, mais aussi des valeurs et attachements affectifs à la collectivité, d'autre part, qui permettent à la démocratie de fonctionner ? Quelles sont les corrections qu'il convient d'apporter aux mécanismes par lesquels notre pays construit une culture politique commune ? Le détachement des jeunes vis-à-vis de la nation et de la démocratie est un sujet suffisamment important pour mériter un examen aussi documenté que possible, sur la base de faits, de résultats d'enquêtes. Les incantations des responsables politiques relatives à la vertu d'un supposé modèle français, le plus souvent présentées sous la forme d'assertions d'autorité ne souffrant pas la contestation, doivent céder le pas à l'étude du fonctionnement des instruments concrets qui sont susceptibles de produire la nation et la confiance dans la démocratie – ou bien son contraire.

Nous allons nous centrer, je l'ai dit, sur deux administrations : la police et l'école. Elles emploient un grand nombre de fonctionnaires dont la plupart occupent des postes du milieu ou du bas de la hiérarchie professionnelle, le sommet étant occupé par une poignée de professeurs agrégés et de commissaires, quelques dizaines de milliers pour les premiers, quelques milliers pour

1. David Easton et Jack Dennis, *Children in the Political System*, New York, McGraw-Hill, 1969.

les seconds. Comme l'a noté Lipsky, « la manière dont les bureaucrates de proximité distribuent allocations et sanctions structure et délimite la vie et les perspectives d'avenir des citoyens en construisant les contextes sociaux (et politiques) dans lesquels ils agissent[1] ». Mais il faut poser la question plus avant : est-ce que les politiques publiques policières et scolaires ne joueraient pas aussi un rôle déterminant dans l'inclusion politique nationale ? Des attitudes des enseignants dépend le lien affectif des enfants à leur collège, mais aussi le goût d'apprendre. Des décisions des professeurs découle l'orientation scolaire. Une exclusion de l'établissement pousse dans la rue, avec les conséquences que l'on sait sur la délinquance, et sur le droit à l'éducation. Et, peut-être, le rapport à la cité ? C'est ce qu'il nous faut savoir. Et si symétriquement, du traitement par les policiers ne dépend pas l'estime de soi des adolescents, et la manière dont les autres les regardent ? Ils peuvent décider qui sera contrôlé, et qui sera emmené au poste de police, de manière discrétionnaire. À nouveau, le sentiment national pourrait être engagé par les pratiques des agents : une carte d'identité ne suffit pas à un jeune à se sentir français quand un policier ne voit que la couleur de sa peau lors d'un contrôle. École et police assignent une place dans la société. Ils confèrent des statuts : « bon élève », « racaille », « français ». Leurs décisions peuvent avoir des répercussions dramatiques et durables dans la vie de l'adolescent, de façon disproportionnée par rapport

1. Michael Lipsky, « La bureaucratie de proximité », *op. cit.*, p. 232.

à leur utilité immédiate. Elles structurent la vie des adolescents. Dans leur expérience, les jeunes peuvent vérifier l'existence de l'égalité promise en droit. Ou son caractère mythique. Étant donné l'influence que les enseignants ou les policiers peuvent avoir sur la vie des adolescents, il ne serait pas surprenant qu'ils puissent affecter leur sentiment d'appartenance nationale ou leur valorisation des normes démocratiques.

Les agents de l'État sont les liens entre les adolescents et la nation, pour tous, y compris pour ceux qui appartiennent aux groupes les plus désavantagés économiquement : l'accès aux services publics, la manière d'être considérés par les structures administratives, la protection qu'elles apportent sont la voie d'accès vers la nation et ses principes politiques. Une contre-culture naît de la négation de ce qui fait l'unité : l'égalité. L'injustice provoque l'opposition. Nous faisons l'hypothèse que ce ne sont pas tant les « fonctions sacrées » supposées de l'intégration par l'école, pour parler comme le sociologue François Dubet, ou les missions presque aussi sacrées de la police qui produisent l'inclusion politique, mais la réalité de la manière dont ces organisations fonctionnent. Par ses politiques d'allocation et de distribution inégales des biens collectifs, le gouvernement légitime et renforce les lignes de démarcation entre les groupes sociaux, ceux qu'il juge dignes d'appartenir au peuple d'État et les autres. Dans ce processus dépendent le sentiment national et l'adhésion aux principes civiques, la façon dont le projet politique des élites est reçu par ceux du bas, la manière dont il est vécu par les personnes qui sont au bout des lignes administratives, et dans notre cas il s'agit des adolescents.

La socialisation par les administrations, dite secondaire par contraste avec celle qui se produit dans la famille, est menée au nom de principes généraux, sous la conduite des responsables politiques. Ils sont décrétés universels et sacrés : la socialisation doit permettre l'unité de la société, et les actes des administrations doivent incarner cette unité. Une société se donne une représentation d'elle-même, et on la trouve dans ces principes sacrés. Mais cette représentation se teste dans les pratiques administratives des agents de première ligne. Les policiers définissent les standards en matière de comportement dans les espaces publics et d'attentes vis-à-vis de l'autorité qu'ils veulent incarner, et les enseignants imposent des comportements compatibles avec le fonctionnement de l'école et orientent les attitudes des enfants vis-à-vis de leur scolarisation. Les administrations sont distantes, mais les relations avec les agents sont directes et pleines d'affect. Elles sont une réalité immédiate et chaude. Si les règles administratives qui conduisent l'État sont décrites comme impersonnelles et rationnelles, leur mise en œuvre est le contraire : les agents et les jeunes sont impliqués physiquement et émotionnellement dans le fonctionnement de l'action publique dans les classes, les couloirs de l'établissement, les rues ou les commissariats. Les adolescents, comme les autres usagers des services de l'État, connaissent la politique en regardant la télévision et plus encore qu'eux en partageant des informations sur les médias sociaux, certes. Mais l'expérience humaine avec sa profondeur affective réside d'abord et avant tout dans la relation interpersonnelle avec les agents de première ligne. Les sociologues de l'aide sociale Frances Fox Piven et Richard Cloward écrivaient : « Les gens font l'expérience de la privation et de l'oppression à travers des dispositifs concrets, et non comme le résultat final de vastes processus abstraits [1]. » Cela s'applique pleinement aux adolescents.

Croire à la représentation que l'État donne de la société nécessite de constater la vérité des principes. Dans ce livre, je défends l'idée que l'expérience concrète de ses droits et de sa valeur à l'école et face à la police est à la racine de l'adhésion à la culture politique nationale. Bien sûr, la nature et la fréquence des contacts ne sont pas les mêmes d'une administration à l'autre. L'école concerne tous les élèves au collège, une très grande partie au lycée : elle se veut universaliste. La police ne touche qu'une fraction d'une classe d'âge, mais importante si l'on cumule toutes les occasions de contact : 13 % ont été contrôlés et 30 % des élèves ont vu un policier à l'école, sans compter le contact en tant que victime selon nos données collectées en région Rhône-Alpes [2]. L'école est l'administration qui

1. Frances Fox Piven et Richard Cloward, *Poor People's Movements*, New York Pantheon, 1977, p. 20-21.

2. La vague 12 du baromètre de la confiance politique du CEVIPOF, Sciences Po Paris compte 16 % de jeunes adultes de 18-24 ans en contact avec la police, quelle que soit sa nature, au cours des trois dernières années.

est la plus fréquentée, et le plus longtemps, par les enfants. Les élèves passent au moins autant de temps à son contact qu'avec leurs parents. Elle est imaginée par nos responsables politiques comme une sorte de sanctuaire isolé du monde, un lieu paré de toutes les vertus, où peuvent avoir lieu les apprentissages civiques, mais plus largement des rapports sociaux avec les adultes auxquels s'identifier. L'organisation a pour mission de transmettre à la fois des connaissances et des valeurs. Par contraste, du point de vue des élèves, elle est aussi un cadre de vie où l'on fait l'épreuve de sa valeur scolaire, où on est « bon » ou « mauvais », où l'on découvre à quel groupe social ou ethnique on appartient. Ce point est encore trop négligé par les responsables politiques dans leur réflexion sur l'école. De son côté, la police est une administration armée avec qui les adolescents ont des contacts plus sporadiques, quoique certains les multiplient, notamment les multi-contrôlés ou multi-victimes. Présentée comme exemplaire, peuplée de héros du quotidien en charge de protéger, elle se veut l'expression de la loi dans la vie quotidienne, des règles universelles qui s'imposeraient à tous. Elle participerait de l'inclusion politique en faisant respecter les valeurs. Plus prosaïquement, les adolescents sont en contact assez fréquent avec la police, parfois à l'école, parfois pour obtenir de l'aide, ou encore lorsqu'elle impose ses contrôles. Les agents sont des juges de rue : ils soumettent les jeunes à des contrôles et des fouilles, fabriquent des suspects suivant leur intuition, et les sanctionnent d'une retenue au poste ou par des amendes. La rencontre avec la police informe les jeunes sur la réalité de l'égalité devant la loi, et sur ce qu'ils valent aux yeux des agents, et donc de l'État. Pris ensemble, policiers et enseignants sont les agents qui incarnent les principes de la République dans leurs actions : la manière dont les agents traitent les jeunes les informe sur ce qu'ils valent.

### *Enquêter sur l'affiliation nationale et la culture civique des jeunes*

Le débat public sur la citoyenneté, les valeurs, les droits et devoirs est marqué par des interprétations manichéennes, des modes de pensée binaires. Par exemple, la « religion » expliquerait le rejet de la laïcité, ou bien seuls des intérêts matériels susciteraient l'engagement des individus. De même, l'État serait porteur de toutes les vertus (inclusif, solidaire, impartial et éclairé par la sainte laïcité), ou inversement, de tous les maux (ségrégatif, dominateur, injuste). À côté des raisons politiques qui peuvent être à l'origine de ces raisonnements, certains sont parfois tentés d'extrapoler leurs explications, confondant un événement donné avec une lecture globale de la société. La réalité de l'inclusion citoyenne ne se réduit pas aux slogans des leaders des partis politiques ou aux bons mots des éditorialistes. Elle répond à des conditions précises qui ne s'alignent pas sur les simplifications ambiantes.

À partir de deux importantes enquêtes menées en France et dans des pays de l'UE, et en mobilisant la littérature plus ancienne datant des débuts des travaux sur la socialisation politique depuis les années 1960, nous allons observer en détail l'adhésion à la culture politique nationale. Ces enquêtes s'appellent POLIS et UPYC. POLIS, conduite en 2012, porte sur les collégiens et lycéens en Allemagne et en France, plus précisément dans les grandes métropoles de la région Rhône-Alpes. UPYC, réalisée en 2015, a interrogé les collégiens de villes allemandes, néerlandaises, anglaises (au moins 2 000 élèves dans chacun des pays), et françaises dans les Bouches-du-Rhône. Leur taille, 22 000 pour POLIS (dont 14 000 en France) et 18 000 pour UPYC (dont presque 10 000 dans l'Hexagone), autorise à regarder en détail les différents groupes sociaux et ethnico-religieux, dans des quartiers et écoles fort contrastés.

L'inclusion dans ce que j'ai appelé la culture politique nationale sera analysée à partir des données des enquêtes POLIS et UPYC en distinguant deux dimensions constitutives : le sentiment national et la culture civique. Se reconnaître dans un pays et adhérer à des normes démocratiques n'est pas la même chose. C'est pourquoi elles doivent être étudiées séparément chez les adolescents. L'identification nationale se décompose en deux propositions : l'une plus affective mesure le fait de se sentir subjectivement défini par un pays, se sentir français pour le dire simplement, et l'autre veut saisir l'inscription dans l'espace de la citoyenneté d'État, par le désir d'avoir la citoyenneté française. La culture civique n'est pas de nature morale : elle qualifie la relation aux normes d'État et à la figure de l'État. Elle se présente sous trois dimensions. La première consiste dans la reconnaissance de l'utilité du vote. Il permet au citoyen d'orienter les décisions politiques, et le juger utile ou inutile indique si les adolescents se sentent dotés de ce pouvoir d'influence. La généralisation du suffrage universel a été le mode de légitimation politique principal du pouvoir, avec, plus tardivement, les droits sociaux. Les urnes restent la clé de voûte de la démocratie représentative et le fondement de la légitimité politique. L'élection est la figure centrale de la représentation et voter revient à apporter son soutien au système politique, à adhérer au principe de base de la démocratie représentative. En reconnaissant une valeur au vote, l'adolescent s'inclut dans la communauté des électeurs et veut faire partie du corps électoral, faire partie du « nous » qu'est la nation votante. La seconde dimension porte sur une autre norme civique, qui n'est pas essentielle à la démocratie, mais particulièrement utile à scruter en ce qu'elle est source de débat et de dispute : la laïcité. Je disais que la laïcité n'est pas une norme essentielle parce qu'elle ne se confond pas avec la démocratie. Cependant, elle consiste en une affirmation de liberté et d'égalité appliquées au domaine particulier de la foi, et dans la définition du rôle et de la position de l'État en extériorité et pour garantir lesdites valeurs. Avec la laïcité, la supériorité de l'État sur l'Église est consacrée : la seconde s'inscrit dans le premier, tout comme au plan des symboles le dollar porte l'inscription « In God We Trust » : Dieu est au service de la monnaie d'État. La laïcité est la version française du sécularisme, avec quelques singularités, mais elle est profondément alignée avec les principes qu'on retrouve dans les démocraties occidentales. Enfin, le dernier aspect de la culture civique porte sur la relation au garant des institutions. La démocratie représentative exige la confiance pour fonctionner, et c'est pourquoi le mécanisme électif qui la vérifie régulièrement est central. Une culture civique marquée par la défiance est un mauvais présage. L'inclusion politique suppose la confiance dans le président de la République. En effet, la figure du président est très tôt connue des adolescents, et les attitudes à son égard synthétisent la confiance vis-à-vis du monde institutionnel.

Le principal objet de ce travail est de comprendre l'impact sur les adolescents des deux administrations qui les encadrent : l'école et la police. Nous allons particulièrement nous intéresser à ces deux volets de l'action de l'État, instruire et punir à l'école, surveiller et prévenir les risques du côté de la police. Mais nous allons passer cet effet au tamis des grandes divisions sociétales : le statut socio-économique des adolescents, le fait d'appartenir à la France du haut ou du bas, les origines nationales connues à travers le pays de naissance des parents ou grands-parents et les identités religieuses. J'ai mis de longues années à écrire ce livre, peut-être à cause d'un climat particulièrement tendu où les faits peuvent devenir « alternatifs ». Il n'est pas possible de démontrer valablement une idée sans définir de quoi l'on parle, et sans apporter de preuve empirique. Une prise de décision éclairée est improbable sans avoir rassemblé et analysé des informations. À chaque fois que c'est possible, je défends mes arguments avec des données et je présente des graphiques qui les reflètent. J'ai également mobilisé de nombreuses études empiriques de sciences sociales qui sont, hélas, souvent négligées au profit d'une approche morale abstraite. Elles sont pourtant indispensables. La première étude a été initiée au début des années 2010, la suivante dans la seconde moitié de la décennie. J'ai attendu de pouvoir répéter le travail fait avec POLIS dans l'enquête UPYC afin d'avoir vraiment la certitude que les résultats n'étaient pas liés à un contexte donné dans une région donnée. De plus, la compréhension des chiffres, qui se présentent comme des pourcentages objectifs, pose en réalité de redoutables questions et la bonne manière d'interpréter des associations statistiques est tout sauf évidente. Qu'est-ce qu'une identité religieuse ? Comment bien mesurer l'attachement national ? Le fait d'utiliser de larges enquêtes représentatives des adolescents et de couvrir différentes attitudes politiques provoque une modestie explicative : on peut observer la complexité des différents groupes et sous-groupes, ce qui rend la théorisation moins aisée. Ce n'est pas la passion de la dialectique qui m'anime, mais la volonté de rendre compte d'un phénomène social compliqué et multidimensionnel.

Nous allons tenter de mieux comprendre comment les contacts ordinaires avec les administrations ont des effets puissants de socialisation, de façonnage des attitudes par rapport à la nation, au vote, à la laïcité, au président. Je vais appeler cette approche la « théorie de la culture politique médiatisée » car elle porte sur la relation aux agents de première ligne. Elle fait des constats et des émotions ressenties par les adolescents lors de ces rencontres le vecteur de leur adhésion à une identité sociale et à des principes. Je vais montrer que les processus réels qui sont engagés par les expériences sensibles au quotidien ne ressemblent pas au roman administratif qui nous est conté par les responsables gouvernementaux.

## CHAPITRE 1

# *La nationalisation des citoyens*

La prééminence du cadre politique des États-nations s'est imposée à travers l'Histoire. Il a façonné le sentiment d'une identité collective nouvelle, il est devenu le cadre de la lutte pour la reconnaissance des droits. Cette appartenance nationale est ancrée dans divers mécanismes culturels, dont l'école est le plus visible, de solidarité par l'État-providence, et d'inclusion politique par le droit de vote, le rôle des partis et syndicats. L'État est le cadre des conflits. Le Front populaire et les grandes grèves de mai et juin 36, l'idéal humaniste de la Libération, le mouvement de Mai 68 ont transformé des conflits en droits et en acquis sociaux, en protection sociale et congés payés. Tel était tout au moins le schéma classique de compréhension de l'inclusion nationale. Aujourd'hui, cette identité est, à en croire certains responsables politiques, menacée par le fait d'agiter des drapeaux étrangers lors d'un mariage, de porter un voile ou de ne pas manger de viande de porc à la cantine. Comment expliquer une telle sensibilité identitaire ? La question plus profonde qui taraude la société française est de savoir si l'État peut continuer à fabriquer la nation. Mais qu'est-ce que recouvre l'inscription dans le collectif de la nation au juste ? C'est le point de départ de notre travail.

Repartons des analyses du sociologue Max Weber pour qui « le concept de nation nous renvoie constamment à la relation avec la puissance politique [1] ». C'est élémentaire, mais essentiel. Dans ce livre, nous saisirons la nation dans cette connexion des individus à deux collectifs nationaux : « se sentir français », un attachement au pays, d'une part, et désirer avoir « la nationalité française » qui fait écho à l'inscription explicite dans le cadre légal défini par l'État, d'autre part. Ensuite, ajoute Weber, « la nation est le projet de l'État », ce qui le transcende. C'est la réciproque de la première relation. Le concept d'État renvoie constamment à la nation, pourrait-on écrire en symétrisant son propos. En permanence, l'État veut à la fois façonner et exprimer la nation. C'est pourquoi nous appréhenderons la question de la nation non pas uniquement sous l'angle des deux collectifs cités, mais aussi sous celui de la relation aux normes et principes du régime (le vote, la laïcité) ou à la figure de l'État (le président). Le projet national de l'État n'a rien de dissimulé, au contraire, et les exemples abondent pour l'illustrer. Le président Nicolas Sarkozy, défait au second tour de l'élection présidentielle de mai 2012, conclut son discours d'adieu : « Vous êtes la France éternelle, je vous

1. Max Weber, *Wirtschaft und Gesellschaft, Tübingen*, J-C. B. Mohr, 1980, p. 528.

aime, merci, merci. » Le président Emmanuel Macron explique le sens du sacrifice du colonel de gendarmerie à Trèbes en mars 2018 : « Il dit comme aucun autre ce qu'est la France, ce qu'elle ne doit jamais cesser d'être et qu'elle ne cessera jamais d'être tant que des femmes et des hommes décideront de la servir avec le courage, le sens de l'honneur, l'amour de la patrie que vous avez démontrés. » Le culte des morts et la promesse d'immortalité illustrent l'affinité du culte de la nation avec celui de la religion. Un candidat écologiste explique, un peu moins d'un an avant l'échéance, ses intentions pour 2022 : « Je suis candidat à l'élection présidentielle. Parce que j'aime la France et que je veux la servir. » Anne Hidalgo se lance dans la campagne avec son livre *Une femme française.* Le représentant de l'État célèbre la nation. La nation est un être collectif à caractère surnaturel, immortel, que tout chef de gouvernement ou tout aspirant à la fonction doit honorer.

Les hommes politiques peuvent défier ou mépriser les Français. Plusieurs épisodes récents sont dans toutes les mémoires. C'est Macron qui lance, bravache, « venez me chercher », ou, condescendant, « je traverse la rue et je vous trouve un travail ». Mais jamais la nation ne souffrirait un tel mépris dans leur bouche. La nation française, mise en mots par ceux qui la dirigent ou en ont l'intention, oblige à l'amour et au désintéressement, aucun sacrifice n'est trop grand pour la servir. Elle est une forme symbolique supérieure. La nation s'incarne dans les dirigeants qui, à leur tour, la célèbrent, dans une boucle sans fin. Cette forme s'impose à eux. Ces échanges symboliques ne sont pas une façade, ils sont la manifestation la plus directe de l'existence de cadres mentaux collectifs, l'aboutissement de la construction d'une relation entre le pouvoir et le peuple.

L'État moderne fonde sa légitimité sur la nation. La nation est le nom du peuple politique. L'idée que le pouvoir procède de la nation a été conceptualisée lors de la Révolution, mais lui est antérieure. L'historien David Bell explique comment Louis XVI, sous la pression d'un mécontentement croissant, avait commencé à invoquer le concept de nation comme une source de sa légitimité [1], et prétendait « je ne fais qu'un avec la nation », être indissociable de l'idée de nation. Le 17 juin 1789, les députés du tiers état, réunis à Versailles par le roi, se constituent d'eux-mêmes, sur la motion de l'abbé Sieyès, le grand penseur de la souveraineté en cette période, en « Assemblée nationale ». Unilatéralement, elle retire au roi la possibilité d'incarner la nation. Considérant qu'ils représentent « les quatre-vingt-seize centièmes au moins de la nation », sans le clergé ou la noblesse, les députés du tiers état s'approprient la nation. L'assemblée est légitime parce que le peuple se retrouve dans le projet qu'elle incarne. Deux propositions essentielles sont résumées ici : l'État trouve son sens dans la nation, et la nation existe si le peuple s'y reconnaît. Avec l'article 3 de la Déclaration des droits de l'homme et du citoyen de 1789 qui veut que « Le principe de toute

1. David A. Bell, *The Cult of the Nation in France: Inventing Nationalism, (1680-1800)*, Cambridge, Mass. et Londres, Harvard University Press, 2001.

souveraineté réside essentiellement dans la nation », nous avons une définition de ce qu'est une nation politique : un principe de souveraineté, et la manifestation de la « volonté générale ». Mais, pour que la nation ne soit pas qu'un principe juridique, il faut absolument qu'elle existe dans le cœur des citoyens, qu'ils développent une identité nationale vécue subjectivement, c'est-à-dire émotionnellement, dans leur esprit et dans leur chair.

Pourtant, la nation comme identité n'attire les sciences sociales que depuis peu. L'historienne Anne-Marie Thiesse rappelle que l'expression « identité nationale » n'existait pas en France avant les années 1980 et qu'on a commencé à s'y intéresser avec l'émergence de la question de l'identité sociale des groupes humains, que ce soit sous l'influence des psychologues sociaux comme Henri Tajfel ou de sociologues comme Erving Goffman [1]. Cela ne veut pas dire que le sentiment national n'existait pas avant, et n'a pas une histoire. Il remonte à l'affirmation au XIX^e^ siècle d'États qui défendent la promotion d'une culture comme moyen d'unifier la nation, au point que la nationalisation des identités est un des phénomènes politiques les plus marquants et les plus partagés des deux siècles qui se sont écoulés. La culture politique devient d'abord et avant tout nationale. C'est cet aspect identitaire qui nous intéresse ici : comment l'attachement national se réalise-t-il ? Et particulièrement chez les jeunes ?

1. Anne-Marie Thiesse, *La Création des identités nationales. Europe XVIII^e^-XX^e^ siècle*, Paris, Seuil, 1999.

Explorer par voie d'enquête le rapport des jeunes à la nation ne dispense pas d'une mise en perspective conceptuelle. Je dirais même plus, la multiplication des petits sondages qui produisent des pourcentages sur une base quotidienne, mais sans vouloir s'ancrer dans les notions qui nous servent à comprendre la nation et la démocratie, est plus trompeuse qu'autre chose. Penser la figure de la nation dans les démocraties suppose de mobiliser et définir trois concepts : la nation, l'État, le « peuple d'État ».

### *1. Identité nationale et histoire*

La nation n'est pas l'État. Pas plus que l'État n'est la nation. L'État français existait des siècles avant la nation française. La nation est une unité politique qui existe par la vertu de l'adhésion de ses membres à une identité sociale, en dépit de leur diversité, des divisions et des conflits qui la traversent. L'identité nationale ne procède pas de principes abstraits, fussent-ils républicains et généreux, même si elle peut s'y référer. L'identité nationale est une valeur ou une idéologie en soi, suivant les auteurs. Sa particularité est de s'ancrer dans des liens affectifs au territoire du pays et à ceux qui nous entourent, dans les cercles familiaux primaires, aux modes de faire qu'on y partage, qu'on pense par exemple à la gastronomie ou au style de vie. Tout gouvernement va, dans un mouvement dialectique, à la fois vouloir exprimer la nation comme unité, et la façonner selon ses préférences.

Se sentir citoyen d'un pays est aussi naturel que de respirer. L'historien américain Charles Tilly, spécialiste de l'Europe, parle de la « nationalisation » des sociétés qui se produit en Europe et s'étale sur plusieurs siècles, avec la formation des institutions correspondantes, parlements nationaux, justices nationales, polices. Il voit lors des guerres de la Révolution et de l'Empire un moment critique, « l'expansion énorme des armées européennes à cette époque entraînant un gonflement des budgets de l'État, des services de l'État, des bureaucraties centrales et de l'intervention de l'État dans la vie quotidienne des citoyens. À vrai dire, cette croissance étatique doublée d'une mobilisation militaire crée la citoyenneté large que nous connaissons, avec ses obligations fortes et directes dans les deux sens entre habitants et État, son égalité relative de droits politiques entre citoyens agréés, sa jalousie des privilèges de la nationalité[1] ».

Il y a plus d'une trentaine d'années, l'historien britannique Eric Hobsbawm s'est intéressé aux nationalismes depuis la fin du XIX^e^ siècle[2], c'est-à-dire à la construction de peuples, souvent à travers l'invocation ou la reconstruction d'un passé commun comme avec la Gaule

1. Charles Tilly, « Police, État, contestation », *Les Cahiers de la sécurité intérieure*, 1991-1992, n° 7, p. 13-17.

2. Eric J. Hobsbawm, *Nations and Nationalism Since 1780: Programme, myth, reality*, Cambridge, Cambridge University Press, 1990. Trad. fr. : *Nations et nationalisme*, Paris, Folio Gallimard, 2001.

de Vercingétorix en France. L'idée d'une construction d'identités nationales avait déjà été explorée par l'ouvrage fameux de l'historien irlandais Benedict Anderson, *Les Communautés imaginées. Réflexions sur l'origine et la diffusion du nationalisme*, qui fut publié pour la première fois en 1983 et traduit en français en 1996. Il se demandait pourquoi une très large proportion de personnes croit qu'elle fait partie d'une nation avec des traits singuliers, et pourquoi elle y demeure fidèle, et pensait que les « traditions inventées » jouaient un grand rôle. Benedict Anderson est fameux pour avoir conceptualisé « la faculté imaginante » qui consiste à créer une communauté, souveraine, profonde et bornée par des seuils. Et ce en dépit du fait qu'elle n'existe pas dans les relations quotidiennes puisque par définition, les membres qui la composent « ne connaîtront jamais la plupart de leurs concitoyens [1] ».

L'évidence intuitive que nous avons de la nation ne nous pousse pas à nous intéresser à sa signification. Elle est un peu comme l'air que l'on respire, indissociable du fonctionnement de notre organisme. L'État a pu fabriquer la nation dans le passé, mais on sait moins comment ce travail est fait dans le présent, comment sont définis les « citoyens agréés » de Charles Tilly, les contours du « peuple d'État ». Il nous faut donc faire un détour par la

1. Benedict Anderson, *Imagined Communities. Reflections on the Origin and Spread of Nationalism*, Londres-New York, Verso, 1983, p. 19. Trad. fr. : *L'Imaginaire national. Réflexions sur l'origine et l'essor du nationalisme*, Paris, La Découverte, 1996.

sociologie pour comprendre ce que ces termes recouvrent, la manière dont ils forment le cadre de socialisation des enfants puis des adolescents.

### *2. La Nation, l'État, le peuple d'État : le besoin de concepts*

Je m'appuie sur le travail conceptuel de Max Weber au moment où, précisément, se stabilisait la forme politique qui nous semble maintenant naturelle, l'État-nation. Weber est surtout connu pour l'expression « monopolisation de la violence légitime », souvent citée en référence à la police et d'ailleurs mal comprise puisqu'il n'a pas écrit une ligne à son propos. Ce sociologue allemand du début du XX^e^ siècle a posé les bases de la réflexion sur l'établissement des États modernes en Europe. Depuis ses travaux, de nombreux auteurs se sont imposés comme références pour l'étude du nationalisme. Pourtant, j'ai trouvé chez Weber, qui n'est pas considéré comme l'auteur principal sur ce sujet, une manière à la fois actuelle de poser le problème, mais aussi particulièrement pertinente parce que centrée sur la manière subjective dont les nationaux vivent leur relation à l'État. Les notions de nation, de communauté politique, d'État, de culture nationale, de groupe ethnique étaient déjà bien établies dans son travail [1]. Chez

1. J'utilise ici le travail d'Elke Winter, *Max Weber et les relations ethniques. Du refus du biologisme racial à l'État multinational*, Laval, Presses de l'Université Laval, 2004. Les citations sont tirées de son ouvrage. Elles renvoient à deux

Weber, l'État, la collectivité politique et la nation sont trois notions distinctes. Pour lui, l'État est une « organisation temporelle de la puissance[1] », c'est-à-dire qu'il s'agit d'un ensemble d'administrations qui fonctionnent suivant des règles en principe impersonnelles, et légalement codifiées. D'autres parlent de pouvoir appareillé, c'est la même idée : une forme de souveraineté territoriale, et des administrations pour agir, notamment celles qui lèvent les impôts, la justice, l'armée ou l'école. Weber précise que cette organisation n'est pas de nature religieuse : à l'époque où il écrit, les églises ont une place bien plus importante qu'aujourd'hui, la distinction est donc précieuse. L'État met sur pied des droits formels, attribués ou retirés, au premier rang desquels la citoyenneté, qu'il définit comme « l'appartenance à une communauté politique », le peuple d'État.

On retrouve le même terme chez d'autres penseurs. Après la Première Guerre mondiale, de nombreux spécialistes du droit s'interrogent sur ce qui assure la pérennité et la cohésion de l'État dans un régime démocratique. S'agit-il d'un ferment de nature sociologique, politique ou juridique ? Hans Kelsen, le professeur austro-américain connu pour être le père de la hiérarchie des normes juridiques, répond que le peuple n'est pas une réalité vivante et qu'il n'est uni que par sa soumission au même ordre

versions d'*Économie et société* : Max Weber, *Wirtschaft und Gesellschaft*, Tübingen, J.C.B. Mohr, 1980 ; et Max Weber, *Économie et société*, tome I, traduit par Julien Freund *et al.*, Paris, Plon, 1971.

1. Max Weber, *Wirtschaft und Gesellschaft*, *opt. cit.*, p. 49.

juridique de l'État : « La question de savoir si un individu ressort d'un État n'est pas une question psychologique, une question de sentiment ; c'est une question de droit. On ne peut pas trouver le principe d'unité des hommes qui forment le peuple d'un État ailleurs que dans le fait qu'un seul et même ordre juridique est en vigueur pour tous ces hommes et règle leur conduite. Le peuple de l'État, c'est le domaine de validité personnel de l'ordre juridique étatique[1]. »

Revenons à Max Weber. On comprend pourquoi, pour lui, la nation n'est pas le peuple d'État. Il s'en explique : « La nation (…) n'est pas identique à un peuple d'État, c'est-à-dire à une appartenance à une communauté politique. » L'important ici n'est pas l'argument d'autorité du père fondateur de la science politique, mais la profondeur de son analyse. « Le concept de nation appartient donc à la sphère des valeurs », la nation crée « des liens subjectifs », elle « est chargée d'interprétations et de valeurs subjectives[2] ». Pour le dire avec les mots d'aujourd'hui, la nation est une identité sociale. Elle implique un processus de catégorisation sociale par soi-même, d'autocatégorisation, qui a des conséquences cruciales. Selon cette approche construite par le psychologue Henri Tajfel, et devenue

1. Cf. Hans Kelsen, *Théorie pure du droit*, Paris, LGDJ, 1999 ; les citations sont tirées de Sandrine Baume, « L'État et le droit : controverse sur leur relation », *in* Sandrine Baume (dir.), *Hans Kelsen. Plaider la démocratie*, Paris, Michalon, 2007, p. 83-100.

2. Max Weber, *Wirtschaft und Gesellschaft*, *op. cit.*, p. 528.

centrale depuis, les personnes ont une tendance naturelle à se classer dans des groupes sociaux pour savoir qui ils sont, en général associée à une haute estime de leurs membres : nationaux, ethniques, religieux, de classe, de genre, de style par exemple [1]. Le mot identité est curieux : il désigne à la fois ce qui nous singularise (ce que nous sommes individuellement), et aussi ce qui nous rassemble (ce que nous sommes ensemble). L'identité sociale est cette dernière. Le processus qui nous fait nous sentir partie d'une nation relève de l'autocatégorisation, sur la base d'un lien subjectif. Pour les psychologues sociaux, l'identité nationale n'est qu'une identité sociale parmi d'autres. Mais, pour les États-nations et l'ordre politique, elle est toute particulière : elle est consubstantielle à leur fonctionnement.

Je vais ajouter un dernier élément pointé par Max Weber, tout à fait central : « Le concept de nation (...) ne peut pas être défini empiriquement au niveau des éléments partagés par les membres de la nation [2]. » La nation existe lorsque des hommes et des femmes croient qu'ils ont quelque chose en commun, lorsqu'ils ont un sentiment

1. Le jeune Henri Tajfel, parce qu'il n'avait pas reconnu être juif lorsque le tri des soldats capturés eut lieu, et que cela ne fut pas découvert par les nazis lorsqu'il fut envoyé dans un camp de prisonniers, survécut à l'Holocauste, au contraire de sa famille. Après la guerre, il devient professeur de psychologie et, pour des raisons bien compréhensibles, cette expérience orienta son intérêt vers les phénomènes de catégorisation et d'autocatégorisation sociale, et les processus psychologiques associés comme les préjugés. Il forgea la théorie de l'identité sociale, qui eut une influence considérable.

2. Max Weber, *Wirtschaft und Gesellschaft*, *op. cit.*, p. 528.

de communauté, de former une société. La nation est un « sentiment spécifique de solidarité », une forme de fraternité ressentie par les personnes. La nation n'est pas constituée par ce que les hommes ont en commun en dehors du fait de former nation. Ou tout du moins, ce qu'ils ont en commun par ailleurs ne suffit pas pour former une nation. En effet, tous les États sont profondément hétérogènes dès lors qu'on regarde la composition des populations qui les forment. En France, se sentent français des ouvriers et des patrons, des habitants du Sud ou du Nord, des hommes et des femmes, des conservateurs et des progressistes, des religieux et des athées, des Bretons et des Alsaciens. Dans nombre de pays, ils ne parlent pas la même langue, que ce soit en Inde, aux États-Unis ou même en Suisse ou en Belgique. Ce sentiment de nation peut dépendre de conditions matérielles ou de valeurs, certes, mais il est d'une autre nature. La collectivité nationale ne suppose rien en commun chez ses membres en dehors du sentiment de communauté politique. Elle est teintée d'un sentiment de supériorité quant à l'identité qu'elle incarne. On peut regarder le processus macroscopique, et le dire avec les mots du sociologue et anthropologue britannique Ernst Gellner, connu pour son livre *Nations et nationalisme*. Il a défendu l'idée que « le nationalisme est essentiellement un principe politique, qui affirme que l'unité politique et l'unité nationale doivent être congruentes [1] ». Le nationalisme dans le sens de fabrication de la nation

1. Il ajoute que « le nationalisme n'est pas l'éveil des nations à leur propre conscience : il les invente quand elles n'existent pas » (Ernst Gellner, *Nations and*

est le nom du projet culturel national de l'État. Sa mise en œuvre s'étale sur plusieurs siècles, et il n'est jamais achevé. Mais, et c'est ce qui nous intéresse chez Weber, c'est la nature de la correspondance entre unité politique et unité nationale qu'il propose : le lien subjectif que les citoyens développent à l'égard de l'État, et aux valeurs qu'il incarne.

L'État est un appareil. Mais, comme toute institution, il n'a une autorité que s'il incarne une croyance dans une identité supérieure, et son nom est la nation. Ce processus n'est pas limité aux objets politiques. Les autres mécanismes qui nous relient sont de même nature : ils reposent, ultimement, sur une croyance dans une appartenance. Les économistes Michel Aglietta et Natacha Valla rappelaient ainsi que la monnaie « n'est pas un dispositif technique (...) pour opérer des transactions, mais une institution essentielle, exprimant l'appartenance sociale à une communauté humaine [1] ». La nation est une identité ambivalente, à la fois du ressort du droit et des institutions qui fabriquent la société, mais reposant finalement sur une identification des individus à elle. Pour qu'une collectivité

---

*Nationalism*, Ithaca-NY, Cornell University Press, 1983, p. 1. Trad. fr. : *Nations et nationalisme*, Paris, Payot, 1989).

1. Ils expliquent que « la confiance dans la monnaie ne peut être conservée que (...) si elle exprime le lien entre chaque individu et la société dans son ensemble » parce que « son fonctionnement est la manifestation d'une souveraineté publique », https://www.lemonde.fr/idees/article/2021/04/02/la-monnaie-n-est-pas-un-dispositif-technique-c-est-une-institution-essentielle_6075383_3232.html.

*politique* existe, il faut que les personnes aient une identité sociale partagée, d'une part, et une même idée de leurs relations à l'État, de leurs droits et de leur rôle dans son orientation, d'autre part. L'historien français Gérard Noiriel n'écrit-il pas qu'en raison du contact permanent avec l'État, les citoyens « intériorisent ses normes, ses catégories, ses structures, au point qu'elles finissent par devenir une composante de leur identité personnelle [1] » ? Le grand historien de la nation, Benedict Anderson, a écrit que « l'idée de nation est la valeur la plus légitime de notre temps ». C'est vrai. Mais, contrairement à l'expression qui l'a rendu célèbre, il ne s'agit pas avant tout d'une « communauté imaginée », mais d'une communauté appareillée : c'est à travers l'État et son projet politique, dans la relation à ses administrations et à des contacts personnels avec ses agents que se forme le sentiment national [2].

Je reviens au peuple d'État. Les gouvernants définissent en permanence ses contours. Ils ont le pouvoir de dire les frontières géographiques, et de dire les limites humaines de la communauté politique, et les droits des citoyens. La manière de le construire est calculée en fonction des impératifs de l'heure et des idéologies des gouvernants. Je me contente ici de donner quelques exemples du mécanisme. Aux États-Unis, lorsque la Constitution fédérale

1. Gérard Noiriel, *État, nation et immigration. Vers une histoire du pouvoir*, Paris, Gallimard, 2005, p. 203.

2. Benedict Anderson avait d'ailleurs souligné l'aspect unifiant et homogénéisant de la bureaucratie de l'État national.

américaine posa que la ségrégation raciale était interdite par le treizième amendement, et qu'elle violait le quatorzième amendement qui veut que tous soient égaux devant la loi, une doctrine dite « égal mais séparé » fut développée : du moment que chaque race bénéficiait du même service de transport, d'éducation, de soins médicaux, de logement, la Constitution était respectée. La Cour suprême statuait ainsi en 1896. Il a fallu attendre l'année 1954, soit plus de cinquante ans, pour que la décision soit renversée par la même cour. Un autre cas d'étude permet d'illustrer le caractère éminemment malléable du peuple d'État en fonction des conflits. Heinz Weinmann, professeur québécois né en Allemagne, revient ainsi sur l'exemple de la définition donnée par Ernest Renan, et bien souvent utilisée comme expression de la nature profonde et intemporelle de la nation française. Dans une conférence prononcée en 1882 à la Sorbonne, à la question « Qu'est-ce qu'une nation ? », l'historien répondait par une définition lyrique que celle-ci ne se définissait ni par la race, ni par la langue, ni par la religion, ni par la géographie, ni par les intérêts. Pour lui, la nation était « le désir clairement exprimé de continuer la vie commune ». La formule la plus connue est : « L'existence d'une nation est (…) un plébiscite de tous les jours comme l'existence de l'individu est une affirmation perpétuelle de vie. » Heinz Weinmann rappelle que Renan est un partisan de la Restauration et de la souveraineté monarchique. Son but est en réalité de s'opposer à l'annexion de l'Alsace-Moselle par l'Empire allemand en 1871 [1]. Patrick Weil, juriste et historien, confirme que « Renan, en 1882, avait pour objectif principal de différencier la nation française de la nation allemande pour rendre illégitime le rattachement de l'Alsace-Lorraine à l'Empire allemand malgré les liens culturels et ethniques qui pouvaient l'y attacher [2] ». Selon Vladimir Poutine, « dans nos cœurs, nous savons que la Crimée a toujours été une partie inaliénable de la Russie ». Telle est la justification de son annexion militaire par la Russie en 2014, assortie d'un référendum pour confirmer le libre consentement du peuple. On voit que la définition du peuple d'État n'est adossée à aucune valeur intangible, et même parfois à aucune idéologie politique comme dans le cas de Renan ou de Poutine, mais est purement pensée en termes d'intérêt national. Les responsables politiques présentent la France soit comme une « nation civique », ou soit définie par ses racines ethnico-culturelles (gauloises ou chrétiennes) en fonction des agendas politiques. L'idée d'une nation de cœur ou de raison est une catégorie pratique du gouvernement, un outil de l'État pour atteindre ses objectifs. C'est pourquoi nous voulons ici distinguer l'invocation tactique de la nation par l'État, la codification légale du périmètre géographique de son peuple et de ses

1. Heinz Weinmann, *État-nation, tyrannie et droits humains. Archéologie de l'ordre politique*, Paris, Liber, 2018.

2. « L'idée que la nation française est constituée de par la volonté et le consentement libre des individus est une invention philosophique conjoncturelle à vocation originellement stratégique » (Patrick Weil, « Immigration, nation et nationalité : regards comparatifs et croisés », *Revue française de science politique*, 1994, 44e année, n° 2, p. 308-326, p. 323).

droits, d'une part, et la nation comme lien à la collectivité politique vécue subjectivement par les citoyens.

Les travaux historiques et juridiques sur l'attribution de la citoyenneté par l'État illustrent comment elle est à la fois inclusive par rapport à l'intérieur, et exclusive vis-à-vis de l'extérieur pour paraphraser Rogers Brubaker[1]. Les redéfinitions du peuple d'État abondent dans l'Histoire, je me contenterai de quelques exemples. À partir de la parution en Allemagne de l'ouvrage de Dohm en 1783, et en France de la publication de l'édit sur les non-catholiques en 1787, la question des liens entre religion et nationalité est posée. Au début de la Révolution, la question divise encore l'Assemblée nationale : les juifs vivant en France peuvent-ils prétendre à la citoyenneté ? Débattue pendant deux ans, elle sera tranchée le 27 septembre 1791[2]. La Révolution française permet aux juifs et aux musulmans de devenir français : la citoyenneté s'émancipe de la religion. Puis, le décret du 16 pluviôse an II (4 février 1794) abroge/supprime « l'esclavage des nègres dans toutes les colonies ». Le 27 avril 1848, les ventes de personnes et l'esclavage sont abolis dans les colonies françaises. Napoléon fit ensuite marche arrière. Il rétablit l'esclavage en 1802 pour reconstituer un empire colonial en Amérique, dans un but de relance des îles antillaises.

1. Voir son livre *Citoyenneté et nationalité en France et en Allemagne,* Paris, Belin, 1997.

2. Philippe Sagnac 1899, « Les Juifs et la Révolution française (1789-1791) », *Revue d'histoire moderne & contemporaine*, 1899, n$^{os}$ 1-3, p. 209-234.

Il considérait aussi que les juifs appartenaient à une autre catégorie que les protestants et les catholiques : « Il faut les juger d'après le droit politique et non d'après le droit civil, puisqu'ils ne sont pas citoyens », eux qui forment « une nation dans la nation », « une population d'espions qui ne sont points attachés au pays ». Puis l'esclavage est à nouveau aboli en 1848 : « Nulle terre française ne peut plus porter d'esclaves. » Le 3 octobre 1940, le « statut des juifs » est promulgué par le régime de Vichy. Cette loi reconnaît juridiquement l'appartenance à une « race juive » et fait la liste des professions qui leur sont interdites. Les droits des citoyens ou les conditions d'accès à la nationalité sont toujours modifiables. Ainsi, la loi Méhaignerie sur la nationalité de 1995 ajoute des conditions pour les jeunes, puis elle est abolie en 1998. Avant cette loi, tout enfant né en France de parents étrangers acquiert la nationalité française à sa majorité s'il justifie avoir résidé au moins cinq ans en France à partir de l'âge de 11 ans. Désormais, les jeunes nés de parents étrangers, à l'exception de ceux d'origine algérienne, sont obligés de faire une déclaration d'intention : la naissance en France et la résidence dans le pays ne suffisent plus à garantir l'intégration. La France répondrait à une conception élective, et en conséquence il faudrait exiger l'expression de la « volonté résolue » de certains, mais pas des autres. À l'inverse, l'État crée des citoyens lorsqu'il en a besoin, notamment en période de conflit. Dans la deuxième moitié du XIXe siècle, l'État introduit dans la loi française un double droit du sol. Ayant en mémoire la cuisante défaite de 1870, il s'assure ainsi que les enfants d'immigrés puissent devenir français et soient donc mobilisables sous l'uniforme en cas de nouveau conflit militaire avec l'Allemagne. Cela a déjà été amplement documenté par la géographe Béatrice Giblin [1], ou par l'historien Patrick Weil [2]. Le peuple d'État est en permanence réécrit par le gouvernement en fonction de ses intérêts [3].

La distinction entre nation et peuple d'État est claire et très efficace. Le peuple d'État est le résultat d'une codification juridique. Les critères juridiques pour l'obtention de la nationalité ont effectivement changé de nombreuses fois. La nation, de son côté, est une identité sociale. On peut ainsi se sentir français sans en avoir encore la nationalité, ou bien avoir la nationalité et ne pas développer de sentiment national. La nation résulte de la croyance en une identité : la Nouvelle-Calédonie est ainsi régulièrement consultée sur sa volonté de rester française – le dernier vote a eu lieu en 2020. Le peuple d'État résulte de l'action des administrations qui ouvrent ou ferment la nationalité et la citoyenneté. Le peuple d'État est un concept à portée pratique, la manière qu'un gouvernement a de réaliser son projet de nation.

---

1. Béatrice Giblin, *Le Paradoxe français. Entre fierté nationale et hantise du déclin*, Paris, Armand Colin, 2017.

2. Patrick Weil, « Immigration, nation et nationalité : regards comparatifs et croisés », *op. cit.*, p. 308-326.

3. Laurence De Cock, Fanny Madeline, Nicolas Offenstadt, Sophie Wahnich (dir.), *Comment Nicolas Sarkozy réécrit l'histoire de France*, Marseille, Agone, 2008.

### *3. De l'histoire longue aux enquêtes sociologiques contemporaines sur le sentiment national*

À partir du moment où l'État a comme projet la construction et la préservation de la nation, le succès de son entreprise dépend de l'adhésion à son idée de peuple d'État. Plusieurs parmi les historiens les plus réputés ont insisté sur la formation d'une culture nationale. L'imaginaire national est de plus en plus partagé depuis le XVII^e^ siècle en Europe. Les bases de ce succès de la communauté politique sont, pour une bonne part, culturelles : jamais, nous disent-ils, cela n'aurait pu se produire sans la diffusion de livres en langues vernaculaires, c'est-à-dire nationales, au moyen de l'innovation technique de Gutenberg et son succès ultérieur, ce qu'Anderson nomme le « capitalisme d'imprimerie ». La scolarisation de plus en plus large, puis la naissance des mass media sont des outils de la construction ou de la solidification de la nation. Une étude qui compare les écoles de plusieurs pays européens affirme que depuis la Révolution française l'instruction publique a été une des clés de la fabrication du sentiment de citoyenneté. Gerd Baumann résume ainsi l'interprétation : « Sans les écoles publiques, il n'y aurait pas de nations telles que nous les connaissons dans l'Europe du Nord et de l'Ouest, pas de conscience collective nationale, et pas de moyens d'inculquer et de faire répéter les conventions de la culture politique dominante[1]. »

1. Dans l'introduction qu'il rédige pour Werner Schiffauer, Gerd Baumann, Riva Kastoryano, Steven Vertovec, *Civil Enculturation : Nationa-State, School*

Pouvoir communiquer, échanger, suppose l'acquisition d'une culture spécifique, en phase avec les transformations de la société. Le faire dans une société homogène n'est pas la même chose que dans une société hétérogène. L'école est en charge de la fabrication d'une « culture civique », l'ensemble des compétences qui permettent de vivre dans une société donnée à un moment donné et qui ne se limite pas à des savoirs scolaires. Mais cette lecture tend à idéaliser l'école plus qu'elle ne démontre son rôle. Le travail sur l'émergence de la conscience nationale en France d'Eugen Weber montre un processus bien plus complexe. L'historien raconte le peu d'enthousiasme pour la France, pour la mobilisation collective des énergies suivant l'imagerie républicaine. Il y voit surtout l'effet d'un vaste et lent processus de transformation intérieure, de création d'un espace national par le développement économique, par les transports, et d'imposition des formes de l'État que sont les impôts et la justice[1]. On ne saurait exagérer le rôle d'une seule institution, et notamment de l'école, dans cette homogénéisation.

Ces études sont des sortes de méta-récits de processus généraux d'émergence de ces sociétés, qui mettent la nation à la croisée de l'invention de l'imprimerie, des guerres et des symboles d'État, comme la tombe

*and Ethnic Difference in The Netherlands, Britain, Germany and France*, Oxford, Berghahn Books, 2004, p. 2.

1. Eugen Weber, *La Fin des terroirs. La modernisation de la France rurale (1870-1914)*, Paris, Fayard, 1983, p. 398.

du Soldat inconnu. C'est pourquoi Eric Hobsbawm appelait de ses vœux l'incorporation de « la vue d'en dessous », les attitudes des « gens ordinaires », vis-à-vis de la nation et du nationalisme[1]. Il ne s'agit pas d'une identité à la Benedict Anderson, « flottant dans un temps vide et homogène[2] ». Il veut plutôt comprendre qui s'identifie avec une collectivité nationale, dans un lieu donné à un moment donné. La réalité de la construction d'un sentiment national, considérée par le bas, est plus prosaïque et plus complexe, comme l'a montré l'historien Eugen Weber.

L'objectif d'un travail sociologique qui part non des élites mais des citoyens est alors moins de décrire un processus historique général que les modalités concrètes par lesquelles une inclusion politique se produit ou non chez les personnes, et dans quels contextes matériels. Reste alors à comprendre comment les contacts bien réels entre les individus conditionnent le sentiment national, et en particulier ceux qui ont lieu avec les agents de l'État, les administrations en charge de régler les comportements. Un certain nombre de travaux se sont depuis engagés dans ce sens. L'objet de ce livre est de placer la focale sur un moment essentiel qui précède l'entrée dans la citoyenneté : l'adolescence.

1. Eric Hobsbawm, *Nations and Nationalism since 1780 : Programme, Myth, Reality*, *op. cit.*, p. 11.
2. *Ibid.*, p. 122.

La nationalisation des hommes et la polarisation des enjeux essentiels sur l'État ont changé pour toujours l'idée d'identité collective. Elle résulte d'un mélange de contraintes et de droits, de guerres, de tribunaux et d'école. En même temps qu'aux traditions ou à la langue d'un pays, on s'identifie aussi à son modèle politique, à la manière qu'on y a de penser les droits, les statuts, la démocratie. Les résultats de la nationalisation de notre vie, bien que le monde se soit globalisé, sont toujours palpables. Les historiens du nationalisme s'intéressent aux formes les plus explicites (le système scolaire en particulier[1]) et les plus légitimes (le roman, la presse[2]) de construction et d'entretien de l'appartenance nationale. L'attention s'est surtout concentrée sur le travail volontariste, politique, de construction de cette idée nationale[3], au niveau de l'État, et met peu l'accent sur les formes de réception et d'appropriation de cette offre culturelle. Depuis le milieu des années 1990, l'accent s'est porté sur le « nationalisme ordinaire » et son acquisition supposée inconsciente par les films ou les matchs de football[4]. Les mécanismes concrets d'adhésion à un pays, d'acculturation civile, ne polarisent guère l'attention. La politologue Sophie Duchesne et Marie-Claire Lavabre ont ainsi scruté l'usage du terme, et noté la frilosité des sociologues et politologues par

1. Cf. Ernest Gellner, *Nations and Nationalism*, *op. cit.*

2. Cf. Benedict R. Anderson, *Imagined Communities Reflections on the Origin and Spread of Nationalism*, *op. cit.*

3. Anne-Marie Thiesse, *La Création des identités nationales. Europe* XVIII^e^-XX^e^ *siècle*, *op. cit.*

4. Michael Billig, *Banal Nationalism*, Londres, SAGE, 1995.

comparaison avec les historiens[1]. Elles remarquent aussi que les positions prises par Gérard Noiriel sur le sentiment national sont à géométrie variable : l'historien du *Creuset français* (1988) s'oppose dans un livre plus récent à cette notion qu'il décrit comme « une simple magouille électorale[2] ». Et elles concluent à une réticence française à considérer l'idée que la formation de sentiments identitaires liés à la nation soit un thème méritant l'analyse. C'est exact : on trouve bien peu de travaux. Mais, depuis quelques dizaines d'années, certaines enquêtes sociologiques commencent à mesurer l'identification à la nation chez les adultes.

Ainsi, les études d'opinion montrent la vigueur de la nation. En effet, analysant l'enquête sur les valeurs des Européens, la chercheuse grenobloise Céline Belot conclut que près de 92 % des répondants sont fiers d'être « citoyens français » en 2018, en nette hausse par rapport aux 82 % de 1981. Le pourcentage dans les autres pays d'Europe est très comparable : partout le sentiment de nation est vivace. De son côté, le CEVIPOF, un centre de recherche de Sciences Po Paris, montre que « la fierté d'être français » rassemble un peu moins des trois quarts (72 à 75 %) des Français de manière constante depuis 2013, avec un petit

1. Sophie Duchesne et Marie-Claire Lavabre, « Pas de chrysanthèmes pour le "sentiment national" », *in* Olivier Fillieule (dir.), *Sociologie plurielle des comportements politiques*, Paris, Presses de Sciences Po, p. 371-396.

2. Gérard Noiriel, *À quoi sert « l'identité nationale » ?*, Marseille, Agone, 2007, p. 126.

pic à 82 % en 2015, au moment où de nombreux attentats touchent le pays [1]. L'Europe n'a pas érodé le sentiment national, et inversement se sentir d'un pays n'empêche pas les deux tiers des répondants de se dire européens. Attachements national et européen coexistent, et se mêlent. C'est une nouveauté assez intéressante, qui est encore plus marquée chez les jeunes adultes : plus européens, ils ne sont pas moins nationaux. Cette manière exclusive de penser les identités pose donc question pour les jeunes adultes, et plus encore pour la génération qui lui succède.

Les enquêtes existantes ne portent guère sur les jeunes, qui en sont cependant un segment, et presque jamais sur les adolescents. Cette période de la vie est pourtant essentielle pour leur socialisation politique et l'entrée dans la citoyenneté. Il semble que la préparation au devenir national commence tôt, et que, effectivement, les catégories politiques soient rapidement comprises et utilisées par les enfants. Parmi les premiers, le psychologue Jean Piaget s'est intéressé à la formation de l'idée de nation dès 1920 [2], puis il est revenu sur ce thème trente ans plus tard [3], et

1. L'écart d'adhésion avec l'enquête EVS tient probablement à la référence au mot « citoyen » dans cette enquête, absent dans celle du CEVIPOF. Dans cette dernière, un gros tiers des répondants se disent un peu plus souvent « exclusivement français » lors de la dernière vague d'enquête qui date de 2018.

2. Jean Piaget, *Le Jugement et le raisonnement chez l'enfant*, Neuchâtel/Paris, Delachaux et Niestlé, 1924.

3. Jean Piaget et A. M. Weil, « Le développement, chez l'enfant, de l'idée de patrie et des relations avec l'étranger », (1951) in *Travaux de sciences sociales*, Paris, Droz, 1977, p. 283-306.

ses idées ont elles-mêmes été examinées ultérieurement par d'autres[1]. Piaget pensait que l'enfant s'identifiait à des cercles concentriques progressivement de plus en plus larges, de la ville à la région, puis de la région à la nation. Mais il est vite apparu que, pour les 6-8 ans, la notion de nation était plus forte que celle des villes où ils résidaient, Melbourne ou Victoria chez les jeunes Australiens, ou Glasgow pour les jeunes Britanniques. Et des psychologues commencèrent à traquer les symboles associés au sens de la nationalité, et notamment le drapeau. Dans une ville de l'Indiana, à Bloomington, les enfants de l'école primaire ne connaissent pas les autres drapeaux, juste les « jolies couleurs » du drapeau américain. À 7 ans, l'idée d'aire géographique des pays est établie et elle correspond au drapeau, comme celle du gouvernement national. Il faut attendre l'âge de 8 ans pour que le drapeau municipal soit reconnu, et pour que le drapeau national soit associé à l'hymne national, chanté pour lui faire honneur. À 9 ans, l'idée d'un groupe social qui correspond à la nation est plus claire. À 11 ans, les concepts de drapeau et d'identité nationale sont formés et leurs relations assurées, les enfants les identifient avec un but commun, et un attachement à un groupe social valorisé[2]. Il faut souligner l'importance de ces résultats : ils indiquent qu'il est tout à fait pertinent

1. Voir l'état des travaux à la fin des années 1960 : A. F. Davies, « The Child's Discovery of Nationality », *The Australian and New Zealand Journal of Sociology*, 1968, n° 4, p. 107-125.

2. Eugene A. Weinstein, « The development of the concept of the flag and the sense of national identity », *Child Development*, 1957, vol. 28, p. 167-174.

de faire une étude quantitative sur les adolescents et leur sens national, qu'ils sont équipés pour y répondre.

La politologue Annick Percheron reprend, à partir du début des années 1970, ces questionnements sur l'identification nationale et l'acquisition d'un « outillage politique » avant l'âge de 10 ans. Elle s'intéresse moins aux connaissances politiques qu'aux valeurs et aux conceptions morales du monde que se forment les enfants, dans lesquelles elle remarque que la religion joue un rôle important [1]. Le sens de la citoyenneté chez les enfants mêle effectivement l'idée de vie commune et de règles, et l'exercice des droits politiques. Lorsqu'on leur demande quelles sont les actions qui sont les plus importantes pour être un bon citoyen, les premières sont : « respecter les autres » (79 %), « respecter des règles de vie commune » (65 %), « se sentir concerné par la violence » (57 %), le vote (54 %) [2].

Jusqu'à une date récente, les rares travaux sur les jeunes portaient sur ceux de la majorité ethnique, tant aux États-Unis qu'en France. Les adolescents interrogés au cours des années 1960 par les politologues David Easton et Jack Dennis sont recrutés en milieu favorisé

1. Annick Percheron, *L'Univers politique des enfants*, Paris, Presses de Sciences Po, 1974 ; *id.*, « La socialisation politique : défense et illustration », *in* M. Grawitz et J. Leca (dir.), *Traité de science politique*, vol. 3, Paris, Presses de Sciences Po, 1985, p. 165-235.

2. Sondage CSA, janvier 2000 auprès de 400 jeunes de 15-18 ans.

et sont uniquement blancs[1], tandis que ce sont des étudiants de Sciences Po qui font l'objet d'un travail publié en 1963 par Guy Michelat et Jean-Pierre Thomas[2]. Leur étude porte sur un groupe d'environ 200 étudiants des Instituts d'études politiques de Grenoble, Paris et Strasbourg. Cela leur permet de distinguer deux dimensions du nationalisme, l'une plus idéologique qui oppose militarisme, nationalisme colonial et anticommunisme le long de l'axe gauche-droite, et l'autre plus culturelle qu'ils appellent « sentiment national ». Dans la foulée des tensions identitaires en France, les sociologues ont entamé des travaux sur les jeunes d'origine étrangère, quarante ans plus tard. Évelyne Ribert a réalisé un travail qualitatif sur les 16-20 ans, centré sur l'« appartenance culturelle » si l'on veut utiliser les termes de Michelat et Thomas. L'auteure souligne que le choix de la nationalité française, plutôt que celle du pays d'origine des parents, est massif. L'acquisition de la nationalité française est considérée comme « naturelle », « allant de soi », un simple « choix de papier ». Évelyne Ribert conclut que « les adolescents rêvent d'être reconnus pour ce qu'ils sont, avec leur origine étrangère, et d'être perçus ainsi comme partie intégrante de la nation. C'est à cette double condition qu'ils pourront pleinement s'identifier à la communauté

1. David Easton et Jack Dennis, *Children in the Political System : Origins of Political Legitimacy*, New York, McGraw-Hill, 1960.

2. Guy Michelat et Jean-Pierre Thomas, *Dimensions du nationalisme*, Paris, Presses de Science Po, 1963.

nationale[1] ». Ce n'est pas exactement ce que nos résultats montrent, on y reviendra. Enfin, la sociologue explique d'ailleurs que jusqu'à leur majorité, la plupart de ces jeunes ignorent leur nationalité : ils se reconnaissent dans plusieurs appartenances, ils se vivent comme binationaux. Je retiens deux choses des travaux d'Évelyne Ribert. D'abord que l'attachement national n'est pas corrélé au choix de la nationalité française, autrement dit que l'identité de ces jeunes est déconnectée de la nationalité. Ensuite que l'appartenance à un peuple d'État n'est pas exclusive. On pourrait imaginer d'ailleurs que cela est dû à l'histoire migratoire de leur famille, mais on va voir que l'hybridation des nationalités concerne tout autant les jeunes de parents européens et français qui remettent en cause le modèle de l'appartenance nationale unique. C'est une illustration de la validité analytique des concepts de Max Weber : on peut prendre sa place (avoir un passeport) dans un peuple d'État sans toujours se sentir subjectivement lié à la nation. L'aspiration à la nation et l'aspiration à la nationalité ne recouvrent pas des réalités identiques.

Ces résultats convergent avec ceux d'Olivier Galland. Il a dépouillé les réponses dans une enquête datant de 1997 faite dans le cadre des journées d'appel préalables au service militaire, et il notait que « le choix d'une définition exclusive par la nationalité française est très minoritaire chez les lycéens interrogés », rassemblant précisément 12 %, tandis

1. Évelyne Ribert, *Liberté, égalité, carte d'identité. Les jeunes issus de l'immigration et l'appartenance nationale*, Partis, La Découverte, 2006, p. 237.

que 26 % se disent plus français qu'européens, et 34,2 % se sentent autant français qu'européens, la réponse la plus fréquente (le reste ne se sentait ni l'un ni l'autre, ou encore ni français ni européen). Quant à la certitude du choix de la nationalité, être français rassemble 19 % des enquêtés, 23 % rejettent l'idée et 57 % disent « peut-être [1] ». À nouveau, on doit souligner ici l'importance des positions intermédiaires chez les jeunes. Dès lors qu'on imagine la nation ou la nationalité d'une manière exclusive : ils ne s'y reconnaissent pas. Les résultats de Vincenzo Cicchelli montrent la même réalité sous une autre lumière : les jeunes adultes manifestent la conscience d'une destinée commune, européenne, et même planétaire, sans rejeter une appartenance nationale toujours très forte : « Les jeunes adultes apparaissent plus cosmopolites que les [autres] adultes dans tous les travaux s'appuyant sur les questions d'appartenance (...). L'âge est l'un des facteurs les plus attendus parmi les déterminants sociaux du cosmopolitisme [2]. » Un travail sur lequel nous allons revenir, celui de la politologue Katharine Throssell, remarque que chez les préadolescents qu'elle interroge, tous sauf deux se sentent européens [3]. La nation est une circonstance, certes plus grande qu'un bus, disait Jacob Levy, et l'âge entretient un rapport étroit à sa

1. Olivier Galland, « Les jeunes, l'armée, la nation », La Documentation française, *Les Champs de Mars* 2000 n° 7, p. 135-150, p. 138 et 142.

2. Vincenzo Cicchelli, « Appartenances et orientations cosmopolites des jeunes Européens », *op. cit.*

3. Katharine Throssell, « One thing leads to another : European and national identities in french school children », *Politique européenne*, 2010, n° 30, p. 131-152.

pertinence. L'appartenance à une génération a une place de choix parmi les clivages qui organisent la manière de se penser dans la nation.

### *4. Deux enquêtes sur les collégiens et lycéens : POLIS et UPYC*

La question de l'intégration à une forme collective est un enjeu symbolique de premier plan, existentiel même. Avant de décider si elle est en train de s'effondrer, il convient de s'interroger sur la manière dont elle est vécue par la génération qui vient. Une nation vit dans l'idée que ses membres se font d'elle. Elle dure, et change, en raison de l'arrivée de nouveaux enfants, qui deviennent adolescents, puis citoyens de plein droit. Si l'on veut imaginer la nation de demain, il convient de regarder la jeunesse d'aujourd'hui.

La formation du rapport à la citoyenneté commence dans l'enfance et se prolonge et s'accentue durant l'adolescence. À cette période, les jeunes sont davantage en prise avec leur environnement : ils développent leurs propres relations, soit dans le quartier, soit à l'école, et aussi en fonction des affinités et des activités par exemple sportives qu'ils embrassent. C'est à ce moment-là que nous avons enquêté sur eux. Nous avons interrogé deux fois de larges échantillons d'adolescents, dans des villes différentes de plusieurs régions. Les agglomérations de Marseille et

Aix-en-Provence pour UPYC, et Lyon et Grenoble pour POLIS. De sorte qu'il est raisonnable de penser que, s'ils convergent, on peut généraliser la portée de nos résultats. Il en serait peut-être autrement en Alsace, en Bretagne ou en Corse, mais on ne peut pas le savoir. POLIS a deux volets, un français, et un allemand. POLIS-France rassemble un large échantillon de collégiens et de lycéens, des filières générales et professionnelles, dans les deux villes centres et leur couronne. POLIS a également une déclinaison allemande dans les villes de Manheim et Cologne, qui ont des tailles proches de Grenoble et Lyon. Cela permet des comparaisons entre des contextes nationaux différents. L'enquête UPYC a également deux volets : le premier, UPYC-France, couvre les collèges dans toutes les Bouches-du-Rhône, y compris les deux villes qui forment l'agglomération d'Aix-Marseille. La déclinaison européenne, UPYC-EU, couvre deux villes dans chacun des trois autres pays membres de l'UE au moment de l'enquête : l'Allemagne, les Pays-Bas, le Royaume-Uni. Ces différentes enquêtes ont fait l'objet d'un processus d'échantillonnage aléatoire sophistiqué, qui permet de localiser les élèves dans leurs établissements scolaires, et même dans leurs quartiers pour POLIS. Elles prennent en compte à la fois les caractéristiques de ces lieux, mais aussi celles des parents des élèves en termes socio-économiques, selon leur origine européenne, africaine ou autre, avec toutes les combinaisons possibles, et aussi suivant les convictions de foi des enfants. Dans ce travail, nous utilisons la notion d'origine ethnique qui sera simplifiée pour rendre les résultats aisément lisibles : elle oppose les jeunes dont les deux parents sont d'origine française ou européenne à ceux qui ont au moins un parent d'origine extra-européenne. Plusieurs raisons motivent ce choix. Les jeunes originaires de France et du reste de l'UE expriment des opinions proches. L'origine extra-européenne est essentiellement africaine (nord-africaine, et dans une moindre mesure ouest-africaine). Étant donné que les mariages des parents s'organisent largement autour de cette division, cela permet de manière très synthétique de dessiner les origines de deux groupes d'adolescents qui, sans pouvoir rendre toute la diversité de leurs attitudes et conditions de vie, se révèlent distincts[1]. Nous mobilisons également l'identité religieuse, sur la base d'une autocatégorisation pour parler comme Tajfel, le fait que les enfants se désignent par une identité religieuse (chrétienne, et donc principalement catholique), musulmane, autre ou bien encore qu'ils n'en endossent aucune. Le statut socio-économique est également pris en compte à travers les diplômes des parents et le fait qu'ils aient un emploi à plein temps, et il est dichotomisé, opposant adolescents du haut de l'échelle sociale à ceux du bas. Enfin, ces différentes catégories simples de statut, d'origine et de conviction seront combinées.

1. Par exemple, dans UPYC, lorsque le père est né en France, la mère l'est aussi à 86 %, et lorsque le père est né en Afrique, la mère l'est aussi à 69 %. Si le père est né dans l'UE (sauf en France), la mère est française ou née dans l'UE à 84 %.

Nous avons distingué deux aspects de l'identité sociale nationale suivant le découpage théorique déjà indiqué : le fait de se sentir affectivement membre d'un pays, la France (ce qui correspond à une autocatégorisation dans la nation), et la préférence pour une nationalité, qui « est le lien juridique qui relie un individu à un État déterminé [1] » (ce qui correspond à une autocatégorisation dans le peuple d'État). Pour chacun, nous avons laissé des positions intermédiaires dans les échelles de mesures : on ne répond pas par oui ou non, mais par degrés de oui ou non. Et, surtout, le questionnaire n'oblige pas à trancher entre un sentiment national ou son absence (se sentir français ou d'une autre origine), on peut choisir une position « mixte ». De même, le choix d'un passeport ou son refus n'est pas exclusif : le jeune peut indiquer désirer une « double nationalité ». D'un point de vue de méthode, on note d'abord que le sentiment d'appartenance au pays ou l'aspiration à la nationalité ne montre pas de variations fortes suivant les enquêtes. Son niveau ne diffère guère suivant la ville ou la région, en dépit d'histoires régionales bien différentes, ou encore du niveau de richesse moyen. Les pourcentages dans les deux études sont très proches concernant la citoyenneté (4 points d'écart), et un peu plus marqués pour le sentiment national (8 points), qui s'explique par le fait que les collégiens d'UPYC sont plus jeunes que les collégiens et lycéens de POLIS (graphique n° 1).

1. Voir le site du ministère des Affaires étrangères : https://www.diplomatie.gouv.fr/fr/services-aux-francais/etat-civil-et-nationalite-francaise/nationalite-francaise/

*Graphique n° 1. « Se sentir français » (%) et « Choisir la nationalité française » (%). Source : UPYC-France et POLIS-France.*

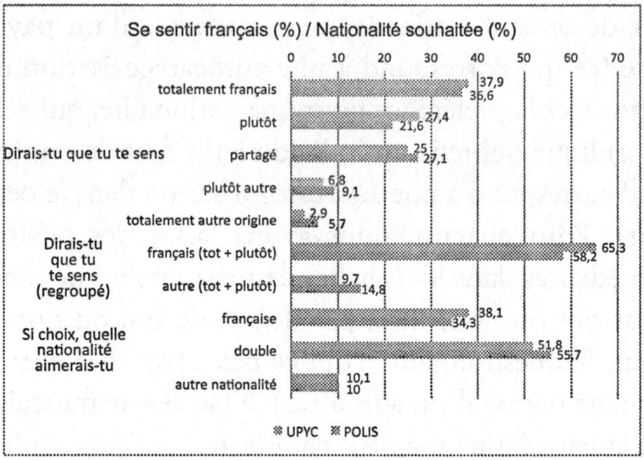


*Graphique n° 2. Le souhait de la « nationalité française », d'une « double nationalité » ou d'une « autre nationalité » (%) suivant le degré auquel on « se sent français » (totalement français à totalement autre). Source : UPYC-France.*

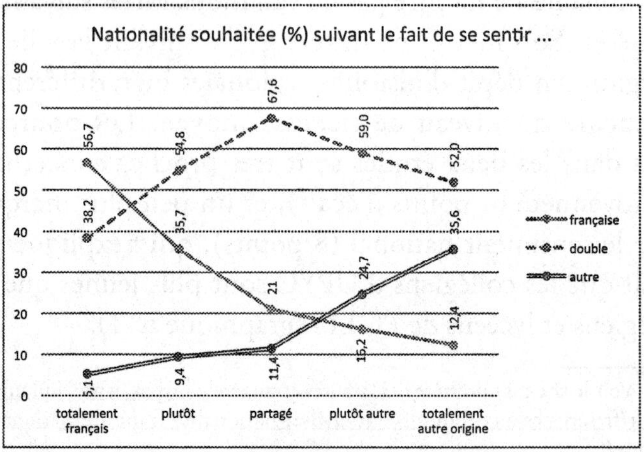

Lorsqu'on observe le degré auquel les collégiens (UPYC) ou les collégiens et les lycéens (POLIS) se reconnaissent dans la nation, on remarque que l'attachement sensible au pays (le lien à la France) et l'attachement à la nationalité (au sens de la détention de la citoyenneté) ne recueillent pas les mêmes suffrages. Seule une toute petite partie des adolescents ne se définit que par opposition complète au sentiment d'être français (entre 2,9 et 5,7 % suivant l'enquête). Et, même en incluant ceux qui se sentent plutôt en opposition, on arrive à un total de « autre » qui est compris entre 9,7 et 14,8 %. Se sentir appartenir au pays est donc largement dominant (entre 58,2 et 65,3 % des jeunes sont dans ce cas), et comme pour les adultes, ce sentiment est plus ou moins marqué. Si l'on regarde maintenant le choix de la nationalité française, seul un groupe de 10 % des adolescents ne souhaite pas l'acquérir. Cette valeur correspond à l'addition de la part des élèves qui ne sont pas nés en France : 90,6 % le sont dans POLIS, contre 1,9 % dans l'UE et 7,5 % hors de l'UE. L'inscription dans un pays est très liée au fait d'y être né ou d'y être arrivé très jeune comme l'ont déjà montré les travaux de confères démographes. Avec les données de l'enquête UPYC, il est possible d'analyser les degrés dans le sentiment national de manière fine. Elles confirment qu'il dépend de l'origine nationale des parents. Le fait de considérer celle de l'un ou l'autre n'introduit pas de différence. En prenant celle du père comme référence, on voit que s'il est né en France, ses enfants se sentent très majoritairement français : seuls 5 % ne se reconnaissent pas dans cette identité. Mais ils ne sont que la moitié (49 %) à se définir comme « totalement » ainsi : 29 % se sentent « plutôt » français et 17 % sont « partagés ». Avec un père français mais né en Outre-Mer, il n'y a plus que 28 % de « totalement français », autant de « plutôt français (27 %) et plus encore de « partagés » (31 %). S'ils sont issus par leur père d'un autre pays de l'UE que la France, seuls 14 % se sentent « totalement » et 26 % « plutôt » français, la majorité occupe une position « partagée » (35 %). Les enfants d'un père né en Afrique du Nord ne se distinguent guère de ceux de l'UE par le degré d'identification au pays : 12 % se sentent « totalement » et 23 % « plutôt » français. Le pays d'origine ne joue pas dès lors qu'il ne s'agit pas de l'Hexagone. Mais ces jeunes sont plus nombreux encore à être « partagés » : 45 % [1].

Je reviens sur les aspects qui différencient le sentiment national et le choix de la nationalité. Comme il y a deux enquêtes où les mêmes questions sont posées, POLIS-France et UPYC-France, j'indique les deux valeurs correspondantes. Alors que 58,2 à 65,3 % des adolescents se sentent français, ils ne sont que 34,3 à 38,1 % à choisir exclusivement la nationalité française. L'explication tient au refus d'une inscription exclusive dans une seule citoyenneté. Plus de la moitié des jeunes se pensent dans une citoyenneté double (51,8 à 55,7 %), c'est le choix le plus fréquemment observé, plus même que la nationalité

1. Si leur père est né « ailleurs en Afrique », les chiffres ne sont pas très différents : 12 % se sentent totalement français, 19 % plutôt et 48 % partagés.

française (graphique n° 1). Le pourcentage est spectaculaire. Il déborde nettement la part des adolescents nés hors de France ou qui sont d'origine extra-européenne par leurs deux parents. Il y a environ deux fois plus de jeunes qui souhaitent une double nationalité que de jeunes qui se disent partagés entre la France et une autre origine nationale. Le cosmopolitisme des classes d'âge les plus récentes, déjà bien identifié par les travaux antérieurs chez les jeunes adultes, est tout à fait important chez les adolescents. Il préexiste aux études universitaires et à leurs programmes d'échanges pour ceux qui en bénéficieront, ou l'exercice des droits politiques pour ceux qui s'engageront par le vote ou d'autres actions. Un nouvel horizon politique est déjà formé dès 12 ans.

Je ne cherche pas à dire ici qu'il n'y a pas de relation entre s'inscrire dans le peuple d'État ou dans la nation. Il y en a, empiriquement, car le projet de l'État est la nation elle-même, pour paraphraser Max Weber. Logiquement, les deux préférences ne sont pas disjointes chez les adolescents. Mais elles ne sont conceptuellement pas semblables, et lorsqu'on les mesure on le vérifie : la nation n'est pas la nationalité. On le voit au graphique n° 2 qui présente le choix de nationalité, pour chaque degré de sentiment national. Il est très clair que la préférence pour la nationalité française exclusive évolue fortement avec le fait de se sentir français. Mais la correspondance reste partielle : parmi les personnes qui ne se sentent pas définies par leur origine nationale 12,4 % veulent malgré tout être françaises exclusivement, et 52 % de plus veulent avoir une double nationalité, ce qui inclut la nationalité française ! Au total, 64,4 % des jeunes qui se sentent le moins français veulent avoir la nationalité française.

Réciproquement, les jeunes qui se sentent totalement français sont très nombreux à ne pas s'en tenir à la nationalité française. Bien sûr, la majorité la souhaite (56,7 %). Mais il y en a malgré tout 5,1 % qui ne veulent pas du passeport français, et encore 38,2 % qui ne s'en contentent pas et préféreraient une double nationalité. On compte 43,3 % des plus attachés à la nation française qui n'en font pas l'équivalent d'une appartenance exclusive au peuple d'État (ils répondent « autre » ou « double »). Ce n'est pas rien. Enfin, on remarque également que le choix de la double nationalité est assez mal corrélé à l'identification au pays. Laissons en dehors ceux qui se définissent de manière exclusive (positivement ou négativement) et regardons ceux qui se sentent *plutôt* français, ou à l'inverse *plutôt* d'une autre origine : le pourcentage de préférence pour la double nationalité est très semblable dans ces deux groupes (54,8 % vs 59 %).

Tels sont nos premiers résultats : d'abord, les jeunes n'adhèrent pas tous à une vision exclusive de la nation ou de la nationalité, et on voit s'affirmer une vision nouvelle, où s'hybrident les identités nationales. Ensuite, il existe bien une différence entre l'inscription dans une définition légale du corps politique, et l'inscription dans la nation ressentie comme attachement à une vie en commun. La nation n'est pas le peuple d'État. Jean-François Bayart soulignait dans la formation de la nation son élaboration « par le bas », hors des discours idéologiques explicites et des institutions spécialisées [1]. C'est ce qui semble se confirmer ici.

« Dans les démocraties, chaque génération est un peuple nouveau », écrivait Alexis de Tocqueville [2]. On ne saurait mieux dire. Le cadre national fournit le socle d'une des principales identités sociales d'après les études qui visent à mesurer sa fréquence dans divers pays de l'UE, et au-delà. Pourtant, on observe une déterritorialisation partielle de la citoyenneté chez les jeunes. L'appartenance à une terre nationale et à un État reste pertinente pour se définir, et ce d'autant plus que leur famille y est déjà installée. Mais, dans le même temps, on observe une hybridation : nombre de jeunes ne se définissent pas exclusivement à travers la France-nation ou la France-État. Le phénomène est très marqué pour les adolescents d'origine étrangère. Il est vrai également au-delà : sans rejeter cette identité, beaucoup se sentent « plutôt » français ou « partagés » lorsque leurs parents sont nés en France. Il n'existe pas de point de repère strictement comparable dans le temps, mais les résultats d'une enquête menée à Grenoble en 1963 indiquaient que 74 % des collégiens ne

1. Jean-François Bayart, *L'Illusion identitaire*, Paris, Fayard, 1996.

2. Alexis de Tocqueville, *De la démocratie en Amérique*, in *Œuvres*, tome 2, Paris, Bibliothèque de la Pléiade, 1992, p. 570.

souhaitaient vivre en dehors de la France que « brièvement ou jamais[1] ». Le contraste est saisissant par rapport aux élèves de UPYC ou POLIS. Une seconde identité supplémentaire repose sur la première, sans s'y substituer. Cela rappelle un résultat proche : chez les adultes, s'éprouver européen ne fait pas se sentir moins français pour autant. Bref, et sans préjuger d'évolutions à plus long terme, le fondement de l'identité citoyenne demeure national, et dans le même temps s'ouvre à des identités politiques mixtes. La fonction de production de la nation par l'État, dans son modèle standard d'une allégeance unique et totale, semble buter sur une difficulté de taille : ses jeunes ne s'y retrouvent pas. Ils sont une nouvelle nation.

1. Charles Roig et Françoise Billon-Grand, *La Socialisation politique des enfants*, Paris, Presses de Sciences Po, 1968.

## CHAPITRE 2

### *La culture civique en trois dimensions : le vote, la laïcité, le président*

L'appartenance sociale a été nationalisée avec l'apparition des États-nations, et leur consolidation. Cela est vrai quel que soit le régime politique. Une nation peut s'exprimer dans une forme autoritaire ou libérale. Français, Allemands, Britanniques, Américains, Chiliens ou Chinois développent un sentiment national, quand bien même leurs régimes politiques diffèrent largement : monarchique ou républicain, démocratique ou autoritaire, centralisé ou décentralisé. Le sentiment de nation résiste aux changements de régime. Le sentiment national est plus universel que la démocratie, c'est sans doute pourquoi Max Weber avait pris soin de préciser que le mécanisme d'appartenance à un État n'est pas intrinsèquement lié à la question de la participation démocratique ou des attitudes civiques. Se sentir français ne fait pas nécessairement un démocrate. Il est très important de séparer, dans l'étude de l'incorporation à une culture politique nationale, l'identification au pays, d'une part, et à la démocratie, d'autre part.

Pour reprendre les mots de l'article 2 de la Déclaration des droits de l'homme de 1789, les citoyens se rassemblent dans une « association politique ». Sa codification porte précisément sur la relation entre le citoyen, la nation et l'État : la nation source de souveraineté, le droit à la liberté de pensée et d'opinion, l'égalité, la justice, la propriété, le consentement à l'impôt, et le contrôle de l'administration par le citoyen. Incidemment, on notera que « la conservation des droits naturels et imprescriptibles » est le but de l'association politique, et que l'État ne saurait les défaire. Si le nationalisme ordinaire correspond à une relation fusionnelle de l'individu avec la nation, un second versant de la relation du citoyen à la collectivité doit également être considéré : le soutien au système politique démocratique, le fait de contrôler et d'évaluer les élus qui représentent la nation, bref ses liens à la démocratie.

Si le concept de nation ne se confond pas avec celui de démocratie, certains projets politiques peuvent l'inscrire plus ou moins nettement dans une perspective de démocratie libérale et participative. C'est dans cet esprit que certains suggèrent que la France a une « identité démocratique » qui plonge ses racines dans une longue tradition républicaine[1]. Il est en réalité difficile de déterminer si les nations ont ou non une identité démocratique. La Constitution elle-même affirme ce caractère à l'article 1, mais sans le définir, et l'article 2 se contente de dire que

1. Vincent Duclert, *La France, une identité démocratique. Les textes fondateurs*, Paris, Seuil, 2008.

« Son principe est : gouvernement du peuple, par le peuple et pour le peuple ». Mais on doit mieux chercher à comprendre comment les citoyens sont liés à l'État, la forme politique qui incarne le projet national. Si l'État n'a pas une fondation ethnique ou religieuse, son lien avec les citoyens et les groupes sociaux doit être de nature civique. Il forme la matrice du mécanisme d'inclusion politique démocratique.

### *1. La culture civique : la relation des citoyens à l'État*

Commençons par se repérer dans les termes du débat, au premier chef avec le terme de culture civique et ses composantes.

Après nous être attaché à présenter l'importance de la nation comme attachement subjectif, nous considérons maintenant la culture civique qui relie des adolescents à la collectivité politique. Une nation est par nature fractionnée, « la division est constitutive du social », pour paraphraser le philosophe Claude Lefort. C'est pourquoi la croyance dans le caractère juste des procédures, des principes, des représentants qui personnifient le régime, permet au système social de fonctionner. Je m'intéresse donc à l'existence possible d'un accord assez large : l'hypothèse implicite d'une analyse qui s'intéresse à la culture civique est qu'il y a besoin d'un consensus pour qu'un système politique survive. Ceux qu'il m'importe d'explorer sont les principes généraux qui permettent de trouver des compromis lorsqu'on est en désaccord. Mais je ne fais pas l'hypothèse que le consensus se fait autour des normes d'État telles qu'elles sont promues aujourd'hui. Je cherche à voir dans quelle mesure elles correspondent aux aspirations de la jeunesse. La nation n'est jamais le produit de l'État, il ne faut pas l'oublier, elle a sa dynamique propre. Dans le cas contraire nous n'aurions pas besoin de deux mots, mais d'un seul. Le concept de culture civique, contrairement à ce qu'on lui a reproché, ne fait pas l'impasse sur la dimension conflictuelle de la politique, ni sur les désajustements entre peuple d'État et nation.

La culture civique se construit en rapport à l'État, et en fonction de la confiance dans les institutions. Nos droits sont codifiés par la loi. Par exemple, la laïcité est organisée par la loi de 1905, même si le terme n'y figure pas. Les fonctions du chef de l'État le sont également dans la Constitution. Pourtant, la culture civique n'est pas une culture légale. Il s'agit plutôt de la relation à la loi et aux institutions, vécue subjectivement. Dans leur fameuse étude qui date des années 1960, les politologues américains Gabriel Almond et Sidney Verba la définissent comme des « orientations individuelles » vers des « objets politiques », et distinguent l'aspect cognitif (la connaissance des lois, des institutions), affectif (les émotions, les sentiments), et évaluatif (les jugements qui mélangent les valeurs et les émotions)[1]. Nous savons qu'elle se développe très tôt : le psychologue Jean Piaget, lors de ses travaux fondateurs, pensait que l'enfant ne possédait les outils psychologiques nécessaires à la pensée politique qu'après 12-13 ans. Mais, dans son travail sur les enfants de 7 à 10 ans en France[2], Katharine Throssell a vu qu'ils se montaient très enthousiastes pour discuter de la campagne présidentielle de 2007 qui se déroulait au moment de son enquête, qu'ils exprimaient des émotions vis-à-vis des candidats dont ils introduisaient eux-mêmes le nom lors des entretiens, et de l'affection pour le président sortant Jacques Chirac. À ce jeune âge, « tous défendent l'importance du vote en soi, y compris ceux dont les parents ne votent pas (soit par choix, soit parce qu'ils n'en ont pas le droit) » et certains affirment le désir de disposer d'ores et déjà de ce droit[3].

Par culture civique, nous désignons ici les attitudes des adolescents restreintes à la dimension évaluative. Sans contester que son périmètre soit plus vaste, j'en retiens ici trois aspects essentiels qui qualifient la relation à l'État : la valeur accordée à la norme de l'élection d'où procède le gouvernement, l'adhésion au principe de laïcité qui est

1. Gabriel Almond et Sidney Verba, *The Civic Culture : Political Attitudes and Democracy in Five Nations*, Princeton, NJ, Princeton University Press, 1963.

2. Katharine Throssell, *Child and Nation : A Study of Political Socialisation and Banal Nationalism in France*, Londres, Peter Lang, 1987.

3. Katharine Throssell, « Tous les enfants de ma classe votent Ségolène », *Agora débats/jeunesses*, 2009, nº 51, p. 65-78. p. 68.

une codification des relations des droits du citoyen face à l'État en matière religieuse, et la confiance dans la clé de voûte des institutions. La démocratie libérale fonctionne autour de ce triptyque qui mêle représentation, codification des droits et relation de confiance avec les représentants. Et contrairement aux deux universitaires américains qui cherchaient des modèles nationaux en comparant cinq pays, ici nous nous intéressons surtout aux différences entre les adolescents d'un même pays, et à la manière dont les politiques publiques les renforcent ou les atténuent.

### *2. La croyance dans la valeur des élections*

Les élections, dans la théorie du gouvernement représentatif, permettent aux électeurs de signaler leurs préférences et leurs opinons. Les élections sont précédées d'une campagne, de discussions politiques, bref des formes de délibération publique, le moment où l'on tente de saisir les orientations, la sincérité du candidat et sa compétence. Elles sont le moyen de désigner les personnes dignes de confiance et à qui on s'en remet pour gérer les affaires publiques, et le moyen de les sanctionner en cas de déception. Valoriser le vote manifeste donc une forme d'implication directe dans la politique, et de croyance dans sa propre capacité d'influence. C'est un élément fondamental de la culture civique démocratique qui exprime l'adhésion à une norme essentielle, qui repose sur le fait que l'électeur a un rôle. Parfois illusoire, son affirmation correspond néanmoins au modèle du citoyen actif en démocratie[1]. Dans l'adhésion des jeunes au principe de la représentation, l'orientation du vote est secondaire : ce qui importe c'est la valeur reconnue au mécanisme de désignation lui-même. Un autre aspect n'a pas été suffisamment souligné par les travaux cités : l'élection est le mécanisme dont nous convenons qu'il permet de trancher les différends. Il n'est pas simplement une norme d'action pour soi, mais bien une acceptation de la reconnaissance du fait qu'une décision acceptable découle de l'addition des votes de personnes égales. En résumé, je pense que la valorisation du vote manifeste l'attachement à la pierre de touche des démocraties représentatives dans ses trois dimensions : la communauté des citoyens égaux par leurs droits politiques, la capacité d'influence du gouvernement par une participation institutionnelle, et la croyance dans un mécanisme pour trancher les différends.

L'attachement au vote est lié à l'histoire du suffrage qui devient progressivement de plus en plus universel, qui perd son caractère censitaire et s'affranchit des conditions de ressources et de statut. L'élection fait l'électeur, annulant formellement les différences sociales selon la formule « un homme, une voix[2] ». Le vote est à la fois manifestation de

1. Ce qu'Almond et Verba appellent la « capacité à influencer le gouvernement » (*op. cit.*, p. 361) et la figure du « citoyen potentiellement actif », qui peut se saisir de son rôle de contrôleur des élites (*ibid.*, p. 346).

2. Pierre Rosanvallon, *Le Peuple introuvable. Histoire de la représentation démocratique en France*, Paris, Gallimard, 1998.

l'égalité et mécanisme permettant de donner un corps à la nation. Son rôle cardinal dans la démocratie libérale explique pourquoi la participation électorale est scrutée avec autant d'attention. Or, les tendances à l'œuvre en France sont, de ce point de vue, inquiétantes. L'abstention électorale ne cesse d'augmenter. Seule l'élection présidentielle ne perd que légèrement son attraction. La participation faiblit, particulièrement dans les milieux populaires. Céline Braconnier et Jean-Yves Dormagen ont publié il y a près de quinze ans un travail dont le titre parle de lui-même : *La Démocratie de l'abstention*. Et cela, bien avant le record historique à l'occasion des élections municipales de 2020 : jamais les Français ne s'étaient aussi peu mobilisés pour élire le premier magistrat de leur commune, un phénomène amplifié par la crise sanitaire liée au Covid-19. Et les élections régionales de 2021 ont franchi un nouveau plafond avec plus de deux tiers d'abstentions. Dans leur étude, les deux politologues montrent quelque chose de très important : le vote n'est pas un acte individuel. En effet, dans la cité ouvrière qu'ils ont étudiée en détail sur plusieurs dizaines d'années, Les Cosmonautes, le travail structurait les relations sociales et les engagements politiques, à commencer par l'inscription sur les listes électorales [1]. Les personnes avaient acquis des droits à travers des luttes, suivant le principe du conflit intégrateur que nous avons évoqué au chapitre précédent. Ils observent que « le politique apparaît désormais peu relié aux défis

1. Céline Braconnier et Jean-Yves Dormagen, *La Démocratie de l'abstention*, Paris, Folio actuel, 2007.

quotidiens » et diagnostiquent « une très profonde dépolitisation ». Le choc de l'économie mondialisée sur les ouvriers et la désindustrialisation ont des effets politiques manifestes. Enfin, commentant les élections de 2014, ils écrivent : « Plus la participation recule, plus les urnes prennent un accent, celui des groupes les plus favorisés dans la société. Cela se confirme aussi d'un point de vue territorial, particulièrement dans les quartiers défavorisés des villes [1]. » Leur diagnostic préfigurait les résultats des dernières élections régionales de 2021.

Il semble également que les musulmans appartiennent aux groupes mal représentés politiquement. Dans un rapport publié en 2016, l'Institut Montaigne présente une méthodologie construite avec l'IFOP [2] pour observer ce phénomène et reconstruire la participation à l'élection présidentielle de 2012. Après avoir sélectionné un échantillon dit « de culture musulmane », ils constatent que les trois quarts ont la nationalité française sans laquelle on ne peut pas voter, que presque un autre quart n'est pas inscrit sur les listes électorales, et que parmi ces 56 % d'inscrits seuls participent effectivement une partie d'entre eux, ce qui se traduit par le fait que seuls 35 % de l'échantillon initial vote. D'autres travaux montrent

1. Braconnier Céline et Dormagen Jean-Yves, « Une démocratie de l'abstention. Retour sur le non-vote et ses conséquences politiques lors des scrutins municipaux et européens de 2014 », *Hérodote*, 2014, n° 154, p. 42-58.

2. Hakim El Karoui et Alexandre Jardin, *Un islam français est possible*, Paris, Institut Montaigne, 2016.

qu'une grande partie de la faible participation, inférieure de 15 à 20 points, s'explique non pas par leur statut social défavorisé, mais par le fait qu'ils résident de manière disproportionnée dans des quartiers pauvres des métropoles [1], une remarque qui fait écho aux analyses citées plus haut.

Le second point marquant concerne le vote des jeunes. Les jeunes adultes restent la catégorie la plus abstentionniste. Leur participation s'est révélée particulièrement faible aux élections régionales de juin 2021. Et, alors qu' « environ 80 % de l'ensemble de la population se dit certaine d'aller voter en 2022, les 18-24 ans seulement à 58 % [2] ». À partir des données de l'« enquête sur les valeurs », qui est répétée depuis près de quarante ans, le politologue Vincent Tiberj a analysé la participation électorale mais en différenciant à chaque élection le comportement des générations [3]. Il a montré que les personnes nées à partir de 1981 sont systématiquement, aux élections nationales, locales et européennes, moins mobilisées. Il y a bien là un phénomène qui n'est pas d'ordre conjoncturel. Pour autant les politologues français aiment à souligner le caractère vivant de la démocratie chez les jeunes adultes.

1. Rahsaan Maxwell, « Political Participation in France among Non-European-Origin Migrants : Segregation or Integration ? », *Journal of Ethnic and Migration Studies*, 2010, n° 36, p. 425-443. Cette approche ne prend pas en compte la sous-inscription sur les listes électorales.

2. Brice Teinturier, directeur général délégué de l'institut de sondage IPSOS, au journal *Le Monde*.

3. Vincent Tiberj, « Entendre les voix de l'abstention », *Hommes et libertés*, 2020, n° 191, p. 12-14.

D'abord, leur attachement à la démocratie ne faiblit pas : les anciennes générations sont plus conservatrices et plus tentées par « un leader fort qui n'a pas à se préoccuper du Parlement ou des élections », moins xénophobes, plus favorables à l'égalité entre hommes et femmes dans la division des tâches, et dans l'accès à l'emploi [1]. Le vote n'a pas perdu de sa légitimité, les usages de la citoyenneté changent [2]. Ensuite, il existe des modes alternatifs, de nouvelles formes de participation protestataires directes : c'est une réalité. Au total, les politologues défendent l'idée que, pour les plus jeunes, la nature du vote serait différente par rapport aux générations antérieures qui manifesteraient une « citoyenneté de déférence » selon l'expression de Vincent Tiberj [3], ou pour lesquelles, d'après Céline Braconnier et Jean-Yves Dormagen, un droit, parce qu'il a été gagné par la lutte, doit être exercé. L'apathie n'est donc pas une bonne manière de qualifier la distance croissante des jeunes avec la vie politique dans sa facette électorale. Pour autant, la faiblesse de la participation reste préoccupante. Suivant la formule de Peter Drucker, professeur en Californie, dans son livre publié en 1989, « le salut individuel ne passe plus par la société ». Certains veulent

1. Camille Bedock, « Les jeunes Français sont-ils moins attachés à la démocratie que les autres ? », *in* Laurent Lardeux et Vincent Tiberj (dir.), *Générations désenchantées ? Jeunes et démocratie*, Paris, INJEP, La Documentation française, 2021, p. 99-120.

2. Anne Muxel, *Avoir 20 ans en politique. Les enfants du désenchantement*, Paris, Seuil, 2010.

3. Vincent Tiberj, *Les Citoyens qui viennent. Comment le renouvellement générationnel transforme la politique en France*, Paris, PUF, 2017.

y lire l'effondrement des fondations du pouvoir étatique. La réalité est plus complexe, la comparaison des pays européens montre qu'il existe des différences de degré, et que les jeunes en France ne sont pas les moins attirés par la politique institutionnelle : dans les pays d'Europe centrale qui sont des démocraties plus récentes où le pouvoir a longtemps été confisqué par un parti unique, le phénomène est bien plus net [1]. Ces formules ne saisissent qu'une partie de la réalité. Il y a une distance non à la politique, mais aux institutions politiques. Les passions qui s'expriment dans le débat politique ne sauraient occulter le renforcement de la distance ressentie vis-à-vis de la politique institutionnelle, le désengagement à l'égard du vote des couches ouvrières, des musulmans et des jeunes. Cependant, si, pour les jeunes, le vote n'est effectivement qu'un moyen d'action parmi d'autres, pour une démocratie il reste le seul moyen d'agréer la nation, de la représenter, et de trancher les décisions. Il y a bien une menace civique induite par le détachement d'une partie de plus en plus importante des citoyens vis-à-vis des élections.

Cet abstentionnisme interroge. Des travaux nous montrent que le vote reste une norme très forte chez les adolescents. Il a chez les jeunes adultes une forte dimension symbolique car il constitue un rituel marquant une étape dans l'accès au monde adulte, et ils considèrent leur carte

1. Magdelina Kitanova, « Youth political participation in the EU : evidence from a cross-national analysis », *Journal of Youth Studies*, 2020, n° 23-7, p. 819-836.

d'électeur comme le plus fort symbole de leurs responsabilités[1]. Une enquête récente du CNESCO, conduite en septembre 2018 auprès des lycéens, nous enseigne que 87 % des lycéens affirment vouloir voter lors des élections présidentielles et législatives[2]. Cela dit, et comme on peut s'en douter, il y a des différences entre les élèves. Et les jeunes qui participent le moins aux élections semblent bien correspondre à ceux qui, encore adolescents, ne pensent pas que le vote puisse influer sur les décisions politiques. Il semblerait donc que la formation des attitudes commence avant la majorité électorale.

Dans nos enquêtes POLIS et UPYC, nous observons les adolescents avant qu'ils aient le droit de vote, ce sont des citoyens-électeurs en construction. Les collégiens de la 5^e^ à la 3^e^ sont encore à quatre ou cinq ans de la majorité électorale, les lycéens en sont plus proches, particulièrement en première et terminale. Ils forment les électeurs ou les abstentionnistes de demain. À la fin de la IV^e^ République, Jean-William Lapierre et Georges Noizet, partant du principe que « dans la France de 1957, le droit de vote entraîne le devoir de voter », interrogent les lycées sur leur attitude face à l'abstention : aucun ne la voit comme un exemple à imiter, et 68 % y voient « une

1. Voir les résultats de sondages rassemblés par Bernard Roudet, « Voter, ça les intéresse ? Participation électorale des jeunes et évolution du lien politique », *Études et synthèses*, Paris, La Documentation française, INJEP, 2012, n° 8.

2. *Engagements citoyens des lycéens : une enquête nationale. Dossier de synthèse*, Paris, CNESCO, 2018.

faute », même si 32 % reconnaissent cependant que la pratique est « justifiable [1] ». La norme est très prévalente. Les travaux plus contemporains et qualitatifs déjà cités montrent une forte valorisation du suffrage. C'est également le cas des enquêtes quantitatives de la Direction de la prospective du ministère de l'Éducation nationale. La force de la norme augmente avec l'âge : avant d'entrer en 6e, 28 % des élèves jugent « inacceptable » de ne pas accorder d'importance au vote contre 51 % à la fin du lycée [2]. Nous avons de notre côté interrogé les adolescents non pas sur le devoir moral qui lui est lié, mais sur l'utilité perçue du vote, plaçant les jeunes dans une posture de citoyenneté plus active [3]. Il s'agit d'abord de la question politique sur laquelle les élèves acceptent le plus de se prononcer : autant ils hésitent à se prononcer, par exemple sur ce que l'État doit interdire ou autoriser, autant une question sur le vote provoque une réponse quasi systématique de leur part. Ensuite, leurs jugements sont très largement positifs : ils affirment à une très large majorité que le vote est utile : dans l'enquête POLIS, les collégiens et lycéens affirment que le vote « sert à quelque chose » pour 84,5 %

1. Jean-William Lapierre et Georges Noizet, *Une recherche sur le civisme des jeunes à la fin de la IVe République*, Aix-en-Provence, Ophrys, 1961, p. 32.

2. Sabine Dos Santos, Fabienne Gibert et Saïd Yacoub, « Les attitudes à l'égard de la vie en société des élèves en fin d'école primaire et en fin de collège », *Note d'évaluation de la Direction de l'évaluation, de la prospective et de la performance*, ministère de l'Éducation nationale, de l'Enseignement supérieur et de la Recherche, bureau B2, 2006. L'enquête la plus récente date de 2005.

3. La question exacte est « Selon toi, voter, est-ce que cela sert à quelque chose ou est-ce que cela ne sert à rien ? ».

d'entre eux, un pourcentage qui varie à peine de Grenoble (86,2 %) à Lyon (83,3 %). Dans l'enquête UPYC qui couvre toutes les communes des Bouches-du-Rhône, mais qui porte uniquement sur les collégiens, ce sont 80,5 % d'entre eux qui répondent de la même manière. On voit que dès le collège les opinions sont déjà arrêtées dans une proportion comparable.

On sait que la prédisposition à participer fait le lit des pratiques électorales futures [1]. À l'aide des données de nos deux enquêtes, nous allons essayer, dans les chapitres suivants de comprendre quels adolescents remettent ce symbole majeur en question, et de rechercher si le profil des adultes qui se tiennent à l'écart des urnes ne correspond pas à celui des jeunes qui, dès l'adolescence, ne voient pas d'utilité au vote.

### *3. La laïcité : une norme juridique ou une identité ?*

La laïcité a connu une popularité récente chez les leaders politiques, et particulièrement à droite et à l'extrême droite, mais aussi à gauche. Traditionnellement défenseurs de l'héritage catholique de la France, nombre de leaders politiques ont imaginé mettre la laïcité au cœur de leur projet politique. Une étude détaillée de la rhétorique

1. Par exemple à partir des travaux d'Éric Plutzer, professeur à l'université de Pennsylvanie : « Becoming a habitual voter : Inertia, resources, and growth in young adulthood », *American Political Science Review*, 2002, n° 96, p. 41-56.

du Front puis du Rassemblement national l'illustre parfaitement : elle montre, depuis 1989, l'adoption d'une laïcité d'exclusion avec une interdiction plus forte de l'expression de la religion. Elle sert à redynamiser ses positions anciennes sur l'immigration et à « dédiaboliser » le parti [1]. Les motifs tiennent de la déclinaison des thématiques classiques de l'immigration et de la sécurité dans un nouveau cadre de langage : de même que la définition du peuple d'État évolue au gré des besoin des partis, leurs références à des notions le font également. La motivation sous-jacente est parfois explicitée sans fard. Sur cette ligne, Laurent Bouvet est probablement le plus médiatisé parmi les politologues. Et, lorsqu'il explique son travail dans la presse, il affiche sa proximité avec la thèse de « l'incompatibilité fondamentale entre l'islam et la civilisation française [2] ». Élisabeth Badinter ou Marcel Gauchet incarnent cette démarche selon laquelle il vaut mieux rendre invisibles les singularités confessionnelles qui feraient obstacle à la liberté et à l'égalité. L'analyse du discours politique de six personnalités publiques entre 2013 et 2018, Manuel Valls, Jean-Pierre Chevènement, Laurent Wauquiez, Caroline Fourest, Jean-Louis Bianco, Benoît Hamon, montre effectivement des mobilisations différentes du terme : la laïcité comme identité est brandie face à l'islam par les quatre premiers, tandis que les deux

1. Dimitri Almeida, « Exclusionary secularism : the Front national and the reinvention of *laïcité* », *Modern & Contemporary France*, 2017, p. 249-263.

2. Laurent Bouvet, *La Nouvelle Question laïque*, Paris, Flammarion, 2019. Citations extraites de son entretien à *Marianne*, 25 janvier 2019.

autres, fidèles à l'esprit libéral de la loi de 1905, préfèrent y voir un principe juridique[1]. C'est un bon résumé de la situation actuelle. Dès 1958, la République était définie par la Constitution comme laïque, démocratique et sociale, mais, « curieusement, note avec malice la sociologue Françoise Lorcerie, les juristes n'avaient pas défini ce principe fondamental de nos institutions avant l'affaire des exclusions d'élèves au collège de Creil à l'automne 1989. On n'en avait pas eu besoin ».

Si la sacralisation de la laïcité relève d'une démarche partisane ou morale, en termes de consolidation de la démocratie, elle n'est pas essentielle. Alfred Stepan, longtemps professeur de science politique à Columbia, remarquait en effet que Robert Dahl, Arend Lijphart, et Juan J. Linz, les plus fameux théoriciens de la démocratie et trois premiers lauréats du Johan Skytte Prize, l'équivalent du prix Nobel en science politique, « n'ont pas ressenti le besoin d'inclure de discussion du sécularisme [l'équivalent en anglais de la laïcité] dans la définition des démocraties modernes, et moins encore d'inclure le sécularisme comme condition nécessaire de la démocratie[2] ». Il précise qu'il est « important d'être conscient du nombre de régimes politiques occidentaux qui violent la

1. Jeanne Prades, « Constructions and uses of *laïcité* (French secularism) in French public discourses », *Mathematical Population Studies*, 2020, n° 27, p. 115-137.

2. Alfred Stepan, « The multiple secularisms of modern democratic and non-democratic regimes », *in* Craig Calhoun, Mark Juergensmeyer, Jonathan Van Antwerpen (éd.), *Rethinking Secularism*, New York, Oxford University Press, 2011, p. 114-144.

norme américaine du mur de séparation entre l'État et la religion», «mais n'en sont pas moins de fortes démocraties». Il constate que dans les 25 démocraties européennes qu'il étudie, toutes financent la religion plus ou moins directement, les trois quarts délivrent un enseignement religieux dans les écoles d'État, la moitié collectent des taxes au bénéfice des organisations religieuses, et seules un tiers ne reconnaissent pas les religions.

Les fondements juridiques de la liberté et de l'égalité sont, pour citer les plus importants, au premier chef l'article 1er de la Constitution qui affirme la liberté de conscience et interdit toute discrimination en raison de la religion. Le respect des croyances ne signifie pas l'ignorance des croyances par l'État. Ce principe rappelle celui énoncé à l'article 10 de la Déclaration des droits de l'homme et du citoyen de 1789: «Nul ne doit être inquiété pour ses opinions, même religieuses, pourvu que leur manifestation ne trouble pas l'ordre public établi par la loi.» L'idée du principe d'égalité devant la loi se retrouve également à l'article 6 de la Déclaration de 1789. Ce principe est un élément fondamental de l'organisation juridique et sociale de la France. Il a été affirmé comme un principe général du droit par le Conseil d'État et le Conseil constitutionnel en référence aux deux textes cités.

Dans les débats contemporains resurgit le spectre de la laïcité comme intolérance, qu'il ne faut pas confondre avec le concept de religion civile au sens de Jean-Jacques

Rousseau[1] ou d'Alexis de Tocqueville[2]. Leur concept de religion civile recouvre la légitimation religieuse des valeurs de liberté et d'égalité. Dieu n'est pas au-dessus du président, mais au service des valeurs constitutionnelles qu'il jure de défendre, et c'est ce qui s'exprime par exemple dans les discours d'investiture des présidents américains[3]. Le culte de la nation est autre chose que la religion de la démocratie[4]. Le risque de faire de la nation un système de croyance sectaire, avec ses grands prêtres, ses rituels et ses symboles, mais surtout ses principes sacrés, intangibles et non négociables, est d'autant plus fort qu'en France, contrairement aux pays protestants, la jeune République est entrée en guerre contre l'Église catholique plutôt qu'elle ne l'a associée à l'État nouveau. Mais, rappelle l'historien Jean Baubérot, le risque de totalitarisme laïque est évitable : il a bel bien été identifié, et les rédacteurs de la loi de 1905 ont voulu s'en prémunir. Georges Clemenceau, dans son « Discours pour la liberté » devant le Sénat le 17 novembre

1. Elle apparaît au chapitre 8 du *Contrat social*, où il est question de « la sainteté du Contrat social et des lois » (cf. Ghislain Waterlot, « La religion civile de Jean-Jacques Rousseau », conférence donnée aux Charmettes (Université de Genève) le 20 juin 2009.

2. Voir *De la démocratie en Amérique (op. cit.)*, c'est le nom donné à une communauté de destin, « De la religion considérée comme institution politique, et comment elle sert puissamment au maintien de la république démocratique chez les Américains ».

3. L'analyse du concept a été faite la première fois par le sociologue Robert N. Bellah, « La religion civile en Amérique », *Archives des sciences sociales des religions*, 1973, vol. 35, p. 10 et 22.

4. David A. Bell, *The Cult of the Nation in France : Inventing Nationalism, 1680-1800, op. cit.*

1903, fait preuve d'esprit critique concernant l'usage qui peut être fait de la laïcité : « Je repousse l'omnipotence de l'État laïque parce que j'y vois une tyrannie. (…) Nous sommes des hommes d'esprit latin, la poursuite de l'unité par le dieu, par le roi, par l'État nous hante : nous n'acceptons pas la diversité dans la liberté[1]. »

Effectivement, ces risques se concrétisèrent à nouveau dans les années 1980. Jean-Pierre Chevènement, ministre de la Défense au moment des premières affaires relatives au voile, soutient une interprétation dramatique : « Une poignée de jeunes filles, symbolisant le défi d'un islam intégriste, semblent faire vaciller l'école de la République sur ses bases[2]. » L'hégémonie culturelle de l'État sur son peuple serait menacée. Les différents épisodes de cette tension sont connus. Dernièrement, une accompagnatrice scolaire voilée a été invectivée par un élu RN alors qu'elle était venue assister, avec une classe de CM2, dans le cadre de l'éducation civique (*sic*), à la séance plénière du conseil régional de Bourgogne-Franche-Comté. Le ministre de l'Éducation nationale, Jean-Michel Blanquer, déclara que le voile « n'[était] pas souhaitable dans notre société[3] ». Ce type de déclaration se situe dans un « républicanisme traditionnel » qui « soutient non seulement que le multiculturalisme appartient au monde anglo-saxon (…) mais

1. Jean Baubérot, « La laïcité, élément clef de la démocratie », Fondation Seligmann, *Après-demain*, 2011, n° 20, p. 10-12.
2. Article publié dans *Le Monde*, 9 novembre 1989.
3. 13 octobre 2019.

qu'il promeut aussi l'inégalité juridique, qu'il favorise le repli des communautés et qu'il place les cultures au-dessus de la politique et les groupes au-dessus des individus[1] ». Il est très populaire chez certains ministres d'aujourd'hui, mais le mouvement qu'ils ont épousé est bien antérieur. Cette approche tranche avec deux autres républicanismes, pour reprendre l'expression de la sociologue canadienne Karel Leyva : celui incarné par Dominique Schnapper qui défend que la prise en compte des particularités ne favorise certes pas la conscience commune mais pour autant « ne conduit pas immédiatement et nécessairement » au communautarisme[2], et celui qui demande la reconnaissance des communautés infranationales selon un modèle situé entre le français actuel et l'américain, comme le prônent le philosophe Joël Roman[3] ou le sociologue Fahrad Khosrokhavar[4]. Le fait d'assimiler toute demande de particularité culturelle à du séparatisme traduit la négation des positions moyennes, en dépit du fait qu'elles sont en réalité bien plus fréquentes que celles de rupture. La virulence des débats politiques contraste, en effet, singulièrement avec l'ancrage fort dans la population adulte du

1. Karel Leyva, « Multiculturalisme et laïcité en France. Les trois républicanismes du rapport Stasi », *Dialogue*, 2015, n° 54, p. 647-684.

2. Dominique Schnapper, « La République face aux communautarismes », *Études*, 2004, vol. 400, n° 2, p. 177-188.

3. Joël Roman, « Un multiculturalisme à la française », *Esprit*, 1995, vol. 212, p. 145-160.

4. Farhad Khosrokhavar, « L'universel abstrait, le politique et la construction de l'islamisme comme forme d'altérité », *in* Michel Wieviorka (dir.), *Une société fragmentée ?*, Paris, La Découverte, 1997, p. 113-151.

principe de laïcité, y compris chez les musulmans. D'après le travail des politologues Sylvain Brouard et Vincent Tiberj, les musulmans sont 81 % à se montrer positifs à l'égard de la laïcité (et 90 % à l'égard de la République), 67 % souhaitent que leurs enfants soient scolarisés dans une école publique sans éducation religieuse, et 18 % dans une école publique où une éducation religieuse serait possible. Ils ajoutent : « Très majoritairement, les musulmans français considèrent que la laïcité n'est pas un obstacle à la liberté religieuse [1]. »

Depuis plus de trente ans, la question de la laïcité s'est invitée dans le débat français sur la citoyenneté et la nation et, à dire vrai, elle le sature. Dans la foulée des tensions liées aux différentes affaires du foulard, le rapport de François Baroin *Pour une nouvelle laïcité*, commandé par le Premier ministre de l'époque Jean-Pierre Raffarin, a fait pour la première fois référence à l'« identité nationale » en juin 2003. Puis, le 11 décembre de la même année, a été remis à Jacques Chirac, alors président de la France, le rapport de la Commission de réflexion sur l'application du principe de laïcité dans la République présidée par Bernard Stasi. La Commission se détache du républicanisme traditionnel sur certains points, affirmant que « la laïcité ne peut se décliner sur le mode de la forteresse assiégée » et qu'il convient « de justifier l'interdiction du voile en vertu des conditions fixées

1. Sylvain Brouard et Vincent Tiberj, *Français comme les autres ? Enquête sur les citoyens d'origine maghrébine, africaine et turque*, Paris, Presses de Sciences Po, 2005.

par la Convention européenne des droits de l'homme et des libertés fondamentales[1] ». Le rapport propose d'interdire les signes religieux à l'école, mais sur différents points, il est plus protecteur des libertés que ne le sont les propositions du gouvernement actuel. Il n'en reste pas moins que, sous la plume du juriste Rémi Schwartz, rapporteur de la Commission, la laïcité n'est plus un principe juridique ou une valeur d'organisation de la séparation de l'Église et de l'État, mais devient un élément identitaire national. Elle est intégrée à un récit identitaire collectif : on peut lire que la laïcité est un principe « constitutif de l'histoire collective » et que « la laïcité touche ainsi à l'identité nationale, à la cohésion du corps social, à l'égalité entre l'homme et la femme, à l'éducation, etc.[2] ». La Commission ne fait plus du droit, elle excipe la transcendance du passé, de l'identité comme ciment collectif. Elle invoque un roman national, sans le fonder sur une authentique analyse historique, elle s'adresse à l'imaginaire national qu'elle reconstruit en celui de la nation française laïque. En réalité, l'histoire européenne comparée montre que le régime français de laïcité n'est qu'une des modalités d'un processus commun fondateur de la modernité européenne qui se traduit par la séparation de l'Église et de l'État[3]. Et par l'affirmation de la supériorité du second sur la première : partout le rôle de la

1. Bernard Stasi, *Rapport de la Commission de réflexion sur l'application du principe de laïcité dans la République*, Paris, La Documentation française, 2003, p. 36 et 59.

2. *Ibid.*, p. 36.

3. Jeanne Prades, « Laïcité : l'exception n'est pas là où les Français la voient », *The Conversation*, 23 janvier 2020.

religion a décliné, partout la liberté de croire ou de ne pas croire a progressé. Il s'agit à l'origine d'un concept de paix républicaine, dont le cadre a été construit pour sortir d'un conflit profond entre l'État et l'Église, en donnant lieu à la loi de 1905. La laïcité est cependant, dans le contexte français actuel, utilisée par certains non pas en référence à la culture civique, mais comme une catégorie pratique en vue de définir l'identité de la nation. L'État veut établir une communauté nationale caractérisée par son homogénéité culturelle, mais il la définit non comme un projet politique, mais comme une identité héritée. Or, une identité ne peut pas être neutre. La laïcité identitaire est antinomique à la fonction de garant du fonctionnement arbitral de l'État.

Il nous importe de savoir comment les jeunes se situent par rapport à la culture nationale que l'État veut définir. Nous avons retenu la laïcité comme un élément de la culture politique des adolescents, étant donné la vigueur des débats politiques en France autour de ce terme, très lié à la question de l'identité nationale. Et, également, parce qu'il concerne directement les élèves : une grande partie du débat a porté sur les espaces scolaires et périscolaires, l'interdiction du voile à l'école, lors des sorties, les menus des cantines. Enfin, parce que ce principe juridique « typiquement français » est en réalité une combinaison des droits fondamentaux que sont la liberté et l'égalité : la liberté de conscience, d'expression en général et de sa religion en particulier, d'organisation des cultes, d'une part, et l'égalité devant la loi des individus et des cultes qui suppose la neutralité de l'État vis-à-vis de toutes les croyances, d'autre part.

Il n'existe donc pas de longue tradition de recherche sur le sécularisme chez les jeunes contrairement à ce que nous avons vu pour le vote par exemple, mais des données sont désormais plus régulièrement produites. Il faut commencer par rappeler que la socialisation légale, le rapport au droit des élèves, est marqué du sceau des valeurs de liberté et d'égalité. La sociologue Chantal Kourilsky, dans un travail quantitatif sur quelques centaines d'élèves de 11-18 ans, a montré que les adolescents accolent d'abord le mot « droit » à la liberté de faire ce que l'on veut. Le terme « égalité » est aussi agrégé au droit, et ce de manière croissante avec l'âge. Environ un cinquième des élèves de 6e le font, tandis que la majorité des 16-18 ans « réagissent spontanément au terme égalité en y associant une idée de droit » : égalité de droits, égalité comme principe constitutionnel, interdiction de toute discrimination entre les individus [1]. Une enquête pour la presse destinée aux jeunes montre la même chose : chez les 11-15 ans, le plus important pour vivre ensemble « c'est que j'aie les mêmes droits que tous [2] ». C'est dans ce système de représentation des droits que la laïcité prend toute sa place.

---

1. Chantal Kourilsky, « Socialisation juridique et identité du sujet », *Droit et société*, 1991, n° 19, numéro spécial, « Le rapport des jeunes au Droit à l'Est et à l'Ouest », p. 259-275, p. 270.

2. Enquête réalisée par le CREDOC pour les Scouts de France et *Okapi* en mai-juin 2002 auprès de 2812 jeunes de 11-15 ans.

La plus ancienne référence à la laïcité que nous avons trouvée dans une enquête en milieu scolaire remonte aux années 1960. Deux sociologues de Sciences Po Grenoble, Charles Roig et Françoise Billon-Grand, réalisent une recherche quantitative auprès des élèves, et demandent quels sont les adjectifs (« puissante » ou « démocratique » par exemple) qui qualifient le mieux la France[1]. Le terme « laïc » n'est presque jamais associé à l'identité du pays. À l'époque, la laïcité renvoie à la séparation entre l'État et l'Église catholique. Cinquante ans plus tard, le contexte a changé. La laïcité est désormais la ligne de clivage identitaire utilisée pour distinguer les musulmans des autres Français, y compris des catholiques, et elle s'est déplacée dans le domaine de la vie quotidienne. Dans une enquête réalisée en 2016, le sociologue Olivier Galland trouve que 62 % des lycéens interrogés sont d'accord avec l'opinion suivante : « les cantines scolaires devraient servir des plats différents selon les convictions religieuses des élèves », tandis qu'une importante minorité est en désaccord avec l'interdiction du voile[2]. L'enquête de 2018 du CNESCO sur la laïcité donne des résultats concordants : les élèves sont en accord très large sur le principe, et plus partagés sur sa traduction pratique au quotidien, par exemple sur

1. Charles Roig et Françoise Billon-Grand, *La Socialisation politique des enfants*, *op. cit.*

2. Olivier Galland, « La laïcité au prisme du regard des jeunes », *Telos*, 1er décembre 2019. « Les lycéens musulmans sont massivement d'accord avec cette idée (87 %), mais c'est le cas aussi d'une majorité, certes courte (52 %), de chrétiens comme de jeunes sans religion. » Voir aussi Olivier Galland et Anne Muxel (dir.), *La Tentation radicale. Enquête auprès des lycées*, Paris, PUF, 2018.

la manière de combiner dans l'enceinte scolaire le respect de la diversité des convictions religieuses et la limitation des règles de visibilité. Ainsi, 64 % des élèves de 3e et 62 % de ceux de terminale déclarent qu'il est « important » ou « très important » de pouvoir s'absenter un jour de fête religieuse. Mais, en même temps, ils sont 64 % à considérer « important » ou « très important » que « la religion des élèves ne soit pas visible dans l'espace scolaire », ce qui laisse un autre tiers en désaccord [1]. Dans le sondage le plus récent sur les lycées, réalisée pour la revue *Le Droit de vivre* et la LICRA, on apprend que les élèves sont majoritairement favorables au port de signes religieux ostensibles dans les lycées publics : c'est le cas de plus d'un lycéen sur deux (52 %), soit une proportion deux fois plus grande que dans la population adulte (25 %) [2]. Il y a une quinzaine d'années, l'idée du port de signes religieux ostensibles était majoritairement rejetée par les 14-16 ans (à 58 %) [3], cela a complètement changé. Aujourd'hui, le port de tenues religieuses par des parents accompagnateurs est même accepté à 57 % (contre 26 % chez l'ensemble des Français). À leurs yeux, ni la nation française ni l'avenir de la République ne sont menacés par le fait de montrer ses convictions religieuses, et encore moins par le fait que

1. *Laïcité et religion au sein de l'école et dans la société. Une évaluation des attitudes civiques des collégiens et des lycéens*, *Le Zoom du CNESCO*, 29 janvier 2020.

2. Enquête auprès des lycéens sur la laïcité et la place des religions à l'école et dans la société, IFOP, mars 2021.

3. Selon l'enquête européenne RECO sur « La religion dans l'enseignement. Contribution au dialogue ou facteur de conflit dans des sociétés européennes en mutation ? » réalisée entre 2006 et 2009.

l'école les respecte. Cela marque la poursuite de la révolution des droits, l'affirmation de l'émancipation individuelle portée par le renouvellement générationnel.

Dans l'enquête UPYC sur les collèges des Bouches-du-Rhône, nous avons demandé aux adolescents s'ils voyaient la laïcité comme un principe de division ou d'unité [1]. Il apparaît qu'ils sont nombreux à se prononcer, d'une part, et que ceux qui le font le jugent très positivement. Alors qu'ils « ne savent pas » quoi penser pour près de 40 % d'entre eux lorsqu'on leur demande s'il faut interdire les livres ou films qui attaquent la religion, ou si les députés devraient prendre en compte les croyants lorsqu'ils votent une loi, les trois quarts des collégiens se prononcent sur le principe général de laïcité. Et près de 68 % y voient « un principe d'unité qui permet à chacun de librement pratiquer ses croyances », soit beaucoup plus que ceux qui pensent qu'il s'agit d'un principe qui « crée des divisions et des injustices dans la société » (7 %) (cf. graphique n° 3). Lorsque UPYC leur pose une question plus précise sur les signes religieux à l'école, ancrée dans leur quotidien, les non-réponses sont plus fréquentes (28,5 %), et les opinions exprimées sont partagées entre ceux qui soutiennent l'interdiction parce « quelle est nécessaire à la liberté et

1. Nous avons toujours veillé à laisser les collégiens libres de répondre ou non aux questions posées, tant lors des consignes orales que sous la forme des questions, en laissant la possibilité explicite de dire « ne sais pas » en plus des « non-réponses ». La question exacte est : « Selon toi, le principe de laïcité », « permet de vivre ensemble, quelles que soient les convictions de chacun » ; « crée des divisions et des injustices dans la société ».

l'égalité de chacun» (36,8 %), et ceux qui la refusent parce qu'elle est «contraire à la liberté et l'égalité de chacun» (32,5 %). Comme dans les autres enquêtes, les jeunes sont très partagés sur la nécessité d'interdire les signes religieux, tout en lui donnant une petite prime. Cette restriction, intégrée à la loi, ne fait pas consensus chez les jeunes, tant s'en faut. Mais aucune autre option non plus.

*Graphique nº 3. Les opinions sur le «principe de laïcité» (%), et sur «l'interdiction des signes religieux à l'école» (%). Source: UPYC-France.*

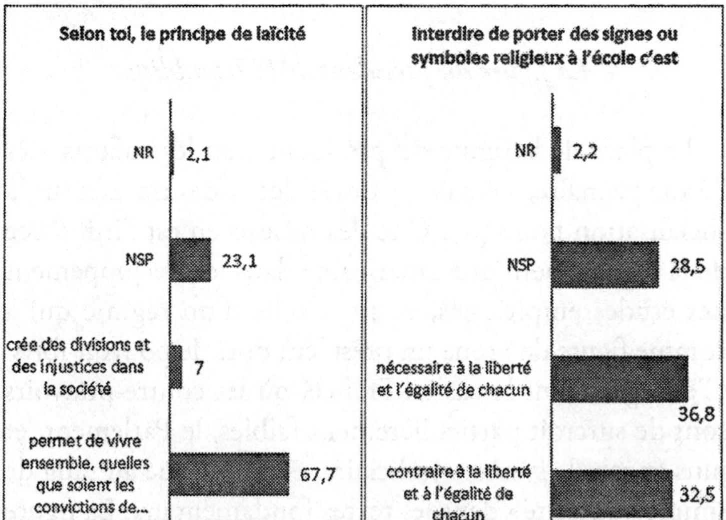


Le plus étonnant dans les travaux des commissions qui se sont penchées sur la laïcité est l'absence de recours aux sciences sociales pour déterminer l'efficacité des solutions proposées sur le problème identifié. À aucun moment elles ne cherchent à vérifier si leurs prémices sont vraies, si une intégration républicaine traditionnelle est bien la plus adaptée dans une société hétérogène socialement, ethniquement, culturellement. Elles ne se penchent pas sur les effets de la mise en œuvre des principes dans la pratique, par exemple de savoir si le fait de ne pas tolérer des signes religieux favorise ou non l'identification nationale. Nous reviendrons sur ces points avec les données de nos enquêtes aux chapitres suivants.

### *4. La figure du président de la République*

La place de la figure du président chez les enfants, dès l'école primaire, a été notée dès le début des travaux sur la socialisation politique. Une des raisons en est l'influence de la science politique américaine dans le développement des études empiriques, et aussi celle d'un régime qui a comme figure de proue un président doté de pouvoir forts. C'est également le cas en France, où les contre-pouvoirs sont de surcroît particulièrement faibles, le Parlement, et plus encore le système judiciaire, étant relégué au rang de simple « autorité » dans les textes fondamentaux. La figure du président de la République est majeure, tant dans la Constitution française que dans le regard des enfants. La lecture de la Constitution française de 1958 impressionne par la place qu'elle lui accorde. Passé le préambule qui rappelle l'attachement aux droits de l'homme, le titre I^er^

et ses trois articles établissent la souveraineté populaire. Puis on passe au titre II qui porte sur le président de la République, il lui est consacré environ un tiers du texte si l'on dénombre les mots utilisés pour décrire les différents rouages du pouvoir (gouvernement, Parlement, Conseil constitutionnel, autorité judiciaire, Haute Cour de justice, collectivités territoriales notamment). Enfin, il faut ajouter qu'il remplit une fonction de garant des institutions : « Il veille, par son arbitrage, au respect de la Constitution. Il assure le fonctionnement normal des pouvoirs publics et la continuité de l'État. » C'est presque un *understatement* de dire que son rôle est central, et pour reprendre une formule monarchique on pourrait dire que « l'État c'est lui ».

Une particularité de la vie politique française est le dédain de nombre de présidents pour les corps intermédiaires et notamment les partis politiques, en France, mais aussi ceux qui nous regardent depuis l'étranger. Le politologue Lawrence Scheinman écrivait en 1969 à propos du général de Gaulle et de sa « certaine idée de la France » qu'elle contenait des éléments universels qui renvoient à l'autodétermination de la nation, mais aussi d'autres qui faisaient référence à Charles Maurras, avec son emphase sur le pays réel et son dédain pour la politique des partis et du Parlement [1]. Cette idée du président au-dessus des partis, de rassemblement autour d'une figure unique à

1. Laurence Scheinman, « The Politics of Nationalism in Contemporary France », *International Organization*, 1969, n° 23-4, p. 834-858.

caractère messianique, et cette appréciation péjorative des corps intermédiaires, trouvent des illustrations contemporaines, notamment chez le président Valéry Giscard d'Estaing ou encore Emmanuel Macron. Non seulement le président de la République est particulièrement puissant, mais il est également extrêmement visible. Les jugements des adolescents sur le président ont donc une importance particulière : en même temps qu'on l'estime, lui, personnellement, bon ou mauvais, c'est tout le système politique qui est évalué.

Comment les jeunes voient-ils les dirigeants ? Dans les pays qui en font le pivot du régime, la figure du chef de l'État est très tôt identifiée. En 1960, des politologues américains ont commencé à étudier la manière dont les enfants percevaient le président des États-Unis. David Easton et Robert Hess d'un côté, et Fred Greenstein d'un autre, ce dernier ayant donné pour titre à son article « Le leader bienveillant », ont donné le coup d'envoi de recherches empiriques. Aux États-Unis, du système politique, les jeunes connaissent avant et par-dessus tout un élément : le président de la République, et ce dès leur très jeune âge. Parce qu'il est identifié tôt, et parce qu'il l'est plus que tout autre élément du système politique, il monopolise l'attention des enfants dans leur apprentissage. Les chercheurs indiquent que les enfants ont une vision idéalisée du président. Ils ne voient pas d'effet du genre, de la classe sociale ou de la religion sur cette représentation, ce qui les amène à conclure à l'existence d'une

« base de soutien diffus quasi monolithique » pour l'autorité politique[1]. Comme je l'ai déjà indiqué, ce n'est pas complètement surprenant puisqu'ils raisonnent à partir des seuls enfants blancs et urbains.

Charles Roig et Françoise Billon-Grand ont réalisé la première enquête sur la socialisation politique des enfants en France, en 1963, dans des écoles publiques et privées, avec de jeunes adolescents de 11 à 13 ans. En France, dès qu'il s'agit de parler d'orientation politique, de faire débattre librement les élèves, l'école est frileuse[2]. La tentative des chercheurs est rendue complexe par l'opposition qu'ils rencontrent, via « des pétitions émanant d'associations et de syndicats », mais l'enquête sera en partie réalisée, et les données obtenues analysées. Ils découvrent que la socialisation politique est bien entamée. Presque tous les enfants connaissent le nom du président. Sur 413 interrogés, seuls 10 (2,4 %) ne savent pas nommer le général de Gaulle[3]. Aucune autre information sur le système politique n'est aussi bien mémorisée. 87 % l'identifient comme un homme politique, et 82 % font de même pour Pompidou. Par comparaison, de nombreux autres hommes politiques n'attirent pas autant la lumière et ne sont pas identités comme tels : Pierre Mendes France

1. P. 378.

2. Fred I. Greenstein et Sidney G. Tarrow, « The Study of French Political Socialization : Toward the Revocation of Paradox », *World Politics*, 1969, n° 22, p. 95-137.

3. Charles Roig et Françoise Billon-Grand, *op. cit.*, p. 75.

(22 %) ou Maurice Thorez (9 %). Le chef de l'État sort clairement du lot. Pour autant, les opinions des adolescents ne sont pas toutes positives. Sur la moitié des élèves de Grenoble qui nomment des traits du président, 53 % exactement, environ la moitié mentionne des qualités (24 %) et l'autre des défauts (29) [1].

Quelques années plus tard, entre 1969 et 1970, Fred Greenstein fait un travail sur les 10-14 ans aux États-Unis, en Grande-Bretagne et en France, à partir d'entretiens enregistrés [2]. L'enquête a lieu durant une période qui débute juste après la fin de mandat du général de Gaulle, qui a démissionné, et au début de celui de Georges Pompidou en France, qui vient d'être élu, et pendant le mandat de Richard Nixon aux États-Unis, qui va être confronté au Watergate. Les enfants s'expriment sur le chef de l'État et sur le chef du gouvernement. Résultat : plus de 90 % des enfants sont capables de nommer les chefs d'État. Les enfants sont plus à l'aise avec l'identification du titre de la reine que de son nom, Élisabeth II, pour désigner le monarque. Mais, si les jeunes Britanniques connaissent leur Premier Ministre autant que leur chef d'État, en France, c'est deux fois moins. Partout, les enfants méconnaissent le représentant élu localement à l'Assemblée nationale. Pour tous, le chef d'État est celui

1. *Ibid.*

2. Fred I. Greenstein, « The Benevolent Leader Revisited : Children's Images of Political Leaders in Three Democracies », *American Political Science Review*, 1975, n° 69-4, p. 1371-1398.

qui « décide, gouverne, commande », encore plus en France qu'ailleurs (86 % contre 64 pour les États-Unis et 62 % pour le RU). Ils ne le voient pas comme « un symbole », encore moins en France que dans les autres pays (à peine 3 % contre 5 % aux États-Unis mais évidemment plus, 19 %, pour la reine). Un dernier point, l'étude révèle aussi que le président n'est pas idéalisé par les enfants : ils ne lui attribuent pas de qualités ou de défauts particuliers, leurs jugements sont très neutres et renvoient à sa fonction. Cela confirme la recherche grenobloise de l'époque.

Il est clair que, dans ces pays, les adolescents prennent conscience de l'existence du système politique à travers son chef. « Les enfants de la Vᵉ République », concluent les auteurs, « focalisent leur attention quant à la direction de l'exécutif entièrement sur le président ». Pour eux, il « gouverne la France », « gouverne tout le peuple », « gouverne l'État [1]. On note que les adolescents associent bien peuple, France et État, et placent ces trois entités sous le président de la République. On peut extraire de ce travail une dernière observation, qui n'est pas anecdotique : lorsqu'on présente une histoire au cours de laquelle le président fait une infraction routière, il n'y a que 26 % des enfants en France qui pensent qu'un policier va le verbaliser contre 41 % aux États-Unis. On le voit, les enfants comprennent très tôt les règles du jeu politique, même s'ils n'utilisent pas le terme monarque républicain à 12 ans.

1. *Ibid.*, p. 1380.

Les minorités sont désormais prises en compte dans certains travaux. Ils ne dévoilent, et c'est un résultat important à garder en mémoire, chez les enfants issus de l'immigration, aucun rejet précoce des symboles de l'appartenance nationale, même dans une zone défavorisée. La sociologue Asmaa Jaber, qui travaille à partir d'entretiens qualitatifs auprès des enfants, confirme la bonne connaissance des symboles nationaux. À la vue du drapeau français, ils s'écrient : « Je l'ai vu à l'école ! », « Il est accroché devant la mairie ! », « Je l'ai dans mon cahier ! ». À l'apparition de l'image du drapeau français, les enfants répondent avec beaucoup d'enthousiasme, note-t-elle. Le président-candidat d'alors, Nicolas Sarkozy, est immédiatement reconnu comme « le président de la République française », et qualifié de celui qui « gère la France », « fait des discours », « explique la loi [1] ». Ce travail appelle deux observations. D'abord, que ce ne sont pas les valeurs qui sont transmises, mais des éléments de la symbolique nationale : un drapeau ou un président ne sont pas des valeurs. Ainsi, à la fin de la IVe République, 86 % des lycéens interrogés par Jean-William Lapierre et Georges Noizet disent que l'irrévérence à l'égard des symboles nationaux est une faute, et 70 % une « attitude intolérable ». Nous savons qu'aujourd'hui 90 % des jeunes adultes y sont attachés, mais les valeurs partagées dans la société ont

1. Asmaa Jaber, « La socialisation politique enfantine dans des familles d'origine immigrée », *Recherches familiales*, 2015, n° 12, p. 247-261. Le travail porte sur 16 enfants entre 5 et 9 ans.

considérablement évolué en soixante ans[1] ; ensuite, que la tension avec ces symboles, qui a pu se manifester bruyamment dans les stades, ne se produit pas sous l'influence des familles, pourtant très désabusées d'après l'auteure de l'étude : les petits ne rejettent pas ces signes politiques, au contraire. Si cela se produit, ce sera bien tardivement dans leur vie, à l'adolescence. Entre-temps divers expériences seront venues enrichir la lecture des symboles de la République. Le fait de se familiariser à 7 ans avec un symbole ne doit pas être confondu avec sa valorisation à 12 ou 15 ans. J'ai déjà cité le travail approfondi sur la socialisation politique des enfants mené par Katharine Throssell[2]. La chercheuse montre que les 10-12 ans manifestent des préférences politiques en accord avec l'ensemble des attitudes politiques qu'elles soutiennent : ils jugent le président en fonction de leurs valeurs. L'étude a lieu au moment de l'élection présidentielle de 2007. Nicolas Sarkozy, qui a un long passé d'homme public, est le mieux reconnu des principaux candidats, et le moins aimé, jugé plus « menteur » et plus « raciste » que Ségolène Royal. La centralité du président et la capacité critique des enfants sont à nouveau vérifiées. Pour eux, le président a une responsabilité envers le peuple, ce n'est pas un « chef suprême » : il y a bien une socialisation qui développe la sensibilité aux valeurs démocratiques.

1. Sondage Odoxa, novembre 2015.

2. Katharine Throssell, *Tous les enfants de ma classe votent Ségolène*, *op. cit.*, p. 65-78.

*Graphique n° 4. Es-tu d'accord ou pas d'accord avec les affirmations suivantes : « Nicolas Sarkozy était un bon président » (source : POLIS-France), « François Hollande est un bon président » (source : UPYC-France).*

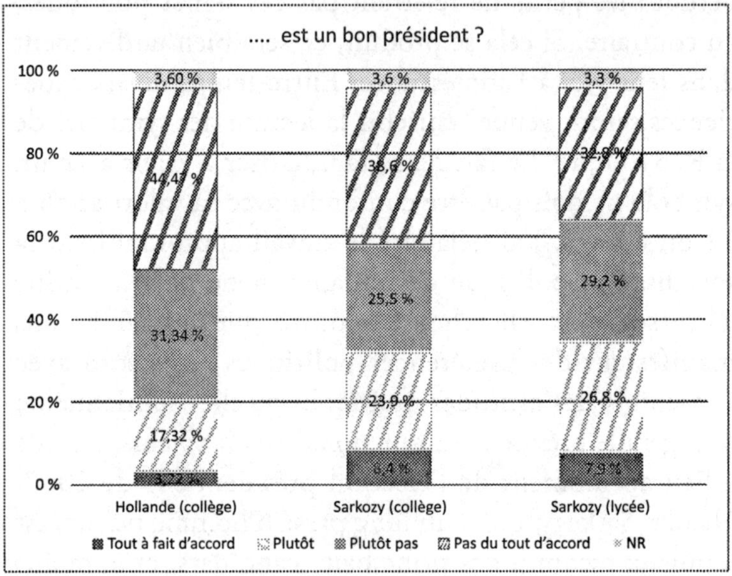


Les résultats obtenus jusqu'à présent incitent à approfondir les attitudes vis-à-vis du chef de l'État pour saisir la culture civique des adolescents. Dans les enquêtes POLIS au printemps 2012, soit à la fin du mandat de Nicolas Sarkozy, et UPYC au printemps 2015, soit après un mandat largement entamé, nous avons demandé aux élèves s'ils jugeaient qu'ils étaient de bons présidents. Comme on l'avait vu pour le général de Gaulle, les jeunes ont déjà, à ce moment de leur vie, des opinions établies.

Presque tous se prononcent : seuls 3 à 3,6 % ne le font pas, comme dans les enquêtes antérieures, les jeunes se sentent compétents pour répondre car ils reconnaissent le président (cf. graphique n° 4 page précédente). Nous avons isolé les collégiens dans POLIS pour les comparer à la même population dans UPYC. Les résultats indiquent que ces collégiens sont partagés, mais avec une dominante très critique : même si Sarkozy (64 % d'avis négatifs) a un avantage sur Hollande (76 % d'avis négatifs). Nos résultats ne sont pas une anomalie. Dans l'enquête du CNESCO conduite en 2018, 78 % des élèves de terminale font « peu ou pas confiance » au gouvernement, et nos lycéens de la seconde à la terminale sont 62 % à ne pas voir dans Sarkozy « un bon président ». Cette défiance française est confirmée dans les études internationales portant sur les 15-29 ans où s'exprime un score inférieur à la moyenne des pays de l'OCDE.

### *5. La culture d'État en porte-à-faux*

Nous poursuivons l'exploration de la culture politique nationale : après le sentiment de nation, nous avons observé des éléments de la culture civique. Il y a de nombreuses preuves que la confiance dans les normes, les principes et les hommes qui incarnent le régime conditionne le bon fonctionnement de la démocratie : l'adhésion aux normes et aux institutions lui est essentielle. D'une part, les procédures démocratiques sont le moyen de limiter la conflictualité, de trouver les modalités de sa réduction. D'autre part, si on ne fait pas confiance à l'arbitre des dissensions, ajoutent les politologues, les chances qu'elles soient contenues s'amenuisent nettement. La démocratie fonctionne si on arrive à institutionnaliser les antagonismes, et cela n'est pas possible sans confiance dans les institutions et les hommes qui les symbolisent. Elles constituent le mécanisme qui permet que les conflits s'expriment et puissent trouver une issue sans que la nation explose. C'est pourquoi les attitudes vis-à-vis de la participation politique et des représentants politiques sont un aspect tout aussi essentiel de l'intégration à la République des adolescents que leur sentiment national.

La formation d'une culture civique est un enjeu essentiel pour le projet national des gouvernements démocratiques : il leur faut relier la nation et l'État non par la violence, mais par des droits et des valeurs, et s'assurer de leur transmission aux nouvelles générations. Mais cela ne dépend pas que de la transmission d'une culture d'État. La nation n'est pas l'État : elle est par nature divisée et change sous des paramètres que le gouvernement ne contrôle pas, c'est la phrase déjà citée de Tocqueville : « chaque génération est un peuple nouveau ». Il ne suffit pas que les règles impératives, qui prennent la forme de commandements ou d'interdictions, émanent des autorités pour être reconnues comme valides. Leur légitimité dépend des significations que les jeunes leur accordent. S'il veut être légitime, l'État ne doit-il pas aussi incorporer les valeurs et les pratiques nouvelles qui émergent, en particulier chez les jeunes, afin de recréer en permanence une identité commune et un sentiment d'appartenance, une communauté inclusive de citoyens ? D'une part, le principe de l'utilité du vote rassemble largement. Mais, pour le reste, l'étude de la culture civique montre une distance aux orientations du gouvernement. Sur le plan des principes les études montrent, d'une part, que les élèves se reconnaissent dans la laïcité, et d'autre part qu'ils l'associent à l'égalité, à un traitement égal des différentes religions, à l'école notamment. Dans les enquêtes on découvre que, pour les jeunes, l'expression de différences alimentaires sur une base culturelle ne pose pas de problème et doit être respectée. Les opinions sur le port du voile donnent des résultats plus contrastés et variables suivant les études, mais rien n'indique que les jeunes y voient un signe d'étrangeté et de dangerosité. S'ils ne la rejettent pas massivement, l'idée d'interdiction des signes religieux ne fait pas consensus chez eux. Ils adhérent à la laïcité ouverte plus qu'à la fermée actuellement voulue par l'État. Enfin, la perception du chef de l'État est fragile : seule une minorité le juge positivement. On sait qu'il est central pour la socialisation politique : le président est un point de repère politique majeur. Il n'est pas au-dessus des partis, mais à côté de la société des jeunes. Or, il ne s'agit de rien de moins que du garant des institutions, de la face humaine de l'État.

La raison d'être de l'État est la promotion d'une culture politique nationale. S'il veut être légitime, il doit créer une identité commune, un sentiment d'appartenance, et une communauté de citoyens. Cela suppose d'incorporer les aspirations de la société dans son système juridique, de faire correspondre une communauté de culture à une communauté de droits. Or, il est frappant de voir que si la valeur du vote est bien ancrée chez les adolescents, elle est déjà affaiblie dans les segments de la population qui seront, une fois jeunes adultes, abstentionnistes, confirmant un lien établi par d'autres travaux entre adhésion aux normes et comportements futurs [1]. Et également que la figure du président de la République, dont les adolescents saisissent la fonction symbolique et de commandement, est très négativement connotée. De plus, lorsqu'on s'intéresse aux normes de laïcité, on observe un très net décalage entre la jeune nation, ses aspirations culturelles, et la définition du peuple d'État portée par les gouvernements français qui se sont succédé depuis plus de deux décennies. L'interprétation de la laïcité par les adolescents est libérale : ce clivage générationnel est net lorsqu'on compare les jeunes adultes aux plus âgés, comme nous le verrons en détail aux chapitres suivants, mais plus marqué encore chez nos élèves des collèges et lycées. L'historien Jean Baubérot cite Ferdinand Buisson à propos des finalités de la loi de 1905 : elles ne sont autres que l'égalité et la liberté des citoyens : « l'égalité de tous les Français devant

1. David E. Campbell, *Why We Vote: How Schools and Communities Shape Our Civic Life*, Princeton University Press, Princeton, 2006, chap. 6.

la loi » par « l'exercice de tous les droits civils désormais assurés en dehors de toute condition religieuse » et par « la liberté de tous les cultes [1] ». Le philosophe inspirateur de la loi ajoute : « L'essentiel est de récuser une conception répressive de la laïcité à l'égard du religieux. » La laïcité signifie l'absence de religion officielle. Cela n'implique nullement, en revanche, la réduction de la religion à la « sphère privée ». Au contraire, la loi augmente la liberté des manifestations de la religion sur la voie publique. On a vu que cette approche libérale correspond à celle des jeunes adultes et plus encore des adolescents d'aujourd'hui. Enfin, nous avions déjà repéré un décalage lors de l'étude du sentiment de nation, tant pour l'attachement au pays qu'à la nationalité : le cosmopolitisme des jeunes est très affirmé, et contraste avec les attitudes des plus âgés. À nouveau, les adolescents revendiquent « la diversité dans la liberté », pour reprendre le mot de Clemenceau, et cela signale un désajustement culturel entre l'État et la jeune nation.

---

1. Jean Baubérot, « La laïcité, élément clef de la démocratie », *op. cit.*, p. 10-12.

## CHAPITRE 3

# *La socialisation politique de la jeunesse*

En ce début de XXI^e siècle, la question principale est devenue celle de la reproduction des nations. Elle est indissociable de la socialisation politique de la jeunesse. Les gouvernements d'aujourd'hui réussissent-ils à créer, par l'usage des symboles, par les actions de leurs administrations, tout à la fois une identité commune et une communauté de citoyens qui adhérent à une culture civique ?

### *1. Le rôle exorbitant de l'école et le peuple d'État*

Comment le gouvernement imagine-t-il son projet national ? L'article 2 de notre Constitution résume le premier volet de son programme d'action : « La langue de la République est le français. L'emblème national est le drapeau tricolore, bleu, blanc, rouge. L'hymne national est *La Marseillaise*. La devise de la République est "Liberté, Égalité, Fraternité". » Aujourd'hui la fabrique de la nation semble d'abord et avant tout comprise comme une exposition des enfants aux symboles de la République, assortie d'une sacralisation desdits emblèmes. Le second volet est constitué de l'éducation civique à l'école. L'idée directrice est d'exposer les enfants aux symboles de la nation, à la devise républicaine et à l'idée de l'État bienveillant, afin qu'ils soient inconsciemment assimilés.

Concernant la formation du citoyen, la période de la IIIe République est cruciale : elle entend dénouer le lien entre l'éducation et la religion, qu'elle considère désormais comme une affaire de conscience individuelle. Dans une France à 97 % catholique, l'école d'État est donc un instrument essentiel pour la production du citoyen républicain. Cela a donné lieu à la guerre des « manuels d'instruction civique et morale » laïques et de ceux de l'enseignement catholique, analysée par Yves Déloye. La loi du 28 mars 1882 complète celle du 16 juin 1881 sur la gratuite de l'école primaire publique et fait de l'école un service public où l'instruction morale et religieuse est remplacée par une instruction morale et civique. Elle est dénoncée par les monarchistes et les catholiques comme incarnation de l'immoralité de « l'école sans Dieu ». Des autodafés de manuels laïcs ont lieu, des incidents éclatent jusque dans les classes lorsque des enfants déchirent leurs manuels. C'est le début d'un long processus qui a fait passer dans les mœurs et les consciences l'idée d'un ordre politique fondé sur l'individu et ses droits. Les républicains sont convaincus que « la mise en œuvre d'une instruction civique laïque [est seule] capable de former à la fois les électeurs que réclame le suffrage universel et les citoyens que la République entend gouverner », explique le politiste. Il s'agit d'un projet volontariste et conscient, contrairement à ce que laisse penser la théorie du « nationalisme ordinaire » sur laquelle nous reviendrons à la fin de ce chapitre. Les « républicains espèrent favoriser une éducation qui saura faire accepter et respecter, par ses citoyens, l'ordre politique républicain », « une éthique de la responsabilité civique qui amènera les citoyens à s'autodiscipliner [1] ». La conception de la citoyenneté a été forgée en France dans un contexte de lutte entre républicains et catholiques. Une conception rationnelle et individualiste (faite de raison individuelle et d'autonomie morale) s'oppose à une conception organique (l'appartenance à une communauté religieuse et culturelle à laquelle l'individu ne peut se soustraire). Dans la vision républicaine, c'est un point qu'il faut souligner, l'individu détaché des appartenances primaires adhère profondément à une communauté de citoyens. L'historienne Michèle Perrot rappelle qu'à l'époque, « la question du lien social préoccupe au premier chef les penseurs de la République ». Toutes les « sciences nouvelles », tant la sociologie d'Émile Durkheim, que la science juridique d'Hauriou et de Duguit, ou la philosophie solidariste de Léon Bourgeois, « tous insistent sur le rôle de la volonté, l'intériorisation des devoirs autant que des droits, sur la nécessité du gouvernement de soi ; par la propreté, la tempérance, l'ordre,

1. Yves Déloye, *École et citoyenneté. L'individualisme républicain de Jules Ferry à Vichy : Controverses*, Paris, Presses de Sciences Po, 1994, p. 27.

la ponctualité, (...), la politesse[1] ». Il ne s'agit donc pas de former des êtres moralement purs et moralement indépendants : il faut les inscrire dans une collectivité humaine vaste, celle de la nation[2]. Et c'est à l'école qu'incombe cette tâche.

Ces fondements seront régulièrement renouvelés. La sociologue Géraldine Bozec et la politologue Sophie Duchesne ont étudié le rôle confié à l'école publique, dès le primaire, pour l'apprentissage de la citoyenneté sous les différentes républiques françaises. Depuis la IIIe République, « elle n'a connu, nous expliquent-elles, qu'un bref moment de mise en sommeil dans les deux décennies qui ont précédé sa remise à l'honneur par Jean-Pierre Chevènement, en 1985, quand l'éducation civique est réintroduite comme un enseignement à part entière, avec programmes et horaires[3] ». Les programmes pour l'école primaire ont été régulièrement modifiés en 1995, en 2002 et en 2015. L'ensemble des disciplines doivent y contribuer (une heure par semaine) et des débats doivent être organisés en classe sur les problèmes de la vie collective (une demi-heure hebdomadaire). L'éducation civique est actuellement conçue comme un « domaine transversal ». En 2007, le ministère de l'Éducation nationale fait même de l'éducation civique « le deuxième pilier des

1. Michèle Perrot, « Citoyens, citoyennes », *Libération*, 12 janvier 1995.
2. Yves Déloye, *op. cit.*, p. 106.
3. Géraldine Bozec et Sophie Duchesne, « Apprentissage de l'universalisme citoyen en France », *Revue internationale d'éducation de Sèvres*, 2007, n° 44, p. 4.

programmes de l'école primaire», juste derrière la maîtrise de la langue française.

Lors des moments de crise, le rôle de l'école pour forger la cohésion de la nation est particulièrement invoqué par les responsables politiques. Devant le choc causé par des événements, le recours consiste à en appeler aux fondements moraux, aux valeurs. C'est pourquoi l'école se prête particulièrement bien à cette mobilisation gouvernementale de crise. À la suite des attentats de janvier 2015 à Paris, le président François Hollande, dès le 21 janvier, annonce une «grande mobilisation de l'école pour la défense des valeurs républicaines»: il entend replacer l'école «au cœur de la République». La ministre de l'Éducation nationale, Najat Vallaud-Belkacem, annonce que la formation continue des enseignants «sera renforcée», qu'un livret sur l'enseignement laïc des faits religieux et la laïcité est en préparation pour les chefs d'établissements scolaires. Le guide *Laïcité et enseignement supérieur* publié en 2004 au moment de l'interdiction du voile à l'école est réédité, et la signature par les familles de la Charte de la laïcité introduite à la rentrée 2013 est désormais obligatoire. Un «enseignement moral et civique» d'une heure par semaine dans toutes les classes, de l'école primaire à la classe de terminale, est promis pour la prochaine rentrée[1], il «intégrera une éducation aux médias, les problématiques de lutte contre le racisme,

1. Ce que prévoyait déjà la loi de refondation de l'école de 2013.

l'antisémitisme et toutes les formes de discrimination, les notions de droits et de devoirs, le principe de laïcité». En février 2019, à l'occasion du vote de la «Loi pour une école de la confiance», le député «Les Républicains» Éric Ciotti insiste sur la nécessité «d'aimer la France et de faire aimer la France dès le plus jeune âge» en développant «le sentiment patriotique». Il ambitionne de réinstaller les «valeurs de la République» au cœur du fonctionnement scolaire. La loi oblige déjà toutes les écoles à avoir un drapeau français, mais il souhaite rendre obligatoires le drapeau français et les paroles de *La Marseillaise* dans toutes les classes, de la maternelle au lycée. D'autres députés proposent qu'on lève le drapeau une fois par semaine, et que les élèves chantent *La Marseillaise* à la même fréquence. L'école doit concentrer les symboles de l'État, l'amour de la nation et le culte des valeurs civiques en référence aux lois communes.

Arrêtons-nous quelques instants sur la question du drapeau. Il s'agit d'un symbole social, d'un objet concret qui a pour fonction de signifier, sans les représenter, l'ensemble des liens qui attachent une personne à une forme collective, un «nous». La manière dont il est considéré montre que le projet national en France est un exemple archétypal de religion d'État. Pierre Birnbaum, dans un article fort instructif et précis, explique la différence entre les religions civiles qui célèbrent les droits et celles qui célèbrent l'État. Il étudie ce que la loi et les cours de justice disent du fait de brûler un drapeau. Aux États-Unis, cela constitue « un comportement qui exprime une valeur », « un élément de communication » qui doit être respecté même s'il va à l'encontre des intérêts de l'État. Les juges, ce faisant, affirment le caractère laïc de l'État en refusant de condamner une « désacralisation » du drapeau. S'ils le faisaient, ils transformeraient le drapeau « en objet sacré et quasi religieux ». C'est pourquoi, explique le sociologue et historien, avec l'arrêt Eichman, du nom de l'un des protagonistes, la Cour du district de Washington refuse de sanctionner de tels actes sans quoi « notre liberté politique se trouverait érodée [1] ». En France, en 2003, une loi pour la sécurité intérieure crée un nouveau délit ; l'« outrage aux symboles nationaux », drapeau tricolore ou hymne national [2]. En mars 2010, la photo d'un homme s'essuyant les fesses avec le drapeau tricolore est diffusée. La ministre de la Justice d'alors, Michèle Alliot-Marie, saisit le Conseil d'État d'un projet de décret punissant d'une amende l'outrage au drapeau français dans un cadre artistique. En juin 2016, un manifestant contre la loi travail a été arrêté pour avoir brûlé un drapeau tricolore à Rennes. En France, on ne saurait blasphémer contre l'État [3].

1. Pierre Birnbaum, « Nationalisme civique ou Droits des citoyens ? À propos de deux visions non banales du drapeau américain », *Raisons politiques*, 2010, n° 37, p. 131-146.

2. Xavier Cabannes, « Le délit d'outrage au drapeau tricolore ou à l'hymne national, *RRJ*, 2003, vol. 1, n° 2, p. 987-999.

3. L'article 433-5 du code pénal prévoit que « Le fait, au cours d'une manifestation organisée ou réglementée par les autorités publiques, d'outrager publiquement l'hymne national ou le drapeau tricolore est puni de 7 500 euros d'amende. Lorsqu'il est commis en réunion, cet outrage est puni de six mois d'emprisonnement et de 7 500 euros d'amende ».

Il est intéressant de citer un peu longuement Émile Durkheim : « Il ne peut pas y avoir de société qui ne sente le besoin d'entretenir et de raffermir, à intervalles réguliers, les sentiments collectifs et les idées collectives qui font son unité et sa personnalité. Or, cette réfection morale ne peut être obtenue qu'au moyen de réunions, d'assemblées, de congrégations où les individus, étroitement rapprochés les uns des autres, réaffirment en commun leurs communs sentiments ; de là des cérémonies qui, par leur objet, par les résultats qu'elles produisent, par les procédés qui y sont employés, ne diffèrent pas en nature des cérémonies proprement religieuses. Quelle différence y a-t-il entre une assemblée de chrétiens célébrant les principales dates de la vie du Christ, ou de juifs fêtant soit la sortie d'Égypte, soit la promulgation du Décalogue, et une réunion de citoyens commémorant l'institution d'une nouvelle charte morale ou quelque grand événement de la vie nationale[1] ? » Les moyens utilisés par le gouvernement pour former le peuple d'État se révèlent très classiques : si l'identification nationale recherchée est singulière, sa fabrique fonctionne comme pour tout autre groupement religieux ou même humain. C'est pourquoi la célébration de la nation se présente comme une « religion sécularisée ». Au tournant du XX^e^ siècle, autant Émile Durkheim que Max Weber voient le nationalisme comme

1. Émile Durkheim, *Les Formes élémentaires de la vie religieuse* (1912), Paris, PUF, 1960 (réédition), p. 610.

une religion de substitution, une sorte de religion civile en surplomb de toutes les croyances.

Après l'assassinat de l'enseignant Samuel Paty, le vendredi 16 octobre 2020 à Conflans-Sainte-Honorine, le ministère de l'Éducation Jean-Michel Blanquer réagit immédiatement. Il veut que les valeurs de la République et la liberté d'expression soient enseignées une heure par semaine par les professeurs d'histoire. Il fait lire dans toutes les cours d'écoles, de collèges et de lycées de France la « Lettre aux instituteurs et institutrices » de Jean Jaurès le jour de la rentrée des classes : « Vous tenez en vos mains l'intelligence et l'âme des enfants ; vous êtes responsables de la patrie. » Sa secrétaire d'État se rend à la rencontre de 130 adolescents venus de toute la France, rassemblés du 20 au 22 octobre au lycée Isaac de l'Étoile, à Poitiers – à l'initiative de la Fédération des centres sociaux, et, dans un esprit de dialogue républicain, Sarah El Haïry, secrétaire d'État, assène : « Les religions n'ont pas leur place à l'école, un point c'est tout. Vous êtes des mineurs, la laïcité est là pour vous protéger ! », « Vous devez avoir le sentiment d'appartenir à la communauté républicaine », ajoute la ministre, avant de tenter en vain de faire chanter l'hymne national au groupe d'adolescents, sous leurs regards interloqués. Si l'intériorisation des valeurs civiques et du sentiment national n'est pas liée à l'exposition aux symboles nationaux, fussent-ils brandis par un ministre, se pourrait-il que leurs fondements ne soient pas ceux que le gouvernement croit ?

### *2. La socialisation politique vue par les sciences sociales*

Les sciences sociales étudient la socialisation des enfants depuis maintenant plusieurs décennies. Ses agents décisifs sont, par définition, ceux qui influencent le plus les jeunes. Étant donné que la socialisation débute dans l'enfance, on ne sera pas étonné de savoir que les parents y tiennent une place de choix. Les politologues ont surtout étudié la formation des préférences pour les partis politiques, dès les années 1960, et l'idéologie politique, puis l'identité nationale.

On peut distinguer, en simplifiant, trois grands groupes d'explications principales : l'action de la famille et des amis, celle de l'État, et enfin celles « ordinaires » qui seraient plus diffuses. Dès les années 1960, politologues, sociologues et psychologues ont montré comment les enfants, à la fin de l'école primaire, s'orientaient dans l'espace politique : ils se forment une représentation du monde politique, ont à leur disposition une sorte de kit mental, dans lequel on trouve un sens bien établi de la nationalité, des rudiments d'une idéologie du pouvoir (qui est fort, qui devrait l'être plus, qui sont les amis et les ennemis), des positions de classe et un sens d'appartenance, des professions à fort prestige, des forces politiques, et des grands leaders [1]. Et tout cela avant même de recevoir un enseignement formel à l'école. La socialisation politique est un processus qui est largement

1. A. F. Davies, « The Child's Discovery of Nationality », *op. cit.*, p. 107-125.

informel et implique la famille, les copains et camarades d'école ou les voisins. Elle est un apprentissage de la politique, de ses règles et codes, de la valeur qu'on doit leur donner, et de la place qu'on occupe par rapport aux élus et aux puissants. On distingue les attitudes (qui incluent la proximité vis-à-vis des partis, le sentiment national, et les valeurs politiques comme l'adhésion à la norme qu'est le vote), l'engagement (l'intérêt pour la politique, la confiance dans le système politique) et les comportements (conventionnels ou protestataires).

Initialement, les politologues pensaient que la socialisation opérait comme un moule qui façonnait les individus pour toujours. Mais, rapidement, ils observèrent des changements d'attitudes et de comportements, et la socialisation fut comprise comme un apprentissage. La période située entre l'enfance et l'âge adulte est considérée comme essentielle : les habitudes politiques ou les identités sont encore en formation, et sensibles à divers facteurs externes. Concernant le rapport à citoyenneté, Chantal Kourilsky a montré comment la notion se construit chez les adolescents : à 11-12 ans, peu y associent la notion de nationalité (11 %) ou le droit de vote (8 %), c'est surtout le lieu où l'on vit qui compte, pas le cadre juridique. Mais, en fin de parcours, chez les 16-18 le rattachement à l'État et au pays devient le premier critère lié à la citoyenneté [1]. La nationalisation des jeunes est achevée.

1. Chantal Kourilsky, « Socialisation juridique et identité du sujet », *op. cit.*, p. 50-51.

Quels sont les mécanismes de socialisation ? Pendant l'enfance, l'apprentissage est à la fois direct et indirect[1]. Les adolescents remplissent leur « bibliothèque mentale » de connaissance avec les récits qu'ils entendent, ce que leur disent les adultes. Ces ressources sont mobilisées plus tard, en fonction des besoins. Mais certaines sont laissées de côté, lorsque l'adolescent les juge obsolètes, par exemple. Elles forment des sortes de « prédispositions » pour le système de croyance selon John Zaller, professeur à l'université de Californie de Los Angeles[2]. Plus tard, les pratiques viennent renforcer les croyances. Par exemple, l'exercice du vote renforce la croyance dans la valeur du vote. Les explications classiques de l'intérêt pour la politique sont les expériences et les savoirs acquis par les adolescents : plus ils en savent sur le système politique, plus ils sont intéressés et actifs. Et, ensuite, l'habitude du vote s'établit, consolidant ainsi l'attachement des citoyens. Les résultats de recherches récentes montrent que les choses peuvent être plus compliquées et moins linéaires : à certains moments, dans certains contextes, les personnes changent leurs comportements électoraux, se mettent à voter ou bien arrêtent de le faire, ou le font par intermittence.

---

1. Anja Neundorf et Kaat Smets, *Political Socialization and the Making of Citizens*, Oxford Handbooks Online, Oxford University Press, 2017.

2. John Zaller, *The Nature and Origins of Mass Opinion*, Cambridge, Cambridge University Press, 1992.

La socialisation familiale a été l'objet de recherches nombreuses par les politologues : la famille est un groupe primaire, au sens de premier et primordial, où les attachements sont les plus forts et les plus durables. La famille est le lieu de reproduction de la religion, des orientations politiques, et plus largement de la morale. Elle serait également importante dans l'émergence de l'attachement national, même si des influences ultérieures viendront se mêler à la vision première qui le sous-tend. La politologue Katharine Throssell, dans son étude déjà citée, montre que les enfants de 7 à 8 ans « s'identifient déjà tous à un pays en particulier », et, point notable sur lequel nous avons déjà attiré l'attention, « parfois à plusieurs ». Elle ajoute : « ils sont tous capables d'expliquer leur attachement à l'Hexagone, en invoquant des raisons relatives, pour la plupart d'entre eux, au lieu de naissance ou aux liens de parenté, parfois aux deux », et lorsqu'elle discute des frontières et de leur possible effacement, elle note que « la disparition de leur nation est pour les enfants une chose inconcevable, et combien "la France" est conçue en termes dominants[1] ». Le sentiment de nation renvoie effectivement à un territoire proche, délimité, et à un groupe humain, ici la famille. La sociologue Chantal Kourilsky avait réalisé un travail vingt ans plus tôt, en 1987 exactement, sur les évolutions du rapport à la nation. Elle aussi remarquait que le mot citoyen est associé, chez les 11-12 ans, d'abord au fait d'être une personne humaine et non pas au critère de

1. Katharine Throssell, *op. cit.*, p. 33 et 34.

résidence dans un pays[1]. La nation, en tant que telle, n'est pas abordée dans les enseignements de l'école primaire, nous expliquent Géraldine Bozec et Sophie Duchesne. Les instituteurs respectent la hiérarchie des normes promue par le ministère de tutelle : les enfants doivent d'abord « apprendre à l'école qu'ils sont égaux et appartiennent au même groupe humain[2] ». Mais il ne s'agit ni de « réfléchir aux inégalités entre les groupes qui sont à l'œuvre dans la société », ni d'enseigner la France plurielle. Les instituteurs voient le « communautarisme comme l'un des dangers principaux ». Alors que Katharine Throssell trouve le concept de nation déjà formé chez les enfants, les deux auteures n'observent pas, dans les discours des instituteurs, de référence à la nation en dehors de l'appartenance « à une nation démocratique ». Cela recouvre la distinction entre république et monarchie, la connaissance de la Déclaration des droits de l'homme et la Révolution française. La nation n'est présente qu'à travers la république et les droits universels. Pris ensemble, leurs travaux suggèrent que le sentiment national ne se construit pas, à cet âge, en miroir de l'enseignement reçu à l'école.

La fonction de socialisation d'autres administrations, et donc de la police, est peu étudiée. L'idée de l'effet d'une

1. Chantal Kourilsky, « Socialisation juridique et identité du sujet », *op. cit.*, p. 259-275.

2. L'instruction du ministère de l'Éducation nationale est de « respecter la différence dans la mesure où cela ne porte pas atteinte aux valeurs universelles des droits de l'homme ».

expérience directe qui n'est pas transmise par la famille a été développée par les deux politologues américains Jack Dennis et David Easton il y a une cinquantaine d'années : c'est dans des interactions avec des figures non politiques que les enfants apprendraient à approuver ou désapprouver les autorités politiques elles-mêmes [1]. Les chercheurs ont cherché à comprendre quelles fonctions étaient attribuées à la police par les enfants de manière générale, par l'association de mots (police et loi, ou police et protection par exemple). Mais les travaux portant sur les conséquences à court ou long terme des pratiques policières et des émotions qu'elles génèrent sont plus récents. On sait maintenant que l'exposition répétée aux contrôles d'identité tend à affaiblir la confiance dans les policiers, et ce aussi bien aux États-Unis que dans divers pays européens [2]. Les groupes minoritaires en souffrent particulièrement. Des conflits endémiques entre les jeunes et la police sont enkystés en France, mais pas en Allemagne, dans les quartiers pauvres. Plusieurs travaux chez les adultes en France suggèrent que des expériences de contrôle d'identité jugées injustes sont associées avec une moindre croyance dans la loi, et aux États-Unis un moindre sentiment de citoyenneté (cf. chapitre 6). Des études débutent la documentation les effets iatrogènes [3] sur la santé des adolescents, au point que

1. Jack Dennis et David Easton, *Children in the Political System. Origins of Political Legitimacy*, *op. cit.*, p. 11.

2. Dietrich Oberwittler et Sebastian Roché, *Police Citizen Relations Across the World*, Londres, Routledge, 2018.

3. Ce terme désigne l'ensemble des effets néfastes qui peuvent être provoqués par un traitement médical.

les professeurs de médecine recommandent de repenser les buts et méthodes de la police [1]. On sait désormais que la violence policière augmente les difficultés scolaires et freine la poursuite des études des adolescents qui y sont exposés [2]. Les contrecoups des contrôles répétés sur la santé mentale des adolescents commencent à être documentés de manière sérieuse : selon une équipe de médecins, c'est une cause de détresse émotionnelle, et de stress posttraumatique [3]. C'est également vrai d'autres aspects de la santé publique [4]. Bien moins étudiée que la socialisation par l'école, celle qui se produit sous l'effet de la police mériterait d'être mieux prise en considération, et, le cas échéant, leurs effets combinés devraient être observés.

Du côté des attitudes morales et politiques, Annick Percheron indiquait le rôle de la religion dans la formation

1. J. Goulka, B. Del Pozo et L. Beletsky, « From public safety to public health : re-envisioning the goals and methods of policing », *Journal of Community Safety and Well-being*, 2021, n° 6, p. 22–27.

2. Desmond Ang, « The effects of police violence on inner-city students », *The Quarterly Journal of Economics*, 2021, vol. 136, p. 115-168. Joscha Legewiea et Jeffrey Fagan, « Aggressive policing and the educational performance of minority youth », *American Sociological Review*, 2019, vol. 84, p. 220-247.

3. Dylan B. Jackson, Chantal Fahmy, Michael G. Vaughn, Alexander Testa, « Police stops among at-risk youth : Repercussions for mental health », *Journal of Adolescent Health*, 2019, n° 65-5, p. 627-632. Amanda Geller, Jeffrey Fagan, Tom Tyler et Bruce G. Link, « Aggressive policing and the mental health of young urban men », *American Journal of Public Health*, décembre 2014, n$^{os}$ 104-112, p. 2321–2327.

4. A.A. Sewell et K.A. Jefferson, « Collateral damage : the health effects of invasive police encounters in New York City », *Journal of Urban Health*, 2016, n° 93, p. 42–67.

des valeurs familiales. Cela est toujours vrai en dépit de la nette érosion du groupe majoritaire catholique. De même, Anne Muxel souligne que « les convictions politiques et religieuses sont, toujours aujourd'hui, ce qui se transmet le mieux [1] ». Si les parents sont très politisés, ils stimulent l'engagement politique : ils valorisent cette action, servent de modèle, informent leurs enfants. Le statut socio-économique des parents est aussi considéré comme très important. En effet, un statut élevé favorise une réussite à l'école, qui a comme conséquence d'augmenter l'intérêt pour les questions politiques, et la connaissance sur le fonctionnement des institutions. De plus, les parents de milieu social aisé encouragent le développement d'attitudes civiques [2]. Les élèves du haut de l'échelle sociale se saisissent des enseignements qui boostent leur implication civique, un effet qu'on ne retrouve pas au bas de l'échelle sociale [3].

L'action de socialisation par l'État relève, selon nos dirigeants, principalement de l'école. L'école est considérée comme le lieu de transmission par excellence. Les

1. Annick Percheron, *La Socialisation politique*, Paris, Armand Colin, 1993. Anne Muxel, *L'Expérience politique des jeunes*, Paris, Presses de Sciences Po, 2001.

2. M. Kent Jennings, Laura Stoker et Jake Bowers, « Politics across generations : family transmission reexamined », *Journal of Politics*, 2009, n° 71, p. 782-799, p. 790.

3. S. E. Finkel, « Civic education and the mobilization of political participation in developing democracies », *Journal of Politics*, 2002, n° 64, p. 994-1020.

responsables politiques misent régulièrement sur l'éducation dite civique, à l'intérieur du cursus scolaire, mais sa portée est encore mal connue en France. Les effets strictement scolaires de la socialisation politique ne sont pas bien établis : on se souvient que les historiens ont fait de l'école un instrument de la construction de la conscience nationale, mais il n'existe pas de démonstration véritable : on sait que les États ont scolarisé les populations, mais en même temps qu'ils construisaient tout un système général d'administration. L'historien Eugen Weber a ainsi montré comment les paysans ont été transformés en Français, comment l'ensemble de leur existence a été progressivement relié par des liens affectifs et matériels à la collectivité nationale : de la collecte des impôts au système métrique en passant par l'architecture, par la modernisation des campagnes, l'urbanisation, le désenclavement des villages par les réseaux routiers et ferroviaires. C'est aussi l'entrée de la politique nationale au village comme en témoigne le conflit des viticulteurs du Midi en 1907 : il devient « un enjeu de débat et de lutte nationaux [1] ». Il est difficile d'isoler le rôle de l'école. Certains imaginent que la connaissance, par l'instruction civique, des devoirs des citoyens, des droits, de la fonction du président de la République est la cause des attitudes civiques. Ce n'est pas démontré. Bien sûr, au niveau social, l'éducation est en elle-même étroitement associée avec l'intérêt pour la politique, les attitudes civiques, et la participation politique :

1. Eugen Weber, *La Fin des terroirs. La modernisation de la France rurale (1870-1914)*, Paris, Fayard. 1983, p. 398.

les plus diplômés sont les plus actifs, on l'a encore vu aux dernières élections en France. Mais, étant donné que l'éducation reste très liée au statut socio-économique, les sociologues débattent du fait que la première ne pourrait être qu'une sorte de fantôme de la première.

Des travaux portent sur les effets de la participation des élèves aux activités menées au sein de l'établissement scolaire ou en périscolaire. Les résultats indiquent que les cours d'éducation civique *ex cathedra* ne sont pas la bonne porte d'entrée pour former une culture participative et d'engagement. Ils montrent au contraire que ce sont les modalités de l'éducation à l'école, la manière de faire la classe et d'impliquer des élèves dans des projets de groupe et dans la vie de l'école qui font vivre les attitudes civiques [1]. Trois chercheurs belges ont noté que, dans les deux territoires étudiés, les États-Unis et la Belgique, l'éducation civique compense pour une part l'absence de socialisation politique dans la famille, et que l'intérêt pour la politique après la fin des études en est affecté. À l'âge de 14 ans, l'engagement politique est initié par les parents, par les discussions politiques en famille, d'une part, mais aussi par les travaux de groupe d'éducation civique, le fait

1. Le climat dans la classe pourrait aussi être déterminant : lorsque les élèves sont libres de s'exprimer, que leurs opinions sont prises en compte, ils croient dans les vertus de la participation politique. Cette position a été documentée par une importante recherche conduite dans plusieurs pays par la spécialiste du domaine Judith Torney Purta, « The school's role in developing civic engagement : a study of adolescents in twenty-eight countries », *Applied Developmental Science*, 2002, n° 6, p. 203-212.

de s'engager dans des activités bénévoles à l'école. L'idée principale est que le cadre familial et le cadre scolaire influent tous les deux. Ainsi, ceux qui ne bénéficient ni de l'un ni de l'autre sont loin derrière. Le résultat est vérifié par les chercheurs tant dans les années 1960 que les années 2000 [1]. Plus récemment, les professeurs londoniens Avril Keating et Jan Janmaat ont analysé une enquête longitudinale, qui suit les adolescents dans le temps entre 11-12 ans et 19-20 ans, et vérifié l'existence d'effets significatifs et qui perdurent sur l'engagement politique. C'est le cas lorsque les élèves s'engagent dans un conseil, des débats en classe, des élections dans le cadre de l'école. La mise en œuvre de telles actions peut avoir des effets positifs, mais elles nécessitent un soutien politique, des formations et des ressources. Surtout, les deux experts mettent en garde sur un fait : si l'école peut jouer un rôle dans la socialisation politique, il se révèle en réalité fort modeste comparé à l'ensemble des influences qui affectent les adolescents [2].

Comme nous l'avons indiqué plus haut, le gouvernement attend beaucoup de l'école pour à la fois créer un sentiment de nation et une culture civique. [3] La sociologue

1. A. Neundorf, R.G. Niemi et K. Smets, « The compensation effect of civic education on political engagement : how civics classes make up for missing parental socialization », *Political Behavior*, 2016, n° 38, p. 921-949.

2. A. Keating et G. Janmaat, « Education through citizenship at school : do school activities have a lasting impact on youth political engagement ? », *Parliamentary Affairs*, 2016, n° 69, p. 402-429.

3. Marie Duru-Bellat et François Dubet, *L'École peut-elle sauver la démocratie ?*, Seuil, 2020.

Géraldine Bozec a montré que la France consacre des ressources importantes à l'éducation à la citoyenneté, au « Parcours citoyen de l'élève » pour reprendre la terminologie du ministère : « C'est le pays européen dans lequel les élèves commencent le plus tôt leur apprentissage de la citoyenneté, dès l'âge de 6 ans. Cet apprentissage s'étale ensuite sur douze ans (le plus long en Europe) [1]. » La sociologue Nathalie Mons le confirme : « Sur le papier, le système scolaire français est un des rares pays européens à développer l'ensemble des instruments existant dans ce champ d'enseignement : le cours d'éducation civique tout au long de la scolarité (...), la participation d'élèves élus par leurs pairs dans les instances de gouvernance des établissements (...) délégués de classe, au conseil d'administration... et enfin (...) les programmes d'enseignement moral et civique (EMC), l'engagement civique actif dans des projets citoyens. » Dans les faits, à peine la moitié des élèves s'engagent dans ces activités au sein de l'école. L'enquête de 2018 du CNESCO atteste que les résultats scolaires expliquent l'engagement dans les activités civiques proposées par le lycée. Les meilleurs élèves sont presque deux fois plus mobilisés par le programme, tout comme ceux qui pensent faire des études longues. Ce travail confirme que les élèves qui ont une « compétence subjective », qui ont conscience de savoir, sur les sujets politiques, sont plus aisément mobilisés. Mais, qu'à l'inverse, s'ils pensent en savoir moins que les autres, ils

1. Géraldine Bozec, *Éducation à la citoyenneté. Politiques, pratiques scolaires et effets sur les élèves*, Paris, CNECO, 2016.

se sentent peu légitimes pour prendre la parole ou participer activement à la vie collective. Or, au lycée, seuls 37 % des lycéens se sentent compétents pour intervenir sur des questions politiques, « un constat inquiétant pour des élèves au seuil de la majorité citoyenne », commentent les auteurs du travail. C'est d'autant plus vrai qu'une partie des élèves, les moins scolaires, sortent de l'école à la fin de la période obligatoire, et n'atteignent jamais le lycée. Enfin, l'enquête conclut, dans une tonalité qui rappelle celle des deux enseignants d'Aix-en-Provence qui étudiaient l'instruction civique sous la IVe République, « les jeunes questionnent fortement la réalité des rôles citoyens qui leur sont dévolus au sein de l'institution scolaire et notamment la prise en compte de leur parole et de leurs opinions [1] ». Dans les années 1950, deux professeurs chargés des cours d'instruction civique des classes terminales au lycée d'Aix-en-Provence ont proposé une expérience pédagogique. Ils souhaitaient donner aux élèves dont ils avaient la responsabilité « la possibilité de faire l'apprentissage d'une conduite civique, leur faire prendre conscience des exigences de l'esprit civique ». Ils réalisent alors en 1957 une étude de la formation donnée, et de la manière dont elle est reçue. Le diagnostic de l'approche de l'Éducation nationale qu'ils publient en 1961 reste actuel : l'esprit civique transmis par l'enseignement de l'histoire et de la géographie aux élèves a pour but qu'ils s'identifient à

1. Nathalie Mons, *Apprentissage de la citoyenneté dans l'école française. Un engagement fort dans les instructions officielles, une réalité de terrain en décalage*, Paris, CNESCO, 2015, p. 32.

une figure idéalisée de l'État, mais sans accorder d'importance au fonctionnement réel du système politique. Et ils constatent que l'instruction civique ignore la dimension d'un libre débat contradictoire[1]. Les politologues américains Fred Greenstein et Sidney Tarrow qualifient cette socialisation politique de « catéchisme civique ».

En résumé, certaines approches peuvent aider à développer une citoyenneté active chez les adolescents, mais de telles conséquences bénéfiques ne sont pas démontrées en France. Surtout, ces effets scolaires sont très modestes au regard de tous ceux qui influencent la formation d'une culture civique.

Une dernière école de pensée, très populaire, a proposé d'interpréter le « nationalisme ordinaire » comme le reflet de l'existence d'un cadre national. Il serait partie intégrante d'une sorte de « sens commun » qui rend la nation naturelle, évidente, et la place hors de tout questionnement. Le psychologue Michael Billig explique ainsi la reproduction des nations et des citoyens nationaux. Professeur de sciences sociales britanniques, son ouvrage est l'un des plus cités au monde sur la question du nationalisme. Des croyances ritualisées s'enracinent dans chaque individu, suivant le modèle religieux d'Émile Durkheim : « Pour qu'une telle reproduction quotidienne

1. Jean-William Lapierre et Georges Noizet, *Une recherche sur le civisme des jeunes à la fin de la IV^e^ République, op. cit.*, p. 68-69. L'étude porte sur 183 élèves au moyen de questions fermées et ouvertes.

puisse survenir, on peut émettre l'hypothèse qu'un complexe de croyances, de suppositions, d'habitudes, de représentations et de pratiques doit aussi être reproduit (...) et ce de manière banalement triviale[1]. » Le processus serait indolore et inconscient : par « de nombreuses petites manières, il est rappelé aux individus leur place nationale dans un monde de nations[2] ». Billig utilise l'adjectif *mindlessly* qui indique le peu de conscience qui est lié à la reconnaissance de la nationalité, dans des processus quotidiens.

Je dois dire que je ne suis pas très convaincu par cette explication. D'abord, sur le plan conceptuel, le fait de mêler le sentiment national et le nationalisme tend à ajouter de la confusion à un débat déjà complexe. La conscience d'une identité précède le nationalisme. Le nationalisme implique de chercher activement à construire une nation. C'est d'ailleurs la définition que donne Max Weber, ou encore David Bell[3]. Le sentiment national consiste en un attachement subjectif à la nation, il renvoie à une identité, c'est différent. Ensuite, durant les quarante dernières années, en France mais aussi en Allemagne, au Royaume-Uni, au Canada, aux États-Unis, on ne peut pas vraiment dire que la question de la nationalité a été cantonnée dans la vie ordinaire, hors

1. Michael Billig, *op. cit.*, p. 6.
2. *Ibid.*, p. 8.
3. David A. Bell, *The Cult of the Nation in France: Inventing Nationalism*, *op. cit.*

de la politique, qu'elle n'a pas été un objet « chaud », ou encore que le modèle d'une seule nationalité n'a pas été symboliquement questionné. En permanence, la nationalité, la citoyenneté et l'intégration nationale ont été aux premières loges des débats politiques. L'attachement ou le rejet de la nation ont été exprimés très consciemment par les leaders politiques, syndicaux, associatifs, religieux, et par nombre d'individus dans la vie quotidienne. Le thème de l'ethnicité, de la religion et de la nationalité est dans tous les esprits. Et dans toutes les campagnes électorales. La France n'est d'ailleurs pas une exception : John Hutchinson et Montserrat Guibernau considèrent les nations comme des « zones de conflit » dans lesquelles plusieurs discours sont perpétuellement en concurrence pour la définition du récit national qui les incarne[1]. Enfin, les adolescents ne se contentent pas de réagir et d'accepter le projet national de l'État qui leur est présenté ou qu'on tente de leur imposer, mais bien au contraire se débattent consciemment avec les tensions identitaires et les normes civiques[2]. Ils ont conscience d'appartenir à un horizon plus large que celui borné par les « nombreuses petites manières » de Billig, et développent des attitudes nouvelles plus cosmopolites. La socialisation civique ne peut être considérée comme un simple processus de réception

1. John Hutchinson et Montserrat Guibernau (dir.), *Understanding Nationalism*, Cambridge, Polity Press, 2001, p. 83-88.

2. Serene S. Koh, *National Identity And Young Children: A Comparative Study Of 4th And 5th Graders In Singapore And The United States*, PhD, University of Michigan, 2010.

passive, mais plutôt comme un processus d'appropriation et de réorganisation par les adolescents des principes et des pratiques du droit qui régissent la société dans laquelle ils vivent.

### *3. Les croyances civiques : une question de culture ou d'expérience ?*

La fabrication du citoyen repose sur l'adoption de croyances dans la nation et dans les institutions démocratiques. Mais d'où viennent ces croyances ? Il y a deux grandes explications à ce processus, et elles sont en conflit, à la fois dans l'espace public et dans l'arène scientifique. La première est culturelle. L'adoption d'une culture politique est fondée sur l'appartenance à un groupe primaire, familial, ethnique ou religieux qui influence pratiques et croyances des adolescents : plus elles sont distantes de celles de la société centrale, moins ils s'y identifient. La seconde conçoit la formation de la culture politique comme le résultat d'une analyse rationnelle : l'ensemble des contacts avec la société et avec l'administration fournit des informations aux jeunes sur la place qui leur est réservée, sur leur qualité de citoyen doté de droit. Sur la base de ces informations, qu'ils vivent sur un mode émotionnel, ils orientent leurs préférences en matière d'identité nationale et de culture civique.

L'explication culturelle fait des attitudes des adolescents un produit retardé de la socialisation en valeurs dans le milieu familial. L'enfant est élevé dans un cadre de pensée religieux ou athée par exemple, dans un groupe ethnique avec son ancrage local pour le groupe majoritaire, et souvent sa trajectoire migratoire pour le groupe minoritaire, mais aussi en fonction du statut socio-économique des parents et ses effets sur le cadre de vie, les loisirs. Des dispositions se forment durant la vie précoce, bien avant que les enfants soient des adultes. Les références culturelles familiales construisent les bases de leur rapport à la cité. Aujourd'hui, l'enjeu politique qui fait l'objet de débats virulents est celui de la compatibilité des identités religieuses, et particulièrement de l'identité musulmane, avec l'intégration nationale. Ceux qui la pensent impossible s'inscrivent dans cette approche culturelle : on ne pourrait pas en même temps être « vraiment » français, sincèrement français, et conserver les traits culturels reçus dans la famille durant l'enfance et l'adolescence. Les valeurs sociales étant très liées aux modes de vie, aux façons de penser, par exemple sur le rôle des femmes dans la société, et ces valeurs sociales étant formées tôt, elles auraient un pouvoir bloquant sur les croyances nationale et démocratique. Sur cette ligne Laurent Bouvet, dans un essai, croit être en mesure de trancher « la question de la nature même de l'islam », et se sent proche de la thèse de l'« incompatibilité fondamentale entre l'islam et la civilisation française [1] ».

1. Laurent Bouvet, *op. cit.*, Citations extraites de son entretien à *Marianne*, 25 janvier 2019.

Toutes les sociétés sont stratifiées socialement et économiquement, ethniquement et religieusement. Les segmentations ethnique et religieuse existent nécessairement dans la nôtre. Il est tout à fait légitime de s'intéresser à cette question et il est important de savoir quels sont ses manifestations et ses effets. Appartenir à un groupe ethnique ou religieux minoritaire influence d'abord négativement la confiance dans les institutions, cela est avéré dans de nombreux pays [1]. Avec le volet international d'UPYC, nous pouvons constater que les adolescents musulmans sont nettement plus attachés à leur croyance que les athées, bien sûr, et que les catholiques, aussi bien en Allemagne qu'aux Pays-Bas, au Royaume-Uni ou en France [2]. Différentes études attestent également de l'écart entre les attitudes morales des adultes musulmans et du reste de la population dans plusieurs pays européens. Le professeur Ruud Koopmans l'a vérifié dans six pays, dont l'Allemagne et la France : leur conservatisme de mœurs est bien plus marqué, et affirmer une identité ethnique forte pousse à mettre à distance l'identité du pays d'accueil [3]. Des chercheurs allemands et américains ont par ailleurs

1. B. D. Silver et K. M. Dowley, « Measuring political culture in multiethnic societies : reaggregating the world values survey », *Comparative Political Studies*, 2000, n° 33, p. 517-550.

2. Sebastian Roché et Mike Hough (éd.), *Minority Youth and Social Integration*, Londres, Springer, 2018.

3. Ruud Koopmans, « Religious fundamentalism and hostility against outgroups : a comparison of Muslims and Christians in Western Europe », *Journal of Ethnic and Migration Studies*, 2015, n° 11, p. 33-57.

noté un effet de la religion, même s'ils indiquent que ce n'est pas le seul facteur à avoir un effet de frein sur l'identification nationale, en Angleterre, Allemagne, aux Pays-Bas et en Suède [1]. Pour autant, l'effet de la religion sur l'intégration subjective à la nation dépend aussi du contexte national, des clivages qui émergent au plan électoral, et des politiques conduites. Une analyse de l'identification nationale des jeunes musulmans dans cinq pays européens, hormis la France, confirme que les minorités ont une identification subjective plus faible à la nation, en particulier les musulmans, mais également que la qualité des contacts entre groupes ethniques, le fait d'avoir des amis dans le groupe majoritaire, affectent cette identification [2].

Le sociologue Jean-Paul Willaime concluait d'une comparaison européenne que les « identités nationales en Europe ont été et restent marquées par des dimensions religieuses [3] ». Dans une Europe culturellement marquée par son histoire chrétienne, catholiques et protestants ont la plus forte identification nationale, supérieure à celle des

1. Lars Leszczensky, Rahsaan Maxwell et Erik Bleich, « What factors best explain national identification among Muslim adolescents ? Evidence from four European countries », *Journal of Ethnic and Migration Studies*, 2020, n° 46, p. 260-276.

2. F. Fleischmann et K. Phalet, « Religion and national identification in Europe : comparing Muslim youth in Belgium, England, Germany, the Netherlands, and Sweden », *Journal of Cross-Cultural Psychology*, 2018, n° 49, p. 44-61.

3. Jean-Paul Willaime, « La prédominance européenne d'une laïcité de reconnaissance des religions », *in* Jean Baubérot, Micheline Milot et Philippe Portier (dir.), *Laïcité, laïcités*, Paris, Maison des sciences de l'homme, 2017, p. 101-122. Ou : *Europe et religions. Les enjeux du XXI$^e$ siècle*, Paris, Fayard, 2004.

non-croyants ou des autres religions, donc des musulmans même s'ils ne sont pas isolés dans ces données. Il est vrai que de nombreux États ont été confessionnels. La plupart ont promu un sécularisme avec séparation de l'Église et de l'État, ou une reconnaissance de l'identité religieuse, tandis que la disparition des religions d'État progresse en Europe. Une analyse par sondage des liens entre religion et identification nationale dans les pays européens détaille le fonctionnement des divisions. D'abord, la manière dont les clivages sont activés ou désactivés par les États est une première clé de compréhension : une relation étroite entre une religion et l'État favorise l'identification nationale. Par exemple, les catholiques se sentent plus nationaux lorsque leur religion est reconnue par le régime. Ensuite, une forte homogénéité religieuse de la population dans un pays donné renforce l'identification nationale : dans un pays majoritairement protestant, un protestant se sent plus national [1]. Et, ajoute le spécialiste des religions Philippe Portier, « même ceux qui n'étaient pas membres de l'Église luthérienne admettaient qu'elle incarnait la nation [2] ». Ce résultat qui fait la part belle au contexte est confirmé par la comparaison entre l'Union européenne, plus sécularisée, et les États-Unis, plus religieux : avoir une religion chez les immigrés ou leurs descendants freine le

1. A. Schnabel et M. Hjerm, « *How the Religious Cleavages of Civil Society Shape National Identity* », SAGE Open, 2014.

2. Voir l'interview de Philippe Portier, « En Europe du Nord, les Églises protestantes ont accompagné la modernisation et la pluralisation de la société », *Libération*, 13 février 2017.

développement d'un sentiment national en Europe, et le facilite en Amérique[1]. Autre exemple où la fierté nationale est négativement associée à la religiosité : les juifs israéliens sécularisés manifestent nettement moins d'attachement à Israël qu'aucun autre groupe religieux dans le pays[2]. La relation entre identités nationale et religieuse dépend de la culture et la société dans lesquelles les personnes sont immergées.

Le fait que l'intégration nationale dépende, en plus de l'identité ethnico-religieuse, du cadre institutionnel, de la manière d'organiser les liens entre la religion et l'État, d'une part, mais aussi, de la discrimination vécue par les groupes minoritaires, de sa séparation d'avec le groupe majoritaire, d'autre part, incite à explorer une autre logique de socialisation des jeunes que celle qui fait tout reposer sur la culture du groupe primaire.

Cette seconde approche met l'accent sur la ségrégation spatiale, les discriminations, plus généralement le traitement réservé aux jeunes par la société et par les administrations de l'État. Endosser des croyances nationales est la conséquence d'une analyse rationnelle des informations que toutes les expériences de vie apportent. Les raisons

1. Teresa García-Muñoz et Shoshana Neuman, *Is Religiosity of Immigrants a Bridge or a Buffer in the Process of Integration ? A Comparative Study of Europe and the United States*, IZA Discussion Paper No. 6384, 2012.

2. Tamir Sorek, Alin M. Ceobanu, « Religiosity, national identity and legitimacy : Israel as an extreme case », *Sociology*, n° 43, p. 477-496.

pour lesquelles un adolescent va ou non endosser des croyances majoritaires sur la nation et les normes civiques sont nombreuses. La principale source d'informations que les jeunes utilisent pour s'identifier à la collectivité politique provient des expériences qui leur permettent de connaître la place qui leur est faite dans la société. Dans cet ouvrage, nous allons vérifier, en s'inspirant des travaux de Michael Lipsky, le rôle central des contacts ordinaires avec deux administrations, l'école et la police. L'auteur soulignait que la position de proximité des « agents de première ligne », le nombre et la personnalisation des interactions qu'ils nouent avec les citoyens leur font jouer un rôle moteur : ils sont les politiques publiques. Il reprend : « Les bureaucrates conditionnent les citoyens à remplir les attentes des services gouvernementaux et leur affectent des places dans la communauté politique. Ils déterminent leur accès au droit et les sanctions qu'ils encourent ; ils supervisent enfin la manière dont ces services sont distribués effectivement. Les bureaucrates de proximité servent de médiateurs dans la relation qui lie les citoyens à l'État [1]. » La notion de médiation est essentielle, et nous proposons d'étendre sa fonction au-delà de celle que Lipsky lui donne, et d'imaginer qu'elle a des effets sur l'intégration symbolique dans la nation et le peuple d'État. C'est à travers les actions des agents de première ligne que l'État se matérialise, et que les jeunes comprennent la définition du peuple d'État et la place qui leur y est réservée. Nous

1. Michael Lipsky, *Streetlevel Bureaucracy*, *op. cit.*, trad. fr. : « La bureaucratie de proximité », *op. cit.*

allons nous intéresser à la réception par les jeunes des politiques publiques décidées par le gouvernement et des pratiques des agents de première ligne, ce que les politologues appellent le rapport ordinaire à l'État par l'accumulation des expériences au cours du temps[1].

Nous allons élargir la notion d'interaction avec les agents pour prendre en compte le cadre de l'interaction. Ainsi, les enfants ont des contacts avec leurs professeurs, mais l'école constitue le cadre où ces contacts ont lieu, l'établissement. Ses caractéristiques pourraient influencer les manières de penser la relation au politique des élèves. Et nous proposons également d'aller plus loin sur l'effet de l'expérience de l'administration, et de vérifier si elle n'affecte pas aussi les attitudes nationales et civiques des jeunes. Comment ? D'abord, les jeunes observent tous les jours, hors des périodes de vacances, les pratiques scolaires, et vont en tirer des conclusions. Par exemple, leur sentiment national pourrait dépendre du fait que le cadre scolaire leur permet ou non d'exprimer leur foi. Ou encore de leur scolarisation dans un collège ghetto, avec le sentiment de relégation qui l'accompagne. Ensuite, concernant les pratiques policières, l'expérience de l'imposition du pouvoir, de l'humiliation mais aussi de la discrimination pourrait affecter leur sentiment national et leur croyance dans la valeur fondamentale qu'est l'égalité.

1. Alexis Spire, « État des lieux. Les *policy feedbacks* et le rapport ordinaire à l'État », *Gouvernement et action publique*, vol. 5-4, *op. cit.*, p. 141-156.

Ceux qui sont moins bien considérés, et moins bien traités lors des contacts par ces administrations ne peuvent probablement pas se reconnaître aisément dans l'État, et dans le discours républicain des représentants des institutions politiques, fussent-ils généreux et articulés autour de valeurs universelles. L'évaluation qu'ils font du sort qui leur est réservé par les administrations est d'autant plus critique pour les adolescents que les décisions prises par ces services auront des effets durables sur eux, en matière d'espérance scolaire ou de stigmatisation comme délinquants aux yeux du quartier où ils vivent.

Quel est l'effet sur les jeunes des administrations qui ont pour mission de sculpter le peuple d'État ? On sait déjà que sa fabrication engage les administrations et les règles qui ouvrent ou ferment le droit à la citoyenneté, c'est tout le travail fait par les historiens de la nationalité, qu'il s'agisse de la Révolution ou de la colonisation. Mais il ne faut pas s'y limiter. Il nous faut aussi considérer les contacts ici et maintenant entre les jeunes et les agents des services publics comme facteur de socialisation politique. L'État délivre la nationalité, mais il la construit aussi dans le rapport aux agents de première ligne. La sociologie des usagers au guichet n'existait pas à l'époque de Max Weber, mais on mesure désormais l'importance de ces contacts quotidiens dans la fabrication des citoyens, et pas simplement ceux d'origine étrangère ou d'une religion minoritaire. La question de l'accès aux droits, et donc aux guichets qui les délivrent, et de la qualité du traitement des usagers est venue suppléer une analyse livresque des droits. Les deux exemples que nous allons scruter, l'école ou la police, sont deux de ces bras de l'État qui répondent à des logiques structurelles et professionnelles : les agents ont leurs orientations idéologiques, les services répondent à certaines formes d'organisation, qu'il s'agisse de la taille des classes ou du découpage des circonscriptions de police, ils dépendent du mode de recrutement des agents et de diverses règles éthiques et légales. Ce ne sont pas leurs missions définies juridiquement qu'il faut regarder, le contenu des cours d'éducation civique ou du code d'éthique de la police, ou encore leurs vertus selon les ministres qui les dirigent, mais le cadre d'expérience qu'ils constituent pour les adolescents. L'école est l'administration qui, pour le gouvernement et plus largement dans l'imaginaire collectif, est chargée de fabriquer les « bons citoyens ». La police est celle qui a pour fonction de détecter les déviants, et de protéger les honnêtes gens. Dans les deux cas, il s'agit d'assurer la conformité à des normes préétablies : l'école et la police ont la mission de fabriquer des petits républicains qui se sentent français, des membres du peuple d'État dont les valeurs civiques soient alignées sur celles de la société centrale.

Il faut maintenant observer les données, des résultats d'enquête, pour comprendre ce que les administrations et les leaders politiques font à la jeunesse. Et s'ils mettaient en péril l'objet même du projet de l'État, la possibilité d'une nation ?

## CHAPITRE 4

# *École privée, école publique et laïcité*

Les missions vertueuses attribuées à l'école par le gouvernement sont simples et d'une ambition sans limite : elle doit sauver la république et la démocratie. L'école est conçue par les gouvernements comme le moyen de réaliser le peuple d'État, celui qui correspond aux normes qu'il a fixées. Mais, que peut l'école pour la nation et la démocratie ? Peut-on véritablement connaître les effets de l'école sur les attitudes des élèves ? Les ministres de l'Éducation nationale ont tendance à lui confier, par le truchement de l'éducation morale et civique, essentiellement dévolue aux professeurs d'histoire-géographie, de grandes responsabilités. Après l'assassinat de Samuel Paty, alors que la France s'interrogeait sur la manière dont la liberté d'expression est enseignée, un journaliste du *Monde* a pointé le défaut de connaissance du ministère de l'Éducation nationale en la matière : aucune étude n'existe pour cerner le sujet à l'échelle nationale : la fréquence et le contenu des cours, le profil des professeurs, leurs difficultés, les réactions en classe restent inconnues[1].

Il nous faut élargir la focale et comprendre la relation totale des élèves à leur école, qui déborde le cadre des enseignements spécifiques ou du parcours de citoyenneté. Que nous apprend UPYC, notre enquête, sur les collégiens ? Elle montre des relations assez ambivalentes des adolescents à leur établissement. Les collégiens mettent peu en cause les motivations des enseignants, ils adhérent pour 80-85 % d'entre eux à l'idée que l'école est un lieu où l'on apprend à « penser librement », où l'on ne cherche pas à « enseigner des choses fausses ». Aucun autre item ne recueille autant d'opinions favorables (cf. graphique n° 5). L'honnêteté perçue pourrait constituer un atout important dans la mesure où l'école se veut un creuset de la citoyenneté, un espace de formation plus qu'un moule uniforme. Les autres réponses sont plus critiques. Ainsi, les jugements sur l'institution (lui faire confiance, l'aimer) plafonnent à moins des deux tiers des opinions. Dans l'ensemble, l'attachement affectif des filles est un peu supérieur à celui des garçons (+ 6 points à 69 %), mais leur niveau de confiance est semblable au leur. On notera que l'avis du professeur n'est important que pour 55 % des collégiens, un pourcentage bien faible lorsqu'on considère la formulation de la question qui porte sur l'« enseignant préféré ». Il semble être une personne comme une autre, et à qui il n'est donc

1. *Le Monde*, 20 novembre 2020, https://www.lemonde.fr/idees/article/2020/11/20/a-l-ecole-de-la-liberte-d-expression_6060541_3232.html.

pas reconnu de qualité spécifique. La sociologue Valérie Caillet ne rappelait-elle pas que les collégiens peuvent aller jusqu'à ignorer le nom de leurs professeurs, à l'exception « des plus terribles » ? Ce modeste score laisse penser que la valeur des prescriptions et proscriptions émises par les enseignants est bien restreinte. Il ne s'agit que d'une des facettes de l'attachement à l'école. Enfin, selon 40 % des élèves, ils feraient l'objet traitement inégal par l'école. C'est un pourcentage tout à fait considérable, et d'un niveau comparable aux réponses qui concernent la police (40 %) ou le secteur commercial (38 %).

*Graphique n° 5. Différentes dimensions de l'attachement à l'école et aux enseignants (en %). Source : UPYC-France.*

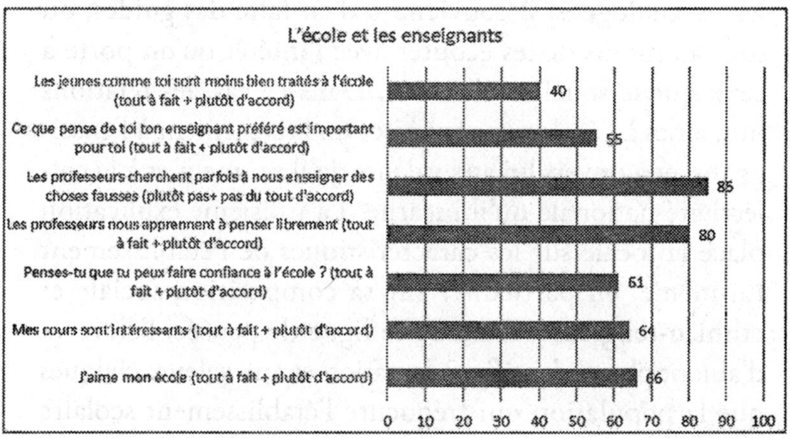


Nous posons la question de la réception des messages explicites et implicites qu'envoie le cadre scolaire aux enfants pour ce qui concerne, d'une part, le sentiment national, et d'autre part les valeurs civiques. Plusieurs dimensions explicatives de l'expérience scolaire peuvent être mises en avant. La première place la focale sur les caractéristiques de l'établissement lui-même, et en particulier sur son statut privé ou public : si la nature laïque de l'encadrement éducatif et la mise à distance de tout enseignement religieux ont les vertus qu'on leur prête, on pourra vérifier empiriquement à quel point les établissements privés échouent à former ces citoyens aussi bien que les établissements publics. La seconde explication met l'accent sur les relations interpersonnelles avec les professeurs : quand les liens sont forts et positifs on peut s'attendre à une identification des élèves avec les enseignants. S'ils sont pris comme « modèles de rôle », pour parler comme les psychologues, il conviendra d'en faire des guides, ou tout au moins de les écouter avec l'intérêt qu'on porte à ceux qui se soucient de nous. Dans ce cas, les relations humaines à l'école vont favoriser un attachement à l'enseignant, et à travers lui aux valeurs qu'il promeut et à la collectivité nationale qu'il incarne. La troisième explication place la focale sur les caractéristiques de l'établissement lui-même, en particulier sur sa composition sociale et ethnico-religieuse. Dans cette ligne de pensée, l'élève va d'autant plus s'identifier à la nation et aux valeurs civiques que la population qui fréquente l'établissement scolaire reflète un idéal de fraternité. Pour le dire plus simplement, si les élèves sont placés dans des établissements où se concentrent les couches socio-économiques défavorisées et les groupes ethno-religieux minoritaires (musulmans pour l'essentiel), ils vont se montrer sceptiques, voire rejeter les valeurs qu'on leur présente.

### *1. Le statut privé ou public des établissements : des effets contrastés*

Les établissements privés sous contrat ont des obligations fixées par la loi qui les rendent comparables aux établissements publics en termes de curriculum scolaire ou encore par l'obligation d'accueillir tous les élèves quelle que soit leur confession [1]. Il n'en reste pas moins que plusieurs aspects les distinguent. D'une part les collèges et lycées privés accueillent plus de familles pour lesquelles la religion est importante. Et cela même si les familles qui s'adressent à l'école catholique au motif de donner une éducation religieuse sont minoritaires dès le début des années 1980 [2]. Les établissements privés sont tous catholiques dans nos enquêtes pour deux raisons : d'abord aucune école musulmane sous contrat n'existait dans le périmètre de l'enquête, et ensuite les quelques établissements juifs qui s'y trouvaient n'ont pas accepté de participer à notre travail. Une partie

1. La loi Debré de 1959 prévoit que le ministère de l'Éducation nationale prend en charge le financement de la formation des enseignants et leur rémunération, que la collectivité territoriale couvre forfaitairement les frais de fonctionnement de l'établissement, en contrepartie de quoi l'établissement s'engage à respecter les programmes et horaires d'enseignement et la liberté de conscience.

2. François Bonvin, « L'école catholique est-elle encore religieuse ? », *Actes de la recherche en sciences sociales*, novembre 1982, n$^{os}$ 44-45, numéro spécial « Éternelle église ? » p. 95-108.

non négligeable des élèves d'identité athée, musulmane ou chrétienne sont ainsi inscrits par leurs parents dans ces écoles catholiques. D'autre part, ces établissements font une place à la catéchèse, un enseignement religieux qui n'y est désormais plus obligatoire – ce qui contraste avec la situation du début des années 1980[1]. Au-delà de l'obligation légale de l'enseignement du fait religieux, comme pour l'école laïque, les établissements enseignent la « culture religieuse ». Les offices religieux à l'école sont de moins en moins nombreux, mais un enseignement spécifique existe : il comprend la visite des lieux de culte, l'explication du vocabulaire et des principes des grandes croyances religieuses. Depuis les années 1940, l'enseignement religieux a évolué, il a fait place à l'« éducation de la foi », déplaçant la focale de la doctrine vers l'élève. Mais, par définition, l'idée d'avoir une identité, des pratiques ou des convictions religieuses ne peut mettre l'élève en porte à faux vis-à-vis de l'école : la dimension spirituelle de l'élève est reconnue.

Le fait d'être athée ou croyant, et dans ce dernier cas musulman ou catholique, peut avoir un effet sur la culture civique et sur l'attachement national, nous l'avons vu au chapitre 3. C'est pourquoi, pour chaque type d'établissement fréquenté, les différentes identités de foi sont séparées dans les graphiques qui présentent les résultats. Nous allons de plus distinguer les adolescents en fonction de

1. D'après François Bonvin et des données de 1982, la catéchèse était obligatoire pour 86% des collèges dans les classes de 6e et 5e, et 44 % des classes de lycée.

l'intensité de leurs convictions, faibles ou fortes, et nous appelons ceux des élèves qui ont les convictions les plus fermes les « affirmés », qu'ils soient musulmans, catholiques ou athées (et nous les notons dans les graphiques groupes « + + » ou « +/- » pour les différencier sur ce critère). Les affirmés sont parfois nommés « traditionalistes » dans le langage courant, nous reprenons aussi ce dernier terme. Nous nommons les moins affirmés les « distants » ou « modernes ». Enfin, nous appellerons les athées affirmés les « super-athées ».

Commençons par noter que les adolescents qui s'identifient aux groupes les plus sécularisés (athées et catholiques distants pour l'essentiel) sont d'à peine plus ardents défenseurs de la laïcité que les autres. Ils choisissent rarement la réponse « la laïcité crée des divisions », et très souvent « c'est ce qui permet de vivre ensemble, quelles que soient les convictions de chacun » : catholiques (à 74 %) et sans religion ou athées (à 72 %). Si l'on procède au calcul en ne prenant pas en compte les jeunes qui « ne savent pas », ce pourcentage est encore plus élevé : respectivement 93,5 et 91 %. Le contraste avec les musulmans existe mais se révèle fort limité : ils soutiennent le principe à 70 % (et 86 % en enlevant ceux qui « ne savent pas »). Comme chez les adultes, le principe est très partagé à travers tous les groupes de conviction.

Nos résultats suggèrent que l'inscription dans un établissement scolaire a des effets qui ne sont pas uniformes d'une foi à l'autre, et aussi en fonction de l'affirmation plus ou moins intense de l'identité (cf. graphiques n[os] 6a, 6b et 6c). Lorsqu'ils sont scolarisés dans le privé, deux groupes sont un peu plus réservés vis-à-vis de la laïcité : les athées pensent alors moins souvent que la laïcité « c'est ce qui permet de vivre ensemble quelles que soient les convictions de chacun » (– 10 points que dans le public), et c'est pareillement le cas pour les catholiques (– 10 points). Mais c'est l'inverse qui se produit pour les musulmans (+ 7 points que dans l'« école de la République »).

Regardons-y de plus près. Parmi les athées, les « super-athées », ceux pour qui la religion n'a absolument aucune importance, expriment la valorisation la plus forte du sécularisme, plus même que les athées modérés (cf. graphique 6a). Pour ces deux sous-groupes de collégiens, la valorisation de la laïcité décline nettement dans le privé : placés dans un environnement qui ne fait pas écho à leur identité de foi les conduit à moins croire à la laïcité. Parmi les catholiques, les « modernes » se révèlent les plus attachés à la laïcité, les mettant d'ailleurs sur un strict pied d'égalité avec les « super-athées » : l'identité catholique, pour la masse des enfants qui s'auto-catégorisent ainsi, ne correspond pas à une culture civique distincte des normes majoritaires. Et, comme de juste, les catholiques « traditionnalistes » défendent moins la laïcité comme solution au vivre ensemble. Pour ces deux groupes, le fait d'être dans un environnement éducatif privé affaiblit l'opinion positive sur la laïcité. Enfin, on observe chez les musulmans une grande distance vis-à-vis de la laïcité selon qu'ils sont ou non traditionalistes (cf. graphique 6c), mais la fréquentation d'un établissement privé augmente à chaque fois l'aspiration à la laïcité. Il existe un « effet secteur » d'éducation.

*Graphiques n^os^ 6a, 6b et 6c. « La laïcité est ce qui permet de vivre ensemble quelles que soient les convictions de chacun » (%), suivant les types de collège (privé/public) et l'affirmation de sa conviction (forte : ++ ou faible : +/-). Source : UPYC-France.*

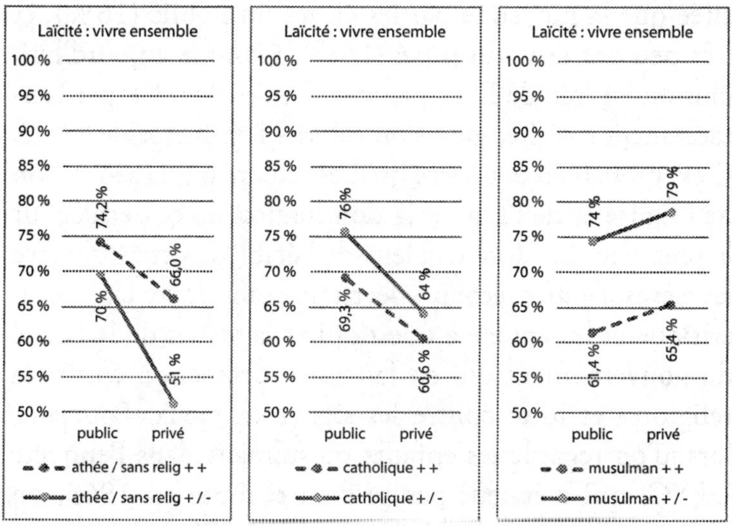


Nous découvrons donc deux effets opposés. D'abord, la laïcité est d'autant moins vue comme un principe d'unité qu'on évolue dans un cadre scolaire religieux. C'est d'ailleurs déjà ce que notaient deux sociologues grenoblois dans leur enquête de 1963. Les gouvernements de l'époque associent la France à la foi catholique plus qu'à la laïcité.

La société était davantage religieuse qu'aujourd'hui. Mais le catholicisme était déjà en crise au point que, l'année précédente, le pape Jean XXIII avait provoqué la surprise en annonçant un *aggiornamento* (une « mise à jour ») de l'Église, autrement dit un grand concile en vue d'adapter l'Église au monde moderne[1]. Lorsque Charles Roig et Française Billon-Grand demandent aux élèves quelle est la « qualité qui s'applique le mieux à la France », la laïcité est peu citée (9 %) ! Pourtant, elle est – déjà ! – bien plus citée que la moyenne par les élèves du public (16 %), et très peu par ceux du privé (1 %)[2]. Comme aujourd'hui, plus on est loin de Dieu par son identité de foi et par l'encadrement scolaire, moins on valorise le principe de laïcité. C'est probablement parce qu'il est coloré par la séparation de l'Église et de l'État et la domination de ce dernier sur la première. Le cadre religieux de l'établissement influence les élèves, l'« effet secteur » développe sans doute leur esprit critique et les amène à questionner la vision de la laïcité du gouvernement qui en fait une « protection contre la religion » et lutte contre les signes religieux. Pourtant, lorsqu'on regarde les enfants musulmans dans l'enquête UPYC, qui n'étaient pas pris en compte en 1963, on réalise que cette explication est partielle. Bien sûr, comme pour les catholiques, une identité plus affirmée se traduit

1. Les langues usuelles se substituent progressivement au latin dans les offices religieux. Les prêtres renoncent à la soutane, et, lors des messes, ils ne leur tournent plus le dos mais font face aux fidèles. Enfin, le concile dit de Vatican II adopte le principe de la liberté de conscience religieuse.

2. Charles Roig et Française Billon-Grand, *La Socialisation politique des enfants*, *op. cit.*, p. 62.

par moins de laïcité : ces musulmans sont plus réservés vis-à-vis de ce principe. Mais, l'« effet secteur » change de sens : être dans un établissement privé fait augmenter le soutien à la laïcité, même lorsqu'on distingue les musulmans « tradi » des « distants » (cf. graphique 6c). Cette dernière observation est importante : on aurait pu penser que l'« effet secteur » était la conséquence d'une sélection qui concentrait les plus attachés à leur religion dans privé. Mais on découvre que le résultat est vrai quel que soit le degré d'affirmation de la foi.

Il ne faudrait pas pour autant déduire des réserves des adolescents des deux groupes majoritaires vis-à-vis de la laïcité que le cadre scolaire privé a une fonction générale d'érosion des normes civiques. Passons au second élément de la culture civique : le vote. La norme d'utilité du vote est très largement partagée, mais est plus forte chez les catholiques (86 %), et les athées (82 %), que chez les musulmans (72 %). Lorsqu'on se penche sur l'utilité du vote en fonction du secteur, les établissements privés sont ceux où son approbation par les élèves est la plus vigoureuse (graphique nos 7a, 7b, 7c). Les athées les moins affirmés bénéficient le plus de cet « effet établissement », portant l'attachement au vote à son sommet (+ 11 points, soit 93 %), ce qui en fait les champions les plus enflammés du suffrage. On constate un effet de même sens, mais affaibli, pour les « super-athées » (+ 3 points, soit 85 %). Parmi les catholiques, l'effet est également vérifié pour les deux sous-groupes d'élèves, et ce sont les moins catholiques des catholiques qui manifestent l'attachement au vote le plus net en général. Une fois scolarisés dans le privé ils sont leur second plus fervent soutien (+ 5 points, soit 90 %). Ce sont pourtant les normes civiques des catholiques « distants » qui bénéficient le plus de l'« effet secteur » (+ 9 points). Et, chez les musulmans, on le retrouve aussi : net pour les « distants » (+ 13 points, soit 83 %), contre un petit + 2 % chez les « affirmés ». En résumé, nous avons trois identités, et deux sous-groupes à chaque fois, les distants et les affirmés. Cela fait un total de six populations. L'« effet secteur privé » accroît l'appui au vote dans dans cinq des populations sur six, et ne le fait jamais décroître.

*Graphiques n^os 7a, 7b et 7c. « Le vote sert à quelque chose », suivant les types de collège (privé/public) et l'affirmation de sa conviction (forte : ++ ou faible : +/-). Source : UPYC-France.*

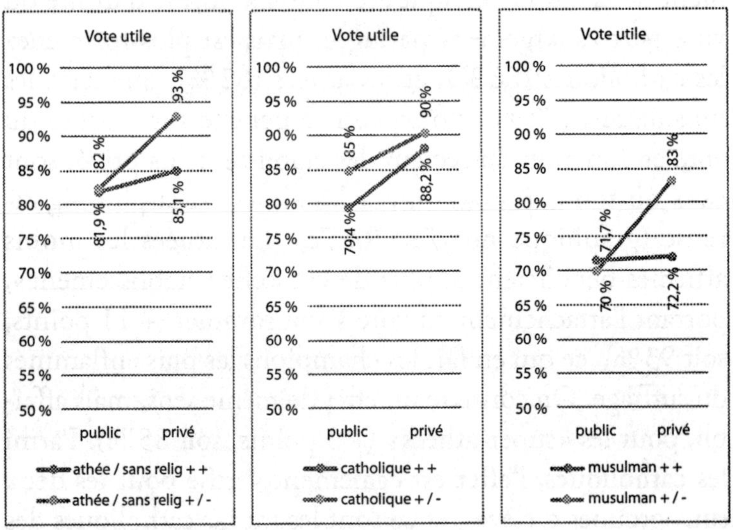

La seconde dimension de la culture politique est l'affiliation nationale qui comprend le fait de se sentir français et le désir d'avoir la nationalité française. Les adolescents se sentent exclusivement français s'ils sont athées (à 80 %) ou catholiques (77 %), et nettement moins s'ils sont musulmans (31 %). L'effet apparent de leur identité religieuse recouvre aussi le fait qu'ils sont plus souvent d'origine étrangère, extra-européenne, mais aussi leur milieu social défavorisé, et d'autres facteurs que nous dévoilerons. Ils sont le groupe qui se sent le plus « partagé » entre la France et une autre origine (47 %), bien plus que les athées (17 %) et les catholiques (16 %). Nous allons observer ceux qui s'identifient exclusivement à une origine qui n'est pas française, ceux qui se sentent le plus extérieurs à la nation (3,6 % des athées, 19,6 % des catholiques, et 22,3 % des musulmans).

Les athées, et plus encore les « super-athées », se définissent comme français plus que les autres. Comme nous l'avons expliqué au chapitre 3 à partir de travaux comparatifs européens, lorsqu'une personne porte des convictions religieuses similaires à celles qui dominent dans un pays, cela renforce son attachement à la nation : un Danois se sent d'autant plus danois qu'il est protestant, et de même avec un Grec lorsqu'il est orthodoxe. Être sans religion est aussi une conviction, et dans un pays (et plus encore un groupe d'âge) majoritairement athée comme la France, un adolescent se sent d'autant plus français que son identité est de ne pas avoir de foi. Un « effet miroir identitaire » entre identités religieuse et nationale fonctionne à plein lorsqu'on appartient au groupe majoritaire. Et, inversement, dans un contexte très athée, plus les adolescents se définissent par une identité religieuse, plus le fait de se dire français souffre des exceptions, ce qui est le cas des catholiques traditionalistes, et des musulmans.

*Graphiques nos 8a, 8b et 8c. « Dirais-tu que tu te sens… [français, partagé, d'une autre origine] ? » (% autre) suivant les types de collège (privé/public) et l'affirmation de sa conviction (forte : ++ ou faible : +/-). Source : UPYC-France.*

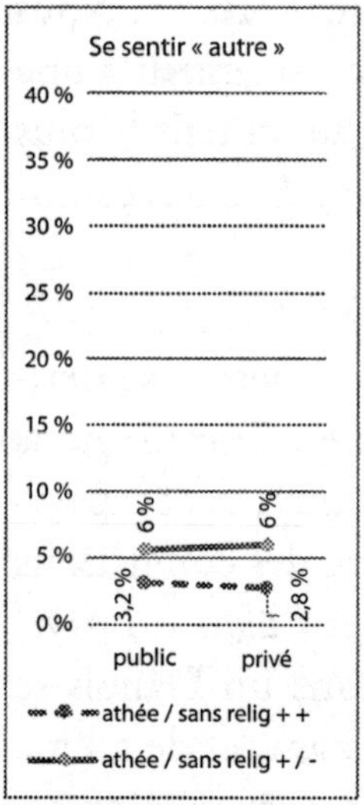


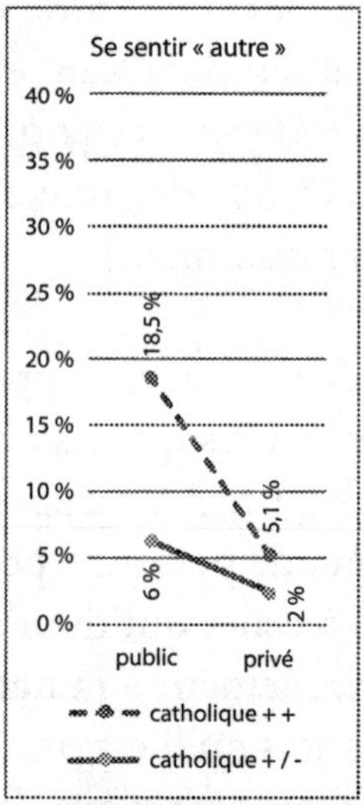


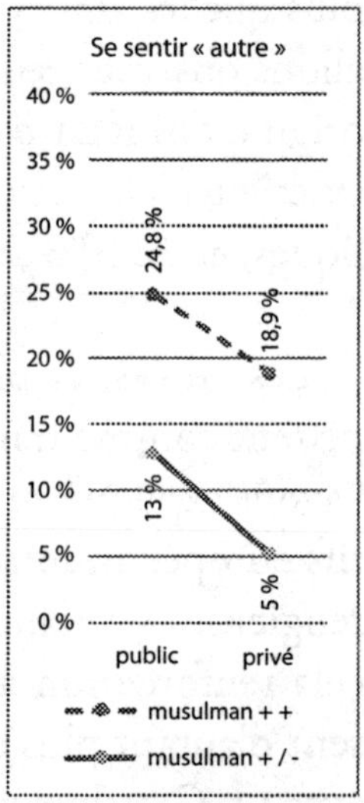


L'« effet secteur » sur le fait de se définir extérieur à la nation est présenté aux graphiques 8a, 8b et 8c. Sur ce point, les athées sont insensibles au type d'établissement fréquenté. Mais les catholiques, aussi bien que les musulmans, se sentent d'autant plus souvent français qu'ils sont dans le privé. Pour les élèves catholiques, la fréquentation d'un établissement privé est associée avec une réduction du rejet de l'identification nationale très nette pour les traditionalistes (– 13 points, la ramenant à 5 %), et plus faible pour les autres catholiques, sachant qu'ils repoussaient déjà très nettement une telle option (– 4, la ramenant à 2 %). L'« effet secteur privé » est le plus fort pour les musulmans : l'identification en extériorité à la nation baisse de 6 points pour les plus affirmés, et de 7 points pour les autres.

Passons à l'inscription dans la nationalité. Peu d'adolescents excluent complètement de choisir la nationalité française : dans tous les groupes, ce choix est peu commun (8 % des athées, 9 % des catholiques, et 14 % des musulmans). Mais, sans la rejeter, beaucoup d'adolescents ne choisiraient pas uniquement la nationalité française et la combineraient avec une autre : ce choix est très partagé (48 % des athées, 49 % des catholiques et 60 % des musulmans). Observons les préférences autres que la nationalité française exclusivement. Pour les athées, la fréquentation d'un établissement privé ne change pas leur préférence pour « une autre nationalité », mais elle est associée avec une baisse de la préférence exclusive pour la française (cf. graphique n° 9a). Pour les catholiques, la situation est différente : être scolarisé dans le privé booste la volonté des traditionalistes d'avoir un passeport français (+ 11 points), mais est associé avec sa diminution chez les « modernes » (cf. graphique n° 9b). Enfin, les musulmans sont toujours les plus favorables à une double nationalité, mais « l'effet secteur » fait que, s'ils sont scolarisés dans le privé, les « modernes » choisissent plus d'être exclusivement français (+ 9 points). Les musulmans traditionalistes sont le seul sous-groupe insensible au statut privé ou public de l'établissement.

*Graphiques n^os 9a, 9b et 9c. « Si tu avais le choix, quelle nationalité aimerais-tu avoir ? » (% française exclusivement) suivant les types de collège (privé/public) et l'affirmation de sa conviction (forte : ++ ou faible : +/-). Source : UPYC-France.*

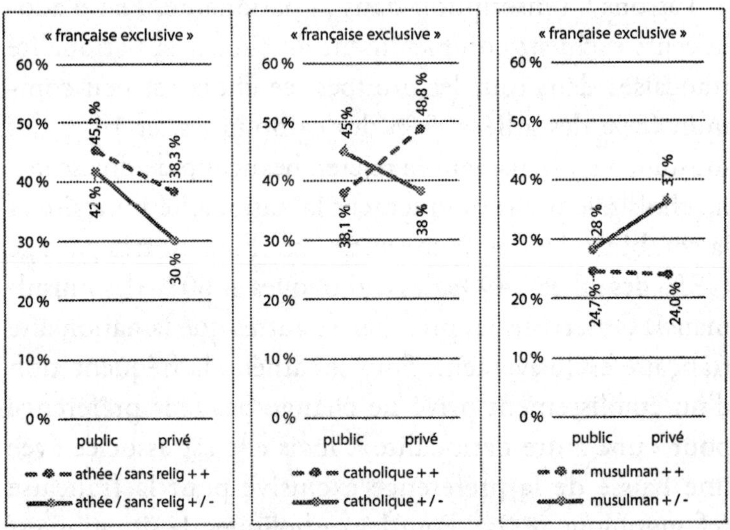

Au total, qu'a-t-on appris de l'« effet secteur » sur la culture politique ? Il faut évidemment être prudent sur la causalité, car une des caractéristiques essentielles de la scolarisation dans le secteur privé est qu'il s'agit d'un choix actif, et non du choix par défaut qui reste d'aller dans l'établissement de secteur. Cette orientation par les familles traduit une stratégie éducative, et pourrait aussi exprimer des valeurs sous-jacentes que cette enquête ne peut pas saisir. Pour tenter de cerner cet effet éventuel, j'ai distingué les « modernes » et les « traditionnels » : cela permet de s'assurer dans une certaine mesure que les caractéristiques des familles ne sont pas la cause cachée de l'« effet secteur », bref qu'il a une réalité propre. Je vais appeler « effet de nationalisation » la situation dans laquelle le sentiment national ou le choix de la nationalité est consolidé. L'« effet de dénationalisation » correspond à la situation inverse. Résumons : dans les trois sous-groupes pour lesquels la religion a le plus d'importance, le secteur privé a « un effet de nationalisation » de l'identité : chez les catholiques traditionalistes et chez les deux groupes de musulmans l'affiliation à la France sort globalement renforcée. Inversement, dans les trois groupes pour lesquels l'identité est la plus distanciée de la religion, on observe une « dénationalisation » par le secteur privé, une érosion du choix de la nationalité exclusive chez les deux catégories d'athées et chez les catholiques « distants ». Dans le même temps, leur sentiment national est stable. Nous avons également observé deux volets de la culture civique : la laïcité et le vote. L'adhésion à la laïcité suit, elle aussi, une logique complexe : elle décline pour les athées et les catholiques, quelle que soit l'intensité de leur identité, mais elle s'élève pour les deux sous-groupes musulmans. Enfin, le vote est systématiquement estimé davantage utile lorsque les élèves sont scolarisés dans le privé, sauf pour le sous-groupe des musulmans affirmés pour lesquels il n'y pas d'« effet secteur » du tout, ni positif, ni négatif.

Au total, les choses sont plus complexes que les éditorialistes ou les hommes politiques qui fréquentent assidûment les plateaux des chaînes d'information continue veulent bien le dire. Il apparaît que l'enseignement privé tend à nationaliser l'affiliation et favoriser l'adhésion aux normes civiques dominantes chez les jeunes musulmans. Il s'agit du seul groupe de foi pour lequel les résultats sont aussi unidirectionnels. Les catholiques traditionalistes aussi sont davantage nationalisés par le privé, mais mettent à distance la laïcité (dans sa version ouverte telle que mesurée par notre enquête) : le privé rend ces catholiques plus français dans leur cœur mais pas plus laïcs. À l'autre bout du spectre, l'enseignement privé dénationalise et délaïcise les élèves athées. Enfin, il n'y a aucun groupe pour lequel le secteur privé affaiblit la valeur du vote. Il va sans dire que ces résultats vont à rebours des idées qui circulent actuellement.

Comment expliquer la variabilité de l'« effet secteur » selon les convictions des élèves, et son inversion entre musulmans et athées ? Les travaux existants ont abondamment démontré que l'existence d'« effets établissement » est lié aux ressources de l'école et au profil des enseignants, mais aussi que le climat religieux à l'école affecte le développement des adolescents[1]. Un établissement privé ne rejette pas la religion, par définition, et les travaux les plus récents indiquent que les enseignants dans le privé sont deux fois plus nombreux à se dire religieux[2]. L'interprétation qui me semble la plus crédible est que les normes religieuses des établissements privés permettent aux jeunes musulmans de se sentir intégrés à l'établissement, d'avoir de meilleures relations avec les enseignants, et, partant, un meilleur attachement à l'école. Si l'on applique le concept de socialisation par le contact de première ligne défendu par Lipsky non pas simplement aux fonctionnaires mais à tous les adultes qui socialisent les adolescents, on peut conclure que l'établissement scolaire joue un rôle de médiateur de l'inclusion nationale. Philippe Gaudin, directeur de l'Institut européen en sciences des religions à l'École pratique des hautes études, a souligné comment la France a tenté de repousser à l'extérieur de l'école publique la question religieuse. De plus, le gouvernement a fait le choix de ne pas créer de discipline propre à l'enseignement du phénomène religieux, et, depuis 2015, de confier l'enseignement moral et

1. Jennifer Barrett, Jennifer Pearson, Chandra Muller, Kenneth Frank, « Adolescent Religiosity and School Contexts », *Social Science Quarterly*, vol. 88, 2007, p. 1024-1037.

2. Étude de la Fondation Jean-Jaurès réalisée par l'IFOP en décembre 2020 sur 800 enseignants.

civique à des professeurs d'histoire-géographie alors même qu'ils n'ont pas une formation suffisante [1]. Le traitement inégalitaire des élèves par les établissements publics contribue également à expliquer pourquoi les normes civiques ne sont pas mieux acceptées dans le public. La sociologue Bérengère Massigon a montré comment les manifestations de la religion sont prises en compte au cas par cas par les établissements publics et selon une logique discrétionnaire qui ne garantit pas l'égalité de traitement des élèves. Cela est contraire à la loi de 1905 qui affirme à l'article 1er « le libre exercice des cultes », sans faire de distinction entre les religions [2]. Si les établissements acceptent certaines dérogations ou avantages pour les élèves demandeurs, par exemple pour s'absenter un jour de fête religieuse, la chercheuse la qualifie de « parfois arbitraire », en ce qu'elle reflète en pratique « une hiérarchie implicite des cultes ». Les élèves musulmans pensent plus souvent que « la laïcité crée des divisions » dans l'enseignement public parce qu'ils les vivent. Dans notre seconde enquête sur les adolescents, POLIS, conduite en région Rhône-Alpes, nous avons pu confirmer que s'affaissent le fait de se sentir bien à l'école (– 18,5 points), celui de s'intéresser à ce qui est enseigné (– 18,2) et d'accorder de la confiance à l'école (– 26,5 % points) lorsqu'on se sent discriminé. La

1. Philippe Gaudin, *Tempête sur la laïcité. Comment réconcilier la France avec elle-même*, Paris, Robert Laffont, 2018. Depuis 1997, la transmission du principe de laïcité est inscrite dans les compétences professorales.

2. Bérengère Massignon, « Laïcité et gestion de la diversité religieuse à l'école publique en France », *Social Compass*, 2000, n° 47, p. 353-366.

scolarité des musulmans dans le secteur public est plus conflictuelle. Avec l'exposition à des formes de discrimination et le rejet ressenti de la religion, elle rend saillante leur identité religieuse. Inversement, la reconnaissance de leur identité religieuse favorise l'ouverture vers la nation française et les normes civiques centrales. Moins sécularisés, les musulmans se retrouvent dans un cadre où leur foi n'est plus une « anomalie », et ils sont de ce fait plus prédisposés à épouser les principes majoritaires.

Ces résultats, pris comme un tout, suggèrent qu'un environnement scolaire qui fait plus de place à la sensibilité religieuse des élèves, qu'elle soit identitaire ou de croyance, favorise l'adhésion des musulmans aux normes civiques et à l'affiliation nationale. Ils s'inscrivent dans l'hypothèse d'une « médiation scolaire » de la culture politique.

### *2. Les relations avec les enseignants en France et en Europe*

La relation aux enseignants et à l'école est évaluée dans nos enquêtes par les adolescents à travers plusieurs questions qui portent sur le fait d'aimer et de s'intéresser à l'école : « la plupart des matins, j'aime aller à l'école », « j'aime mon école », « les cours sont intéressants ». Par ailleurs, on demande aussi de qualifier la relation aux enseignants : « si je déménageais, mon enseignant me manquerait », « ce que pense mon enseignant préféré est important pour moi ». La relation affective est essentielle dans la relation d'apprentissage. Le journaliste anglais Peter Gumbel a écrit un ouvrage il y a quelques années, *On achève bien les écoliers*[1], titre clin d'œil à celui de Horace McCoy *On achève bien les chevaux* qui se passe pendant la crise de 1929 aux États-Unis et met en scène des personnes prêtes à tout pour s'en sortir. Peter Gumbel explique que l'élève français n'est presque jamais complimenté et s'entend souvent dire au contraire qu'il n'est bon à rien[2]. Il raconte que lorsque son neveu à Londres imitait ses enseignants, il s'extasiait : « Bravo, bien essayé ! » et que sa fille imitait les siens en beuglant : « Mais tu fais n'importe quoi ! » Et, de fait, grâce aux enquêtes PISA, nous savons que les collégiens français sont, relativement aux pays voisins de l'UE, moins attachés à leur école[3]. Mais la relation aux enseignants est plutôt bonne. C'est aussi ce qu'on peut observer dans l'enquête UPYC. Les résultats présentés aux graphiques n^os^ 10a et 10b indiquent que parmi les quatre pays participants, la France a le moins bon score (46,8 %). Il combine le sentiment d'aimer son école et d'aimer aller à l'école. Mais, contrairement à ce que l'on pourrait penser, cet attachement affectif à l'école ne se confond pas avec d'autres aspects, en particulier le sentiment de réussir : l'auto-estimation de sa réussite par celle de l'élève français est en moyenne très proche de celle

1. Peter Gumbel, *On achève bien les écoliers*, Grasset, 2010.
2. *Ibid.*
3. J. D. Willms, *Student Engagement at School. A sense of belonging and participation. Results from Pisa 2000*, Paris, OCDE, 2003.

de l’élève allemand ou d’un autre pays européen. De plus, si l’on remarque un lien affectif plus faible en France en même temps qu’un absentéisme scolaire plus fréquent, le cas du Royaume-Uni montre que l’un n’est pas toujours associé à l’autre : on y est aussi absent qu’en France, mais on y est plus attaché à l’école qu’en France.

*Graphiques n[os] 10a et 10b. Attachement à l’école et au professeur dans quatre pays de l’UE. Source : UPYC-Europe.*

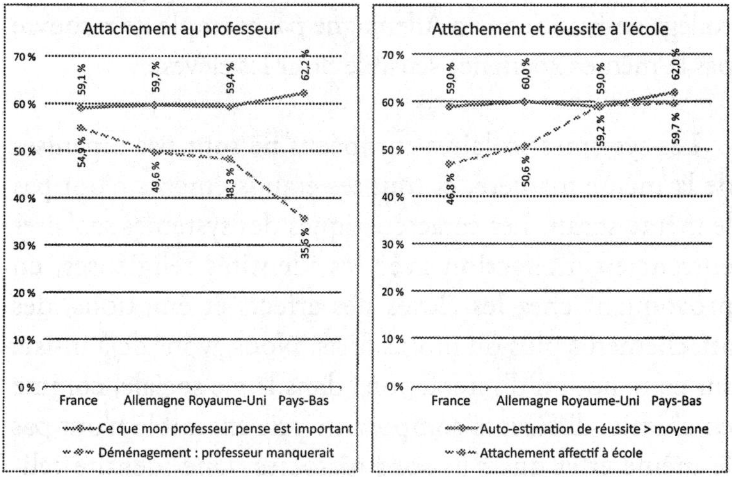


Mais, si le lien à l’école est plus faible en France, l’attachement aux professeurs ne l’est pas. La France est le pays où le professeur manquerait le plus à l’élève s’il devait déménager (54,9 % en France contre 35,6 % aux Pays-Bas). Et plus décisif encore dans la transmission des normes et valeurs, la valeur accordée à ce que l’enseignant, son enseignant préféré, pense est tout aussi élevée en France qu'ailleurs : la part des élèves qui n'accordent pas d'importance au jugement de ce professeur est identique dans les quatre pays de l'UE. La relation affective à un professeur et au contenu de son enseignement est au cœur de la relation d'apprentissage : les messages qu'un enseignant va délivrer à sa classe n'ont une chance d'atteindre les élèves que si ces derniers valorisent le professeur comme fonction, et plus encore le professeur comme personne humaine qu'ils ont en face d'eux. Il y a donc des différences par pays : aller au collège en France ou en Allemagne par exemple ne recouvre pas la même expérience sensible pour les élèves.

Les systèmes scolaires européens ne sont pas organisés de la même manière, et tous les établissements n'ont pas le même statut. Les caractéristiques des systèmes scolaires entrent en interaction avec les identités religieuses, en provoquant chez les élèves des affects et émotions, des attachements plus ou moins forts. Nous avons déjà insisté sur cette notion d'interaction : dans la vie sociale, comme en chimie, différents composants pris ensemble n'ont pas le même effet que s'ils sont dissociés. Une identité religieuse peut exister, mais son « effet social » va dépendre de l'environnement. Le volet comparé de l'enquête UPYC permet de le vérifier. D'une manière générale, et ce dans les quatre pays européens considérés simultanément, lorsqu'ils sont scolarisés dans un établissement privé, l'attachement à l'école chez les élèves musulmans est plus fort (+ 10 points) que s'ils sont dans un établissement public.

Inversement, celui des élèves athées s'affaiblit (– 8 points), tout comme celui des chrétiens d'ailleurs (– 5 points)[1]. L'enseignement privé est plus intégrateur dans le cas d'une identité religieuse affirmée, et moins avec celle des élèves athées. Le cas des chrétiens s'explique par le fait que la grande majorité d'entre eux n'attribuent pas d'importance à cette identité : ils sont en réalité très proches des athées, sauf pour la petite partie qui se sent fortement définie par sa religion, mais elle est ici noyée dans la moyenne.

Au-delà du type d'établissement, le cadre national a un effet spécifique. Lorsqu'on regarde plus en détail la relation au professeur préféré dans les deux pays que sont la France et l'Allemagne, on découvre, derrière une apparente similarité de niveau d'attachement, des différences marquantes suivant l'identité religieuse des élèves. L'école réussit en France mieux qu'en Allemagne à créer un lien avec les élèves des deux plus grands groupes, les chrétiens (traditionnels ou modernes), et les super-athées. Mais, toujours par rapport à l'Allemagne, elle échoue à en faire autant pour les jeunes musulmans, y compris les moins traditionnels, probablement en raison de sa crispation sur l'effacement des identités religieuses à l'école[2].

1. Sebastian Roché et Sandrine Astor, « Religion and attitudes toward state organizations : the case of schools. A comparison across five countries », *in* Sebastian Roché et Mike Hough (éd.), *Minority Youth and Social Integration*, *op. cit.*

2. On peut s'en assurer en calculant une différence entre les scores d'attachement entre l'Allemagne et la France dans chacune des six populations. Score en France moins score en Allemagne pour chaque groupe : Chrétiens + : plus 8 points, chrétiens – : plus 5,5 points / Athées + : plus 2,4 %, Athée – : pas

### *3. Relations à l'école, identité et culture civique*

Il faut maintenant entrer plus profondément dans l'expérience scolaire pour montrer comment elle affecte l'identité nationale et la culture civique. On va distinguer les deux grandes formes de relations que nous avons déjà évoquées. D'abord la relation à la scolarité elle-même : la performance scolaire que les élèves s'attribuent, le fait de se sentir bon ou mauvais, d'être un élève absentéiste. Ensuite, la relation aux cours et à l'enseignant préféré.

La réussite scolaire et l'identification de ses causes sont certainement le phénomène le plus étudié par les sociologues et psychologues de l'éducation. L'importance de l'école dans l'acquisition de compétences, y compris politiques, et d'un statut social élevé dans la société l'explique. On peut mesurer la réussite de façon objective, avec les notes des élèves, ou bien de façon subjective, telle quelle est ressentie par l'élève. Il est impossible dans une enquête anonyme de relier les vraies notes de l'élève à ses opinions. C'est pourquoi nous recourrons ici à l'auto-évaluation de sa réussite par l'élève. Il me semble qu'elle traduit, certes imparfaitement, ses difficultés ou ses succès : tous les élèves savent ce qu'ils valent, par leurs notes, par le regard de leurs camarades et de leur professeur.

---

d'écart avec l'Allemagne / musulmans + : moins 8 points, musulmans – : moins 20 points. Source : UPYC-Europe.

Les graphiques 11 et 12 présentent les degrés du sentiment d'affiliation à la France : « exclusivement à l'intérieur », « partagé », « exclusivement à l'extérieur ». Ces trois réponses entretiennent des liens complexes entre elles du fait de l'importance variable de la position « partagé » qui est très fréquente, surtout chez les musulmans. Regardons l'absence de sentiment national. Nous voyons que, pour chacun des trois groupes d'identité religieuse, se situer à l'extérieur du cadre de la nation diminue en même temps que la performance scolaire s'élève (cf. graphiques n^os^ 11a, 11b et 11c). Par rapport aux meilleurs, l'absence de sentiment national se renforce de 10 points chez les jeunes musulmans les moins bons à l'école, un phénomène dont la tendance est plus forte mais orientée dans le même sens que celle qu'on observe chez les catholiques et les athées. Symétriquement, sous l'effet des mauvaises notes, l'érosion du sentiment d'être exclusivement français est plus marquée dans ces deux derniers groupes, mais il reste en moyenne très élevé. Si l'on considère maintenant le choix de la nationalité préférée, on note que le choix d'une double nationalité est toujours très prégnant, et plus encore chez les musulmans. Surtout, on observe sur les graphiques 12a et 12b qu'une nationalité autre que française est plus souvent choisie lorsqu'un élève athée ou catholique est bien en dessous de la moyenne ou même très en dessous. Au graphique 12c, on remarque que l'attrait pour la nationalité française exclusive est à son maximum chez les musulmans qui se sentent de très bons élèves, environ 24 points au-dessus des plus mauvais, presque le double.

*Graphiques n^os 11a, 11b et 11c. « Se sentir … » « français » (%), « partagé » (%) ou « d'une autre origine » (%) selon les résultats scolaires. Source : UPYC-France.*

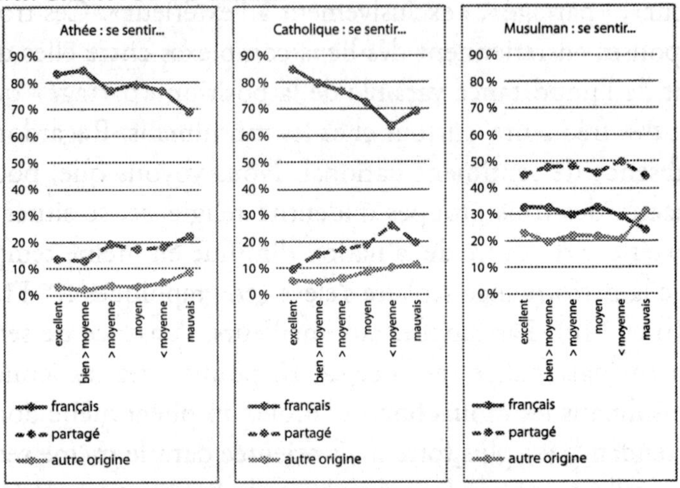


*Graphiques n^os 12a, 12b, 12c. « La nationalité choisie » … « française » (%), « double » (%) ou « autre » (%) selon les résultats scolaires. Source : UPYC-France.*

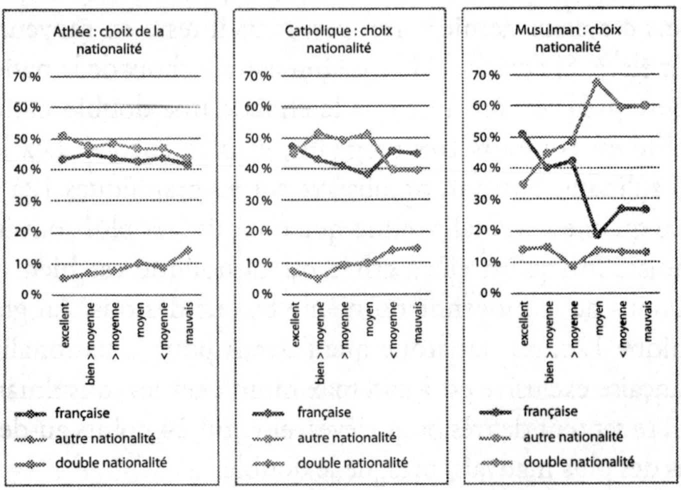

Le jugement sur l'utilité du vote est, en moyenne, considérablement influencé par la réussite scolaire des élèves (cf. graphiques n^os^ 13a, 13b et 13c) : ceux qui se situent dans la tranche la plus élevée, « excellents », sont environ 20 points au-dessus de ceux qui se disent les plus mauvais. Dans ce groupe des très bons, l'adhésion est de 78 % pour les musulmans, 85 % pour les athées, 90 % pour les catholiques. Nous avons aussi, dans cette enquête, mesuré d'une autre manière les difficultés dans la scolarité au quotidien, en demandant aux élèves de déclarer leur nombre d'absences non justifiées, hors raisons médicales ou autres bonnes raisons. Les élèves qui n'ont aucune absence sont, dans les trois groupes de foi, très légitimistes par rapport aux institutions politiques et à sa pierre angulaire, le vote : 88 % des catholiques, 85,5 % des athées et 76 % des musulmans le jugent utile, soit respectivement 15, 14 et 22 points de plus que les plus absentéistes (avec 10 journées et plus d'absences [1]).

1. Curieusement, dans ses travaux sur les 10-16 ans et la politique publiés en 1978, Annick Percheron trouvait le contraire : « un meilleur niveau scolaire semble aller de pair avec le développement d'une vision plus critique de la société et semble accentuer le sentiment que face au gouvernement les citoyens ont peu de chances de l'emporter » (*Les 10-16 ans et la politique*, Presses de Sciences Po, 1978, p. 237). Or, nous vérifions l'idée que le vote est un des principaux outils pour se faire entendre, et que les mauvais résultats scolaires font perdre confiance en son utilité.

*Graphiques nos 13a, 13b, 13c. « Voter est ... » « utile » ou « inutile » (%) selon les résultats scolaires. Source : UPYC-France.*

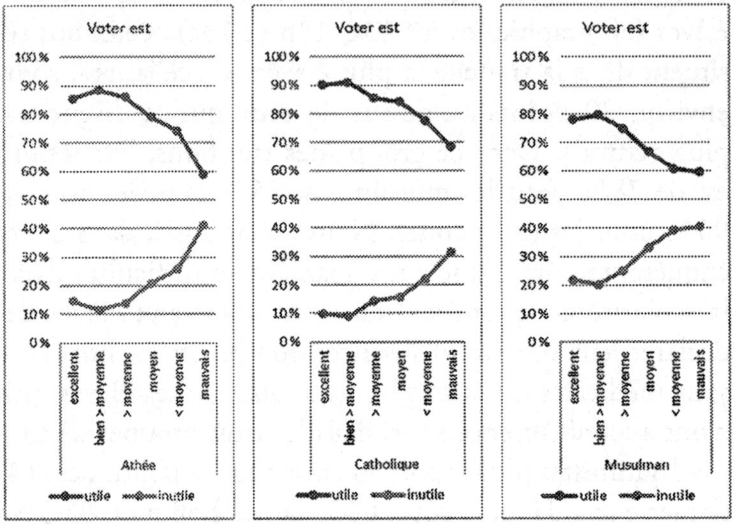


Parmi les principes politiques, ceux-là mêmes qui organisent la relation entre la société civile et l'État, la laïcité a fait un retour remarqué dans le débat public. Nous savons, par les enquêtes qui suivent l'évolution des jeunes adultes, qu'ils sont génération après génération de plus en plus libéraux, et donc favorables une interprétation qui laisse toute leur place aux libertés des individus, y compris celle d'afficher sa religion. Les enseignants eux-mêmes, lorsqu'ils sont jeunes, partagent cette vision très libérale de la laïcité : 56 % des enseignants de moins de 30 ans se disent favorables au port de signes religieux ostensibles par les parents d'élèves en sortie scolaire contre 32 %

des plus de 50 ans, et les professeurs de moins de 30 ans sont trois fois plus nombreux à considérer que la laïcité consiste avant tout à mettre toutes les religions sur un pied d'égalité, par rapport à ceux de plus de 50 ans [1]. Avec les enquêtes auprès des adolescents, nous plongeons en dessous de l'âge électoral. L'enquête réalisée en 2018 par le CNESCO auprès de 16 000 élèves de troisième et de terminale a montré que les élèves adhèrent très largement au respect de la laïcité [2]. Cette enquête n'entre pas dans les détails du niveau de soutien au principe de laïcité, et ne pose pas aux adolescents de question qui contiendrait le mot laïcité : celle-ci est déduite de la valeur donnée à la tolérance entre élèves n'ayant pas la même croyance. Dans notre enquête, nous procédons autrement. Sachant la publicité et la visibilité de la notion de laïcité, nous testons le terme directement auprès des élèves. Le jugement positif de la notion de laïcité est un peu moins fort chez les musulmans (64 %) que chez les catholiques (70 %), qui eux-mêmes sont proches des athées (72 %) [3]. La pre-

1. Étude de la Fondation Jean-Jaurès réalisée par l'IFOP en décembre 2020. Pour autant, les jeunes enseignants n'acceptent pas du tout la remise en cause de l'égalité et par exemple de la mixité des cours.

2. *Laïcité et religion au sein de l'école et dans la société. Une évaluation des attitudes civiques des collégiens et des lycéens, op. cit.* La laïcité est définie comme une combinaison de respect des croyances et d'une place discrète reconnue à la religion au sein de l'école. Le principe de la séparation de l'Église et de l'État dans la société en général n'est pas questionné, et environ 80 % des élèves déclarent que les règles de vie prescrites par la religion ne doivent pas être plus importantes que les lois de la République.

3. La question propose deux modalités : « ce qui permet de vivre ensemble, quelles que soient les convictions de chacun », et « ce qui crée des divisions et des injustices dans la société ».

mière dimension du rapport à l'école qui pourrait affecter l'adhésion au principe de laïcité que nous regardons est à nouveau constituée de la réussite de l'élève. L'effet de l'absentéisme étant similaire, je ne crois pas utile de le présenter ici.

*Graphiques n^os^ 14a et 14b. « La laïcité » … « permet de vivre ensemble » (%) selon les résultats scolaires (excellent/mauvais) et selon l'attachement affectif à l'école (faible - - / fort ++). Source : UPYC-France.*

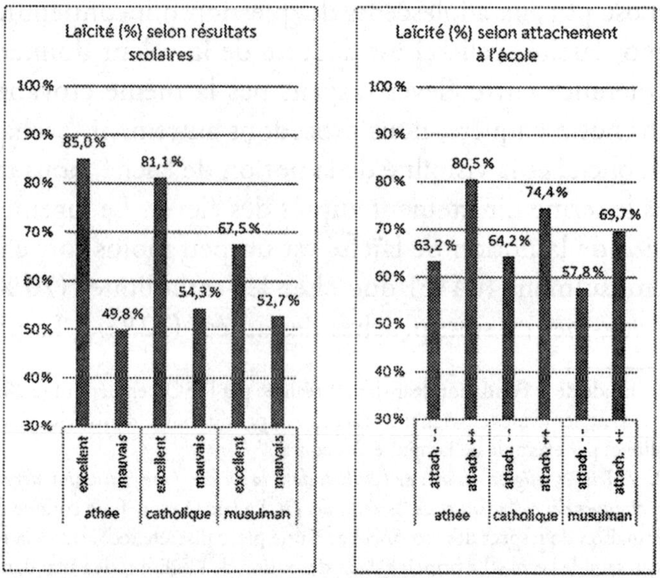


Le graphique n° 14a montre uniquement les bornes extrêmes du résultat de l'auto-évaluation scolaire, ceux qui se disent « excellents » ou « mauvais ». Dans tous les groupes, se sentir réussir à l'école favorise l'adoption de la norme de laïcité. Plus en détail, on remarque que les résultats scolaires ont un effet laïcisant plus fort chez les athées et les catholiques au sens où il étire nettement le spectre des jugements. Ainsi, pour les athées, le pourcentage qui estime que la laïcité permet de vivre ensemble est de 85 % pour les meilleurs à l'école contre 50 % chez les plus mauvais, soit une amplitude de 35 points. Pour les catholiques, c'est 27 points. Chez les musulmans, l'effet est similaire, mais introduit seulement 15 points de fluctuation. Au bout du compte, on remarque qu'il n'y a guère de différence d'opposition à la laïcité parmi les mauvais élèves : les jugements positifs se situent entre 50 % chez les athées, et 54 % chez les catholiques, et les musulmans sont au milieu (53 %). En revanche, l'écart se creuse entre les bons élèves suivant leur identité de croyance : les plus laïcs sont les athées excellents à l'école.

Comme pour la performance scolaire, nous simplifions la lecture des résultats en ne gardant que les bornes extrêmes des quatre niveaux d'attachement à l'école (très fort et très faible), laissant de côté les positions intermédiaires. Un attachement affectif fort à l'école est associé à un endossement du principe de laïcité plus fréquent. Une grande amplitude des jugements suivant l'intensité de l'identité de foi apparaît uniquement chez les athées. Elle ne se vérifie pas chez les catholiques et les musulmans. L'écart entre les plus favorables à la laïcité et les moins favorables est, cette fois, en considérant l'attachement affectif plutôt que les résultats, moins marqué dans les trois groupes : + 17 points chez les athées, + 12 chez les catholiques, et + 12 chez les musulmans. Au total, la norme de laïcité est endossée moins souvent lorsque l'élève se sent scolairement marginalisé à la fois en termes de résultats et d'attachement affectif. Le CNESCO concluait de son étude de 2016 que « le niveau des connaissances civiques des élèves joue un rôle positif primordial sur le regard qu'ils portent sur la laïcité et la place de la religion dans l'enceinte scolaire ». Dans UPYC, nous n'avons pas de mesure des connaissances civiques, mais comme leur maîtrise est intimement liée aux connaissances générales acquises à l'école, elles sont directement liées à la réussite scolaire : ceux qui sont bons à l'école ont les meilleures connaissances civiques. Les résultats des enquêtes convergent : les adolescents adhèrent aux principes civiques d'autant plus que leur expérience de l'école est positive.

### *4. L'école comme expérience totale*

Les gouvernements attendent de l'école qu'elle fabrique le peuple d'État, elle est l'outil au service de sa vision de la nation. Pour ce faire, ils mettent en avant les cours et des actions centrés sur les principes de la République, ils tentent d'isoler l'école de la religion. L'hypothèse, tutélaire, qu'ils affirment comme une vérité est que les connaissances vont doter les élèves d'une liberté de conscience, et les libérer des fausses croyances véhiculées par la religion, elle-même comprise comme les croyances du groupe primaire qu'est la famille.

Mais la réalité est plus complexe. D'une part, l'ensemble des dispositions prises pour former à la citoyenneté ne semble pas fonctionner. Il en va ainsi de la réduction de la religion à l'histoire, du fait que les professeurs ne sont pas formés pour cette tâche, et de la pédagogie mal adaptée. De plus, le refus du droit à exercer son culte fabrique du ressentiment. D'autre part, l'adhésion à des croyances, fussent-elles laïques, repose sur différents mécanismes bien plus intriqués dans l'expérience totale de l'école : y réussir et y développer des liens affectifs. Enfin, cette relation à l'école a des effets différenciés suivant qu'on parle de l'affiliation nationale ou de la culture civique. Il nous faut développer ces trois points.

Premièrement, la formation à la citoyenneté, selon la présidente du conseil scientifique du CNESCO, Nathalie Mons, est bien peu mise en pratique et souffre d'un déséquilibre entre le recours à l'enseignement d'éducation civique *ex cathedra*, peu efficace, et l'apprentissage actif de la citoyenneté par le débat collectif et l'implication dans des projets concrets[1]. Comprendre et s'approprier les

1. *Apprentissage de la citoyenneté dans l'école française. Un engagement fort dans les instructions officielles, une réalité de terrain en décalage*, *op. cit.* Les facteurs explicatifs pointés par le CNESCO sont nombreux : a) la faiblesse de la

valeurs de citoyenneté passe par le « faire ». La sociologue précise que les questions politiques ne sont pas abordées de manière concrète, et que la moitié des élèves pensent que les délégués de classe ne sont pas écoutés. Pour mémoire, dans son étude publiée en 1981, Dominique Paty montre que seuls 42 % des collégiens pensaient qu'on tient compte de l'avis des élèves, que le délégué de classe a son mot à dire (et même 21 % dans les CPPN, les classes accueillant des élèves en échec scolaire) [1]. Dans l'enquête du CNESCO, près des deux tiers des élèves de terminale (63 %) déclarent n'avoir jamais participé à un projet citoyen avec les enseignants de leur lycée dans le cadre du « Parcours citoyen de l'élève ». Les travaux déjà cités de Bérengère Massignon montrent que la manière dont est prise en compte l'expression de l'identité religieuse dans l'école publique ne profite pas au groupe minoritaire, bien au contraire. Un bémol est nécessaire : il ne faudrait cependant pas faire du résultat de Bérengère Massignon une caricature : d'autres travaux montrent que des enseignants ont une approche plus nuancée des décisions ministérielles [2]. L'enquête UPYC va malgré tout dans

formation des enseignants en éducation civique, sur le fait religieux, sur la pédagogie d'apprentissage de la citoyenneté active ; b) l'absence de formation des élèves à leurs fonctions dans les écoles ; c) l'absence de statut prioritaire de la matière éducation civique.

1. Dominique Paty, *12 collèges en France. Enquête sur le fonctionnement des collèges publics aujourd'hui*, Paris, La documentation française, 1981, p. 120.

2. Christopher Lizotte, « Laïcité as assimilation, laïcité as negotiation : political geographies of secularism in the French public school », *Political Geography*, 2020, n° 77, p. 102-121.

son sens : les musulmans scolarisés dans le secteur privé, où affirmer une identité religieuse n'est pas perçu comme anormal, sont plus réceptifs aux normes civiques centrales.

Deuxièmement, la vision de l'école comme fabrique de la nation et de la culture civique par le biais des cours et d'embryons de participation pèche par naïveté : elle confond les motifs politiques, la codification juridique et les processus concrets de socialisation. Elle fait de l'élève un réceptacle passif de connaissances froides. Bien sûr, historiquement, en Europe de nombreux pays ont construit l'école pour fortifier le sentiment national. Mais, lorsque les historiens et sociologues ont élargi leur regard au-delà de l'Occident, ils ont constaté que la nationalisation des identités se produisait également sans la scolarisation de masse. L'idée d'une école qui unirait autour de principes républicains, et qui serait d'autant plus un creuset qu'elle mettrait la religion à distance, n'apparaît pas empiriquement fondée dès lors qu'on compare différents pays. Il ne s'agit pas de dire que l'école n'a aucune influence. L'expérience scolaire se révèle, pour les élèves, tout à fait importante dans la formation de la culture politique si l'on l'accepte qu'elle déborde considérablement l'éducation civique pour inclure la performance des élèves (les résultats scolaires et l'absentéisme), mais aussi le lien émotionnel à l'école et aux professeurs. Nous avons vu que la minorité musulmane est moins attachée à son école, et moins acquise à ses principes lorsqu'elle est scolarisée dans une enceinte publique que privée. Il existe des conditions pour que l'école soit une médiation vers le sentiment national. Le conflit des républicains avec l'Église et son école a des raisons historiques, mais cette référence n'apparaît plus efficace aujourd'hui pour penser la socialisation des adolescents. Si les valeurs de la République sont un catéchisme, et si elles sont promues par un enseignement vertical, elles ne pourront pas aisément être acceptées par les élèves. Nous savons qu'en Allemagne, où la religion n'est pas mise au ban de l'école, le processus d'attachement à l'école de la minorité fonctionne mieux. La vision idéalisée de l'école, taillée pour la communication politique, ne correspond pas à la réalité. Ses effets négatifs sur l'affiliation nationale et la culture civique sont pourtant bien réels : il est clair que les enfants qui réussissent et se trouvent bien dans le cadre scolaire adhèrent aux normes des programmes et des enseignants, mais il est tout aussi clair que ceux qui s'y sentent mal et ne réussissent pas se reconnaissent moins dans la culture civique.

Enfin, l'expérience scolaire n'agit pas de manière uniforme sur toutes les attitudes des élèves. Commençons par l'expérience de l'école sur l'affiliation nationale : elle a, en la matière, un effet réel, mais ambigu. On se souvient de ces deux facettes. Les adolescents ne se pensent pas dans une seule nation, et sont très nombreux à revendiquer plusieurs nationalités, même ceux qui sont d'origine française ou européenne. Leur sentiment d'être français est la traduction de celui de leur inclusion dans la société. Or la société des enfants c'est l'école : dès lors qu'ils n'arrivent pas à réussir à l'école, à s'y sentir bien et développer des liens positifs, ils se définissent plus souvent hors de la nation. Du point de vue des élèves, les exigences de l'école qui ne connaît que le mérite individuel sont vécues comme une mise à l'épreuve de leur valeur en tant qu'individus, et l'échec vaut exclusion symbolique de la société centrale. « Les résistances à l'école laissent apparaître un sentiment de violence et de domination qui ne se formule jamais directement mais s'exprime par la bande », expliquent François Dubet et Danilo Martuccelli [1]. Nous avons vu que ce sentiment de marginalisation fonctionne au-delà du groupe minoritaire : il s'applique aux adolescents catholiques ou athées, un résultat confirmé par d'autres travaux [2]. Pour leur part, les jeunes musulmans se voient d'abord comme partagés entre la France et une autre origine. Seule une fraction d'entre eux se définit exclusivement par opposition à la France. Inversement, ils sont peu nombreux à se sentir exclusivement définis par référence à elle. N'est-ce pas cohérent, puisque leurs familles ont une trajectoire d'immigration, extra-européenne qui plus est ? L'affiliation nationale se renforce avec leur insertion scolaire mais, logiquement, réussir n'efface pas l'histoire d'une famille. On a tort de faire de

1. François Dubet et Danilo Martuccelli, 1998, *Sociologie de l'expérience scolaire*, Paris, Seuil, 1998, p. 95-96.

2. Lars Leszczensky, Rahsaan Maxwell et Erik Bleich, « What factors best explain national identification among Muslim adolescents ? Evidence from four European countries », *Journal of Ethnic and Migration Studies*, 2020, n° 46, p. 260-276.

l'école le creuset de la nation si l'on entend par là qu'elle conditionnerait le fait de s'identifier à un seul pays. En revanche, on a raison de parler de la contribution de l'école à la culture civique. Différents travaux montrent les effets de l'apprentissage des normes de la société sur la manière de penser des enfants. Et, dans nos enquêtes, l'adhésion aux normes civiques s'accroît avec une expérience scolaire réussie. Non seulement la valorisation du vote, mais également les vertus du principe de laïcité sont significativement associées avec une expérience scolaire positive. Reste que la prudence s'impose à nouveau : pour tous les groupes d'identité religieuse, l'école produit la socialisation nationale attendue si elle permet aux élèves de s'épanouir, mais elle a un effet corrosif dans la circonstance inverse. Les couches inférieures, les minorités sont particulièrement affectées négativement. UPYC a dévoilé un aspect méconnu du sentiment d'appartenance à une nation et à ses normes civiques. Celui-ci se forme sur la base de l'intégration réussie à une communauté scolaire, ce qui n'est possible que si l'élève réussit à atteindre les objectifs qu'elle lui fixe en lui faisant une place sans le stigmatiser, pas en ne l'évaluant que selon les normes d'État. Pour aborder la socialisation politique à l'école, il convient de mieux relier l'étude de la formation de la culture civique et l'expérience totale de l'école.

## CHAPITRE 5

# *La ségrégation scolaire contre la nation*

Les plus hautes espérances sont placées par les gouvernants dans la capacité de l'école à former des citoyens dotés d'une conscience morale indépendante, d'un esprit critique, et qui respectent les lois et les institutions. Les ambitions du gouvernement pour l'école dépassent ses capacités. Son mandat est d'autant plus impossible qu'il lui supposerait une faculté à réussir sans la réformer profondément. Ce mandat surchargé n'est cependant pas propre à la France. Il y a quatre-vingts ans, George Sylvester Counts [1], le très respecté spécialiste de l'éducation, écrivait à propos des États-Unis : « nous sommes convaincus que l'école est le remède infaillible contre tout mal auquel l'homme est sujet, qu'il s'agisse de la criminalité, la guerre, la pauvreté, l'injustice… ». La République est alors identifiée, purement et simplement, à ses mécanismes de socialisation, via son école. Mais, depuis à peine moins longtemps, la ségrégation

1. George S. Counts, *Dare the School Build a New Social Order ?*, New York, John Day, 1932, p. 3.

scolaire a été dénoncée pour ses effets sur la réussite scolaire et les inégalités de résultats entre élèves qu'elle produit[1]. Le mandat est une chose, sa traduction en acte une autre.

L'étude des ségrégations est à l'origine de la sociologie urbaine. Pourtant, l'analyse spatiale des inégalités scolaires a été plus tardive à s'inscrire dans le champ de la sociologie de l'éducation. Un fait est maintenant bien établi : une séparation socio-économique et ethnique traverse les établissements scolaires. Il est certain que l'école unique, avec la « massification scolaire » et son ouverture aux couches sociales inférieures depuis les années 1970, a permis à de très nombreux élèves d'origine modeste d'accéder à des formations et d'obtenir des diplômes dont ils avaient été largement exclus jusqu'alors. Il n'empêche : le système éducatif français est fracturé par une puissante ségrégation scolaire et cela dès le collège. Elle est double : en plus de la ségrégation entre les établissements, deux économistes notaient que « sévit une autre forme de séparatisme social et scolaire plus encore taboue car illégale depuis la réforme Haby du collège unique : celle de la ségrégation sociale et scolaire entre les classes d'un même établissement[2] ». La ségrégation socio-économique entre établissements est massive : sur l'ensemble des collèges français, la part des

1. J. S. Coleman, *Equality of Educational Opportunity Study*, Washington (DC), US Congressional Printing Office, 1966.

2. Son Thierry Ly et Arnaud Riegert, *Mixité sociale et scolaire et ségrégation inter- et intra-établissement dans les collèges et lycées français*, CNESCO, 2015. J.-C. François et F. Poupeau, *Le Sens du placement. Ségrégation résidentielle et ségrégation scolaire*, Paris, Raisons d'agir, 2008.

élèves dont le responsable appartient à une profession classée comme défavorisée est d'environ 44 %. Mais les 10 % des collèges les moins défavorisés en accueillent au maximum 21,3 %, ce qui est trois fois moins que les 10 % des collèges les plus défavorisés (qui en accueillent au moins 68 %) [1]. Dans son travail dans les Hauts-de-Seine, Marco Oberti consacre une partie de son étude à l'évitement de la carte scolaire par les parents. Il fait apparaître son caractère massif en calculant le taux de scolarisation en dehors de la commune et dans l'enseignement privé. Suivant les communes présentes dans le périmètre, elle est : de 39 à 60 % pour les cadres supérieurs, de 12 à 21 % pour les employés et de 8 à 18 % pour les ouvriers. De surcroît, les sociologues Georges Felouzis, François Liot et Joëlle Perroton ont montré l'existence de « collèges ghettos » constitués sur une base ethnique à partir d'une enquête statistique détaillée dans l'académie de Bordeaux. Leur livre, à sa parution en 2005, a eu un retentissement important [2]. Ils concluaient que « l'origine ethnique est un facteur ségrégatif plus fort encore que le niveau social et le niveau scolaire », aboutissant à un phénomène de « sécession » dû, pour la plus large part, à la fuite des familles vers les collèges de meilleure réputation [3].

---

1. F. Thomas, « Des collèges publics divers », *Éducation et formation*, 2005, n° 71, p. 105-115, et « Typologie des collèges publics », *ibid.*, p. 117-135.

2. G. Felouzis, François Liot et Joel Perroton, *Le Ghetto scolaire français. Enquête sur la ségrégation ethnique dans les collèges*, Paris, Seuil, 2005.

3. Georges Felouzis, « De l'école à la ville : comment se forment les "collèges ghettos" ? À partir d'une enquête statistique dans l'académie de Bordeaux », *Informations sociales*, 2005, n° 5-125, p. 38-47.

Si la réalité de la ségrégation ethnique et socio-économique est désormais connue, ses effets sur la culture politique le sont moins. Nous allons nous intéresser ici à la seule ségrégation entre écoles à la lumière de la composition ethnique et religieuse des élèves. Parmi les « effets établissement », « tout spécialement l'ampleur de la ségrégation durcit les inégalités sociales » : les élèves les plus favorisés par leur origine socio-économique bénéficient des meilleurs contextes, les plus favorables à leur réussite [1]. Il faut ajouter que les élèves s'influencent les uns les autres, la socialisation par les pairs participe de la socialisation générale. Or, la sectorisation et les règles d'exception dans les établissements vont avoir pour effet de composer un établissement avec certains jeunes, et cette composition elle-même participe de l'« effet établissement ».

Nous avons calculé, à partir des déclarations des élèves participant à nos enquêtes, un taux d'élèves dans l'établissement qui reflète les origines géographiques des familles. Ce pourcentage représente d'une manière simplifiée la composition de l'école : il décrit la proportion de ceux qui ont une origine extra-européenne pour au moins un de leurs deux parents par opposition à ceux dont les deux parents sont nés dans un pays de l'UE. On se souvient qu'il s'agit, pour l'essentiel, de parents d'origine africaine.

1. Marie Duru-Bellat, *Accès à l'éducation : quelles inégalités dans la France d'aujourd'hui ? Document de référence préparé pour le Rapport mondial de suivi sur l'éducation pour tous (2010)*, Paris, UNESCO, 2009.

Nous appelons le résultat de ce calcul « score de concentration » du groupe ethnique minoritaire. Les collèges sont rangés en cinq tranches qui contiennent un nombre d'élèves identique : dans la plus élevée on compte une population minoritaire qui représente « 50 % et plus » des élèves de l'établissement, et dans la plus basse, les établissements les plus « blancs », « moins de 11,3 % ». Dans le même temps, nous conservons l'information sur l'identité religieuse de chaque répondant, simplifiée en deux catégories, les musulmans et un second groupe qui rassemble les athées et les catholiques (et aussi les autres religions, très minoritaires). Enfin, le statut socio-économique du foyer est mesuré à partir du plus haut diplôme des parents, du fait d'occuper des emplois à plein temps, ce qui nous donne une mesure qui oppose les jeunes du « haut » et du « bas » de l'échelle sociale. On peut ainsi, par exemple, situer les élèves musulmans ou non, et selon la position de statut socio-économique des familles, dans différents environnements scolaires. En effet, la concentration minoritaire est une variable de contexte qui a une importance dans la relation à l'école, et ne se confond pas avec la religion ou le statut de chaque élève.

### *1. La ségrégation scolaire contre l'affiliation nationale*

Nous avons pris l'habitude de distinguer deux formes d'affiliation nationale : le fait de se sentir français, et le désir d'avoir la nationalité française. Le sentiment national des adolescents athées et catholiques est affecté par le contexte ethnique de la scolarisation à l'école : plus les minorités ethniques y sont concentrées, moins ils se sentent français. Le résultat est net : cette modalité de réponse décline de 26 points en passant des établissements « blancs » aux « non-blancs » (cf. graphique n° 15a). On peut séparer les favorisés et les défavorisés, le pourcentage de diminution est exactement le même.

*Graphiques n*[os] *15a, 15b et 15c. « Se sentir » … « français », « partagé » ou « autre » (%), suivant l'identité religieuse et la concentration ethnique minoritaire à l'école.*

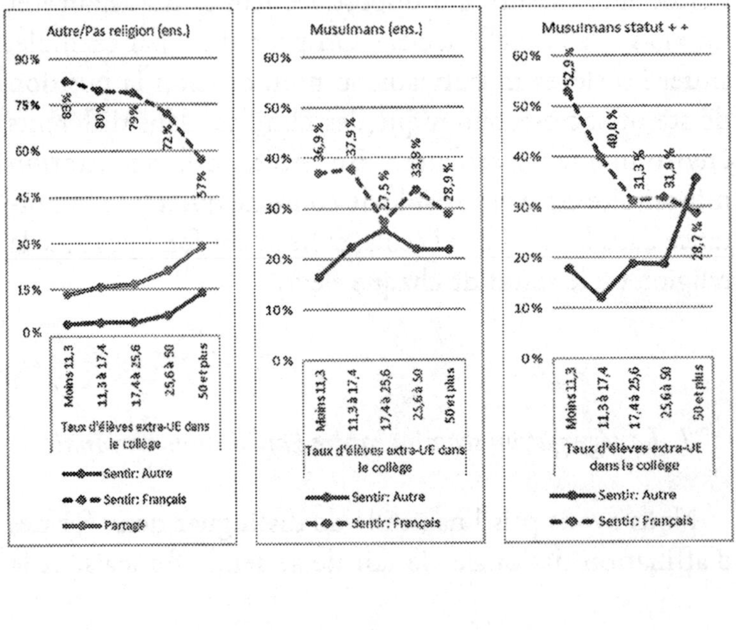

Les élèves musulmans évaluent la situation suivant la même logique : ils se sentent moins français lorsqu'ils se retrouvent dans les établissements où les minorités sont majoritaires. Mais le mouvement est moins marqué (– 9 points), car la ségrégation se traduit aussi par un renforcement parallèle de leur sentiment d'une identité mixte (+ 6 points). D'une manière générale, les enfants du bas de la société se sentent moins appartenir à la nation, et cela se vérifie aussi bien pour les musulmans et les catholiques ou sans religion : leur statut socio-économique se combine à l'environnement scolaire pour expliquer leur mise à distance de la nation [1]. Mais on voit ici que ce sont les musulmans issus de la moitié supérieure de l'échelle sociale (cf. graphique n° 15c) qui se sentent de moins en moins français à mesure qu'ils évoluent dans un établissement qui ressemble à un ghetto ethnique (– 23 points). C'est probablement lié à leurs aspirations plus élevées : ils vivent d'autant plus mal la relégation scolaire qu'ils ne sont pas en bas de la société. Les jeunes musulmans aisés, et leurs familles, entrevoient sans doute l'école comme une carte de promotion sociale possible à jouer, comme une fenêtre d'opportunité. Mais la scolarisation dans un mauvais collège risque de ruiner leurs espoirs, ils le comprennent et le vivent mal. Les musulmans de statut faible

1. Comme les élèves défavorisés sont peu nombreux dans les collèges à très forte majorité européenne (moins de 11,3 % d'élèves dont 1 parent au moins n'est pas européen), lorsque les modalités de réponses sont trop peu fréquentes, les calculs combinent ces élèves avec ceux de la catégorie 11,3-17,4 %.

sont moins déçus car leur réalisme les conduit à moins espérer.

*Graphiques n^os^ 16a et 16bd. Choisir une nationalité… une « autre nationalité » que française, ou « une double » nationalité (%), suivant l'identité religieuse, le statut socio-économique et la concentration ethnique minoritaire à l'école.*

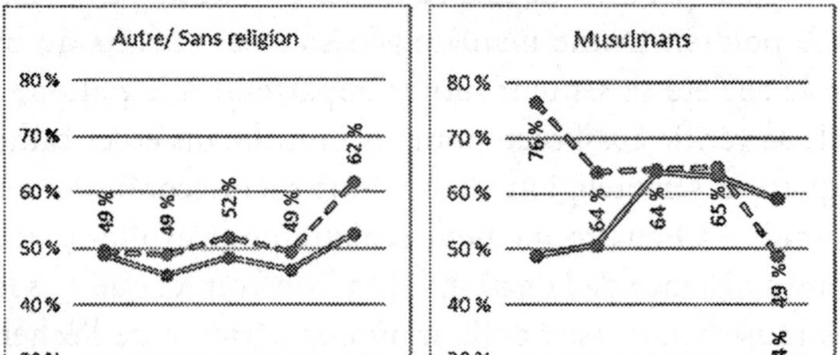


Le choix de marier la nationalité française et une autre, et le refus de la nationalité française sont présentés aux graphiques n^os^ 16a et 16b. Une petite partie des élèves déciderait de ne pas avoir un passeport français – particulièrement réduite chez les enfants athées-catholiques et de statut social « haut » (entre 7 et 8,5 %) et un peu plus marquée lorsqu'il est « bas » (entre 10 et 13 %). Cette option n'est pas choisie beaucoup plus souvent par les adolescents musulmans de « bas » statut (entre 7 et 14 %). Pourtant, cette préférence se fait plus fréquente lorsque la concentration minoritaire croît. Les jeunes musulmans rejettent la carte d'identité française, deux fois plus, à mesure de l'expérience qu'ils font de la ségrégation scolaire. Le contexte scolaire est vécu comme une relégation à la fois socio-économique et identitaire, interprétée comme le signal qu'ils sont des citoyens de seconde zone. Comme on l'a vu pour le sentiment national, chez les musulmans, la ségrégation affecte le choix de la nationalité des enfants du haut de l'échelle sociale plus que ceux du « bas ».

On retrouve cette plus grande sensibilité des jeunes du « haut » chez les catholiques-athées concernant le choix de la double nationalité (cf. graphiques 16a et 16b). Les jeunes aiment l'idée d'une nationalité ouverte, plus cosmopolite, par rapport à sa version fermée, exclusivement française. La scolarisation des élèves catholiques ou athées dans des établissements à forte présence minoritaire augmente cette disposition d'esprit qui conduit quelqu'un à considérer comme sa patrie son pays d'origine aussi bien que d'autres pays, mais uniquement pour les enfants favorisés (+ 13 points). Pour les plus modestes, le contexte scolaire n'agit guère : le choix d'une double nationalité est fréquent, c'est le cas d'environ un élève sur deux, mais ne s'élève pas beaucoup au contact des minorités dans le cadre de l'école. Enfin, à nouveau, on note la spécificité des adolescents musulmans du « haut » : se retrouver dans des établissements où les familles d'origine européenne scolarisent leurs enfants augmente leur orientation cosmopolite (+ 27 points). L'effet est inverse pour ceux du bas de l'échelle sociale : ce choix décline lorsqu'ils sont dans des établissements majoritairement « blancs » (– 10 points). Les préférences des jeunes musulmans du « haut » et du « bas » pour la double nationalité ne sont jamais aussi opposées que lorsqu'ils sont dans un contexte scolaire « blanc ».

### *2. Les collèges ghettos et la culture civique*

Le second volet de la culture politique est abordé à travers par l'analyse de l'adhésion ou du refus des normes civiques promues par l'État. Les jeunes adultes participent moins aux élections que leurs aînés, parce que le vote repose sur différents mécanismes d'insertion dans la société, le fait d'avoir un patrimoine, mais aussi une famille ou encore d'être suffisamment sédentaire. La participation électorale est également liée à la stratification sociale.

*Graphiques nos 17a et 17b. L'utilité du vote (%), suivant l'identité religieuse, le statut socio-économique et la concentration ethnique minoritaire à l'école. Source : UPYC-France.*

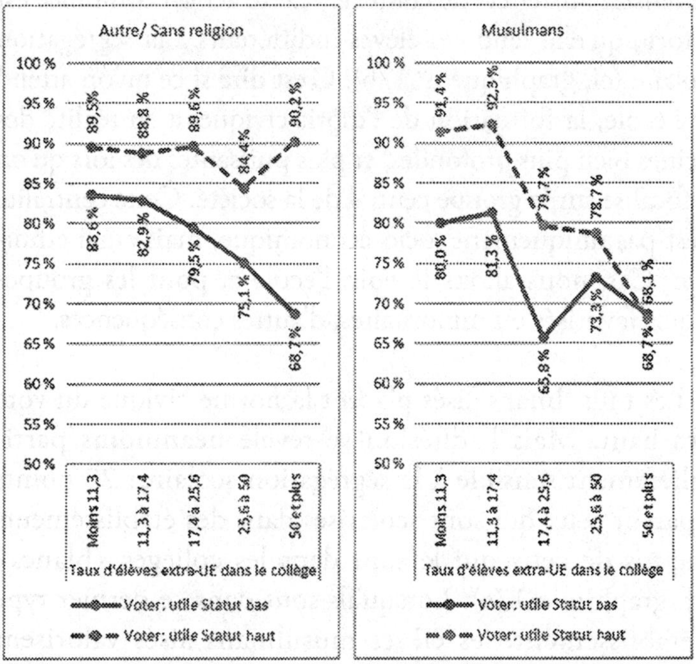


Les effets de stratification sociale sont, comme souvent, présents : les élèves qui croient le plus dans les vertus du vote sont ceux dont les familles se situent dans la partie supérieure de l'échelle sociale (7 points de plus pour les musulmans du « haut » par rapport au « bas », et 9 points pour les « sans religion et autre religion », en moyenne). C'est vrai pour les athées-catholiques aisés qui sont les enfants de la société centrale. Ils ont la particularité d'avoir intégré la norme de l'élection et de la valoriser un peu plus que tous les autres groupes. Leur statut élevé et leurs convictions identitaires, qui sont celles de la majorité, les rendent susceptibles de résister aux effets de contexte. Cette action combinée est si forte qu'elle rend ces élèves indifférents à la ségrégation scolaire (cf. graphique n° 17b). C'est dire si ce qu'on attend de l'école, la formation de l'esprit civique, a en réalité des racines bien plus profondes, et plus puissantes dès lors qu'on se focalise sur le groupe central de la société. Cette centralité n'est pas uniquement socio-économique, mais aussi ethnique. Car, nous allons le voir, l'école a, pour les groupes moins favorisés ou minoritaires, d'autres conséquences.

Les musulmans aisés placent la norme civique du vote très haut. Mais l'adhésion se révèle néanmoins particulièrement sensible à la ségrégation scolaire : 20 points séparent ceux qui sont scolarisés dans des établissements ghettos de ceux qui le sont dans les collèges « blancs » (cf. graphique 17a). Lorsqu'ils sont dans ce dernier type d'établissement, les élèves musulmans aisés valorisent autant le suffrage que les athées-catholiques aisés, et, pour être exact, même un peu plus. Peut-on mieux illustrer les effets de la composition ethnique des établissements comme cadre formateur de l'expérience civique ?

Les groupes défavorisés ferment la marche, quelle que soit leur identité de conviction. Dès le jeune âge, les rapports à la politique se dessinent. Les enfants de milieu modeste athées-catholiques sont, comme tous les groupes sauf un, affectés par le milieu scolaire et la ségrégation : fréquenter un établissement ghetto réduit leur croyance dans l'utilité du vote (– 15 points). Les élèves musulmans modestes leur ressemblent en tous points : leur niveau d'adhésion est presque similaire, d'une part, et l'effet ghetto est presque aussi net : le déficit de valorisation est de 11 points.

Passons à présent au dernier élément très présent dans le débat public. La laïcité comme principe est, on s'en souvient, très largement acceptée chez les adolescents, même si elle est un peu moins soutenue chez les musulmans. Ceux qui pensent qu'elle permet de vivre ensemble sont malgré tout 70 %. Ces résultats d'ensemble correspondent bien à la radiographie des problèmes rencontrés de « respect de la laïcité ». En effet, 97 % des enseignants de collège et 99 % au lycée, 98 % des principaux de collège et 99 % des proviseurs de lycée déclarent « inexistants » ou « peu importants » dans leur établissement les problèmes liés à une remise en cause du contenu des enseignements par les élèves ou à un refus de participer à certaines activités scolaires pour des motifs religieux [1].

Les élèves de la moitié supérieure de la société sont toujours plus favorables au principe de laïcité, aussi bien chez les musulmans que dans le groupe principalement composé d'athées et de catholiques (+ 8 points par rapport au « bas », dans les deux groupes). Les normes dominantes d'une société sont plus acceptées lorsqu'on occupe de meilleures positions

1. *Laïcité et religion au sein de l'école et dans la société*, *op. cit.*

socio-économiques. Et la différence entre le haut et le bas de l'échelle sociale est marquée chez les athées et catholiques. Les plus favorisés semblent assez indifférents au contexte scolaire de concentration ethnique : leurs convictions dépendent très largement de leur statut socio-économique (cf. graphiques n^os^ 18a et 18c). Ce n'est pas le cas pour les moins favorisés des athées et catholiques : un contexte scolaire marqué par la présence des minorités ethniques a un effet modeste de renforcement de leur adhésion dans le principe sécularisté. Pour eux, la laïcité est jugée d'autant plus utile pour vivre bien ensemble qu'il y a effectivement une grande diversité ethnique et religieuse dans l'école.

*Graphiques n^os^ 18a, 18b, 18c et 18d. « La laïcité permet de vivre ensemble » et les opinions sur l'« interdiction des signes religieux à l'école » (%), suivant l'identité religieuse, le statut socio-économique et la concentration ethnique minoritaire à l'école. Source : UPYC-France.*

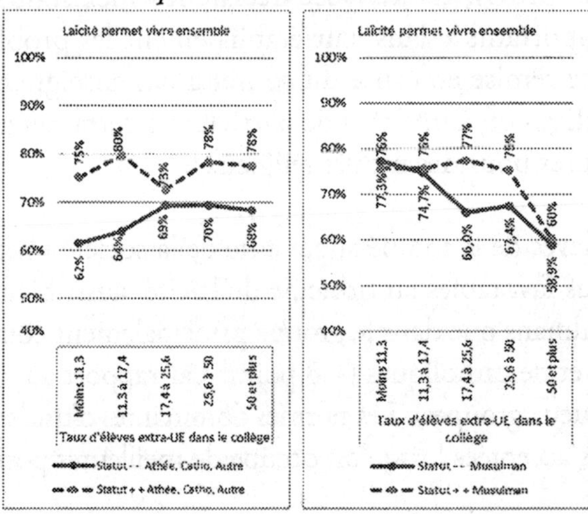

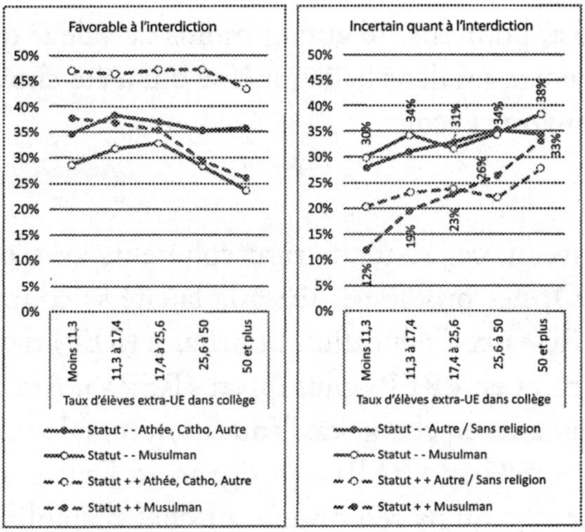


Dans le groupe des jeunes musulmans, le contexte scolaire a un tout autre effet. Ils reconnaissent d'autant plus souvent que la laïcité permet de bien vivre ensemble qu'ils ne sont pas confinés dans un établissement ghetto (+ 17 points dans un collège blanc). Cela est vrai pour les musulmans favorisés ou défavorisés, même si la relation est particulièrement linéaire chez les défavorisés (cf. graphiques n^os^ 18b et 18d). Approuver un principe de liberté de conscience et de respect des croyances de chacun est plus facile lorsqu'on ne se retrouve pas confiné aux marges du système scolaire. On comprend ainsi que plus les musulmans sont, au quotidien, mêlés au groupe ethnique majoritaire, plus ils valorisent les normes d'État. Et, réciproquement, que plus les athées-catholiques (de statut modeste) sont mêlés aux groupes ethniques minoritaires, plus ils valorisent ces mêmes principes. Le principe de laïcité a, pour eux, d'autant moins de valeur qu'on se retrouve entre soi dans le lieu même qui a été choisi pour le promouvoir : l'école.

À nouveau, ces résultats sont cohérents avec ceux du CNESCO. Les problèmes liés à la laïcité se concentrent dans les Réseaux d'éducation prioritaire (REP) davantage qu'ailleurs, et en « REP » plus qu'en « REP+ ». Ainsi, 15 % des enseignants en charge de l'éducation morale et civique de « REP », 5 % en « REP+ » en signalent. Et la gravité du problème fait qu'ils remontent au chef d'établissement dans 6 % des établissements de « REP », et moins de 1 % en « REP+ »[1]. On est loin de la tonalité dramatique du rapport de M. Obin au nom de l'Inspection générale de l'Éducation nationale qui avait fait grand bruit lors de sa diffusion : « Dans certains quartiers (...) se sont déjà édifiées des contre-sociétés closes dont les normes sont le plus souvent en fort décalage voire en rupture avec celles de la société moderne et démocratique qui les entoure[2]. » Appeler démocratique un système marqué par la ségrégation scolaire ne manque pas de sens de la provocation.

1. On distingue les « REP » ou « Réseaux d'éducation prioritaire » qui regroupent les collèges et les écoles rencontrant des difficultés sociales plus significatives que celles des collèges et écoles situés hors éducation prioritaire, et les « REP+ » qui concernent « les quartiers ou secteurs isolés qui connaissent les plus grandes concentrations de difficultés du territoire ».

2. Jean-Pierre Obin, *Les Signes et manifestations d'appartenance religieuse dans les établissements scolaires*, *op. cit.*, p. 31.

Les principes ne sont pas des règles juridiques qui codifient des situations précises. Le degré de visibilité des principes et la manière dont ils affectent la vie sont importants à considérer. Les obligations de faire ou de ne pas faire sont des règles impératives, des commandements ou des interdictions, qui émanent d'un pouvoir. Dans les établissements scolaires, ce sont les agents de première ligne de l'administration qui agissent comme autorité et énoncent des injonctions. La régulation du port des signes religieux dans le contexte précis de l'école en est une illustration à laquelle les élèves sont directement confrontés, mais les repas halal ou sans viande en sont une autre. Les jeunes adultes sont de plus en plus libéraux et ouverts à la liberté de culte, pour parler comme la loi de 1905, c'est-à-dire à la libre manifestation de ses croyances, à la possibilité de manger les aliments qu'ils souhaitent et de se vêtir selon leurs souhaits. De sorte que si l'adhésion au principe de laïcité est large, les collégiens sont plus réservés quant à l'idée d'interdire. On le remarque à propos du voile. Entre un tiers et la moitié d'entre eux, suivant les sous-groupes de conviction, sont mêmes opposés à cette idée. De plus, comme pour tous les autres aspects qui touchent à la manière de codifier les relations entre l'État et les cultes, les adolescents sont encore largement indécis : rien de plus normal, ils sont en train de se forger progressivement leurs idées personnelles sur le monde qui les entoure. C'est pourquoi il faut aussi regarder attentivement si l'école fait douter non pas du principe, mais de la pratique actuelle de la laïcité.

Les adolescents musulmans, fortement attachés à leur identité religieuse, sont davantage réticents à la proscription de l'appartenance religieuse à l'école, cela est connu. Mais replacer en contexte les opinions révèle plusieurs aspects nouveaux. Quels sont les adolescents les plus favorables à l'interdiction des signes religieux ? Le statut socio-économique fait une nette différence chez les élèves athées-catholiques : quelle que soit la composition ethnique du collège, les jeunes du « haut » restent environ 10 points au-dessus de ceux du « bas » (cf. graphique n° 18c). À nouveau, le groupe qui incarne la société centrale voit ses idées peu affectées par le contexte. En revanche, chez les musulmans, c'est le contexte scolaire qui prime sur l'effet de statut : être scolarisé dans un collège ghetto fait décliner le soutien à l'interdiction du port de signes religieux. Les musulmans, encore plus ceux du « haut » que ceux du « bas », sont affectés par un effet de conformisme lié au milieu scolaire : lorsqu'il est plus « blanc », leurs opinions se rapprochent de celles de leur environnement. Enfin, la ségrégation scolaire fait hésiter au sein des quatre groupes observés : plus ils sont scolarisés dans des collèges ghetto, plus ils sont sceptiques quant à la règle qui veut qu'on ne manifeste pas sa religion (cf. graphique 18d). Les plus indécis sont les musulmans défavorisés (+ 8 points et 38 % en collège ghetto), qui se confondent avec les athées-catholiques défavorisés avec un niveau comparable de doute (+ 5,5 % en collège ghetto). Les moins hésitants sont toujours les jeunes favorisés, mais dans les deux cas le doute progresse très nettement avec la concentration des minorités dans le collège : + 21 points pour les musulmans, + 13 points pour les athées-catholiques. La règle ministérielle est mise à l'épreuve des normes de la nation des jeunes, dans sa composante scolaire locale. Elle en sort affaiblie par la ségrégation ethnique.

Quelles lois peut-on tenter de déduire de ces résultats ? La première est que le principe de laïcité est jugé largement vertueux, et plus encore par les enfants des couches sociales supérieures. Lorsqu'il s'agit de la codification pratique de l'usage des signes religieux à l'école, on ne retrouve pas de majorité pour les interdire, même si les enfants du groupe central en sont proches. Ce sont toujours les groupes favorisés qui la soutiennent le plus. Les athées-catholiques aisés ne voient pas souvent de raison de s'y opposer : ce n'est pas un enjeu pratique pour eux, soit qu'ils sont dans le secteur privé, soit que leur établissement est très majoritairement « blanc ». Les musulmans aisés que leur trajectoire scolaire a amenés dans les meilleurs établissements y adhèrent : ils se sentent plus proches des normes majoritaires par leur statut « haut », et par les copains qu'ils fréquentent à l'école. La seconde loi qui se dessine est que les enfants de milieu aisé défendent le modèle culturel prégnant dans la société : un statut social haut renforce l'adhésion aux normes du groupe central de la société. Enfin, la troisième loi, à l'exception des jeunes Européens de haut statut, veut que la ségrégation scolaire sape la valeur du principe de laïcité et fait douter du bien-fondé d'une interdiction de manifestation de sa foi à l'école. Chez les athées-catholiques, les plus aisés se singularisent en étant les seuls indifférents au contexte scolaire : leur origine européenne combinée aux ressources culturelles et financières des parents les prédisposent à adhérer au principe de laïcité en toutes circonstances. Mais, comme les autres, ils doutent malgré tout d'autant plus de l'utilité de l'interdiction des manifestations de la foi qu'ils sont dans des établissements où les extra-Européens sont nombreux. Pareillement, chez les musulmans, la ségrégation fragilise l'adhésion au principe, et fait douter de l'intérêt de l'interdiction.

### *3. L'égalité des droits des femmes et des homosexuels*

J'ai décrit avec force détails certains aspects de la culture civique des adolescents, l'adhésion à ce qui codifie la relation des citoyens à l'État : l'inscription dans le cadre national, le vote qui permet un contrôle des citoyens sur les gouvernants, la laïcité qui organise la relation entre les citoyens, les cultes et l'État. J'ai montré comment l'expérience scolaire affecte cette culture civique. Mais, selon les résultats de l'enquête UPYC, la relation à l'école affecte d'autres croyances, et en particulier celles qui portent sur l'égalité des individus. Ainsi, la répartition traditionnelle des rôles de genre dans la société, et le fait de placer la femme à l'intérieur du domicile dans une fonction maternelle de soin et d'éducation des enfants, mais aussi le jugement sur la contraception comme une pratique à autoriser ou à bannir, sont profondément affectés par la performance scolaire aussi bien que par la ségrégation ethnique au collège. Les élèves les plus en difficulté, qu'ils soient d'origine exclusivement française par leurs deux parents, ou d'origine étrangère, sont nettement plus traditionalistes (plus de deux fois plus). De même, ceux qui sont scolarisés dans les établissements ghettos minoritaires, aussi bien d'origine française qu'étrangère, sont deux à trois fois plus conservateurs.

On remarque cependant que l'expérience scolaire a moins d'effet sur le jugement porté sur des aspects de la vie qui sont sexualisés : soit sur l'acceptabilité de l'orientation sexuelle (le fait de considérer les homosexuels comme des gens comme les autres), soit sur la nécessité de séparer les hommes et les femmes à la piscine. Dans le premier cas la performance scolaire et la concentration ethnique ont peu d'effet, et dans le second pas du tout, et cela autant pour les élèves d'origine française qu'étrangère. Cette absence de corrélation est assez instructive et indique qu'il existe différents types de croyances. Certaines sont tellement intériorisées que, une fois la socialisation achevée, elles deviennent indifférentes à l'environnement et donc à l'expérience scolaire de l'adolescent. On peut imaginer que leur transformation éventuelle sera lente. D'autres, celles qui portent sur la relation entre les citoyens et l'État, peuvent d'une part se former un peu plus tardivement, au cours de l'adolescence, et, d'autre part, avoir un lien plus direct avec la relation aux agents de première ligne qui incarnent le pouvoir du gouvernement. Ainsi, le vote, la laïcité, la nationalisation de son identité, dans la mesure où tous concernent le rapport à l'État, se forgent dans le rapport aux administrations. L'égalité de genre semble un cas intermédiaire. Lorsqu'il s'agit de l'égalité de genre dans un rôle social (rester à la maison ou travailler), la relation à l'école est une clé de l'adhésion des adolescents. Mais lorsqu'il s'agit de la séparation ou du mélange des corps, elle ne l'est plus. Si les adolescents perçoivent l'enjeu comme étant de nature sociale ou politique, l'expérience concrète d'une administration, ici l'école, l'affecte. Si elle leur apparaît profondément privée, non.

### 4. *L'école et la culture politique*

L'expérience de l'école contribue à expliquer la formation de la culture civique. Elle est faite à la fois d'une relation aux enseignants, aux notes, et à ce maillon essentiel qu'est l'établissement fréquenté, en particulier par le degré de ségrégation ethnique qui y règne. Nous avons vu comment l'école n'entraîne une adhésion aux valeurs civiques que chez les gagnants de la compétition pour les notes : les enfants qui pensent compter aux yeux des enseignants, ceux qui sont scolarisés, dans les établissements les plus « blancs », et ceux qui appartiennent aux deux groupes religieux majoritaires, les athées et les catholiques « distants ». Logiquement, et par contraste, ceux qui ont des difficultés scolaires, qui sont moins attachés à leurs enseignants, qui sont scolarisés dans un ghetto ethnique minoritaire et qui s'identifient à la religion musulmane sont les perdants de l'école. S'ils ne rejettent pas frontalement et en bloc les normes que l'école véhicule, les perdants y sont plus résistants, probablement parce qu'ils les perçoivent comme une imposition et un mépris pour leur histoire familiale, leur identité religieuse et leur condition socio-économique modeste. Les différences sont criantes. Chacune des dimensions de la relation à l'école n'a pas exactement le même effet sur chaque segment de la jeune nation. Mais le sentiment de réussir à l'école tout comme la ségrégation scolaire affectent nettement l'affiliation nationale et la croyance dans l'utilité du vote, mais également l'adhésion au principe de laïcité des élèves. Les enfants du bas de l'échelle sociale ne se sentent pas moins nationaux, mais prennent leurs distances par rapport aux normes civiques centrales. Et encore, la scolarité n'est-elle pas terminée : nous avons pour l'essentiel décrit des collégiens, donc un moment où tous les jeunes sont présents à l'école, alors même que la sélection scolaire est loin d'être terminée. Mais déjà, les perdants croient moins dans les principes dont la démocratie s'enorgueillit. Les adolescents qui s'épanouissent au collège sont ceux qui adhèrent le plus aux valeurs civiques portées par l'école : la confiance dans les institutions, l'égalité entre hommes et femmes, l'utilité du vote, les bénéfices d'une laïcité ouverte[1].

Développer une affiliation nationale est, dans l'ordre décroissant, lié aux identités religieuses, puis à la

1. Je suis la définition de Jocelyn Maclure, professeure à la Faculté de philosophie de l'université Laval : « Un régime de laïcité "ouverte" cherche à éviter que la laïcité soit en fait une morale antireligieuse », *Le Devoir*, 24 novembre 2008.

ségrégation scolaire, et bien moins nettement au statut socio-économique. Pour le dire simplement, on se sent français presque aussi intensément, qu'on soit riche ou pauvre. Mais il se révèle bien plus rare de développer un sentiment national sous une forme exclusive lorsqu'on est musulman qu'athée ou catholique « distant ». Pourquoi ? D'une part, parce que l'identité musulmane dénote une origine étrangère, laquelle suppose presque toujours une identité partagée. Et, d'autre part, parce qu'elle est minoritaire : il n'y a pas d'« effet miroir identitaire » entre son identité propre et celle de la société nationale. Enfin, la concentration en milieu scolaire du groupe ethnique majoritaire dans certains établissements et du groupe minoritaire dans d'autres a les conséquences qu'on pouvait envisager : les élèves qui sont scolarisés dans des collèges ghetto, non seulement les musulmans, mais aussi les athées-catholiques, ont du mal à se sentir complètement membres de la nation. On a cependant observé plusieurs singularités. Par exemple, pour tous les élèves, le contexte de ségrégation ethnique à l'école affecte la culture civique, sauf pour ceux qui appartiennent à la partie haute de l'échelle sociale et qui se définissent comme athées-catholiques : leur position économique familiale supérieure, et leur statut ethnique majoritaire agissent comme un isolant. Ils savent qu'ils sont le prototype du peuple d'État. Autre exemple, les musulmans s'incorporent mieux à la culture civique lorsqu'ils sont scolarisés dans le privé, et ceux qui appartiennent à la partie supérieure de l'échelle sociale revendiquent une double identité plus fortement lorsqu'ils sont scolarisés dans les meilleurs établissements. Se retrouver dans des établissements les plus « blancs » ne provoque pas l'effet d'adhésion exclusive à la France constaté pour le groupe des athées-catholiques : affiliés, oui, sans mémoire, non. Un statut élevé et la fréquentation de collèges favorisés renforcent les musulmans dans leur adhésion aux normes majoritaires.

Une enquête internationale dans 28 pays auprès d'adolescents âgés de 14 ans conduite par Judith Torney-Purta et ses collègues a montré que l'intention de voter est fortement corrélée au niveau de connaissances politiques[1]. Certes, mais qui sont ces élèves fins connaisseurs du fonctionnement des institutions politiques, des idéaux institutionnels et des pratiques politiques ? Et leurs enseignants ? L'offre scolaire est de qualité inégale, et l'on sait que « les professeurs les moins expérimentés sont concentrés dans les zones les plus défavorisées, ce qui est associé en moyenne à une moindre efficacité » et que les élèves « perçoivent les attentes des enseignants, ce qui engendre une dynamique propre : une attente positive stimule alors l'anticipation de l'échec qui peut avoir pour effet de le provoquer[2] ». Même si mon point focal n'est pas la réussite scolaire mais

1. Judith Torney-Purta, Rainer Lehmann, Hans Oswald, Wolfram Schulz, *Citizenship and Education in Twenty-eight Countries : Civic Knowledge and Engagement at Age Fourteen*, Amsterdam, International Association for the Evaluation of Educational Achievement, 2001.

2. Marie Durut-Bellat, « Accès à l'éducation : quelles inégalités dans la France d'aujourd'hui ? », *Document de référence préparé pour le Rapport mondial de suivi sur l'Éducation pour tous (2010). Atteindre les marginalisés*, Paris, UNESCO, 2009.

la culture civique, les résultats que j'ai présentés disent la même chose et ses causes sont les mêmes. D'une manière générale, par son fonctionnement, l'école module les écarts d'attachement à l'identification nationale et à la nationalité. Ici, nous n'avons pas retrouvé les résultats qu'évoquent ceux qui veulent que les élèves de la minorité scolarisés dans des établissements favorisés se sentent en décalage, sur la base d'une comparaison de leurs performances à celles de leur classe[1]. Nous avons plutôt repéré un effet de conformisme lié au milieu. Se retrouver dans les collèges « blancs » facilite l'inclusion politique, nationale et civique, et la freine nettement dans des collèges « non-blancs ». Comment se sentir complètement membre d'un collectif national dont les valeurs sont l'égalité et la liberté quand on se retrouve confiné dans des collèges composés sur une base ethnico-religieuse minoritaire et socio-économique défavorisée ?

La ségrégation est au cœur des enjeux urbains, sociaux et ethniques. Elle affecte directement l'école française qui n'a pas investi suffisamment pour la réduire. La carte scolaire est créée en 1963 comme outil de planification pour rationaliser au plan géographique la massification des effectifs au collège[2]. Puis est elle devenue un instrument dit de « sectorisation », à partir des années 1980. Mais, avec l'affirmation de la nécessaire « liberté de choix » des familles

1. Johanna Dagorn, *De la différence à l'exclusion : étude de la culture d'établissement dans trois collèges favorisés*, Bordeaux, thèse de sciences de l'éducation, 2005.

2. Lorenzo Barrault, *Gouverner par accommodements. Stratégies autour de la carte scolaire*, Paris, Dalloz-Sirey, 2013.

autour de la loi Savary en 1984, on la désigne comme une contrainte à assouplir. Enfin, elle devient un enjeu de mixité sociale en 1997, cette approche se heurtant à la précédente. La carte scolaire a dès lors été l'objet de batailles politiques intenses. Le président de l'UMP demande sa suppression en 2006 : il rejette le « principe [selon lequel] la meilleure manière de garantir l'égalité des chances est d'uniformiser les établissements et d'y répartir les élèves de manière autoritaire afin de créer de la mixité sociale ». Le candidat Nicolas Sarkozy l'a promis, son ministre Xavier Darcos l'a fait. L'assouplissement de la carte scolaire a été mis en œuvre en 2008, au nom de la mixité sociale et de la liberté de choix des parents. Le ministère a demandé aux établissements de répondre favorablement aux demandes de dérogation des parents, dont la possibilité existait dès 1980. La réforme n'aura duré que quelques années, et sera très partiellement mise en œuvre car dépendant d'une compétence des conseils généraux[1]. En 2012, Vincent Peillon, ministre de l'Éducation, met en ligne le rapport sur les « Conséquences des mesures d'assouplissement de la carte scolaire après 2007 » de l'Inspection générale de l'Éducation nationale. Le constat est sans appel : « Force est de constater que cette politique apparaît à l'analyse *a posteriori* comme n'ayant pas porté ses fruits au regard de l'équilibre social, et ayant même souvent eu l'effet inverse », et, au nom de « parcours particuliers », les fameuses options, a surtout profité aux familles favorisées. C'est ce qu'avaient prévu les

1. Lorenzo Barrault-Stella, « Les résistances de la carte scolaire. Les limites du volontarisme politique dans l'action publique », *Politix*, 2012, n° 98, p. 109-127.

sociologues de l'éducation en 2007 : « Cette suppression accentuera les inégalités », avait dit François Dubet. « Pour que le choix ne se résume pas à une hiérarchie de niveau (...) il faut que les établissements aient des projets très différents » prévenait Agnès van Zanten. Après l'abandon de la réforme, le problème reste donc entier : l'accroissement de la demande sociale des parents pour des établissements scolaires qui augmentent les compétences scolaires de leurs enfants, et leurs chances de réussite ultérieure, alimente la ségrégation scolaire. Marco Oberti conclut son étude sur l'évitement scolaire, préalable à la réforme de 2007, en affirmant que confrontée à la ségrégation urbaine, la carte scolaire telle qu'elle est pratiquée en France se montre incapable de garantir la mixité scolaire[1]. C'est aussi ce que nous avons constaté, avec les conséquences dommageables pour l'affiliation à la collectivité politique.

L'expérience totale de l'école affecte la culture politique des adolescents, mais de manière profondément ambiguë. Elle renforce l'adhésion de certains élèves aux normes d'État, mais en éloigne d'autres. Le point essentiel réside dans le fait que l'école est le lieu de socialisation, de formation des enfants à travers les informations qu'ils accumulent sur la réalité du fonctionnement de la société : la séparation sur la base du statut, de l'origine ethnique, des identités religieuses notamment. La part de responsabilité de l'école comme administration d'État est un autre

1. Marco Oberti, *L'École dans la ville : ségrégation – mixité – carte scolaire*, Paris, Presses de Sciences Po, 2007.

débat, car il est clair qu'il ne s'agit pas que de la volonté des pouvoirs publics : les stratégies éducatives des familles pèsent également sur la composition des établissements ou la réussite scolaire. En consultant le travail de Dominique Paty sur les collèges publics réalisé en 1980 après la réforme Haby créant le collège unique, on lit que « les milieux les plus favorisés arrivent, grâce à des « passe-droits », à regrouper leurs enfants dans les anciens « petits lycées » des établissements prestigieux, de préférence aux classes préparatoires, et ce même lorsque ces lycées sont fort loin du « secteur géographique » de leur lieu d'habitation[1] ». Cela reste vrai aujourd'hui, comme le démontre la sociologue Agnès van Zanten[2]. Mais quelles qu'en soient les causes, il n'en reste pas moins que les caractéristiques de l'établissement et le rapport des élèves aux agents de première ligne à l'école structurent la socialisation politique. Avec des effets négatifs, en particulier pour les enfants les plus défavorisés et appartenant aux minorités ethniques et religieuses.

### 5. *L'école n'est pas le creuset de la nation*

Depuis la Révolution française, l'éducation est au cœur des missions de l'école publique dans sa volonté de former des citoyens. Les pères fondateurs de l'école républicaine

1. Dominique Paty, *Douze collèges en France. Enquête sur le fonctionnement des collèges publics aujourd'hui, op. cit.*

2. Agnès van Zanten, « Le choix des autres. Jugements, stratégies et ségrégations scolaires », *Actes de la recherche en sciences sociales*, 2009, n° 180, p. 24-34.

avaient conçu l'école comme le lieu par excellence de transmission des qualités qui devaient être celles du citoyen, à l'époque contre l'Église. L'école n'est, pour le gouvernement, pas un service public, mais le lieu où se façonne le peuple d'État tel qu'il le veut. C'est là que le projet d'unification culturelle doit avoir lieu. Dans cette entreprise, l'instruction devient un vecteur indispensable, une institution publique. Avec Jules Ferry, ministre de l'Instrucion publique et promoteur de l'enseignement obligatoire et gratuit en 1881 et 1882, la transmission des valeurs prend une place de choix, notamment avec l'instruction morale et civique. Mais, et c'est l'apport de l'historienne Suzanne Citron, l'école a également un but identitaire, que reflète la conception de l'histoire inventée par les historiens républicains du XIX^e^ siècle qui voyaient la France « comme une patrie-Messie [et] ont élaboré un schéma du passé destiné à nationaliser les Français et à forger leur patriotisme ». L'école avait pour mission de construire une identité ethnique, qui trouvait sa source dans les Gaulois, « "une race de laquelle descendent les dix-neuf vingtièmes d'entre nous" » écrivait en 1828 Amédée Thierry, l'introducteur de cette historiographie, cautionnée par Michelet, popularisée par Henri Martin et officialisée par le petit Lavisse, le manuel phare de l'école de la III^e^ République [1] ». Sur sa couverture, le petit Lavisse comporte une injonction : « Tu dois aimer la France, parce que la Nature l'a faite belle et parce que l'Histoire l'a faite

1. Suzanne Citron, « Dénationaliser l'histoire de France », *Libération*, 30 décembre 2004.

grande[1]. » La nation est le Dieu des nationaux. En conséquence, l'école est conçue comme un lieu saint, une sorte de sas de décontamination des allégeances particulières et locales, ou encore de médiation vers l'inscription dans le projet national républicain. Le citoyen autonome et éclairé est son but, mais l'autonomie morale se comprend dans un cadre politique et donc normatif. L'attachement à la nouvelle nation des citoyens et les valeurs des Lumières couvées par l'école devaient devenir les croyances partagées, le socle identitaire sacré du régime républicain.

Nous en sommes loin. Nous avons souligné le décalage entre les normes de définition du peuple d'État et les aspirations de la jeune nation. La prise en considération d'une appartenance nationale ouverte, le cosmopolitisme par la reconnaissance des sentiments nationaux combinés, constitue pour les jeunes un phénomène qui déborde de loin les jeunes d'origine étrangère et les musulmans. La culture des adolescents est marquée par l'égalité des droits civiques, et se traduit par une interprétation ouverte de la laïcité, même si chez les catholiques traditionalistes et plus encore chez les musulmans elle cohabite avec un traditionalisme moral. La nationalisation exclusive des sentiments, et la laïcité fermée, sont les normes du peuple d'État. Elles sont peu susceptibles de former un cadre favorable au creuset français que tous appellent de leurs vœux : la majorité de la jeune nation ne s'y reconnaît pas.

1. https://www.lemonde.fr/les-decodeurs/article/2016/09/28/roman-national-recit-national-de-quoi-parle-t-on_5004994_4355770.html.

Au chapitre 3, nous avons rappelé le rapport plus distant des couches populaires et des musulmans au vote. Dans ce chapitre, nous avons découvert que les attitudes qui se transforment en comportement à l'âge adulte, au moment où l'on peut exercer son droit de vote, étaient formées dès l'adolescent. Ceux qui voteront moins une fois adultes sont bien ceux qui doutent déjà de l'utilité du suffrage.

Si le roman imaginé de l'école est éloigné de la réalité, son actualité politique est pourtant totale. Les attentats de 2015, mais plus profondément la recomposition de l'Europe des nations, l'immigration et les chocs économiques, ont précipité dès le 22 janvier de la même année une « grande mobilisation de l'école pour les valeurs de la République », et leur transmission devient l'objectif premier, la « mesure n° 1 » de la mission de l'école, explicité de la manière suivante : « La République "a fait" l'école dans la deuxième moitié du XIX^e siècle. Puis l'école "a fait" la République en construisant un savoir-être, une capacité d'argumentation, une culture de la raison et du jugement, en transmettant les valeurs républicaines et humanistes et en favorisant l'adhésion à ces valeurs [1]. » L'école se donne, par le truchement de ses ministres, pour fonction de transmettre des normes sociales autant que des savoirs, et veut utiliser les instruments les plus classiques en la matière : le rassemblement physique autour de symboles

1. Voir l'annonce des mesures par le ministère de l'Éducation nationale le 22 janvier 2015. Cf. http://www.ac-grenoble.fr/disciplines/documentation/file/1415Site/2015_DP_mobilisation_Ecole_complet_385494.pdf.

et leur célébration, la prière laïque qu'est la minute de silence. Les manuels n'ont, pour autant, pas renoué avec la vision ethnique gauloise de la nation de la IIIe République qui avait disparu au milieu des années 2000 [1]. Mais, l'approche qui promeut des racines nationales n'a pas disparu pour autant, bien au contraire, elle est réorganisée autour d'une laïcité fermée, ou pour reprendre le mot de Manuel Valls, « intransigeante » [2], approche partagée par certains responsables politiques, comme Nicolas Sarkozy [3] ou François Hollande [4]. Sans qu'on la confonde avec une idéologie anti-religieuse, cette lecture identitaire de la laïcité autour d'absolus n'en apparaît pas moins cardinale dans l'affirmation des normes d'État qui prennent une tournure ethnique.

La contribution de l'école à la formation et à la perpétuation d'une identité collective ou d'un régime reste, en

1. Yannick Le Marec, « L'analyse du contenu des manuels d'histoire. De la critique idéologique à l'exigence épistémologique ». L'auteur souligne que le traitement de la colonisation (la violence, le travail forcé) ou de la guerre d'Algérie (en position marginale) apparaissent problématiques. Cf. http://eda.recherche.parisdescartes.fr/wp-content/uploads/sites/6/2019/03/2_1_Histoire_Marec.pdf.

2. Voir les propos du Premier ministre contre l'Observatoire de la laïcité qui « dénature » le concept selon lui (*Le Monde*, 19 janvier 2016).

3. À Bordeaux, le 3 mars 2012, Nicolas Sarkozy déclare : « Les cantines scolaires sont tenues au principe de la laïcité ; je m'opposerai à toute évolution allant dans un sens contraire. »

4. François Hollande, lors d'un colloque organisé sur la laïcité par les députés socialistes, à l'Assemblée nationale, le 6 décembre 2011, avait déclaré : « Nos cantines doivent rester des lieux de partage où des menus différents ne servent pas à créer des tables séparées. » Cité dans *Le Monde* du 10 mars 2012.

vérité, difficile à évaluer de manière précise. La « fonction de nourrir un imaginaire historique devant être partagé par l'ensemble des citoyens pour former ainsi la communauté nationale » est d'ailleurs qualifiée par l'historien Sébastien Ledoux de « croyance qui ne résiste pas à l'analyse historique [1] ». Retracer les évolutions de l'école dans le temps n'est pas prouver ses effets sociaux et politiques sur la démocratie. Historiquement, sur le temps long, l'école s'est transformée en même temps que l'ensemble de l'État, et de toutes ses administrations. L'histoire de la formation des pays est aussi celle des guerres, et de l'industrialisation, de la formation des droits sociaux. Comment séparer les effets de tel ou tel facteur ? Ces dernières décennies, l'ouverture du collège à tous, et du lycée dans une moindre mesure, a eu des effets importants sur l'exercice de la citoyenneté : dans un pays où le niveau d'instruction s'élève, les citoyens sont plus à même de juger des affaires publiques, de les discuter, de mettre en question les choix des gouvernants. C'est souhaitable. Dans la mesure où l'éducation scolaire veut transmettre des valeurs d'égalité, de raison et de tolérance, on devrait s'attendre à ce que ces valeurs progressent avec la scolarisation. Or, même si une majorité d'élèves bénéficie aujourd'hui d'une scolarité plus longue que jamais dans l'histoire, il n'est pas certain que les conséquences attendues soient au rendez-vous. La société française est traversée par des clivages

1. https://www.lemonde.fr/idees/article/2016/09/03/dans-l-enseignement-de-l-histoire-pensons-un-recit-national-emancipateur-et-inclusif_4992126_3232.html.

économiques, ethniques et religieux, et l'extrême droite s'est enracinée. On ne peut fermer les yeux sur le fait que les couches populaires, peu diplômées, participent peu aux élections, et moins encore que les autres, dans une période où la participation s'atténue de manière générale.

L'observation de son fonctionnement actuel fait douter que l'école puisse remplir les fonctions que les responsables politiques voudraient lui voir jouer ou lui prêtent. On sait que l'éducation civique telle qu'elle est dispensée par les cours à l'école n'a qu'une petite portée, au mieux, et cela depuis les premières études qui datent de la fin des années 1950. Des travaux menés aux États-Unis montrent que les enseignants dans les classes ethniquement diverses recourent moins à la discussion politique [1]. Or, plus les sujets abordés restent abstraits, moins ces méthodes sont susceptibles d'augmenter chez les élèves l'intérêt pour la politique, et, une fois adultes, leur participation électorale. Cette analyse fait écho à la difficulté qu'ont les enseignants en France pour aborder les questions qui divisent, et notamment les convictions politiques et religieuses. La socialisation politique, si on ne recherche pas un endoctrinement pur et simple, repose sur l'interaction entre les élèves, et avec les enseignants, bref sur la négociation de points de vue divergents. Mais l'école n'est toujours pas prête à favoriser l'engagement civique et les débats politiques, en dépit des évolutions prévues par les

1. D.E. Campbell, « Sticking together », *American Politics Research*, 2007, n° 35, p. 57-78.

lois récentes. Plus largement, comment l'école pourrait-elle être une solution aux profonds désaccords idéologiques d'une société sur le libéralisme *versus* l'étatisme économique, les coûts ou bénéfices de l'immigration, ou l'opposition entre protection sociale et compétitivité ? Cette fonction formative est d'autant plus improbable que l'école « cumule les stigmates », pour reprendre l'expression du sociologue Éric Marlière : du fait de son caractère obligatoire, elle cristallise le sentiment d'échec, et reste un lieu de ségrégation pour une bonne partie des élèves. Il rapporte ainsi les propos de perdants de l'école, de jeunes l'ayant désertée, qui la qualifient de « supplice ».

Pour les sociologues François Dubet et Marie Duru-Bellat « une école plus juste et plus sensible à ses propres effets pourrait ne pas contribuer, souvent sans le savoir, aux malheurs et aux crises qu'elle croit combattre [1] », autrement dit les dispositifs scolaires ne sont pas suffisamment envisagés dans leurs conséquences négatives [2]. En janvier 2015, le ministère affirme que « le rétablissement de l'autorité des maîtres passe également par la compréhension et la célébration des rites républicains et des symboles de la République (hymne national, drapeau, devise). Une Journée de la laïcité sera célébrée dans toutes

1. François Dubet, Marie Duru-Bellat, *L'École peut-elle sauver la démocratie ?*, *op. cit.*

2. Sur les effets des exclusions scolaires, cf. Stacey Dutil, « Dismantling the school-to-prison pipeline : a trauma-informed. Critical race perspective on school discipline », *Children & Schools*, 2020, n° 42, p. 171-178.

les écoles et tous les établissements le 9 décembre». Déjà une loi de refondation de l'école avait été votée en juillet 2013 et instaurait un enseignement moral et civique, le socle commun de connaissances, et la création du «conseil de la vie collégienne»: «Pour devenir de jeunes citoyens, les élèves doivent apprendre les principes de la vie démocratique et acquérir des compétences civiques grâce aux enseignements dispensés et par la participation aux instances représentatives et/ou à la vie associative des écoles et des établissements.» Déjà le 24 mars 2005, l'apprentissage de *La Marseillaise* était redevenu obligatoire à l'école. En quoi les drapeaux et les hymnes, qui incarnent les normes, réduiraient-ils les injustices? Pourtant, l'enjeu est bien là: les résultats de nos enquêtes montrent que la marginalisation à l'école est le médiateur des croyances civiques. Car chaque jeune passe beaucoup de temps avec les autres élèves de sa classe, et voit ses professeurs tous les jours. L'élève fait l'expérience de sa condition, de son identité sociale et de sa place dans la grande société à partir de son école. Loin de permettre une assimilation inconsciente de valeurs, l'exposition aux symboles de la nation se révèle probablement avoir des effets mitigés et entrer en interaction avec les différentes identités et les conditions de vie scolaire des élèves. Le rapport Obin pour l'Inspection générale de l'éducation nationale, déjà cité, concluait qu'il faut «tout faire pour développer la mixité sociale dans les établissements scolaires». Il date de 2004. Pourtant, le CNESCO déplorait qu'en dépit d'annonces gouvernementales dans la foulée des attentats de 2015, et alors même que l'objectif de mixité sociale dans les établissements figure dans la « Loi du 8 juillet 2013 pour la refondation de l'école de la République », sachant de surcroît que « séparatismes scolaire et social » nuisent aux apprentissages des élèves en difficulté, la ségrégation intéresse si peu le ministère de l'Éducation nationale qu'aucun indicateur ne mesure nationalement la ségrégation sociale à l'école, assurant ainsi leur « invisibilité statistique » [1].

La mission que l'école devrait idéalement remplir ne se confond pas avec celle qu'elle met en œuvre. Nos résultats indiquent que l'école produit de l'inclusion civique et identitaire mais également son contraire, de l'exclusion identitaire et civique. La tentation de voir dans l'école une source éternelle des vertus de la nation, de la voir comme un mécanisme universel et univoque conduit à ignorer les réalités sociales, économiques, culturelles et politiques. Les enseignants ne sont ni des êtres omniscients, pas plus que les ministres qui les dirigent, ni susceptibles d'espérer construire une nation sans l'intervention conjointe de diverses institutions dont le rôle de socialisation est avéré, comme les familles, les villes et leurs quartiers. En isolant l'école de son environnement, et en ignorant les inégalités entre établissement, on se prive de la possibilité de comprendre son fonctionnement réel, et, qui sait, de l'améliorer.

---

1. *Mixités sociale, scolaire et ethnoculturelle à l'école : chiffres clés et analyse scientifique. Dossier de synthèse*, Paris, CNESCO, 2015. Cf. http://www.cnesco.fr/fr/mixites-sociales/

## CHAPITRE 6

## *La discrimination au faciès au nom de la loi*

La IIIe République misait beaucoup sur l'école, mais n'a pas jugé bon de liquider la police politique, qui constituait pourtant « une menace permanente pour la liberté et la vie des citoyens », préférant ne pas se passer des moyens utilisés par les précédents régimes [1]. Aucun rôle de fondement de la nation ne lui a été reconnue à l'époque. Contrairement au *bobby*, figure du policier britannique au service de la population, celle du policier français ne fait pas partie des images d'Épinal de l'État. Mais, plus récemment, le gouvernement a cru pertinent d'y voir le nouveau creuset de la nation. « La Nation vous aime » a lancé Emmanuel Macron aux policiers en septembre 2021 lors du « discours du Président » à Roubaix en conclusion de « Beauvau de la sécurité » le 14 septembre à Roubaix. À son « mandat impossible », pour reprendre l'expression

1. Jean-Marc Berlière et Marie Vogel, « Aux origines de la police politique républicaine », *Criminocorpus, Histoire de la police*, mis en ligne le 1er janvier 2008.

du sociologue de la police américain Peter Manning[1], s'ajoute désormais un volet supplémentaire. Organe du ministère de l'Intérieur, le Conseil interministériel de la prévention de la délinquance et de la radicalisation indique, sous le flamboyant intitulé « Promouvoir la citoyenneté et les valeurs de la République » : « À travers la découverte des institutions, la sensibilisation aux procédures judiciaires ou à celles de l'accès au droit, des parcours citoyens ou encore des rencontres avec des acteurs institutionnels, il s'agit de promouvoir auprès de la population, et en particulier des jeunes, la citoyenneté et les valeurs de la République. (...) Ces actions peuvent être associées à des rencontres avec les forces de sécurité de l'État et d'autres institutions républicaines[2] (...). » La police serait-elle en train de muter en déesse, de se voir reconnaître une nature sacrée ? Déjà, une « Journée nationale de célébration de la police nationale » a été mise en place, l'occasion pour le ministre de dire « Policiers, merci de ce que vous faites », et « la Nation vous exprime sa profonde reconnaissance[3] ». Mais, sait-on ce que ces agents de première ligne font à la nation et à la culture civique des jeunes ?

---

1. Il avait forgé ce concept après analyse de la variété de ses tâches et constat du faible effet que son action a sur les délinquances.

2. Guide repère du CIPDR, 2017, p. 66. « Fondements de la cohésion sociale, ces valeurs et ces principes républicains constituent le socle commun de notre démocratie, dont le partage reflète l'appartenance à une même communauté de destin. »

3. Tweet de M. Darmanin, ministre de l'Intérieur du 9 juillet 2021.

Selon le gouvernement, les rencontres des jeunes avec la police sont l'occasion de mieux embrasser le socle commun de notre démocratie. Cette idée n'est pas nouvelle en sociologie. Dans les années 1960, les politologues américains David Easton et Jack Dennis avaient échafaudé une hypothèse qui accordait une place de choix, dans la socialisation politique, à deux personnages, ceux que les enfants puis les adolescents connaissaient le mieux, l'un parmi les fonctionnaires et l'autre parmi les hommes politiques : le policier et le président des États-Unis. Ces deux figures incarnant l'autorité protectrice et bienveillante servaient à développer l'attachement affectif et durable des enfants au système politique et à la démocratie.

La connaissance de la police a passablement évolué depuis. Tout comme la conscience de leurs droits par les citoyens en raison notamment des progrès de l'éducation, et aussi chez les minorités en raison des combats pour l'égalité raciale avec le mouvement des droits civiques et plus récemment d'autres comme « Black Lives Matter » aux États-Unis, au Canada ou Europe. En France nous avons également vu éclore une multiplication de collectifs dont « Justice pour Adama » est le plus connu, bien qu'à une moindre échelle. Dans les différents pays, l'augmentation des contrôles d'identité s'est accompagnée de plus en plus de critiques. Ce sont les *terry stops* aux États-Unis[4], les contrôles administratifs ou par décision du procureur de la

4. Michael D. White et Henry F. Fradella, *Stop and Frisk : The Use and Abuse of a Controversial Policing Tactic*, New York, New York University Press, 2016.

République en France, ou suivant la section 1 du « PACE code A » au Royaume-Uni[1], bref des contrôles menés hors du cadre de toute enquête policière et laissés largement à la discrétion des policiers. On a pu constater que les contrôles d'identité ont des conséquences particulièrement importantes : c'est à leur occasion que des brutalités surviennent, ils sont aussi à l'origine de décès des personnes contrôlées ou plus rarement d'agents, et ils peuvent déclencher des rébellions collectives ou des émeutes, comme la France ou le Royaume-Uni en ont connu. Ils sont vécus comme particulièrement stigmatisants.

### *1. La démonstration tardive mais implacable de la discrimination policière*

Le contrôle d'identité, et je range sous ce terme l'ensemble des contacts durant lesquels les policiers limitent la circulation d'une personne, la retiennent, l'interrogent, est le moment le plus banal où se produisent l'imposition de contraintes, l'usage de la violence, mais constitue également celui du ciblage des pauvres et des minorités. La lumière sur les pratiques de contrôle dans la police est venue de l'extérieur puisque le ministère de l'Intérieur français persiste à se refuser à tout dénombrement et toute analyse de cet acte en dépit de ses conséquences. Les sciences sociales ont apporté une contribution majeure à

1. Darren Elis, « Stop and Search : Disproportionality, Discretion and Generalisations », *The Police Journal*, 2010, n° 83, p. 1-18.

la connaissance des pratiques policières. La discrimination est complexe à étudier pour une raison simple : en dehors des régimes d'apartheid où les statuts juridiques des individus sont inégaux et les groupes ethniques et les races séparés comme en Afrique du Sud, ce sont des phénomènes qui ne peuvent être saisis que par la statistique. Il faut rassembler des données qui permettent de mesurer les « risques » de discrimination policière en comparant les différents groupes sociaux, ethniques, de genre ou les quartiers, les infractions commises par les personnes contrôlées. De plus, tous les policiers ne discriminent pas – et certains commencent à dénoncer ces pratiques – tandis qu'un même agent peut parfois contrôler au faciès mais parfois aussi ne pas verbaliser une personne de couleur alors qu'il en aurait la possibilité.

Je vais ici rapidement rappeler le développement des études qui couvrent la France. Devant la dénégation du racisme endémique de la police nationale par des organisations syndicales majoritaires, les directions de la police et les occupants successifs du poste de ministre de l'Intérieur, je crois utile de verser à la discussion une partie des preuves qui ont été accumulées depuis dix ans. Ces travaux ont été conduits par les meilleures établissements universitaires et de recherche, sans coordination, dans divers lieux, à différents moments, et avec des méthodes variées. Au risque de gâcher la démonstration, il faut dire que toutes les études ont découvert des biais ethniques. Toutes, et partout.

L'enquête la plus ancienne qui a montré le surcontrôle d'identité des minorités a été réalisée dans les Zones urbaines sensibles, c'est-à-dire les quartiers pauvres. L'enquête par questionnaire a été dirigée par deux chercheurs du CEVIPOF à Sciences Po Paris, Vincent Tiberj et Sylvain Brouard. Ils avaient accepté d'inclure dans leur enquête une question sur l'expérience du contrôle d'identité, et ils m'avaient communiqué les résultats que j'ai publiés en 2006, dans un livre intitulé *Le Frisson de l'émeute*[1]. On y apprend que, à l'intérieur même des quartiers défavorisés, les ZUS, la police contrôle nettement plus les Noirs et les Arabes que ceux qui ne le sont pas. Et que cela s'applique non seulement aux jeunes adultes, mais aux « vieux » adultes. C'est une réalité qui permet de rappeler les erreurs de raisonnement de ceux qui confondent la discrimination et la composition d'un territoire par une population : il y a discrimination lorsqu'il y un traitement négatif réservé à un individu membre d'une population (par exemple « non-blanc ») plus souvent qu'à un autre individu d'une autre population (par exemple « blanc ») dans un territoire donné. Même dans les zones pauvres où les minorités sont très présentes, le contrôle policier cible l'identité ethnique apparente et surreprésente la minorité.

En novembre 2007, et pour sept mois, commence une autre étude par observation en extériorité des pratiques des policiers, avec un protocole qui permet de comparer le

1. Publié aux éditions du Seuil.

profil des personnes qui fréquentent les gares parisiennes et celles qui sont contrôlées par la police dans ces mêmes gares. Les chercheurs du CESDIP, un centre de recherche du CNRS et du ministère de la Justice, ont repris et adapté une méthode robuste pour mesurer *in vivo* la discrimination [1]. Fabien Jobard, René Lévy et leurs collègues ont trouvé que les « non-Blancs » sont contrôlés plus que les « Blancs » dans toutes les gares lorsqu'ils sortent du train ou des stations. Portons attention à la partie Thalys de la gare du Nord, là où arrivent les trains d'affaires de Londres, là également où le pourcentage de membres de la minorité est le plus faible : 13,6%, soit trois fois moins qu'à Châtelet-les-Halles où il atteint 48 %. C'est dans ce contexte « business » que le surcontrôle des minorités est le plus élevé : alors qu'elles représentent 13,6 % des usagers, elles forment 47,9 % des contrôlés. Le risque de contrôle est plus de trois fois plus élevé. Aucun autre point d'observation ne connaît un contrôle au faciès aussi accentué. On comprend pourquoi l'argument souvent entendu de l'encadrement légal par le rôle du procureur comme preuve que le contrôle de police ne peut pas être discriminatoire est fallacieux : c'est le policier qui sur les lieux choisit qui il veut contrôler. Les Américains parlent de *race out of place* pour désigner cette discrimination. Un membre de la minorité ethnique est discriminé le plus dans les lieux dans lesquels

1. Cette enquête initiale a été réalisée par une équipe composée de Rachel Neild et Indira Goris (OSJI), John Lamberth, Fabien Jobard et René Lévy : « Mesurer les discriminations selon l'apparence : une analyse des contrôles d'identité à Paris », *Population*, 2012, vol. 67-3, p. 423-451.

le policier pense qu'un Noir ou un Arabe ne devrait pas se trouver : dans un quartier chic ou dans une gare d'affaires. Le 1er mars 2017, dix-huit lycéens et une enseignante d'Épinay-sur-Seine, une commune située en Seine-Saint-Denis, reviennent d'un voyage scolaire au cours duquel ils sont allés visiter les bâtiments des institutions européennes à Bruxelles. Vers 20 heures, ils sortent du Thalys dans cette partie de la gare où les sociologues ont mesuré la plus haute discrimination à l'issue de leur enquête. Trois policiers contrôlent, dans le fameux cadre d'une réquisition du procureur de la République, trois élèves d'origine comorienne, malienne et marocaine. Aucune personne « non issue d'une minorité visible » descendant du même train n'a subi le même traitement. C'est précisément sur ce motif d'un écart entre les propensions au contrôle des policiers dans deux populations, que la Cour de cassation a rendu une décision historique. Le dossier a été plaidé au civil par l'avocat Slim Ben Achour. Le 8 juin 2021, la cour a condamné l'Etat pour faute lourde, pour discrimination policière en raison des comportements policiers et, ironie du sort, dans cette même gare. Je fais une incise ici. La presse n'a pas suffisamment rendu compte de cette décision majeure. Avec cette seconde condamnation, ce sont non seulement les mêmes pratiques policières qui sont jugées discriminatoires, mais c'est également l'Etat qui a failli : il n'a pris aucune mesure corrective depuis la première condamnation du 8 novembre 2016, critiquent les juges. Ce cas concret permet de comprendre comment les mauvaises pratiques policières sapent la confiance dans la police et dans les institutions : à quoi bon emmener les élèves découvrir les institutions européennes pour développer la culture civique si au bout du compte le voyage scolaire se mue en en expérience de discrimination ethnique ? Ils ont vécu une cérémonie publique de dégradation, qui consiste en une dévalorisation de l'identité sociale des individus qui ont une apparence minoritaire[1].

En septembre 2008, un autre organisme scientifique, l'INED, lance une recherche du nom de TeO, acronyme de Territoires et Origines. Vaste enquête représentative sur l'intégration des minorités, elle comporte un petit volet sur les contrôles d'identité[2]. Le taux de contrôles d'identité multiples (au moins deux fois) sur un an est à son maximum pour les personnes de descendance algérienne (21 %), marocaine ou tunisienne (23 %), du Sahel (24 %), de Turquie (23 %). C'est deux fois plus que pour ceux qui ont une ascendance espagnole ou italienne (12 %) ou de l'ensemble des 27 pays de l'UE (12 %).

En 2008 toujours, l'Agence des droits fondamentaux de l'Union européenne fait réaliser une enquête sur de nombreux pays de l'UE, dont la France[3]. Elle utilise

1. Harold Garfinkel, 1956, Conditions of Successful Degradation Ceremonies, *American Journal of Sociology*, vol. 61-5, p. 420-424.

2. Vincent Tiberj et Patrick Simon, « Trajectoires et origines. Enquête sur la diversité des populations en France », rapport n° 168, TeO, 2010.

3. Enquête de l'Union européenne sur les minorités et la discrimination. Rapport sur les principaux résultats. Agence des droits fondamentaux de l'Union européenne, EU-MIDIS, 2009.

une méthodologie d'échantillonnage sophistiquée pour comparer des groupes de la minorité et de la majorité dont on sait qu'ils sont hétérogènes sur différents points, notamment par leur statut socio-économique ou leur quartier de résidence. En homogénéisant les groupes, l'agence veut s'assurer de l'existence de biais ethniques, toutes choses égales par ailleurs. Seules les grandes villes des différents pays sont enquêtées, et uniquement certains quartiers afin de rendre les populations le plus équivalentes possible. La principale minorité est ensuite comparée à la majorité en ce qui concerne le contrôle d'identité, la fouille, et la retenue au poste de police. L'enquête MIDIS montre que la France cumule deux traits : un usage abondant des contrôles d'identité, un contrôle plus fréquent des personnes d'origine nord-africaine que les autres habitants, et ce très nettement.

En 2011, le volet observationnel de l'enquête POLIS-UE est lancé, dont Dietrich Oberwittler est le responsable scientifique pour l'Allemagne, et moi pour la France. Avec Jacques de Maillard, nous supervisons la participation de différents observateurs aux patrouilles de police dans les villes de Grenoble et Lyon. Les collègues allemands le font à Cologne et Mannheim. Plusieurs centaines d'heures d'observation ont lieu dans les voitures ou à pied en France. Nos observateurs, Mathieu Zagrodzki et Noëlle Castagné en tête, décomptent chaque contrôle, les caractéristiques des personnes contrôlées, et le rythme des contrôles. Un équipage de police réalise en moyenne un contrôle par heure, tous types confondus (voitures, deux-roues, à pied), un chiffre proche mais inférieur à celui de l'enquête dans les gares parisiennes qui en trouvait 1,5 par heure. Avec cette méthode, on peut connaître l'origine du contrôle : réquisition du procureur, appel du central, ou contrôle dit « d'initiative », c'est-à-dire dont le déclenchement est laissé à la discrétion de l'agent. Les contrôles se révèlent ethniquement discriminatoires en France, mais pas en Allemagne. Et, en France, les contrôles d'initiative, dont l'agent prend la décision tout seul, le sont particulièrement : la recherche montre qu'en tous lieux, quartier périphérique ou centre-ville, le contrôle au faciès est statistiquement et significativement mesurable [1]. Le cadre légal, la déontologie n'ont pas l'efficacité que le ministère de l'Intérieur leur voient. Le directeur départemental de la sécurité public, le patron local de la police qui participe à la restitution des résultats de POLIS et y a même convié tous ses cadres, considère que cette abondance de contrôles est une bonne chose, et prouve la supériorité de la police française sur l'allemande. La pratique du contrôle d'identité, ses volumes et ses cibles, traduisent la culture policière française.

En 2016, le Défenseur des droits décide de faire réaliser une enquête par questionnaire sur les contrôles d'identité [2]. Si 84 % des personnes (77 des hommes et 90 %

1. J'ai présenté les résultats dans *De la police en démocratie*, Grasset, 2016.
2. Défenseur des droits, *Enquête sur l'accès aux droits. Relations police-citoyens et contrôles d'identité*, Paris, 2016, vol. 1. L'enquête porte sur un échantillon national de 5 000 personnes.

des femmes) n'ont pas été contrôlées depuis cinq ans, les jeunes hommes perçus noirs ou arabes sont 80 % à l'avoir été. Ces taux montrent une probabilité 20 fois supérieure d'être contrôlés. Ces pourcentages élevés sont dus à l'accumulation des contrôles dans le temps : à un temps donné, dans un lieu donné comme dans une gare parisienne, les « non-Blancs » vont être trois fois plus contrôlés. Et comme cette inégalité est constante dans le temps, au bout de plusieurs années elle aboutit aux valeurs présentées par la recherche du Défenseur des droits. Les personnes les plus contrôlées, pour les trois quarts (76,5 %), disent n'avoir eu aucune explication du motif du contrôle, ce qui les pousse à le penser injustifié. Un pourcentage important, au regard de la gravité des faits, déclarent avoir été insultées (7,1 %) ou même brutalisées (8,1 %). Pour les brutalisés, et pour la population qui se rapproche le plus de celle que nous étudions, les 18-24 ans, les répondants le sont deux fois plus que la moyenne (17,6 %). Les victimes de ces contrôles problématiques sont démoralisés : 80 % pensent que ça ne sert à rien de tenter d'agir. Les personnes qui ont le sentiment d'être contrôlées abusivement n'engagent aucune action, ou presque : seuls 5 % le font. De telle sorte que les mécanismes prévus pour connaître les méconduites policières, du type de l'IGPN (Inspection générale de la police nationale) ou la « plateforme anti-discrimination[1] » n'enregistrent rien

1. Cette plateforme « anti-discrimination » lancée en février 2021 n'a reçu que 300 signalements concernant les forces de l'ordre et leur déontologie début septembre 2021, soit 4 % du total selon Emmanuel Macron, discours de Roubaix le 14 septembre.

ou presque. Officiellement, le problème reste inconnu. Les effets des contrôles sur la confiance sont problématiques : si 17 % des personnes qui ne sont jamais contrôlées par la police ne lui font « pas confiance », le chiffre atteint 60 % chez les contrôlés au moins six fois, trois fois plus[1].

D'autres travaux ont été publiés depuis, par exemple concernant les étudiants dans les transports parisiens en 2012[2], qui confirment ces résultats. Le sociologue Laurent Lardeux présente les données d'une large enquête menée sur des lycéens de seconde de quatre régions françaises, Nord-Pas-de-Calais, Île-de-France, Bourgogne et Provence-Alpes-Côte-d'Azur, en septembre 2016. Dijon ou Lille sont des lieux qui n'avaient pas été couverts jusque-là. Ils dénombrent 5% des lycéens d'origine française métropolitaine contrôlés fréquemment. Le taux est plus important pour les descendants d'immigrés : 3 fois plus s'ils ont des racines en Afrique subsaharienne (13 %), et 4 fois plus du Maghreb (19 %). Les contrôles sont jugés abusifs par 41 % des jeunes d'origine française, 73 % d'origine subsaharienne, et 70 % maghrébine[3]. Propos racistes (« sale Arabe », « le noir »), gestes insultants comme un doigt d'honneur sont rapportés par les lycéens.

1. 45,8 % n'y croient « pas du tout » parmi les multi-contrôlés, contre 27,9 % parmi ceux qui ne l'ont jamais été.

2. Nicolas Jounin, *et al.*, « Le faciès du contrôle. Contrôles d'identité, apparence et modes de vie des étudiant(e)s en Île-de-France », *Déviance et société*, 2015, vol. 39, p. 3-29.

3. Laurent Lardeux, « Frustration, discrimination et radicalité », *in* Oliver Galland et Anne Muxel (dir.), *La Tentation radicale*, *op. cit.*, p. 308-309.

Au total, les études réalisées depuis vingt ans ont toutes montré que les biais policiers sur une base ethnique ont lieu partout : dans les quartiers où il y a une forte représentation des minorités ethniques (comme les ZUS), tout comme dans les lieux où ils sont ultra-minoritaires (type gare où arrivent les trains d'affaires). Ils se produisent dans toutes les villes de France où les enquêtes ont eu lieu : Paris et son agglomération, Lyon, Marseille, Grenoble, Dijon ou Lille. Et dans tous les groupes d'âge. Partout où il a été possible de tester l'existence de contrôles au faciès, ils ont pu être vérifiés. De surcroît, ces contrôles sont plus brutaux envers les minorités. C'est pourquoi il est possible d'affirmer que la discrimination ethnique par la police est endémique. Et systémique. Prononcer le mot systémique ne signifie pas qu'elle est légale comme en Afrique du Sud du temps de l'apartheid. Mais qu'elle est bien un produit de l'institution policière comme système organisé, dans toutes ses facettes. Jacques de Maillard a montré les différentes logiques qui animent les agents en France, et l'existence d'un style français : si le recours à des contrôles est un invariant policier, leur fréquence, leurs cibles et leurs modalités ne le sont pas [1]. L'usage dit « pro-actif » du contrôle vise à détecter des infractions qui pourraient se produire, et les effets de cet usage sur les minorités ont été décortiqués. Ils s'apparentent à ceux produits par d'autres

1. Jacques de Maillard *et al.*, « Les logiques professionnelles et politiques du contrôle. Des styles de police différents en France et en Allemagne », *Revue française de science politique*, 2016, vol. 66, p. 271-293.

polices qui font de même, par exemple les « contrôles à visée d'investigation » aux États-Unis. Le politologue souligne aussi le rôle de la « culture de la performance » et ses cibles numériques en termes de nombre d'interpellations, des routines professionnelles et de la sous-culture policière française. Faut-il rappeler que la discrimination est une infraction pénale sérieuse ? Il me semble que seules des défaillances à différents niveaux permettent d'expliquer, dans ce cadre légal, la pratique généralisée du contrôle au faciès en France. Elles se situent durant la sélection pour entrer dans la fonction où le risque de pratiques discriminatoires n'est pas pris en compte, durant la formation délivrée par la direction concernée où la compétence professionnelle à ne pas discriminer n'est pas acquise, du fait du commandement local qui est informé des pratiques mais ne les encadre pas, du contrôle national de l'IGPN qui ne prend pas en compte la réalité des pratiques et n'alloue pas les moyens nécessaires à la connaissance du problème et à sa correction. Et des ministres de l'Intérieur qui nient, contre toute évidence, leur réalité.

La discrimination est illégale. C'est une violation des droits constitutionnels et du droit pénal. Mais alors, pourquoi le ministère de l'Intérieur ne prend-il pas de mesure pour mieux connaître, mieux encadrer et réduire ces pratiques ? La seule explication que je vois est paradoxale. La difficulté de prise en compte de la discrimination ethnique par les ministres de l'Intérieur est en réalité liée au fait que la pratique est tellement généralisée que les responsables se doutent qu'ils auraient le plus grand mal à faire appliquer la loi aux agents de police, et que s'ils s'y essayaient ils auraient plus à y perdre qu'à y gagner.

### *2. Le contrôle d'identité des jeunes*

Les personnes subissent des formes de discrimination lorsqu'elles sont plus que les autres exposées à des pratiques policières qui leur sont défavorables : suspicion, assignation à une identité, propos dévalorisants, sanctions. La discrimination ethnique est une réalité qu'il faut aborder avec des outils statistiques : elle ne se produit pas en tous lieux et à tous moments. Elle est attestée lorsque les écarts de traitement observés, que l'on appelle disparités, par exemple suivant l'origine ethnique, ne sont pas fondés sur une autre caractéristique (disons à une catégorie socio-économique) ou sur les comportements des personnes (par exemple, pour la discrimination policière, des comportements délinquants qui déclenchent le contrôle).

La relation des adolescents à la police est particulière : elle s'inscrit à un moment de plus grande vulnérabilité car les plus jeunes d'entre eux sont encore des enfants, et dans les années de formation du futur citoyen. Elle est beaucoup mieux connue dans les années 2020 qu'elle ne l'était il y a dix ans, et infiniment mieux qu'il y a quarante dans, dans les années 1980. Si la sociologie de l'école a produit des connaissances sur la manière dont les élèves vivaient l'école dans les années 1980, comme par exemple l'étude du sociologue Dominique Paty publiée en 1981 et déjà citée au chapitre précédent, ou encore celle de Louis Cros sur l'« explosion scolaire [1] », il n'en est pas ainsi en matière de police. Je n'ai pas trouvé de recherches publiées avant les années 1990. Lors de ses travaux sur la socialisation des enfants, la politologue Annick Percheron va s'intéresser aux représentations de la loi et de la justice, ce qui l'amène par la bande à faire mention de la police qui n'est pas son objet principal. Elle note que « les contrôles d'identité et même la constitution de fichiers informatisés, sujets particulièrement sensibles, ne sont considérés comme des contraintes inacceptables que par une minorité de jeunes [2] ». Elle remarque que « les jeunes nés de père étranger » sont plus préoccupés par « le contrôle social », et commente : « De toute évidence, leur situation personnelle et certaines expériences directes ou indirectes de contrôles d'identité, viennent tempérer leur soumission à l'ordre social. » Mais elle ne dispose d'aucune mesure d'exposition au contrôle d'identité, les jeunes enquêtés associent simplement différents mots qui leur sont soumis, même si l'on sait qu'au début des années 1990, la généralisation de la technique des contrôles d'identité est déjà bien ancrée

1. Louis Cros, *Quelle école pour quel avenir? Les apports de la recherche à l'éducation : essai de synthèse*, Casterman, 1981.

2. Annick Percheron, « Représentations de la loi et de la justice chez les Français de 16 à 21 ans », *Droit et société*, 1991, n° 19, p. 377-388, p. 379.

dans la police française. En catégorisant les adolescents, il lui apparaît que ceux qui sont le plus prompts à se soumettre aux lois sont « des jeunes catholiques pratiquants réguliers, les enfants d'agriculteurs, les jeunes proches de la droite. Les plus réticents sont les enfants d'ouvriers, les chômeurs, les jeunes faiblement ou non diplômés (CAP), les membres des religions minoritaires (juifs, musulmans notamment) », bref les « plus démunis culturellement ». La même année, Chantal Kourilsky publie un rapport d'étude sur le processus de socialisation juridique. Elle trouve que, tout en restant un symbole associé à la sécurité, les critiques de l'« agent de police » sont deux fois plus nombreuses dans la banlieue ouvrière d'Ivry qu'à Paris ou dans l'Oise [1]. Bref, à l'époque, on doit se contenter de connaissances au total assez maigres à partir d'études partielles.

Jusqu'alors, on ne disposait pas d'enquêtes importantes ni d'échantillons larges permettant de connaître les différentes occasions de rencontre avec les policiers, et donc de les distinguer des opinions et des jugements sur les contacts. Or, une grande partie des jeunes n'en a pas eu. Les enquêtes ne permettaient ni de vérifier avec précision comment les contrôles d'identité pouvaient affecter les jugements portés sur la police, par exemple en

1. Chantal Kourilsky, *Le Processus de socialisation juridique : la formation des connaissances et des représentations du droit avant l'âge adulte*, CNRS, Institut de recherches comparatives sur les institutions et le droit, rapport de recherche, 1990, p. 46. L'échantillon est de 451 répondants de 6e, 4e et terminale.

fonction de la brutalité des échanges ou de leur caractère discriminatoire, ni ce que pensaient les jeunes à propos de ces contrôles. Ni de connaître les effets de ces contrôles sur la croyance en la loi, le sentiment national ou la culture civique. Mais, à partir des années 2010 les choses changent. Sophie Peaucellier et ses collègues exploitent les données collectées au cours de la Journée d'appel à la préparation à la défense entre octobre et décembre de cette année-là, dont la focale principale est l'évaluation des consommations de substances psychoactives à l'adolescence. Une question sur le contrôle d'identité a été intégrée[1]. En moyenne, 28 % ont été contrôlés au cours des douze derniers mois. Mais les jeunes qui ont redoublé (39 %), qui sont déscolarisés (47 %) ou en alternance (48 %) sont plus contrôlés, tout comme ceux qui sont en surpoids (51 %), participent à une bagarre (63 %) ou fument du cannabis régulièrement (76 %). Les résidents des quartiers favorisés le sont moins que la moyenne (18 %), indiquant en creux que les contrôles des comportements comme la consommation de cannabis sont ciblés sur les zones défavorisées. Ce travail qui a l'avantage d'introduire des éléments comportementaux ne prend pas en compte les apparences ethniques ou l'identité religieuse.

1. Sophie Peaucellier, Stanislas Spilka, Fabien Jobard, René Lévy, « Les contrôles d'identité et les jeunes Parisiens. Une exploitation du volet parisien de l'enquête Escapad 2010 », *Questions pénales*, 2016, vol. 29, p. 4. Au total, 1 996 adolescents parisiens ont répondu à l'étude.

La plus importante enquête auprès des adolescents est le volet scolaire de la large enquête franco-allemande POLIS. Elle porte sur 22 000 répondants, dont 14 000 en France, et a été réalisée 2012 par le CNRS et l'institut Max-Planck à Fribourg. Sa particularité est d'être une enquête dite de délinquance autodéclarée, c'est-à-dire qu'elle interroge les collégiens et lycéens sur les infractions qu'ils ont commises, de manière anonyme et privée. Ce type d'enquête permet donc de prendre en compte le comportement délinquant des personnes contrôlées ou encore leur style de vie (le fait qu'ils traînent dans la rue sans leurs parents, comme dans le travail de Sophie Peaucellier que je viens de rappeler). Ce sont évidemment des paramètres qui influent sur la probabilité d'être contrôlé. En prenant en considération ces facteurs, les inégalités de probabilité de contrôle d'identité entre groupes ethniques diminue, et en Allemagne il devient même nul. Les jeunes d'origine turc en Allemagne ne sont donc pas exposés à des contrôles au faciès. On peut en déduire qu'il est possible de ne pas cibler particulièrement les minorités pour faire la police. En France, si la distance entre la minorité et la majorité se réduit avec la prise en compte des délits commis, la discrimination policière ne s'efface pas pour autant, et reste significative[1]. Ni le quartier de résidence, ni aucun autre facteur autre que la décision du policier de cibler les « non-Blancs » n'explique l'écart. C'est parce que,

1. Sebastian Roché, *De la police en démocratie*, *op. cit.* Dietrich Oberwittler et Sebastian Roché, *Police Citizen Relations Across the World*, *op. cit.*

contrairement à l'Allemagne, les policiers font beaucoup usage de contrôles discrétionnaires dans des situations où aucun délit n'est en train d'être commis, mais où les policiers « suspectent » quelque chose sans pouvoir l'objectiver [1]. Jacques de Maillard et Mathieu Zagrodzki notaient par exemple : « On a ainsi pu observer que le déclencheur d'un contrôle pouvait être une attitude en apparence anodine ou un regard [2]. » C'est dans ces situations floues que les biais cognitifs et les préjugés implicites, dont les agents ne sont pas forcément conscients, conduisent les agents à « suspecter » et à discriminer au faciès.

La seconde enquête la plus large par sa taille est UPYC (*Understanding and Preventing Youth Crime*), elle porte sur plus de 8 000 élèves dans quatre pays de l'UE, et sur un volet français surdimensionné avec 9 100 collégiens des Bouches-du-Rhône. Nous l'avons utilisée abondamment jusqu'à présent, mais pas encore dans son volet de description du contact avec la police. Prises ensemble, POLIS et UPYC sont les enquêtes les plus importantes, et les plus complètes, pour évaluer la manière dont la police utilise ses pouvoirs en France.

1. Jacques de Maillard, Daniela Hunold, Sebastian Roché, Mathieu Zagrodzki et Dietrich Oberwittler, « Les logiques professionnelles et politiques du contrôle. Des styles de police différents en France et en Allemagne », *Revue française de science politique*, 2016, vol. 66, p. 271-293.

2. Jacques de Maillard et Mathieu Zagrodzki, « Styles de police et légitimité policière. La question des contrôles », *Droit et société*, 2017, nº 97, p. 485-501.

### *3. La discrimination policière commence à 12 ans : l'enquête UPYC*

L'enquête UPYC a été menée à grande échelle dans les Bouches-du-Rhône auprès des collégiens qui ont décrit la diversité de leurs contacts avec la police et la gendarmerie, et dont on sait les origines ethniques à partir des pays de naissance des parents, mais aussi les croyances ou le lieu de résidence. Sa particularité est de se focaliser sur les jeunes, au moment où ils prennent leur indépendance, au cours des « années collège[1] ». Elle a l'avantage de porter sur un département entier, ce qui permet de comparer les pratiques de la police et la gendarmerie. Comme POLIS, qui porte aussi sur les lycéens, elle possède un volet dit « de délinquance autodéclarée » permettant de prendre en compte cet aspect. Ce sont ces deux dispositifs que nous allons maintenant mobiliser pour étudier les contacts entre policier et jeunes. Étant donné qu'une partie des résultats de l'enquête POLIS a déjà été publiée, nous ne présenterons ici que des aspects nouveaux car pas encore exploités. L'essentiel de la démonstration s'appuie donc sur les données UPYC.

On appelle « contrôle » l'action de vérification entamée à l'initiative des policiers ou gendarmes dans l'espace public. Le contrôle exprime une suspicion de commission

1. Elle a été réalisée en 2015 auprès d'un échantillon représentatif des niveaux 5^e^, 4^e^, 3^e^ (générales, SEGPA et autres dispositifs couverts par ces niveaux) des collèges du département, avec le soutien de l'Éducation nationale.

d'un délit de rue ou d'une infraction routière par les policiers. Il peut se traduire par un contrôle de l'identité (et la demande d'un justificatif) ou d'un titre de transport, par diverses fouilles (superficielle du corps et des poches, « palpation », ou du contenu d'un sac – les sacs à dos en particulier – visuellement ou de manière plus approfondie). Est comptabilisé comme contrôle tout contact initié par la police portant sur une suspicion d'un délit ou d'une infraction et se manifestant par l'imposition de diverses obligations au contrôlé.

L'enquête distingue classiquement les contacts pro-actifs des policiers (ceux qui ont pour but de contrôler « quelque chose »), et réactifs (ceux qui sont demandés par les citoyens aux policiers). Les premiers, pro-actifs, sont conduits à l'initiative des policiers quel qu'en soit le déclencheur (qu'il s'agisse d'un appel relayé par le central, la décision du procureur de contrôler telle zone, la suspicion par le policier et l'action discrétionnaire [1]). La part des jeunes adolescents qui est exposée à ces contrôles sur une période de douze mois est de l'ordre de 8 à 9 % des répondants : c'est logiquement moins que les adolescents plus âgés : leur style de vie est moins orienté vers

1. Une question recense les différentes interactions des collégiens avec la police sur une période de référence et permet d'isoler les contrôles : « Depuis 12 mois, as-tu été personnellement en contact avec la police ou la gendarmerie dans ta ville ou aux alentours ? Et si oui, combien de fois au cours des 12 derniers mois ? » Elle est suivie de questions de détail sur les différents types de contacts réactifs d'une part, pro-actifs d'autre part, et enfin sur le déroulement du dernier contact.

l'extérieur du domicile. En conséquence, il faut des échantillons de taille suffisante pour bien représenter la sous-population qui y est soumise. Il en va de même pour les minorités ethniques : seules des enquêtes interrogeant plusieurs milliers de personnes avec une méthodologie appropriée (ici, un tirage au sort dit « aléatoire » des classes qu'ils fréquentent) permettent de s'assurer de la qualité de l'échantillon obtenu et des résultats. Pour ces deux raisons, nous avons regroupé les adolescents en trois catégories : ceux dont les deux parents sont citoyens d'un pays de l'UE (France comprise) ; ceux dont au moins un des parents est d'origine africaine (Afrique du Nord et Afrique subsaharienne sans distinction) ; ceux qui sont originaires du « reste du monde ». Ce dernier groupe rassemble les autres cas de figure (aucun des deux parents n'est d'origine africaine, l'un des parents est né dans l'UE et le second n'est né ni dans l'UE ni en Afrique, ou les deux parents ne sont originaires ni de l'UE ni d'Afrique). L'hypothèse testée concerne l'effet des « apparences ethniques » que nous avons approximées avec les pays de naissance des parents. C'est pourquoi, du fait de leur apparence physique, les enfants de parents français d'outre-mer sont classés dans la catégorie Afrique.

Nous utilisons une analyse du dernier contrôle subi, parce qu'il est le plus récent et donc le mieux mémorisé, pour détailler la manière dont il s'est déroulé. Il est scruté du point de vue de son déclenchement, de son déroulement et également de son issue. Il s'agit de trois moments bien différents[1]. En observant plus particulièrement les contacts qui appartiennent à la catégorie du « contrôle » (de l'identité, du contenu d'un sac, de la raison d'une présence dans un lieu par exemple) par opposition aux contacts « de service » (dépôt de plainte, demande de renseignements, par exemple), la recherche permet de tester la possibilité de disparités ethniques à trois moments du contrôle : lors du déclenchement, ce qu'on appelle couramment le « délit de faciès », c'est-à-dire les écarts entre la probabilité d'être soumis à un contrôle suivant le groupe ethnique ; au cours du processus où différents niveaux de contrôle (questions, identité, fouille par exemple), et différents degrés de civilité dans les comportements des policiers se manifestent (tutoiement, agressivité) ; à l'issue par la prise de mesures coercitives (emmenés au poste de police, placés en garde à vue).

On remarque qu'une grande partie des vérifications réalisés concernent des personnes qui sont multi-contrôlées : dans l'ensemble, 8,8 % des jeunes n'ont eu que 1 ou 2 contrôles, et 7,2 % en ont eu au moins 3. C'est une valeur élevée pour des collégiens. Les multi-contrôlés pèsent presque pour la moitié du total des contrôlés. Parmi les contrôlés, 55 % ont eu 1 ou 2 vérifications,

1. Dans l'échantillon, 727 adolescents ont eu un contact initié par la police ou la gendarmerie, contact qu'ils ont décrit en détail à la fois sur le comportement des policiers, le leur et les modalités du contrôle. Ainsi, 399 ont eu un contrôle plus approfondi. 291 ont été fouillés, 74 ont été retenus au poste de police.

23 % 3 à 5 et 22 % plus de 5. Attardons-nous un instant sur ce point apparemment technique : dans l'échantillon, le nombre moyen de contrôles pour le groupe UE est de 0,72 et le groupe Afrique 1,25 [1]. Mais, si l'on se focalise uniquement sur ceux qui y sont exposés, on voit que ces valeurs sont bien plus élevées, respectivement 4,8 et 7,1. Cela signifie que les policiers examinent souvent les papiers des mêmes jeunes, alors même qu'ils les connaissent déjà : nous l'avons observé lors des patrouilles dans l'enquête POLIS. Le contrôle d'identité n'est, paradoxalement, pas un moyen de connaître l'identité mais de soumettre l'adolescent au pouvoir de l'agent : s'il s'y refuse, avec la tension le risque de brutalité policière augmente, comme celui d'être accusé de rébellion.

Pour savoir s'il y a disparité dans le risque d'être contrôlé en fonction de la couleur de peau, considérons maintenant la *variation relative du risque de contrôle* qui exprime la différence observée entre deux groupes [2]. Cette mesure estime le risque, dans les deux populations minoritaires (africaine, reste du monde), par rapport à la

1. Nous avons testé deux manières de calculer le nombre de contrôles dans le groupe et leur incidence : la première « brute » en prenant les valeurs communiquées par les répondants ; la seconde « corrigée » en limitant la fréquence à 62 fois par an (un peu plus d'une fois par semaine) : toute personne répondant 62 fois par an ou au-delà ne sera créditée que de 62 contrôles. C'est cette seconde méthode que nous utilisons ici.

2. Il est exprimé en termes de pourcentage du risque de base. La formule de calcul est la suivante : [risque absolu dans le groupe intervention – risque absolu dans le groupe témoin] / [risque absolu dans le groupe témoin].

population majoritaire, et permet de savoir dans quelle mesure il y a ciblage ethnique ou non. Si la valeur est supérieure à 0 (positive, au-dessus de la ligne « 0 % » du graphique), les groupes minoritaires sont plus contrôlés ; si elle est négative, ils le sont moins souvent (sous la ligne). Sur le graphique n° 19a, la différence entre ces groupes s'observe pour les contrôles répétés : chez les jeunes d'origine africaine, ils sont 54 % plus fréquents. Les garçons d'origine africaine sont particulièrement concernés, l'essentiel de la suspicion policière porte sur eux. Mais les filles des minorités n'en sont pas exemptes : si elles sont de descendance africaine ou du « reste du monde » plutôt qu'européenne, elles sont contrôlées respectivement 11,1 % et 7,7 % plus souvent.

*Graphiques n[os] 19a et 19b. Les variations relatives du risque d'être soumis à un contrôle suivant la classe de fréquence de contrôle d'identité basse (1 ou 2 contrôles) ou haute (supérieure ou égale à 3 contrôles)*, et pour trois occasions de contrôles (suspicion de délit de rue, routier, contrôle dans l'espace public), dans deux groupes minoritaires par rapport au groupe France-UE. Source : UPYC-France.*

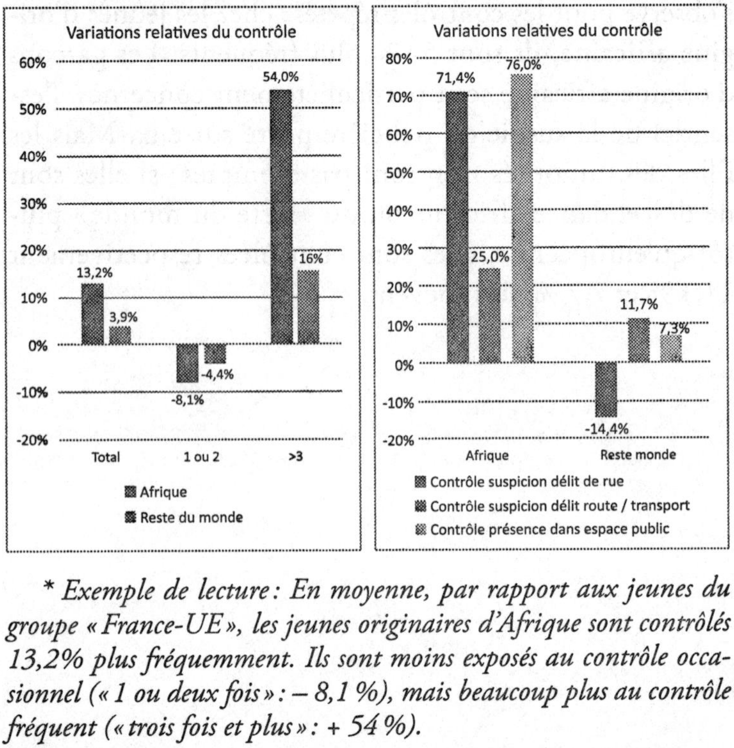


* *Exemple de lecture : En moyenne, par rapport aux jeunes du groupe « France-UE », les jeunes originaires d'Afrique sont contrôlés 13,2% plus fréquemment. Ils sont moins exposés au contrôle occasionnel (« 1 ou deux fois » : – 8,1 %), mais beaucoup plus au contrôle fréquent (« trois fois et plus » : + 54 %).*

Considérons maintenant les circonstances du dernier contact. Une partie des contacts ont lieu à la demande des adolescents (parce qu'ils sont victimes, demandent un renseignement), ou encore en tant que témoins d'un incident familial ou autre. La part des contacts pro-actifs, c'est-à-dire à l'initiative de la police et qui relève du contrôle, est évaluée dans trois occasions : suspicion d'un délit de rue, d'une infraction routière ou dans les transports, ou simple présence dans la rue. Les pourcentages d'adolescents qui font l'objet d'un contrôle sont respectivement de 4 %, 11,8 % et 6,4 % pour le groupe majoritaire, de 3,2 %, 16 % et 8 % pour les jeunes du « reste du monde » et de 7,3 %, 11,3 % et 12,4 % pour la minorité d'origine africaine. Les variations relatives du risque de contrôle sont présentées au graphique n° 1b : les adolescents qui appartiennent à la minorité font l'objet d'un surcontrôle par rapport au groupe de référence. Les jeunes du « reste du monde » se révèlent être moins ciblés dans un contexte (dans la rue – 14 %), et plus dans les deux autres contextes (dans les transports + 12 % et dans l'espace public + 7 %). Les jeunes d'origine africaine se révèlent être plus ciblés dans les trois contextes considérés (+ 71 %, + 25 % et + 76 %).

Bien que les adolescents soient contrôlés dans les mêmes lieux pour les mêmes types de raisons, ces enquêtes nous apprennent que les policiers choisissent non seulement de contrôler plus souvent les jeunes des minorités au sens de démarrer un contact avec des questions, mais qu'ils le font de façon plus approfondie en vérifiant leur identité et en les fouillant. Ces fouilles sont l'occasion d'une coercition plus poussée, elles sont parfois accompagnées de mots ou gestes déplacés qui génèrent une escalade verbale et enveniment la situation. Les personnes qui sont l'objet d'un contrôle peuvent voir leur identité vérifiée et être fouillés. S'ils appartiennent à la majorité, ils le sont respectivement dans 26,7 % et 31,8 % des cas. S'ils viennent du « reste du monde » ils le sont dans 34,2 % et 34,1 % des cas. Et s'ils sont d'origine africaine dans 30,6 % et 50 % des cas. Le graphique n° 20a présente les variations relatives du risque d'être soumis à un contrôle d'identité ou à une fouille chez les jeunes d'origine étrangère par rapport au groupe majoritaire. Ceux d'origine africaine sont exposés à la fouille avec un risque par rapport au groupe majoritaire plus élevé de 14 % pour la vérification d'identité et de 53 % pour la fouille ; ceux du reste du monde de 28 % pour la vérification d'identité et de 7 % pour la fouille. Les filles d'origine africaine et du « reste du monde » sont nettement plus fouillées, respectivement 30,2 % et 59,4 % plus souvent que leurs homologues originaires de France-EU par leurs deux parents.

*Graphiques n^os 20a et 20b. Les variations relatives du risque d'être soumis à un contrôle d'identité ou à la fouille ou de mauvais traitements lors des contrôles* des deux groupes minoritaires par rapport au groupe France-UE. Source : UPYC-France.*

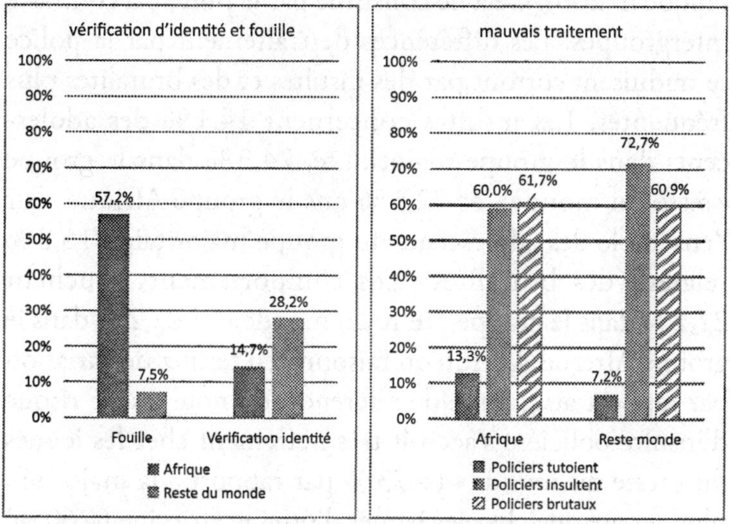


* *Exemple de lecture : En moyenne, et par rapport aux jeunes du groupe « France-UE », les jeunes originaires d'Afrique subissent une « fouille » 57,2 % fois plus fréquemment. Ils subissent une « vérification d'identité » 14,7 % plus fréquemment.*

Le tutoiement est la règle chez les policiers lorsqu'ils s'adressent à des collégiens lors d'un contrôle (seuls 26 % des collégiens contrôlés disent ne pas avoir été tutoyés : dans le groupe majoritaire 27,8 %, 18,9 % pour « reste du monde » et 24,4 % pour « Afrique »). Sur ces dimensions de la civilité lors du contrôle, pour un même groupe d'âge, les policiers tutoient plus souvent, recourent à l'insulte et sont brutaux nettement plus souvent vis-à-vis des minorités.

On note un accroissement du risque de tutoiement lorsqu'on s'adresse à la minorité : + 7 % pour les jeunes « reste du monde », + 13 % pour ceux d'origine africaine (cf. graphique n° 20b). Cela ne constitue pas le principal contraste intergroupes. Les différences de traitement par la police se traduisent surtout par des insultes et des brutalités plus fréquentes. Les insultes concernent 14,1 % des adolescents dans le groupe majoritaire, 24,3 % dans le groupe « reste du monde » et 22,5 % ans le groupe Afrique. Sur l'ensemble des adolescents du groupe majoritaire, 16,8 % relatent des brutalités. Ces comportements touchent 22,2 % dans le groupe « reste du monde » et 27,2 % dans le groupe Afrique. Lorsqu'on raisonne en termes de variation par rapport au groupe de référence, on note que le risque d'insulte policière s'accroît très nettement chez les jeunes du « reste du monde » (+ 73 % par rapport à la majorité), plus encore que chez les jeunes d'origine africaine (+ 60 %) (cf. graphique n° 20b). Et, il en va de même pour le risque de comportements policiers brutaux qui augmente fortement pour ces derniers (+ 62 %). Ce risque relatif est comparable à celui qu'on observe pour les adolescents du « reste du monde » (+ 61 %) (cf. graphique n° 20b).

En pratique, les contrôles ne débouchent que très rarement sur une suite judiciaire, que ce soit en population générale, ou bien avec les adolescents. Si 9 % des adolescents qui ont eu un contrôle sont emmenés au poste de police ou de gendarmerie, ils ne sont que la moitié (4 %) à être retenus au poste, et encore moins (2,8 %) à avoir été en contact par la suite avec un magistrat. Dans 97,2 % des cas, le contrôle n'a pas de suite judiciaire. Ce résultat est cohérent avec les enquêtes déjà conduites en France que nous avons citées, et notamment POLIS et l'enquête EU-MIDIS, mais aussi avec la seule évaluation réalisée par le ministère de l'Intérieur et non publiée, mais dont le Sénat a révélé des éléments[1]. Cette information est essentielle pour comprendre la dynamique des contrôles et leur usage en France. Contrairement à ce qui est parfois affirmé par des responsables policiers ou syndicaux, mais non documenté, les policiers ne se bornent pas à identifier des délinquants pour les livrer à la justice. En réalité, l'essentiel de l'activité de contrôle consiste à déterminer qui est éligible au contrôle, et à faire subir le contrôle à des personnes innocentes, c'est-à-dire auxquelles la justice ne pourra rien reprocher.

Nous avons conduit des analyses statistiques que l'on appelle des « régressions » qui permettent de tester simultanément les différentes explications possibles du contrôle d'identité. En intégrant au modèle statistique le genre (fille/garçon), le niveau socio-économique des parents, et le groupe ethnique, on observe que l'origine africaine et le genre sont significatifs, mais ni l'origine du « reste du monde », ni le niveau socio-économique : ce qui déclenche le contrôle policier c'est d'avoir une couleur de peau

1. Alain Marc, 2016, rapport fait au nom de la Commission des lois constitutionnelles, de législation, du suffrage universel, du Règlement et d'administration générale sur la proposition de loi de Mme Éliane Assassi et plusieurs de ses collègues visant à lutter contre les contrôles d'identité abusifs.

foncée et d'être un garçon. Étant donné la forte relation entre ethnicité minoritaire et catégorie socio-économique défavorisée à Marseille (dont la population forme l'essentiel de celle du département), ce résultat n'est pas surprenant. Enfin, nous avons pris en compte une cause supplémentaire des contrôles dans le modèle, les comportements d'agression déclarés par les adolescents dont on sait qu'ils déclenchent logiquement des contrôles policiers. Pourtant, on vérifie qu'ils ne suffisent pas à expliquer le contrôle au faciès : l'origine ethnique africaine reste, toutes choses égales par ailleurs, un déterminant significatif du choix de sa cible par le policier dès l'âge de douze ans.

### *4. La loi ne se confond pas avec la pratique : gendarmerie* versus *police*

Avant de conclure, nous voulons verser un nouvel élément à la réflexion sur la pratique du contrôle. Le ministère de l'Intérieur se retranche derrière un ensemble d'éléments pour arguer de l'absence du problème. La nécessité du contrôle, l'existence d'un cadre légal, d'une déontologie, et de décisions des magistrats pour décider des lieux d'un contrôle sont les arguments avancés pour nier l'existence de contrôles au faciès. Ils ont été rassemblés dans un court texte, réponse du ministère de l'intérieur à la question écrite n° 20473 de la sénatrice Laurence Cohen [1]. On y apprend

1. http://www.senat.fr/basile/visio.do?id=qSEQ210220473, 1er avril 2021.

que « les contrôles d'identité sont (…) déterminants dans la lutte contre la délinquance », qu'ils « relèvent d'un cadre légal précis », auquel « s'ajoutent les règles déontologiques », que « la réquisition du procureur (…) exclut tout contrôle discriminatoire », que « des erreurs peuvent être commises : elles sont marginales ». Nous avons montré que l'ensemble des arguments du ministère de l'Intérieur n'est pas fondé, d'une part parce qu'il n'apporte aucun élément concret à l'appui de ses déclarations quant à l'effet pratique des dispositions légales, et d'autre part parce que l'ensemble des travaux statistiques indiquent – comble de l'ironie – que c'est l'exact opposé des déclarations qui est vrai.

L'essentiel de l'argumentation ministérielle repose sur la confusion de la loi et de la pratique : puisque la loi l'interdit, la pratique ne saurait exister. Or si les règles légales avaient bien ce pouvoir sur l'action des agents, on devrait pouvoir repérer des manières d'agir uniformes. UPYC permet une comparaison des zones police et gendarmerie, et donc un rapprochement des deux pratiques. On saisit immédiatement son intérêt : les deux directions générales sont régies par les mêmes règles légales et éthiques. Si ces dernières façonnaient les comportements des agents, on devrait en trouver d'identiques.

Les répondants à l'enquête UPYC correspondent naturellement à la composition ethnique des zones police et gendarmerie. C'est dans les circonscriptions policières que se trouve la plus grande partie de la population : 69,7 %, et seulement 30,3 % en dehors. Logiquement, et aussi parce que la police opère en zone urbaine, les groupes minoritaires y sont plus présents : 83 % des adolescents originaires d'Afrique, et 75 % de ceux du « reste du monde » sont scolarisés en zone policière. Et inversement, bien sûr pour la gendarmerie, 17 % et 25 % (cf. graphique n° 21a). Par ailleurs, la gendarmerie tend à contrôler un peu moins souvent : 21,2 % des adolescents y ont vécu un contrôle contre 26,5 % en zone police.

*Graphiques n^os^ 21a et 21b. Population suivant l'origine ethnique en zones polices et gendarmerie, et risque relatif d'être soumis à contrôle d'identité* du groupe minoritaire par rapport au groupe France-UE selon la zone. Source : UPYC-France (base : au moins un contact).*

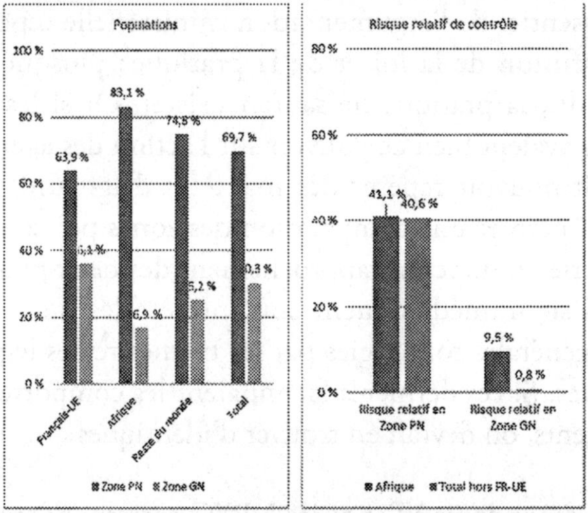


** Exemple de lecture : En moyenne, et par rapport aux jeunes du groupe « France-UE », les jeunes originaires d'Afrique subissent un « contrôle » 41,1 % plus fréquemment en zone police (PN) et 9,5 % plus fréquemment en zone gendarmerie (GN).*

Une fois qu'on a pris en compte les caractéristiques de taille de la population, sa composition ethnique, et la fréquence du contrôle, observe-t-on une différence dans la manière de cibler les adolescents ? À ce niveau de détail selon les zones, il n'est pas possible de regarder séparément le groupe minoritaire hors Afrique. Nous avons regroupé tous les adolescents qui ont une origine extra-UE pour éviter de faire des calculs sur de trop petits groupes. Le risque relatif de contrôle pour la minorité africaine est plus élevé de 41,1 % en zone police, et de 9,5 % en zone gendarmerie. Pour l'ensemble du groupe qui rassemble toutes les minorités, le risque relatif en zone police est inchangé (40,6 %), et pour la gendarmerie il est inférieur à 1 % (non significatif). On peut en conclure que la discrimination ethnique est une pratique généralisée en zone police, mais pas (en moyenne sur les jeunes d'origine extra-UE en général) ou nettement moins (pour ceux originaires d'Afrique du Nord) en zone gendarmerie (cf. graphique 21b). Il conviendrait évidemment de le vérifier sur d'autres groupes d'âge et d'autres lieux pour gagner en certitude : un test empirique vaut mieux qu'aucun, mais moins que deux.

### *5. Le contrôle au faciès : une réalité préoccupante*

« Il n'y a rien de plus inutile que de faire efficacement ce qui ne devrait pas être fait du tout » a écrit Peter Drucker, le fameux théoricien américain du management. La perpétuation de ces pratiques de contrôle a diverses causes, je veux en souligner certaines qui ne sont pas assez discutées. D'abord, les policiers (souvent de jeunes hommes) ciblent plus les garçons pour manifester leur pouvoir sur ce groupe par l'usage de vérifications diverses et même d'amendes. Cela explique qu'ils contrôlent des jeunes auxquels ni eux ni la justice ne peuvent rien reprocher de solide : UPYC, POLIS et les autres enquêtes disponibles le montrent abondamment. Il s'agit d'une perversion de l'usage des pouvoirs confiés aux agents. Il y a donc un problème de culture professionnelle qui devrait être pris en compte. La comparaison avec la gendarmerie, si elle devait être confirmée par d'autres études, montre la responsabilité de l'encadrement dans les pratiques des agents et la formation d'une culture professionnelle : la loi est la même, mais les dysfonctionnements sont concentrés en zone police comme nous venons de le voir, et comme l'ont montré les enquêtes réalisées dans les métropoles françaises auxquelles je me suis référé. Le jugement des adolescents sur la confiance dans la police n'est pas une question d'image, mais bien de pratiques. Ce sont elles qu'il convient de changer. Nos résultats datent de quelques années déjà. Mais tout indique que rien n'a changé. D'après la dernière étude du CEVIPOF conduite début 2021, la police française sait moins gagner la confiance des jeunes adultes que la police allemande. Elle est jugée honnête uniquement par 50 % des 18-24 ans contre 69 % en Allemagne, respectueuse par 45 % contre 71 %, et son usage de la force est jugé pour proportionné par 46 % contre 63 %[1]. Ces écarts impressionnants devraient provoquer une prise de conscience.

Concernant le « contrôle des contrôleurs », il se révèle insatisfaisant en France. Cela commence par les procureurs : il faut savoir qu'ils valident les lieux de contrôle que la police leur indique pour une part parce qu'ils n'ont pas le moyen de les déterminer par eux-mêmes, et pour une autre part pour maintenir de bonnes relations avec les policiers : que seraient-ils sans elle ? Ainsi, ils reçoivent tellement de demandes qu'ils utilisent des formulaires standard pour les traiter, en dépit de l'illégalité de cette pratique et du risque de généralisation des contrôles. Or, le cadre légal n'est pas précis au point d'empêcher les policiers de sélectionner les suspects habituels, de sorte que les « Blancs » sont moins contrôlés que les « non-Blancs », même avec une instruction du procureur. On découvre qu'en réalité l'ordre du procureur ne change rien à la question de la discrimination des individus au moment où la réquisition est mise en œuvre. Nous en avons donné de nombreux exemples et la Cour de cassation l'a reconnu. Ajoutons un dernier facteur : dans le système de management actuel de la police, les agents n'ont aucune incitation à ne pas discriminer : cela est tout simplement absent de leur évaluation. Les économistes appellent incitation une chose qui modifie le rapport coût/avantage d'une action.

1. Vague 12 du baromètre de la confiance politique du CEVIPOF.

Effectivement, le fait qu'un agent respecte les droits n'est pas valorisé par la hiérarchie, cela n'a pas d'existence dans les critères de jugement de la performance de l'agent. Et, symétriquement, le fait ne pas respecter les droits ne soulève pas d'opposition de la hiérarchie qui nie le problème, et ne prend pas de mesures de vérification de l'usage des contrôles et moins encore de sanctions. La police française n'a toujours pas incorporé la culture des droits humains. L'État ne remplit pas son obligation de garantie de l'égalité devant la loi et la police. Les agents de première ligne ne sont ni guidés, ni formés, ni encadrés pour veiller à la protection des droits, dans le pays qui s'enorgueillit d'en être la patrie. Avec quel effet sur les adolescents ?

CHAPITRE 7

# *La mauvaise police et la culture politique des adolescents*

Le contrôle au faciès par des agents incarne la discrimination au nom de la loi par les gardiens des valeurs de la République, puisque telle est la fonction que le pouvoir politique attribue à la police. Autant dire qu'il s'agit d'une contradiction majeure qui porte en elle la possibilité de ruiner la croyance dans les principes supérieurs que sont l'égalité et la liberté, et d'amoindrir profondément la confiance dans les institutions. Les pratiques policières du contrôle, tant la sélection des contrôlés que la manière de les traiter, ne devraient pas être prises à la légère. Quels sont les effets, sur la culture civique et l'attachement national des jeunes, des pratiques policières, de contrôle mais aussi de prévention ? Pour y répondre, nous mobilisons, comme à notre habitude, les deux très larges enquêtes auprès des collégiens et lycéens dans l'Isère et le Rhône, POLIS, et dans les Bouches-du-Rhône, UPYC.

La police a une action d'enquête et de surveillance qui se traduit par des vérifications d'identité. Ces pratiques détectent peu de délits, mais les policiers et leur hiérarchie y sont très attachés : c'est le pouvoir discrétionnaire qu'il leur accorde, le fait de choisir qui ils veulent quand ils le veulent, et le libre exercice de contraindre qu'ils apprécient, non leur efficacité qui n'est pas démontrée. Les polices françaises, contrairement à la danoise, l'anglaise ou l'allemande cherchent peu à gagner la confiance – il existe désormais des travaux européens qui permettent de constater le contraste entre les stratégies des polices[1]. Le terme est, en France, absent de leur formation et de leurs règlements d'emploi, juste réservé, à l'occasion, à quelques discours de ministres. À côté de l'usage généreux du contrôle, la police mène des actions de contact avec les jeunes : peu valorisées professionnellement, elles n'en existent pas moins. Celle qui touche le plus grand nombre d'entre eux consiste à se rendre en milieu scolaire, essentiellement pour présenter les différentes drogues illégales et leurs effets nocifs. Cette approche pourrait avoir des conséquences positives sur la culture politique, être l'incarnation de la figure du policier bienveillant, susceptible d'attacher les jeunes à leur nation et leur démocratie. Il convient de l'inclure dans l'analyse des contacts entre jeunes et police.

1. Dorian Schaap, « Citizens' trust in the police and police trust-building strategies », *European Law Enforcement Research Bulletin*, 2020, n° 19, p. 27-37.

## *1. Négligence policière : les établissements défavorisés oubliés de la prévention*

L'enquête POLIS dispose d'un module qui couvre deux dimensions des tâches de police, surveillance des rues et contact avec les élèves dans un cadre scolaire. Les élèves nous informent sur la venue en classe d'un policier ou d'un gendarme au cours de l'année scolaire[1]. L'enquête a eu lieu entre avril et juin, ce qui a laissé tout le temps nécessaire pendant la première partie de l'année scolaire pour que ces rencontres puissent avoir lieu. On pourrait imaginer que les policiers concentrent leurs efforts de prévention dans les quartiers où ils ont le plus besoin de gagner la confiance d'une part, et aussi ceux où il y a le plus de problèmes, d'autre part. Ce devraient être les mêmes lieux que ceux où la surveillance et les contrôles se déroulent. Mais la rationalité policière se révèle tout autre.

Les politistes Jacques de Maillard et Mathieu Zagrodzki ont déjà noté que les logiques d'action policière comportent une forte dimension ethnique et territoriale[2]. Nous le vérifions ici. Elles sont mises en œuvre de la manière suivante. Dans les quartiers favorisés, on fait beaucoup de prévention à l'école, et dans les défavorisés

1. La question est : « Un policier ou un gendarme est venu dans ta classe pour parler de son travail, des problèmes de violence ou de drogue ? »

2. Jacques de Maillard et Mathieu Zagrodzki, « Styles de police et légitimité policière. La question des contrôles », *op. cit.*, p. 485-501.

presque deux fois moins : 40 % des élèves ont vu un policier dans les premiers, et 23 % dans les seconds. Bien sûr, comme par définition les interventions de sensibilisation à la violence ou la drogue se tiennent à l'école, si le contraste entre quartiers est net, il y a peu de différence d'exposition à la présence en classe des policiers entre les jeunes d'origine européenne et les autres ou entre les adolescents dont les parents sont en haut de l'échelle sociale et ceux qui sont en bas à l'intérieur des établissements (cf. graphiques n[os] 22a et 22b) : les deux courbes sont très proches. Tous les élèves des mêmes classes sont exposés au discours des agents. On notera malgré tout qu'alors qu'il n'y a aucune différence entre les enfants suivant la catégorie socio-économique des parents (les deux courbes sont entrelacées), il y en existe une suivant l'origine ethnique (les deux courbes ont un peu de distance entre elles). En moyenne, ce sont 25 % des adolescents d'origine extra-UE contre 35 % d'origine franco-européenne, et 30 % des jeunes du bas et 35 % du haut de l'échelle sociale qui ont vu un policier. Comment est-ce possible ? Probablement parce qu'il existe, dans un établissement donné, des classes dont la mixité ethnique n'est pas la même, en raison du choix des options par les familles, ou du niveau scolaire, ou des deux : c'est la ségrégation entre classes d'un même établissement que les sociologues de l'école connaissent bien, et l'Éducation nationale aussi. Le choix des classes où la prévention a lieu est en partie orientée par leur composition ethnique.

L'action de prévention de la police répond à une logique de territoire : beaucoup de prévention pour les établissements dans les quartiers sans problème, peu pour ceux qui sont en difficulté (cf. graphiques n[os] 22a et 22b). Plusieurs facteurs peuvent l'expliquer. Le premier est la recherche de l'efficacité : les quartiers pauvres sont considérés par les policiers comme « perdus » et la prévention inadaptée. La seule solution, aux yeux des policiers, est la confrontation : il faut reconquérir le terrain par la force et l'intimidation. En suivant ce raisonnement, pour être efficace, la prévention devrait être réalisée dans les lieux où elle a une chance de fonctionner, ceux où des problèmes existent, mais où la population jeune est réceptive. Les quartiers intermédiaires ont ce profil : ni trop déshérités, ni trop protégés des troubles. Mais ce n'est pas ce qu'on remarque dans les données : les quartiers moyens ne sont pas le lieu focal de l'action. Il faut rechercher une autre interprétation. La plus plausible est la quête du confort des agents : il est plus aisé et plus plaisant de travailler dans un environnement où l'on s'attend à peu de résistance, voire à un accueil amical, dans une ambiance paisible. S'il peut exister des problèmes dans les quartiers aisés, il n'en reste pas moins que la prévention dans ceux qui sont défavorisés est fortement négligée.

*Graphiques n<sup>os</sup> 22a, 22b, 22c et 22d. Adolescents ayant participé à une session de prévention en classe par la police (%) ; adolescents ayant fait l'objet de deux types de contrôle et plus (%), suivant le type de quartier (plus favorisé ++ à plus défavorisé - -), l'origine ethnique (deux parents nés dans l'UE /au moins un né hors UE). Source : POLIS-France.*

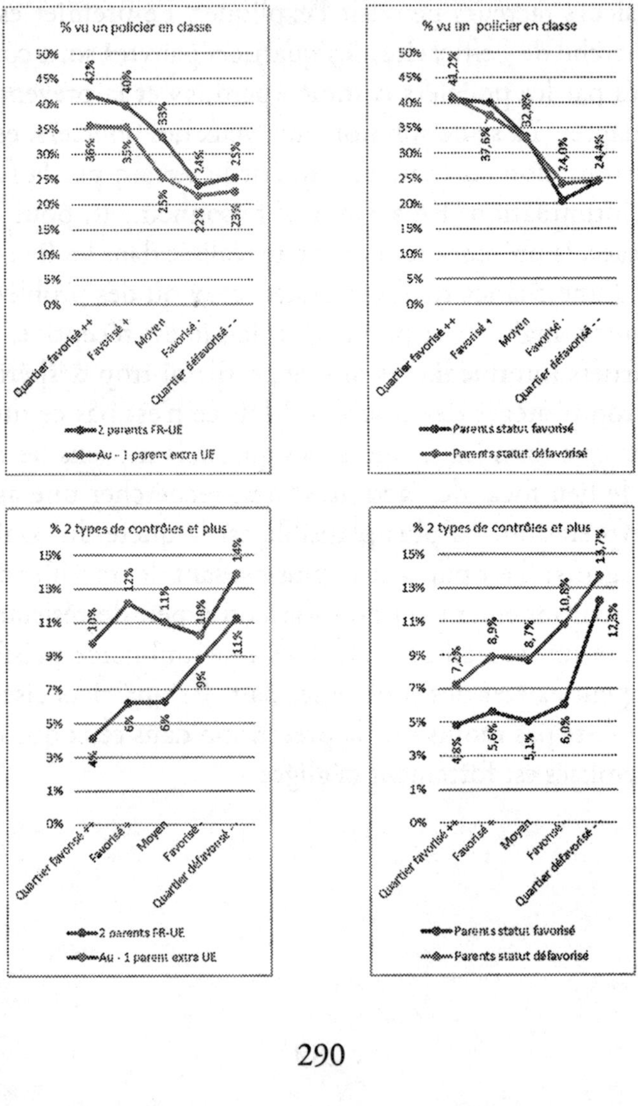

Passons à la seconde tactique. L'action de contrôle et de sanction de la police répond, elle aussi, à un cartésianisme spatial, mais inversé : peu de contrôles dans les quartiers sans problème, beaucoup dans ceux en difficulté. On peut le voir en détail sur les graphiques 22c et 22d : non seulement la police concentre ses contrôles sur les quartiers pauvres, tant par leur nombre absolu (combien de contrôles sont faits dans ce type de lieux), que par leur nombre relatif (en tenant compte de la taille de la population jeune, soit combien de contrôles par tête), c'est-à-dire la proportion de contrôlés par lieu. Tel est le sens des pourcentages : par exemple, 13,7 % des élèves de statut social défavorisé sont multi-contrôlés dans les quartiers les plus défavorisés notés « - - » et 7,2 % dans les plus aisés notés « + + » (cf. graphique n° 22d). C'est un écart du simple au double. Le raisonnement de la police est que les quartiers les plus criminogènes nécessitent plus d'attention, et donc plus de contrôles afin de garder la maîtrise de la délinquance et des nuisances associées. Il a sa logique. Mais ce qui nous intéresse ici est la différence de traitement suivant l'apparence ethnique de l'élève à l'intérieur d'un même quartier.

Contrairement au contact à visée préventive, qui est peu marqué par une logique socio-économique, et dépend essentiellement de la localisation des établissements, l'action de contrôle parfois assortie de sanctions se révèle tournée vers les jeunes les plus pauvres et d'origine étrangère. Ce phénomène est particulièrement net dans les quartiers favorisés notés « + + » et « + » sur les graphiques 22c et 22d : les écarts suivant le groupe ethnique de l'adolescent vont du simple au double. Pourquoi ? L'expression américaine que nous avons déjà citée est *race out of place* : avoir la mauvaise couleur de peau dans le mauvais quartier. La couleur de peau est un trait physique aisément observable, et elle est chargée de significations par les policiers. Dans les bons quartiers, avoir la mauvaise peau amplifie le déclenchement du contrôle. Cela se vérifie en France : une apparence extra-européenne double le taux de contrôle (11 à 12 %) par rapport aux Européens (4,1 à 6,3 %) dans les quartiers « + » et « ++ ». L'effet statutaire, avoir le mauvais statut dans le mauvais quartier, existe mais de manière moins marquée.

Les psychologues voient dans la discrimination policière le résultat d'un conditionnement social qui s'explique par l'existence de stéréotypes implicites, dont les agents ne sont pas conscients. Le choix du contrôle n'est pas lié à son efficience, à la probabilité de trouver une infraction [1]. Les catégories mentales guident l'action des agents. Ce sont les préjugés qui les amènent à faire, dans des circonstances qui nécessitent des décisions rapides, des choix : ils n'ont pas le temps d'analyser longuement ce qu'ils voient et réagissent instinctivement. Une nouvelle méthode, qui contient une astuce, a été inventée par deux chercheurs en politique urbaine et en criminologie à Chicago, Jeffrey

1. Leo Carroll et M. Lilliana Gonzalez, « Out of Place : racial stereotypes and the ecology of frisks and searches following traffic stops », *Journal of Research in Crime and Delinquency*, 2014, vol. 51-5, p. 559-584.

Grogger et Greg Ridgeway : le « voile d'obscurité [1] ». Ils ont pu examiner si les Noirs étaient moins contrôlés la nuit, à un moment où la couleur de peau est moins discernable. Et ils ont vérifié que c'était le cas. Leur travail qui a été répliqué plusieurs fois, par exemple récemment à Philadelphie [2]. Mais ce que nous voyons ici est différent du biais cognitif lié à la couleur de peau et au lieu. D'abord, l'effet *race out of place* ne joue qu'à l'encontre des minorités ethniques : les « Blancs » ne deviennent pas plus contrôlés que les « non-Blancs » dans les quartiers pauvres, ceux où les minorités sont concentrées. Ils sont toujours moins contrôlés. Les travaux menés dans une ville très ségréguée des États-Unis, Philadelphie, donnent les mêmes indications. Ensuite, nous observons des pratiques régulières, dans différentes villes, qui incluent les actions de prévention. Celles-ci ne relèvent pas de décisions rapides des agents, elles sont planifiées par la hiérarchie locale, et reconduites d'année en année.

### *2. Les conséquences des tactiques de police sur la culture politique*

L'affiliation nationale est nettement affectée par l'exposition des collégiens et lycées aux contrôles répétés par la

1. Jeffrey Grogger et Greg Ridgeway, « Testing for racial profiling in traffic stops from behind a veil of darkness », *Journal of the American Statistical Association*, 2006, vol. 101, p. 878-887.

2. Lance Hannon, Malik Neal et Alex R. Gustafson, « Out-of-Place and In-Place Policing : an examination of traffic stops in racially segregated Philadelphia », *Crime & Delinquency*, 2021, vol. 67, n[os] 6-7 , p 868-890.

police. Plus les adolescents cumulent de types de contrôle (à pied, dans les transports, sur un deux-roues par exemple), moins ils se sentent français, et plus ils choisiraient une autre nationalité s'ils le pouvaient (cf. graphiques n[os] 23a et 23b). Nous voyons en même temps, sur le même graphique, la différence entre les adolescents qui ont connu une intervention de sensibilisation en classe effectuée par les policiers, et ceux pour qui ce n'est pas le cas. Cette expérience se mêle avec celle du contrôle d'identité, mais n'a pas les effets attendus. Certes, les jeunes qui n'ont jamais été contrôlés se sentent plus souvent français dès lors qu'un policier ou un gendarme est venu en classe (+ 8 points). C'est l'effet bénéfique de la figure bienveillante que l'on attendait (cf. graphique n° 23a). Mais, dès qu'ils ont fait l'expérience du contrôle policier au moins une fois, cet écart est divisé par deux (+ 4 points), mais reste réel. À partir du moment où les élèves ont été contrôlés dans plusieurs circonstances, la figure bienveillante s'efface, et le policier qui vient en classe renforce le détachement national (– 5 points). Concernant le choix d'une nationalité autre que française, la tendance est la même. Aucune différence n'est induite par une venue en classe tant que le policier contrôleur n'a pas été croisé, mais si cela a été le cas une ou plusieurs fois, la venue de la police aggrave le rejet de la nationalité française (+ 7 points). Un « biais de négativité » domine les appréciations des élèves : une expérience négative a plus d'effet qu'une expérience positive, cette loi psychologique fonctionne aussi en matière de police des jeunes.

*Graphiques n*[os] *23a, 23b et 23c. « Se sentir français »(%), « souhaiter une nationalité autre » que française (%), juger le vote « utile » (%), suivant deux types de contacts avec la police : en classe dans le cadre de l'école et en fonction de la fréquence des contrôles d'identité. Source : POLIS-France.*

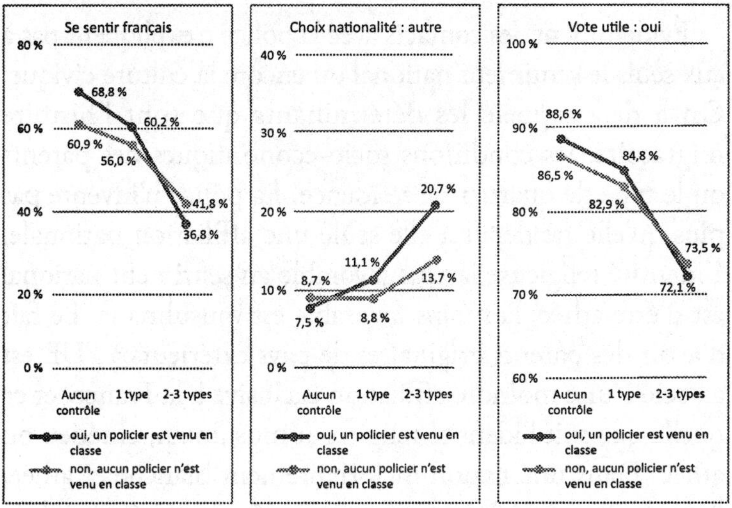


L'érosion de la croyance dans la valeur du vote suit la même logique, exactement. Elle s'accentue avec le nombre de types de contrôle, et le fait de voir des policiers en classe n'est bénéfique – légèrement – que lorsqu'on n'a pas fait l'objet de contrôles répétés (cf. graphique n° 23c). Il n'est pas possible de prédire les comportements futurs avec nos résultats. Cependant, ils témoignent d'une bonne cohérence avec ceux déjà produits. Les chercheurs américains, et plus récemment britanniques, ont montré à travers l'étude d'un panel, un groupe de personnes suivies dans le temps, que l'exposition aux contrôles de police affaiblit la culture civique. La participation aux élections des minorités dans les villes de Londres, Manchester et dans les Midlands décroît dans les groupes ethniques qui sont particulièrement ciblés[1].

Évidemment, les contacts avec la police n'expliquent pas à eux seuls le sentiment national ou encore la culture civique. On a déjà rappelé les déterminants que sont l'histoire migratoire, les conditions socio-économiques des parents ou le type de quartier de résidence. La police n'invente pas plus qu'elle ne défait à elle seule une affiliation nationale. L'identité religieuse la plus favorable au sentiment national est d'être athée, la moins favorable est musulmane. Le fait d'avoir des parents originaires de pays extérieurs à l'UE est associé à une moindre affiliation exclusive à la France, et ce quelle que soit l'identité religieuse : musulman, chrétien ou athée. Dans une nation majoritairement blanche et athée, l'être également fait qu'on se reconnaît plus aisément dans le collectif national, c'est l'effet miroir identitaire dont nous avons déjà parlé. Regardons maintenant la manière dont l'expérience de la police par les jeunes, dans chacun de ces groupes d'identité religieuse et d'origine ethnique, explique la culture politique des adolescents.

Dans ces six groupes d'adolescents, à chaque fois, l'expérience des contrôles de police a un effet significatif,

1. Ayobami Laniyonu, « Police, politics and participation : the effect of police exposure on political participation in the United Kingdom », *British Journal of Criminology*, 2018, vol. 58-5, p. 1232-1253.

et négatif. On peut par exemple étudier les chrétiens (catholiques, protestants et autres petites religions très minoritaires) et observer que les contrôles diminuent l'identification avec le pays d'accueil. Le mécanisme est vrai lorsque les enfants ne sont pas d'origine européenne, mais aussi s'ils le sont par leurs deux parents. Le phénomène est comparable chez les musulmans. Et il existe même chez les athées, en particulier s'ils ont des parents nés hors de l'UE (cf. graphique n° 24c).

*Graphiques n^os^ 24a, 24b et 24c. « Se sentir »… « français » exclusivement (%), suivant le nombre de types de contrôle d'identité, l'identité religieuse (chrétien, musulman, athée), et l'origine ethnique (2 parents nées dans l'UE, au moins 1 hors de l'UE). Source : POLIS-France.*

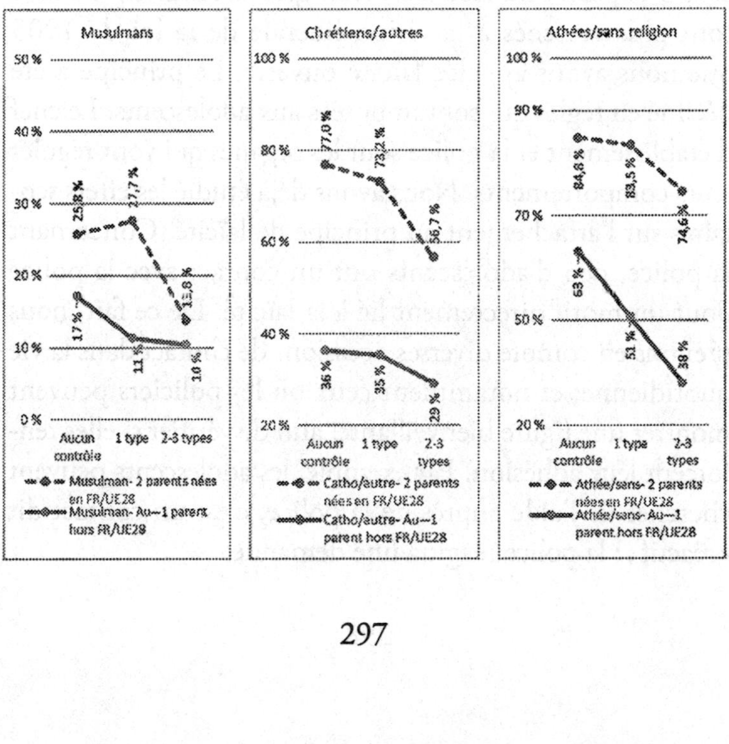

Chez les filles musulmanes, l'exposition au contrôle répété, même si elle concerne une plus petite fraction d'entre elles, fait décliner le sentiment national (– 10,5 points), autant que chez les garçons (– 10 points). Chez les chrétiens, les filles aussi ont un moindre sentiment national lié au contrôle fréquent (– 17 points), mais il est encore plus marqué chez les garçons (– 23 points). Et le phénomène se répète chez les athées filles et garçons avec la même amplitude exactement (– 13 points).

Dans l'enquête POLIS, nous ne disposions pas de question sur la laïcité. Elles n'ont été posées que dans UPYC. La laïcité est un élément de la culture civique. Ses interprétations sont disputées, certains aimeraient y aménager un césaro-papisme français où l'État gère la religion, d'autres sont plus attachés à la vision libérale de la loi de 1905 que nous avons appelée laïcité ouverte. Le principe a été décliné en règles qui sont imposées aux adolescents. Le chef d'établissement et la police sont les organes qui vont réguler leurs comportements. Nous avons déjà étudié les effets scolaires sur l'attachement au principe de laïcité. Concernant la police, peu d'adolescents ont un contact avec la police pour un motif directement lié à la laïcité. De ce fait, nous prenons en compte diverses occasions de contact dans la vie quotidienne, et notamment ceux où les policiers peuvent montrer une figure bienveillante, afin de vérifier si elles renforcent leur adhésion. Par exemple, les adolescents peuvent chercher de l'aide auprès de la police, c'est un contact dit « réactif » : la police réagit à une demande.

Tout se passe comme si le service rendu par la police renforçait les principes généraux dont le gouvernement se réclame. Alors que 64,7 % des adolescents qui n'ont eu aucun contact avec la police, ni pro-actif ni réactif, adhèrent à l'idée que la laïcité permet de vivre ensemble, cette valeur augmente en cas de sollicitation d'une aide (72,2 %). Ce phénomène, modeste mais encourageant, se produit avec les autres jeunes, mais dans une plus faible proportion. L'explication est probablement que les comportements policiers jugés « bons » renforcent l'adhésion à l'idée de la laïcité. En effet, on a vu aux chapitres précédents que les adolescents adhèrent largement à une vision libérale de la laïcité, associée à la libre expression de sa foi à ses finalités qui sont celles de l'égalité devant la loi et de liberté[1]. Or, ceux qui font effectivement l'expérience d'une prise en charge de leurs demandes d'aide par la police, ou d'une tentative, constatent que leur identité religieuse ou ethnique ne s'y oppose pas. Leur valorisation du principe de laïcité en sort grandie.

La manière dont les adolescents se sentent traités par la police a été prise en compte par l'enquête UPYC de manière détaillée. Une interaction peut être délicate, en particulier à la lumière des modes d'action policiers présentés plus haut qui valorisent le contrôle musclé. En dépit des risques d'escalade, certains policiers savent apaiser, maîtriser la tension, alors que d'autres se montrent plus enclins à adopter une approche confrontationnelle.

1. Jean Baubérot, dans « La laïcité, élément clef de la démocratie », *op. cit.*

Pour connaître l'évaluation subjective par les jeunes du déroulement du contrôle, nous avons créé un index qui additionne les bons et mauvais points de la plus récente interaction avec les policiers, et nous nous en servons maintenant pour vérifier ses effets sur la culture civique.

*Graphiques n^os^ 25a et 25b. Opinions sur le principe de laïcité (%) et l'utilité du vote (%) suivant la qualité estimée du dernier contrôle par la police (Mauvais, Moyen, Bon). Source: UPYC-France.*

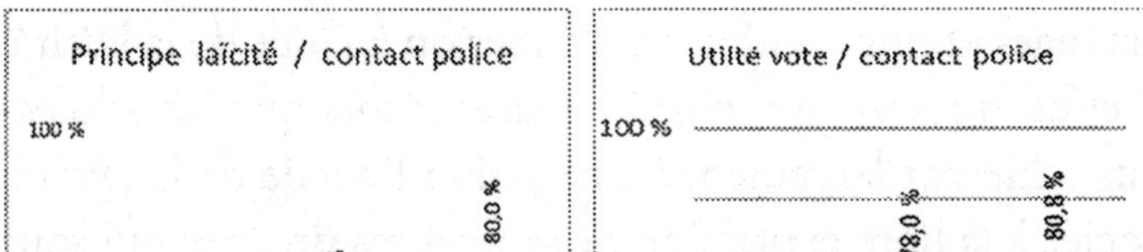


Les résultats de UPYC sur les Bouches-du-Rhône confirment ceux de POLIS en région Rhône-Alpes: la culture civique des adolescents réagit aux contacts avec la police. Le principe de laïcité est d'autant plus soutenu que la manière de se comporter de la police lors des contrôles est en phase avec l'idée d'une société égalitaire et respectueuse de la dignité des personnes : l'agent de l'administration est fidèle à ces principes. De bons contacts font le lit de la laïcité : 17 % de plus y sont favorables par rapport aux situations de mauvais contacts (cf. graphique 25a). Les adolescents se révèlent très sensibles à la manière dont ils sont considérés. Accorder une valeur positive au vote fonctionne suivant la même logique, même si l'amplitude est moins marquée (+ 13 points) (cf. graphique 25b).

Pour les jeunes, l'adhésion à des principes est indissociable de leurs émotions vécues dans les situations où ils apprennent la place que leur réservent les agents de première ligne de l'État. Ils ont un rapport non pas à la police en général, mais au traitement qu'elle leur réserve : l'aide policière reçue augmente la confiance dans la laïcité des non-musulmans tandis que, logiquement, la surexposition aux contrôles a sur les jeunes musulmans l'effet inverse. La bonne police facilite la formation civique du citoyen, la mauvaise police la freine.

### *3. Pourquoi un contrôle ?* Kein warum *et le sentiment d'injustice*

Faisons un détour par une situation extrême pour comprendre la centralité de la notion de justification des actes des agents et son lien à la justice. La sociologue Annette Wieviorka explique le travail de Primo Levi pour penser l'homme et le totalitarisme, domaine où il fait autorité. Elle cite un extrait de *Si c'est un homme* qui raconte une scène qui se déroule dans un camp dont l'auteur est revenu : « Et justement, poussé par la soif, j'avise un beau glaçon sur l'appui extérieur d'une fenêtre. J'ouvre, et je n'ai pas plus tôt détaché le glaçon qu'un beau et grand gaillard qui faisait les cent pas dehors vient à moi et me l'arrache brutalement. "*Warum?*" dis-je dans mon allemand hésitant. "*Hier ist kein warum*" (ici il n'y a pas de pourquoi), me répond-t-il en me repoussant rudement à l'intérieur [1]. » Dans un système totalitaire il n'y a pas de pourquoi. On ne peut questionner le caractère injuste et arbitraire des décisions. Toute proportion gardée évidemment, cette analyse est précieuse pour comprendre toute situation de pouvoir asymétrique, même en démocratie. Le fait de se justifier, de devoir se justifier est une norme forte pour les élus mais aussi pour les agents des administrations. C'est pourquoi elle est complètement inconnue dans une situation d'imposition brutale comme celle que nous venons de citer. À un moindre degré, la possibilité de l'interroger garde son importance dans tout contexte où une contrainte s'exerce, fût-elle encadrée par la loi.

La police française est, à l'échelle de l'Europe, notablement mal classée sur ce point. Dans l'Enquête sociale européenne, un instrument destiné à produire des connaissances

1. Cité par Annette Wieviorka, « Le statut du témoin », *Mémoires*, 2019, n° 76, p. 8-10.

comparables sur les États membres, les populations ont été interrogées sur la manière dont la police se comportait dans leur pays. Une question en particulier porte sur le fait de savoir si la police explique ses décisions si on le lui demande[1]. La police française n'est pas sur la première marche du classement, ni la seconde, ni la troisième. Elle est dans le tiers inférieur. Tout en haut, on trouve le Danemark, la Norvège, les Pays-Bas, ou encore l'Allemagne. En position moyenne la Pologne ou la Slovénie. Les policiers français sont en dessous, coincés entre la Hongrie et la Grèce. Il reste qu'elle fait mieux que la Russie, pays où le *Kein warum* s'applique plus encore. C'est aussi ce que nous avons constaté lors du suivi des patrouilles au cours de l'enquête POLIS : les policiers nous disent qu'ils attendent que les citoyens « fassent le canard », et se montrent fort irrités si on les interroge sur leurs pratiques, ou s'ils soupçonnent un simple regard d'être teinté de défiance.

Les injustices des pratiques policières affectent les citoyens, au premier rang desquelles l'absence de justification des contrôles. Nous l'avons vu dans l'enquête du Défenseur des droits, les policiers ne justifient que rarement leurs actes. Ils estiment ne pas avoir besoin de le faire : la demande de « pourquoi » ne leur semble pas mériter de réponse. Le policier français se sent rabaissé lorsque le citoyen l'interroge sur ce qu'il fait : n'est-il pas l'incarnation de l'État, cette forme supérieure ? N'est-ce pas lui

1. Enquête sociale européenne 2010, module « Justice ».

qui délimite le peuple d'État ? Et, il faut le souligner, les personnes contrôlées fréquemment (6 fois ou plus) voient leur croyance générale dans le fait que les « citoyens français sont tous égaux devant la loi » s'affaiblir. Les contacts négatifs avec la police font douter de la confiance dans la police, mais plus largement dans le principe d'égalité : 45,8 % n'y croient « pas du tout » parmi les multi-contrôlés, contre 27,9 % parmi ceux qui ne l'ont jamais été[1]. La répétition des contraintes et des injustices provoque une méfiance vis-à-vis des policiers eux-mêmes bien sûr, mais également vis-à-vis de la collectivité nationale qu'ils disent incarner, et des principes au nom desquels ils prétendent agir : comment croire dans le principe d'égalité, dans le vote, dans la nation lorsqu'on est traité comme un membre d'un groupe social subordonné, dont les droits sont écornés ou même carrément violés ?

L'injustice d'être suspecté à tort se conjugue au sentiment d'humiliation dans la manière d'être traité pendant le contrôle. Car, on le sait à partir de nombreuses enquêtes déjà citées, plus de 9 fois sur 10 les policiers ne détectent aucune infraction lors des contrôles. Cela s'explique sans doute parce que leur but est en réalité d'établir un rapport de force. Le sociologue Éric Marlière a longuement arpenté un quartier populaire de banlieue. La cité qu'il étudie n'est pas un lieu de violence et de désordre, mais une ancienne cité ouvrière qui a bonne réputation, y compris de la part

1. Défenseur des droits, *Enquête sur l'accès aux droits. Relations police-citoyens et contrôles d'identité*, *op. cit.*

de la police : ce n'est nullement un territoire « perdu de la République ». « Attends, ils sont marrants, ils débarquent, ils nous insultent et puis y en a un, il sort un flingue comme les shérifs devant des enfants dans la cour ! Ils se prennent pour qui ?! » (G., 18 ans, lycéen en bac pro[1]). Les jeunes s'inquiètent du fait que « personne ne les protège de la police », y compris les travailleurs sociaux suspects d'espionnage à son profit. Les agents opèrent « de façon brutale, arbitraire, discriminante et humiliante », de telle sorte que se développe un « sentiment d'insécurité physique face à la police[2] », lequel engendre à son tour des comportements agressifs. Car la peur provoque soit la fuite, soit la contre-agression. Une expression, qui est le titre de son ouvrage, résume leur émotion : « La France nous a lâchés. » C'est précisément ce que nous mesurons ici de manière systématique avec nos enquêtes : l'effet de l'injustice ressentie sur l'érosion de l'attachement national et civique.

Vérifions maintenant les conséquences des émotions mesurées dans une enquête représentative comptant des milliers d'adolescents, dont des centaines de contrôlés. Laissons de côté les contacts à l'école. On distingue encore deux grands types de contacts individuels : ceux qui prennent la forme d'un contrôle de l'identité, assorti ou non de fouille, dit « pro-actif » parce que le policier en

1. Éric Marlière, « La police et les jeunes des cités », *Agora débats/jeunesses*, 2005, n° 39, p. 94-104.
2. Éric Marlière, *La France nous a lâchés ! Le sentiment d'injustice chez les jeunes des cités*, Paris, Fayard, 2008.

prend l'initiative, et enfin, ceux dont le jeune est à l'origine, qu'on appelle réactif parce que le policier répond à une demande. Nous avons interrogé les adolescents à propos des deux types de contacts, pro-actifs et réactifs, et demandé de décrire le sentiment ressenti lors du dernier d'entre eux, celui dont par définition ils se souviennent le mieux[1].

*Graphiques nos 26a et 26b. Se sentir « français » (%), choisir la nationalité « française » (%), juger le vote « utile » (%) suivant le sentiment d'injustice lors du dernier contact avec la police, pro-actif ou réactif. Source : POLIS-France.*

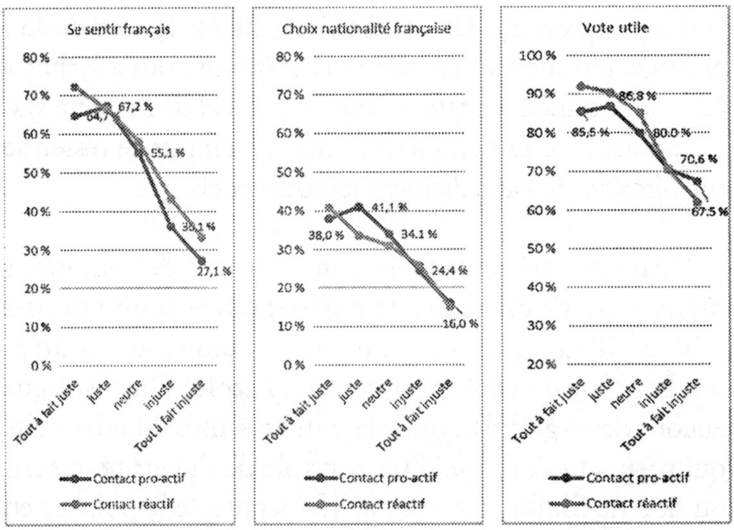


1. On compte 1 656 élèves avec un contact pro-actifs et 2 770 avec un contact réactif dans POLIS.

Les résultats sont sans ambiguïté : tant l'affiliation nationale, dans ses deux composantes, le fait de se sentir français et de désirer la nationalité française, que la croyance dans la valeur du principal outil démocratique, le vote, sont largement entamés par le sentiment d'injustice policière. Les résultats étaient bien établis dans la littérature pour les contacts pro-actifs, un courant théorique dit du « juste traitement » a conceptualisé l'importance de la perception de la justice comme fondement de l'autorité, et inversement comment l'injustice prive un pouvoir de sa légitimité. Une police perçue comme injuste est repoussée. Mais ici, on observe de surcroît que l'injustice ressentie affecte la culture politique, l'adhésion aux normes politiques. On apprend aussi que les contacts réactifs injustes sont, tout autant liés que les pro-actifs, à leur rejet. Le fait de se sentir maltraité par les agents de première ligne d'une administration, que ce soit lorsqu'on essaie d'obtenir ses services (contacts réactifs) ou bien lorsqu'elle impose des contraintes (contacts pro-actifs), dégrade les liens à la collectivité dans son ensemble.

### *4. La bonne et la mauvaise police : un choix essentiel pour la démocratie*

D'une manière générale et dans le contexte français, la police a été habillée du costume de protecteur de la République par nombre de responsables politiques ou syndicaux. Je ne m'étends pas ici sur les formulations maladroites – pour le moins – de certaines organisations professionnelles selon lesquelles « la police c'est le dernier rempart de la République, à l'Élysée ils devraient faire attention à ce qu'il ne s'effondre pas, parce qu'ils sont juste derrière [1] ». Elles pourraient laisser penser que la République française a mutée en État autoritaire dont la permanence repose sur sa police et non sur les processus démocratiques qui lui confèrent sa légitimité. Mais il faut bien reconnaître que leurs auteurs n'ont pas eu à inventer la phrase. On retrouve les mêmes mots dans la bouche du président François Hollande entre les deux tours de l'élection présidentielle de 2017. Se posant en garant de l'unité nationale, le président salua les policiers et gendarmes, ces « remparts de la démocratie ». Et avant lui le président Nicolas Sarkozy avait déclaré : « Policiers et gendarmes, vous êtes garants du respect des principes républicains, vous êtes garants de la liberté de chacun d'aller et venir et vous êtes garants de la paix sociale [2]. » Les polices « assurent la sécurité » et, ajoute le président de la République Emmanuel Macron, « cette mission première, c'est celle qui rend possibles et légitime toutes les autres [3] ». Rien de moins. On sait pourtant que

1. Lors de la « Marche de la colère », des policiers du 2 octobre 2019 à Paris, et à différentes autres occasions, voir *Le Monde* du 2 octobre, « Vous êtes là, patron ! ».

2. Déclaration de Nicolas Sarkozy, président de la République, sur les efforts en faveur de la sécurité intérieure, notamment le rapprochement de la police et de la gendarmerie, à Paris, le 29 novembre 2007.

3. Discours du président de la République, Emmanuel Macron, devant les forces de sécurité intérieure, le 18 octobre 2017. Ces éléments de langage sont désormais banalisés : l'article 1er de la loi du 15 novembre 2001 dispose que « la sécurité est un droit fondamental », « elle est une condition de l'exercice des libertés et de la réduction des inégalités ». Il fait écho aux propos du Premier

la paix sociale dépend de l'ouverture des droits politiques, et de l'État social, qui a culminé en France avec le système de Sécurité sociale mis en place par Ambroise Croizat à la Libération. Et aussi que les pays d'Europe qui ont les plus grosses polices sont les moins démocratiques. Et, enfin, que les pays où la satisfaction vis-à-vis du fonctionnement de la démocratie est la plus élevée sont les pays nordiques et leur modèle social-démocrate plutôt que les autocraties à police musclée.

L'action de la police sur la socialisation civique de la jeunesse est en réalité un couteau à double tranchant. Ses actes peuvent avoir des effets positifs, mais aussi négatifs. La police peut être bien faite ou mal faite. Et la mauvaise police est nocive pour la démocratie : elle dégrade le sentiment de « faire nation », la valeur de la démocratie et la croyance en des règles communes. Nous avons pu montrer de manière précise ces dégâts : le groupe ethnique et religieux minoritaire souffre d'un traitement défavorable de la part de la police comparativement au groupe majoritaire. Dans le même groupe d'âge de la même zone géographique (celle de nos enquêtes), sur les mêmes lieux de contrôle (la rue, les transports, l'espace public), les adolescents de la minorité sont plus souvent soupçonnés. Lorsqu'ils sont contrôlés, ils le sont de manière plus intrusive en faisant davantage l'objet de fouilles et ils le sont de manière plus brutale. Le groupe des élèves d'origine

ministre Lionel Jospin au colloque de Villepinte en 1997 : « Un citoyen dont la sécurité n'est pas assurée ne peut exercer son droit à la liberté. »

africaine est le plus ciblé et maltraité. Sur chaque indicateur mesuré grâce à l'enquête, ils apparaissent en position défavorable : risque de contrôle par la police, fouilles, tutoiement, insultes, brutalités, retenue au poste de police. Le fait que la police traite, dès le collège, les personnes de manière différente suivant leur origine et plus négativement s'ils appartiennent aux minorités, a des effets négatifs dont on suppose désormais, à partir de plusieurs études, qu'ils sont durables. L'analyse par type de quartier montre que les adolescents de milieu populaire sont également plus ciblés lorsqu'ils sortent de leur périmètre « naturel » aux yeux de la police, pour entrer dans celui où ils sont particulièrement suspects. Ce dernier correspond aux espaces résidentiels, à une place où ils n'ont, de fait, pas le droit de se trouver.

Nous avons vu que, ironiquement, les policiers réservent les actions de prévention aux collèges sans problème des quartiers aisés, et les contrôles aux quartiers pauvres et aux minorités. Les observations faites lors de travaux antérieurs tout comme ces résultats montrent que les policiers recherchent la soumission (faire obéir et se taire) et tendent à être plus coercitifs s'ils ne l'obtiennent pas. Or, dans le même temps, les observations ethnographiques nous signalent une moindre acceptation par les adolescents minoritaires de contrôles qui ciblent particulièrement leur groupe[1]. Un sentiment d'injustice et une

1. Éric Marlière, *La France nous a lâchés ! Le sentiment d'injustice chez les jeunes des cités*, *op. cit.*

frustration se forment consécutivement à ces mauvaises pratiques policières. Ces réactions des jeunes alimentent à leur tour ciblage ethnique et brutalités de la part de la police. C'est ce cercle vicieux qui ne peut être brisé par une nouvelle politique policière.

Pourtant, aucun signe n'est donné qu'une telle direction soit empruntée, et que des progrès dans sa mise en œuvre effective existent. En avril 2011, lors de la publication de son ultime rapport d'activité, la Commission nationale de déontologie de la sécurité (CNDS), la première autorité externe de contrôle de la police et ancêtre de l'actuel Défenseur des droits, s'inquiète des difficultés à mener des enquêtes sur l'activité des policiers ou gendarmes, et déplore la « disparition », voire la « falsification », de documents, demande « une collaboration loyale » aux administrations policières, requête qui n'aurait pas eu d'objet si tel avait été le cas. La CNDS dénonce les contrôles d'identité abusifs et le recours systématique au menottage et à la fouille à corps, et ce en dépit d'une codification juridique qui l'interdit[1]. Et encore, la discrimination ethnique par les polices, le contrôle au faciès, n'était pas dans son périmètre de compétence. Il faudra attendre les initiatives de l'organisation qui lui succède pour que ces pratiques commencent à faire l'objet d'une documentation plus systématique par une autorité publique, qui plus est de nature constitutionnelle puisque la fonction remplie par le

1. La circulaire du ministère de l'Intérieur du 11 mars 2003 stipule que cette pratique doit être exceptionnelle et circonstanciée.

Défenseur des droits ainsi a été instituée. Mais, à la fin de son mandat de six années de premier Défenseur des droits, Jacques Toubon a répété combien le respect de la déontologie par les forces de l'ordre, qui est un élément central de la confiance des citoyens à l'égard des institutions, n'était pas au centre de l'action de la police. Il a souligné que les données d'enquête ont fait ressortir la dimension discriminatoire de certains contrôles. Il a pointé la "dimension systémique" des discriminations policières en France[1]. Et déploré qu'aucune de ses demandes de sanctions adressées au ministère de l'Intérieur, « pourtant rares et circonstanciées au regard du nombre de dossiers traités sur la même période (soit 1 % des 3 987 réclamations), n'a été suivie d'effet[2] ». Nous sommes alors en 2020. Dix ans après les alertes de la CNDS, le ministère de l'Intérieur persiste à ne pas prendre d'initiatives pour réguler l'usage des contrôles d'identité et leur caractère discriminatoire.

Ce dernier s'en est expliqué dans une réponse à une question d'une sénatrice citée au chapitre 6. La position ministérielle revient ainsi à récuser la réalité du contrôle au faciès pour justifier son inaction, mais sans en fournir la preuve. Les responsables tentent de s'exonérer de toute responsabilité du phénomène dont ils connaissent la réalité, puisque l'État a déjà été condamné plusieurs fois par la plus haute juridiction pour ces pratiques. Ils persistent cependant à les

1. Le 22 juin 2020.

2. Les réclamations contre les forces de l'ordre ont augmenté de 29 % en France en 2019, cf. *Le Monde*, 8 juin 2020.

nier. Le ministère affirme que « les contrôles d'identité ne sauraient être ni abusivement répétés à l'égard des mêmes personnes, ni multipliés sans discernement dans tel ou tel quartier, ni conduits de manière discriminatoire » et « qu'il est donc normal que les contrôles d'identité puissent s'y dérouler (…) sans que de telles pratiques puissent être pour autant considérées comme discriminatoires [1] ». Le point le plus préoccupant de la réponse ministérielle est de manifester sa mécompréhension de la notion même de discrimination, et donc de l'égalité devant la police et devant la loi. Ce n'est pas un détail. Aucune étude ou décision de justice n'affirme que le fait de contrôler une zone, « tel ou tel quartier », est discriminatoire en soi. Discriminer au faciès, c'est, toutes choses égales par ailleurs, contrôler plus les personnes noires ou arabes que les autres, et dans tout type de quartier – populaire ou résidentiel.

La stratégie des directions de la police pour justifier la perpétuation de leurs pratiques est double. Premièrement, elle consiste non pas à démontrer qu'il n'y pas de discrimination, mais à faire une liste de dispositions légales sans pour autant montrer leur effet, et ce faisant à confondre les références à des textes de loi avec la réalité. C'est insuffisant pour convaincre, je l'ai déjà dit, mais il n'est pas inutile de le répéter. Les règles légales sont des mots sur une feuille de papier, elles n'ont pas d'effet propre sans la vérification de leur mise en œuvre. Deuxièmement, la

1. Réponse du ministère de l'Intérieur à la question écrite n° 20473 d'une sénatrice, cf. http://www.senat.fr/basile/visio.do?id=qSEQ210220473.

stratégie manifeste une constance dans le refus d'enregistrer les contrôles d'identité, ce qui a une conséquence : elle interdit de les dénombrer et d'analyser leur usage, bref de vérifier leur nature et leur utilité. Ce dernier débat s'est traduit en France par la promesse de la délivrance de récépissés de contrôle d'identité par le candidat François Hollande, mais qui ne fut jamais mise en œuvre en raison de la pression des syndicats de police majoritaires auxquels son ministre de l'Intérieur, Manuel Valls, choisit de céder. La stratégie empruntée combine déni du problème de la discrimination et de la violence policière, et refus de rassembler des éléments permettant au ministère de l'Intérieur et au public de savoir.

Certes, on a pu entendre un autre président de la République fustiger les points noirs des pratiques policières, les contrôles au faciès et la violence. Le vendredi 4 décembre 2020, lors d'une interview au média en ligne Brut, Emmanuel Macron a reconnu qu'il existait « des violences par des policiers », expression qu'il a opposée à celle de « violences policières », et ajouté que « Quand on a une couleur de peau qui n'est pas blanche, on est beaucoup plus contrôlé (...), on est identifié comme un facteur de problème et c'est insoutenable ». Les rares critiques des abus fréquents de la police par le ministre de l'Intérieur ou le président de la République ne se sont traduites ni par des mesures susceptibles d'apporter des améliorations, ni par aucun mécanisme de suivi qui permettrait de vérifier leur efficacité. Les annonces faites portent en général sur la formation et la déontologie. Et la création d'un numéro vert. Or, la réduction de la déontologie à la formation est toujours une indication de la minoration de l'importance du problème par les gouvernants. Quant au numéro vert, sait-on que la création du premier numéro gratuit de ce type, le 114, date de l'année 2000 ? En lien avec les CODAC (commissions départementales d'accès à la citoyenneté), et mis en place en janvier 2001, il devait permettre aux victimes et témoins de discriminations de formuler leurs doléances. Vingt ans plus tard, le président de la République le propose à nouveau. Les institutions font du surplace en s'agitant, une sorte de *moonwalking* de la discrimination.

### *5. Un contrôle discriminatoire est une déchéance de nationalité*

Mais depuis quand la réflexion sur l'éthique policière s'est-elle perdue ? Je vais ici citer Dominique Monjardet, un des sociologues français les plus respectés : « Pour la hiérarchie et pour le Prince, la déontologie – l'appel à la vertu – est aisément invoquée comme substitut au travail d'organisation, management, encadrement, mise en cohérence de moyens et des missions, formation, etc. » dont ils se débarrassent si aisément. Mais cela ne trompe personne chez les exécutants, qui l'entendent très bien sur le mode « faites ce que je dis, et non ce que je fais [1]… » Monjardet

1. Monjardet Dominique, *Notes inédites sur les choses policières*, Paris, La Découverte, 2008.

explique que les ministres tendent à se défausser de leurs responsabilités et à dissoudre les propriétés d'une organisation dans les individus qui la composent, comme si ces derniers en déterminaient les règles de fonctionnement. Comment a-t-on pu en arriver là ? À une autre époque, celle où des syndicats de policiers réclamaient un regard extérieur sur des pratiques policières, un code de déontologie et celle où un ministre voulait contrôler, cela s'était traduit, en 1993, par l'institution d'une « haute autorité » par le Premier ministre, Pierre Bérégovoy : le Conseil supérieur de l'activité de la police nationale[1]. Le Conseil avait pour mission de vérifier et d'attester que la force publique n'était pas détournée. Il aura duré un mois et demi. À son retour au ministère de l'Intérieur, en février 1993, Charles Pasqua le supprime. Aujourd'hui, aucune réforme des mécanismes de contrôle ne se profile. Aux groupes de policiers et gendarmes auteurs de propos racistes sur les médias sociaux ne s'oppose aucune politique ministérielle.

1. Cf. https://www.lemonde.fr/archives/article/1993/02/21/cree-aupres-du-ministre-de-l-interieur-un-conseil-superieur-de-l-activite-de-la-police-pourra-etre-saisi-par-les-associations-de-defense-des-droits-de-l-homme_3918954_1819218.html. Il peut être saisi par une association. Sa composition est plus ouverte qu'aucun autre organisme policier depuis lors. Le CSAPN était présidé par un conseiller d'État, était composé de 2 maires, 1 avocat, 3 personnalités reconnues pour leur action en faveur des droits de l'homme et des libertés publiques et 1 inspecteur IGA, 1 inspecteur de l'IGPN, 1 haut fonctionnaire honoraire de la police nationale, et 6 fonctionnaires en activité de la police. Le CSAPN est « remplacé » par le Haut Conseil de la déontologie de la police nationale par M. Pasqua. Sa mission est désormais réduite à … « donner son avis et (…) faire toute proposition utile, à la demande du ministre (…), sur (…) l'ensemble des questions relatives aux règles de déontologie policière, notamment sous l'angle de la formation professionnelle des personnels ».

Cela tranche avec l'Allemagne qui a dissous une unité spéciale pour ses échanges racistes par tchat [1]. Lorsqu'on observe la discrimination, assortie de violences policières, avec l'extension qu'elle présente, pour toutes les années dans toutes les villes et pour toutes les tranches d'âges, il est clair qu'il y a plus d'une cause en jeu. Le système, et non pas quelques agents, est profondément défaillant. Se combinent nécessairement défaut de commandement politique, défaut de contrôle parlementaire, défaut de contrôle par le procureur, défaut de contrôle externe, défaut de contrôle interne, défaut de commandement local et défaut de formation.

Il n'existe pas d'adjectifs appropriés pour qualifier les pratiques discriminatoires de la police autres que systémiques et endémiques. Endémique se dit de quelque chose qui sévit constamment dans un milieu, un pays. Systémique est un terme souvent mal défini et trop général, je suis d'accord avec les critiques qui lui sont faites par le professeur Jenny Williams [2]. Ici, il ne signifie pas que la formation, les procédures ou tactiques, et le contrôle des agents sont motivés par des motifs ethniques et raciaux, qu'il existe une législation raciste comme dans les situations d'apartheid. Le terme indique que les effets ne sont pas possibles à corriger au niveau des agents pris

1. Cf. https://www.dw.com/en/germany-frankfurt-police-unit-to-be-disbanded-over-far-right-chats/a-57840014.

2. Jenny Williams, « Redefining institutional racism », *Ethnic and Racial Studies*, 1985, n° 8, p. 323-348.

individuellement, qu'ils sont inhérents au fonctionnement ordinaire du système : c'est lui qui doit être modifié.

Les effets négatifs de la mauvaise police sur la cohésion nationale sont manifestes. Elle agit contre les valeurs mêmes que la police prétend protéger. Comment les adolescents voudraient-ils coopérer avec les agents après de telles expériences ? Les résultats de UPYC et POLIS ne sont pas isolés. Mélanie Terrasse a réanalysé les données de l'enquête TeO conduite en France. Elle conclut que les contrôles accroissent l'identification avec le pays d'origine, et font croire aux contrôlés que les autres, la société en général, ne les considèrent pas comme français [1]. Le peu d'importance que la culture policière accorde à la protection des droits et à la nation est préoccupante. Le peuple d'État est façonné par l'attribution de la citoyenneté, mais tous les résultats nouveaux que j'ai cités montrent que le mécanisme se prolonge par les politiques policières. La banalisation des contrôles arbitraires matérialise les frontières du peuple d'État, et indique aux adolescents ciblés qu'ils n'y ont pas leur place. L'existence d'un tel mécanisme d'exclusion se manifeste dans certaines polices occidentales, parmi les plus violentes. On sait que les Noirs se sentent, encore aujourd'hui, moins américains que les autres groupes ethniques vivants aux États-Unis. Ce faible sentiment national illustre que son fondement

1. Mélanie Terrasse, « Dimensions of belonging: relationships between police identity checks and national identity in France », Center for the Study of Social Organization, working paper #14, 2016.

ne dépend pas uniquement du caractère plus ou moins récent de l'arrivée dans un pays, mais plus largement du statut subalterne du groupe dans la société – lequel persiste en dépit de l'abolition de l'esclavage en 1863. Récemment, trois chercheurs américains ont montré que la police tendait à définir l'identité raciale et la citoyenneté : plus les Noirs sont contrôlés, plus ils se sentent membres de la minorité noire, et moins ils se perçoivent comme citoyens [1]. En France aussi, les contrôles dictent aux contrôlés leur position sociale, leur indiquent leur moindre valeur : ils sont profondément anti-citoyens. Chaque contrôle discriminatoire est une déchéance de nationalité. Le rôle de l'apparence ethnique est indiscutable dans le choix des cibles du contrôle. C'est donc la pratique des contrôles qui mérite d'être repensée, non pas simplement la manière dont ils se déroulent, mais leur utilisation même. De tels modes d'action sont un poison pour la démocratie.

L'utilité des contrôles est un mythe qui sert à justifier l'exercice d'un pouvoir discrétionnaire. Elle est si faible qu'on pourrait en supprimer les neuf dixièmes et atteindre le même résultat en matière de détection d'armes [2], tandis que leur multiplication n'engendre pas de baisse de la

1. Charles R. Epp, Steven Maynard-Moody et Donald P. Haider-Markel, *Pulled Over : How Police Stops Define Race and Citizenship*, Chicago, University of Chicago Press, 2014.

2. Cf. par exemple : Sharad Goel, Justin M. Rao et Ravi Shroff, « Precinct or prejudice ? Understanding racial disparities in New York City's stop-and-frisk policy » *Annals of Applied Statistics*, 2016, vol. 10, p. 365-394.

délinquance[1]. De nouvelles recherches pointues montrent que les contrôles de police alimentent par eux-mêmes la commission de délits subséquents des jeunes des minorités. Le suivi par les chercheurs d'une cohorte de jeunes dans le temps permet de comparer les profils d'auteurs de délits et d'en distinguer statistiquement deux : ceux qui sont particulièrement ciblés par la police et les autres. Le résultat est sans appel : l'exposition à des contrôles répétés est une cause de la délinquance future[2]. La mauvaise police compte parmi les causes de la délinquance des adolescents. Elle fragilise la nation.

---

1. J. MacDonald, J. Fagan et A. Geller, « The effects of local police surges on crime and arrests in New York City », *PLoS ONE*, 2016, vol. 11-6, e0157223.

2. Cf. Juan Del Toro, Tracey Lloyd, Kim S. Buchanan, Summer Joi Robins, Lucy Zhang Bencharit, Meredith Gamson Smiedt, Kavita S. Reddy, Enrique Rodriguez Pouget, Erin M. Kerrison, Phillip Atiba Goff, « The criminogenic and psychological effects of police stops on adolescent black and Latino boys », *Proceedings of the National Academy of Sciences*, 2019, n^os^ 8261-8268. Kath Murray, Susan McVie, Diego Farren, Lauren Herlitz, Mike Hough et Paul Norris, « Procedural justice, compliance with the law and police stop-and-search: a study of young people in England and Scotland », *Policing and Society*, 2020.

# CHAPITRE 8

## *Les élèves jugent le visage de la nation : le président de la République*

L'autorité est un concept central pour le fonctionnement d'un système de gouvernement et il n'y a, en démocratie, pas de pouvoir sans autorité politique, c'est-à-dire sans confiance. Avec les normes civiques partagées, la confiance dans les institutions forme le ciment des sociétés. L'affiliation politique passe par un attachement subjectif à ceux qui détiennent le pouvoir et veulent incarner la nation. Le président est la figure majeure de notre Constitution. Cette centralité oblige à incorporer le rapport au président dans l'étude de la culture civique. Pourtant, il n'est pas une « norme » comme l'égalité, la participation électorale ou un principe comme la laïcité. La nation comme projet politique pour la jeunesse ne peut pas exister sans confiance dans les institutions. Et, symétriquement, le président ne peut pas incarner la nation s'il n'est pas largement apprécié d'eux. Sans cette confiance, une crise d'autorité peu éclater. La relation à un homme et à une fonction se mêle dans l'évaluation que font les jeunes de la clé des institutions.

Les auteurs qui ont défendu l'idée d'une « nation imaginée » l'ont pensée détachée de l'administration, des guichets, des écoles, de la police. Ils ont voulu souligner que, par leur grande taille, dans les sociétés de masse, contrairement aux autres formes de communautés, le face-à-face avec l'incarnation vivante de la forme politique ne peut s'y produire : « une nation est fondamentalement et irrémédiablement sans visage [1] ». C'est oublier le rôle de médiation de l'administration et de ses agents de première ligne, mis en exergue par le politologue Michael Lipsky [2] et illustré tout au long de cet ouvrage. C'est aussi négliger les liens entre les concepts de chef de l'État et de nation. Le président de la République est, dans notre régime, le visage de l'État. Dans la symbolique de la nation, sa figure joue un rôle important. La mise en corps de l'État est partout essentielle, mais bien sûr ses formes varient. Les citoyens des monarchies parlementaires voient leur unité incarnée dans la famille royale et lui vouent un culte : ils sont attachés à ce symbole détaché de la politique partisane qui divise. D'autres régimes procèdent à une élection du chef de l'État, comme en France ou aux États-Unis. Les présidents ont eux-mêmes ouvertement aspiré à être l'incarnation de cette force suprahumaine. Le général de Gaulle se situait

1. Marc Redfield, « Imagination. The imagined community and the aesthetics of mourning », *Diacritics*, 1999, vol. 29, p. 68-69. Cité par Christine Chivallon in « Retour sur la "communauté imaginée" d'Anderson », *Raisons politiques*, 2007, n° 27, note 60.

2. Michael Lipsky, *Streetlevel Bureaucracy*, *op. cit.* Trad. fr. , « La bureaucratie de proximité », *op. cit.*

au-dessus des partis, il voyait le président de la République comme l'« homme de la Nation [1] » dans le discours de Bayeux (1946), un homme qui doit être appelé « par la confiance de l'ensemble de la nation ». Et on retrouve cette pensée dans le texte de la Constitution de 1958 qu'il a taillée à sa mesure, et qui est tout entière organisée autour de sa place dans les institutions, faisant de la France, selon l'expression consacrée, une monarchie républicaine, une hybridation de la tradition monarchique et de la tradition démocratique représentative. Cet esprit n'est pas mort avec le général de Gaulle, et le Premier ministre Raymond Barre considérait également que le président de la République est l'« homme de la nation [2] ». Les présidents Valéry Giscard d'Estaing ou François Mitterrand ne sont pas sortis de cette ligne. Et, plus récemment, Emmanuel Macron, se voulant « et de gauche et de droite », exprime une variation sur ce thème du président au-dessus des partis. En témoigne l'empressement avec lequel il s'est, après son élection, glissé dans l'habit du chef des armées en remontant en véhicule militaire, un événement qui n'est pas banal en Europe. Les Champs-Élysées étaient pavoisés de part et d'autre, et sur toute la longueur, du drapeau tricolore pour exprimer le même message symbolique. Il se voulait l'incarnation de la nation unie par ses armes. À chaque instant, le chef de l'État se vit comme chef de la nation, et en fait la finalité

1. C'est l'expression utilisée par Jean-Pierre Chevènement le 11 décembre 2015, https://www.chevenement.fr/De-Gaulle-et-la-gauche_a1793.html.

2. Cf. https://www.lemonde.fr/archives/article/1988/03/31/opiniatrete-ou-aveuglement_4064449_1819218.html.

de toute action politique majeure. En 2011, des militaires sont tués en Afghanistan, et le président Nicolas Sarkozy leur rend hommage : « L'armée française n'est pas séparée du reste de la nation française car l'armée française fait corps avec la nation française. » Après les attentats de 2016, François Hollande s'adresse aux familles des victimes qui selon lui attendent, au-delà des indemnisations, « la fraternité de la Nation française ». Lors de ses vœux pour 2018, Emmanuel Macron conclut : « En 2018, vous aurez peut-être dans vos vies personnelles des doutes ou des drames, mais n'oubliez jamais que nous sommes la Nation française. » Le 14 juillet 2021, il écrit : « Il y a cinq ans, notre Fête nationale s'est transformée en drame national. (…) Nous n'oublions jamais ce que nous sommes, une Nation. » Toujours, partout, un président a la nation au bout de ses lèvres.

Le 8 juin dernier, Emmanuel Macron a reçu une claque. L'événement a connu une couverture médiatique énorme, et déclenché un concert d'indignation de tous les leaders des partis politiques. « Il n'y a pas d'ITT mais il y a un acte violent », a déclaré le magistrat en charge de l'affaire. La violence sur le corps de l'homme n'est évidemment pas la cause : il n'est pas blessé, pas même contusionné. C'est, en revanche, la dimension symbolique de la lèse-majesté qui fait l'essentiel des commentaires. Le même procureur de la République justifie sa décision : « C'est de l'humiliation. Il [l'agresseur] traite son interlocuteur comme un enfant à qui on voudrait mettre une claque. Il le rabaisse. » Selon moi, cet incident est indissociable de l'intérêt porté par le public pour le mépris affiché par les présidents de la République lors d'épisodes très largement médiatisés. C'est Emmanuel Macron qui lâche à un jeune horticulteur au chômage : « Je traverse la rue et et je vous en trouve [du travail] » lors des Journées du patrimoine en 2018. C'est François Hollande qui parle des pauvres comme des « sans-dents » dans un SMS à son ex-compagne, laquelle a rapporté l'échange dans un livre[1]. Ou encore Nicolas Sarkozy qui assène à un agriculteur « Casse-toi pauv' con » en février 2008 lors du Salon de l'agriculture. Les présidents vénèrent la nation comme abstraction et maltraitent la population. Parfois, elle le lui rend bien.

L'incident de la claque apporte d'autres enseignements. Il s'est produit au cours d'une cérémonie séculière : le chef de l'État se met en scène comme celui qui va au-devant de son peuple, mais dans un format moins codifié : la démocratie oblige aux « causeries au coin du feu » lorsque la radio s'impose comme média de masse, aux bains de foule, lorsque les échéances électorales approchent, et incite même à recevoir des « influenceurs » à l'Élysée : l'un des deux youtubeurs McFly et Carlito a pu y faire des roulades dans le jardin. Si le cérémonialisme est toujours partie intégrante de l'exercice du pouvoir, ses modalités ont incontestablement évolué. Il n'empêche : la claque

1. L'authenticité de l'échange est confirmé par le président dans un livre d'entretiens, Fabrice Lhomme et Gérard Davet, « *Un président ne devrait pas dire ça…* », Paris, Stock, 2016.

impunie renverserait l'ordre politique, dont le sommet est incarné par la fonction présidentielle. La fonction de la justice est de restaurer, aux yeux de tous, la valeur des règles qui nous gouvernent. Le président de la République est à la fois un homme, un président, et une fonction, la fonction présidentielle. Or, dans notre pays, on sait l'importance de la « piété républicaine ». Elle s'applique au drapeau, que le profane ne peut toucher en s'écartant du rituel prescrit sans risquer une sanction pénale en France, mais pas aux États-Unis, comme nous l'avons expliqué au chapitre 3. Elle vaut également pour le président de la République : le simple fait de décrocher son portrait a provoqué un prélèvement d'ADN par la police chez les auteurs qui agissaient à visage découverts et la condamnation en appel en 2020 de militants écologistes nantais. La Cour de cassation le 22 septembre 2021 a cassé ce jugement, et les participants devront être rejugés, ainsi que seize autres groupes ailleurs en France. Mais, elle a refusé de reconnaître « l'état de nécessicité » qui permet d'enfreindre une loi de manière proportionnés et donc non violente. La veille du jugement de Nantes, la justice suisse a reconnu l'« état de nécessité » pour attirer l'attention sur le risque climatique comme fondement légal de comportements similaires. Un historien de Princeton, Ernst Kantorowicz, a publié en 1957 un ouvrage qui a fait date, *Les Deux Corps du roi*[1]. Comme son sous-titre l'indique, il s'agit d'un « Essai sur la théologie politique au Moyen

1. Gallimard, 1989.

Âge » qui étudie les symboles du pouvoir et leur mise en cérémonie dans les monarchies anglaise et française. Le roi possède un corps terrestre et mortel, comme chacun de nous, tout en incarnant le corps politique, immortel, celui de la communauté constituée par le royaume. Tel est probablement ce qui rend possible à un procureur de dire qu'un acte qui ne blesse pas est violent, et qu'un décrochage de portrait mérite une sanction pénale. Le concept des deux corps est utile pour explorer les attitudes des adolescents, nous allons le voir.

### *1. Les adolescents et la fonction présidentielle*

Les adolescents identifient très bien les chefs d'État. David Easton et Robert Hess[1], tout comme un autre politologue, Fred Greenstein[2], ont trouvé que les enfants de 13 ans donnaient des qualités morales supérieures au président de la République. À cette époque, entre 1960 et 1970, le président est perçu comme un leader généreux et bienveillant. Les jeunes ne sont guère sceptiques ou méfiants. Les politologues américains pensaient que l'attachement à cette fonction, la présidence, qui symbolise l'autorité politique la plus élevée, était une manifestation de leur lien au régime politique, et que son rôle

1. Robert D. Hess et David Easton, « The child's changing image of the President », *Public Opinion Quarterly*, 1960, vol. 24, p. 632-644.

2. Fred I. Greenstein, *The Benevolent Leader : Children's Images of Political Authority*, Cambridge University Press, 1975.

de garant était associé à un sentiment de sécurité. Ils y voyaient les signes d'un accord sur les structures politiques qui servent à résoudre les problèmes d'une communauté. Et, ils en déduisaient que les adolescents étaient en mesure de percevoir l'importance des institutions politiques. Lors des premiers travaux en France sur les 10-13 ans en 1963, Charles Roig et Françoise Billon-Grand notent également que 97,5 % des adolescents connaissent le nom du président Charles de Gaulle, plus même que la devise nationale (89 %) ou le nom de l'hymne français (88 %). Mais, contrairement aux petits Américains de l'époque, ils sont très partagés sur ses qualités personnelles, et sur ses activités en tant que président : la moitié n'a pas d'idée, et le reste se distribue également entre jugements positifs et négatifs [1]. Un peu plus de vingt ans plus tard, en 1987, Chantal Kourilsky, dans son enquête sur la socialisation juridique des adolescents français, confirme le rôle central qu'il occupe : « Le président conserve un prestige constant de la 6e à la première », écrit-elle [2]. Elle souligne un contraste grâce à une comparaison : la notion d'État renvoie au pouvoir en France, et à la communauté nationale en Pologne [3]. État et nation sont, en France, enchâssés et

1. Charles Roig et Françoise Billon-Grand, *La Socialisation politique des enfants*, *op. cit.*, p. 77.

2. Chantal Kourilsky-Augeven, « Les 11-17 ans face au droit en France et en Pologne : une enquête comparative de socialisation juridique », *Revue d'études comparatives Est-Ouest*, 1990, vol. 21, n° 3, p. 77-102.

3. Cela ne saurait découler de l'éducation civique en cours d'histoire : elle n'avait pas encore été rétablie en France au-delà de la classe de 5e lors de son enquête.

figurés dans le visage du responsable le plus élevé. Nulle surprise donc lorsque Katharine Throssell, quarante ans après Charles Roig et Françoise Billon-Grand, a montré la très large connaissance de la fonction du président chez les 10-12 ans, qu'ils jugent essentielle, et la notoriété des candidats à l'élection présidentielle de 2007. À chaque fois, la centralité du visage de l'État se vérifie [1]. Mais, contrairement à ce que pense le procureur qui a traité la gifle donnée à Emmanuel Macron, ils ne le voient pas comme sacré.

Lorsqu'on souhaite se pencher sur l'étude des adolescents, et de la légitimité qu'ils reconnaissent au pouvoir, comment séparer leurs jugements sur chacun des deux corps du roi républicain, sur l'homme et sa politique, d'une part, et leurs considérations sur sa fonction d'incarnation de toute la nation. Les historiens et philosophes qui décortiquent les mécanismes symboliques du pouvoir ne peuvent pas compter sur les données d'enquête d'opinion pour s'assurer, au Moyen Âge ou même au début du XXe siècle, de la manière dont les cérémonies du pouvoir étaient efficaces pour transmettre un message symbolique. Inversement, disposer de ces données à un moment donné ne peut permettre de comprendre toute la fabrication symbolique du pouvoir. Le problème s'était d'ailleurs posé aux premiers politologues américains et français : comment faire ? Ils avaient tenté de demander

1. Katharine Throssell, « Tous les enfants de ma classe votent Ségolène », *op. cit.*

de juger le président pour ses vertus personnelles d'une part, et pour ses accomplissements politiques, d'autre part. Mais cette approche ne fonctionne pas : les deux sont mêlés. Ils avaient cru pouvoir généraliser les lois de la socialisation politique qui commandent la perception d'un président américain, mais sans que les études postérieures puissent les confirmer [1]. Le politologue Fred Greenstein a publié son livre *Les Enfants et la politique* en 1965 [2]. Trente-cinq ans plus tard, ses successeurs Amy Carter et Ryan Teten constatent qu'ils voient toujours le président comme la figure majeure, mais qu'ils font une différence entre la présidence comme institution et celui qui remplit la fonction, le président. Accessoirement, ils remarquent que les opinons des enfants actuels sont beaucoup plus critiques que celles du passé [3].

Il n'est évidemment pas possible de contourner complètement la difficulté de méthode avec nos données car nous n'avons pas posé de questions sur les deux dimensions. Mais il reste une voie. Nous avons interrogé les adolescents sur l'homme dans sa fonction. Deux présidents se sont succédé, cela rend possible de scruter les régularités qui organisent la manière d'appréhender deux présidents

1. Ils avaient négligé le contexte politique, comme l'avait bien vu la sociologue Annick Percheron, *La Socialisation politique*, *op. cit.*

2. Fred I. Greenstein, *Children and Politics*, New Haven, Londres, Yale University Press, 1965.

3. Amy Carter and Ryan L. Teten, « Assessing changing views of the President : revisiting Greenstein's *Children and Politics* », *Presidential Studies Quarterly*, 2002, vol. 32, p. 453-462.

de la République. S'il existe des invariants, ils expliqueront la relation à la fonction du président, et pas simplement à l'homme. Au contraire, les variations indiqueront le lien à l'homme et sa politique. C'est ce que les enquêtes POLIS et UPYC nous permettent de faire. La première a interrogé les adolescents sur leur président, Nicolas Sarkozy (2007- 2012), la suivante aussi, mais il s'agit cette fois de François Hollande (2012-2017).

Clairement, les deux hommes contrastent. Ils ne sont pas du même bord politique, ne portent pas les mêmes étendards politiques. L'« hyper-président » qui appelait son Premier ministre collaborateur s'opposait au « président normal » qui « ne traite[ra] pas son Premier ministre de collaborateur », puisque tels étaient deux des slogans de François Hollande. Les personnalités divergent. Et leurs politiques, si elles ne s'écartent pas en tout, ont aussi suffisamment de points distincts. De sorte qu'on dispose de deux hommes différents et d'une même fonction à une même époque.

L'enquête POLIS a été réalisée à la fin du mandat de Nicolas Sarkozy en mai 2012 et UPYC dans la troisième année du mandat de François Hollande, juste après les attentats terroristes de janvier, en avril 2015 à Paris. Les deux échantillons ne représentent pas la même population : POLIS porte sur deux métropoles, les collèges et lycées de Lyon et Grenoble, et UPYC sur les collèges d'un département entier, les Bouches-du-Rhône. Les réponses ne permettent pas de comparer le niveau de popularité des deux présidents, mais ce n'est pas notre objet ici. Notre intérêt porte sur les déterminants de la popularité, ce qui la fait varier suivant le profil des adolescents, pas sur son niveau. On se souvient que les collégiens doutent très largement de la qualité présidentielle : à la question « est-il un bon président », 64 % répondent négativement pour Sarkozy et même 76 % pour Hollande (cf. chapitre 2).

Quels sont les clivages socio-culturels observables ? L'évaluation du président Nicolas Sarkozy ne dépend guère du milieu socio-économique des familles mais nettement plus du statut ethnique des adolescents. En moyenne, 38 % ont une opinion positive. Par rapport à la moyenne, on enregistre + 3 points chez les enfants du haut (42,1 %), et – 3,5 points pour ceux du bas de l'échelle sociale (34,6 %). Ceux issus de parents extra-européens l'apprécient peu et se situent 17 points sous la moyenne (21 %), tandis que ceux issus de familles européennes sont 4 points au-dessus (42,1 %). Parallèlement, les jeunes musulmans ne l'apprécient guère (– 26 points sous la moyenne, soit 12 %), les sans-religion un peu plus avec seulement – 5 points (à 37 %), qui eux-mêmes ne sont pas aussi laudatifs que les chrétiens, qui sont 14 points au-dessus de la moyenne (52 %). Dans son travail qualitatif, Katharine Throssell trouvait, lors de la campagne de 2007, des appréciations convergentes : Nicolas Sarkozy « est perçu comme quelqu'un qui ne s'intéresse qu'aux Français, qui n'aime pas les Arabes » et « qui est raciste[1] ». On se souvient aussi que Nicolas Sarkozy se déclarait catholique, qu'il était allé à Rome en 2007, puis, à nouveau en 2010, à la basilique Saint-Pierre, où il s'était signé à quatre reprises et avait récité le Notre-Père devant le pape. Élu avec le soutien de 69 % des catholiques en 2007[2], il avait été le premier président français de la Ve république à manifester publiquement sa religion. On retrouve chez les enfants la même orientation de leurs attitudes politiques par la religion.

Pareillement, l'évaluation du président Hollande dépend peu du milieu socio-économique des familles (21 % ont une opinion positive, avec + 1 point à 22 % pour les jeunes de la moitié inférieure de l'échelle sociale et – 2 points à 19 % pour la moitié supérieure), et se corrèle bien plus au statut ethnique ou à l'identité religieuse des adolescents. Mais cette fois en sens inverse : les élèves musulmans sont 32 % à l'apprécier (+ 10 points), les athées 19 % (– 2 points), contre 15 % lorsqu'ils sont chrétiens (soit – 7 points). Hollande est moins clivant, mais cependant attire le moins chez les catholiques surtout s'ils sont d'origine européenne. Les jeunes catholiques issus de parents extra-européens se situent 8 points au-dessus de la moyenne (30 %) contre 4 points en dessous (17,8 %) lorsqu'ils sont issus de familles européennes. Lors de son

1. Katharine Throssell, « Tous les enfants de ma classe votent Ségolène », *op. cit.*, p. 71.

2. Jérôme Fourquet et Esteban Pratviel, *François Hollande et les catholiques*, IFOP/FOCUS, Département Opinion et stratégies d'entreprises, 2013, n° 79.

face-à-face avec Nicolas Sarkozy au second tour de l'élection présidentielle de 2012, seuls 31 % des pratiquants occasionnels (les plus nombreux étant donné l'érosion du nombre de ceux se rendant chaque semaine à l'église) avaient porté leurs suffrages sur François Hollande [1]. Il est par ailleurs bien établi que les musulmans votent davantage à gauche [2]. On vérifie ici que les clivages religieux en matière de préférence électorale sont établis dès l'adolescence.

Jusqu'à présent nous avions observé des effets importants du niveau socio-économique des familles sur la culture politique, par exemple l'adhésion à la norme du vote, et des effets puissants de la position minoritaire sur une faible affiliation nationale, et cela tant dans l'enquête POLIS que dans UPYC. Lorsqu'il s'agit de juger le visage de l'État, les effets dépendent du président. Si Sarkozy est jugé un bon président 7 points plus souvent par les enfants des familles de statut supérieur par rapport à l'inférieur, aucune différence de la sorte n'apparaît à propos de François Hollande. En revanche le statut ethnico-religieux prime : les attitudes des élèves à son endroit sont directement liées à la manière dont le président affiche ses préférences politiques et morales.

---

1. Pour les catholiques pratiquants réguliers, c'est 34 %, voir Jérôme Fourquet et Esteban Pratviel, *ibid.*, p. 5.

2. S. Brouard et V. Tiberj, Français comme les autres, Paris, Presses de Sciences Po, 2005, p. 48.

*2. Le jugement sur les présidents et l'expérience scolaire*

La ligne directrice de ce livre est d'examiner les effets des expériences que font les adolescents des administrations pour comprendre la manière dont elles orientent la culture politique. Nous l'appliquons ici au jugement sur le président de la République. En commençant par l'expérience de l'école. Les deux enquêtes permettent de comparer trois aspects : la performance auto-évaluée, le nombre d'absences injustifiées, et la ségrégation scolaire dans l'établissement.

Les absences injustifiées marquent un rapport distendu et conflictuel à l'école, la première indication en étant l'assiduité en cours. Commençons par scruter les liens entre la fréquence des absences et la manière de percevoir les deux chefs d'État[1]. Nous avons d'abord divisé l'échantillon en deux pour observer l'effet des absences chez les adolescents du haut et du bas séparément, puis dans les deux grandes catégories d'origines ethniques majoritaire et minoritaire. Les caractéristiques d'identité religieuse cachent un effet du statut socio-économique sur la distance à l'école, niché à l'intérieur de chacune d'elles. Voyons cela. Les enfants de statut haut (cf. graphique n° 27a) et plus encore ceux de statut bas (cf. graphique n° 27b) jugent d'autant plus négativement le président

1. La période de référence n'est pas la même, elle est plus courte dans l'enquête POLIS que dans UPYC, ce qui explique que les échelles soient différentes d'une enquête à l'autre.

Sarkozy qu'ils sont absentéistes, respectivement de 8 et 16 points. L'origine ethnique minoritaire est associée à une moindre appréciation de ce président que la majoritaire, mais à l'intérieur de chacune d'elles l'absentéisme scolaire fait diminuer sa cote (– 13 et – 14 points). On retrouve exactement la même structure de résultat concernant le président Hollande. Quelle que soit la position, « haute » ou « basse », il est moins apprécié que Sarkozy (cf. graphiques n^os^ 28a et 28b). Si la minorité l'estime plus que la majorité ethnique, contrairement à ce qu'on observait pour le président Sarkozy (cf. graphiques n^os^ 27c et 27d), être en froid avec le règlement scolaire fait décliner la valeur du président Hollande dans les deux groupes, de 13 points (cf. graphiques n^os^ 28c et 28d).

*Graphiques n[os] 27a, 27b, 27c et 27d. Sarkozy est un « bon président » (% de tout à fait ou plutôt d'accord) suivant les absences non justifiées à l'école (sur les 5 derniers mois), le niveau socio-économique des familles, et l'origine ethnique minoritaire (extra-UE) ou majoritaire (France-UE). Source : POLIS-France.*

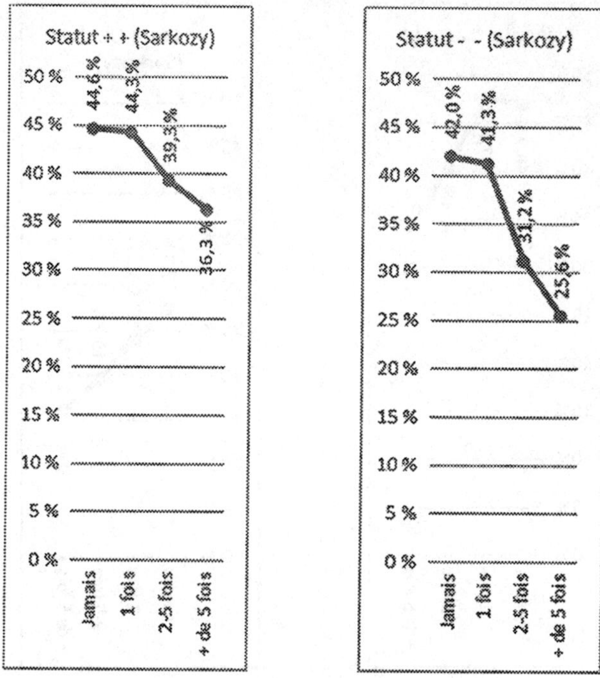

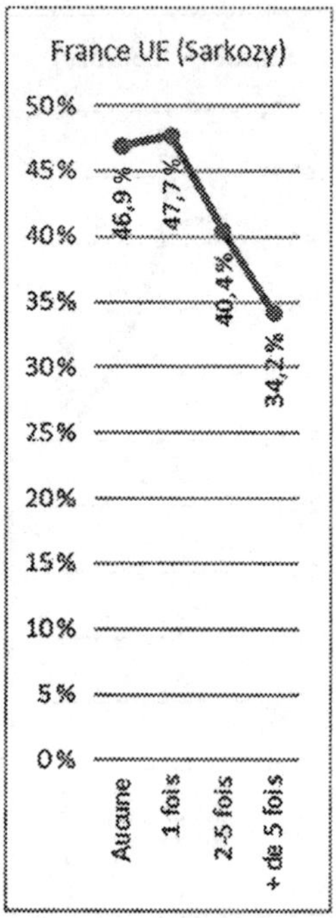
France UE (Sarkozy)
50%
45%
40%
35%
30%
25%
20%
15%
10%
5%
0%
46,9%
47,7%
40,4%
34,2%
Aucune
1 fois
2-5 fois
+ de 5 fois

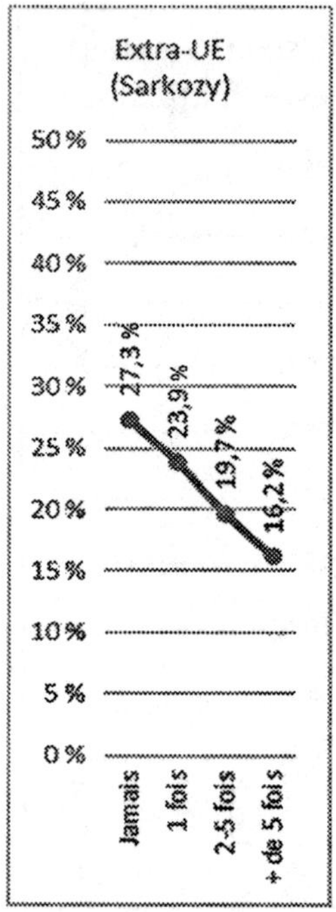
Extra-UE
(Sarkozy)
50 %
45 %
40 %
35 %
30 %
25 %
20 %
15 %
10 %
5 %
0 %
27,3 %
23,9 %
19,7 %
16,2 %
Jamais
1 fois
2-5 fois
+ de 5 fois

*Graphiques nos 28a, 28b, 28c et 28d. Hollande est un « bon président » (% de tout à fait ou plutôt d'accord) suivant les absences non justifiées à l'école (au cours de l'année), le niveau socio-économique des familles, et l'origine ethnique minoritaire (extra-UE) ou majoritaire (France-UE).*

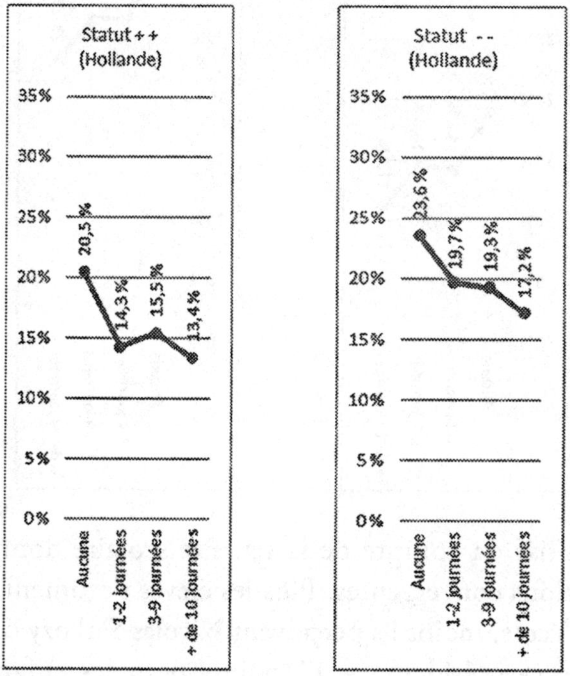

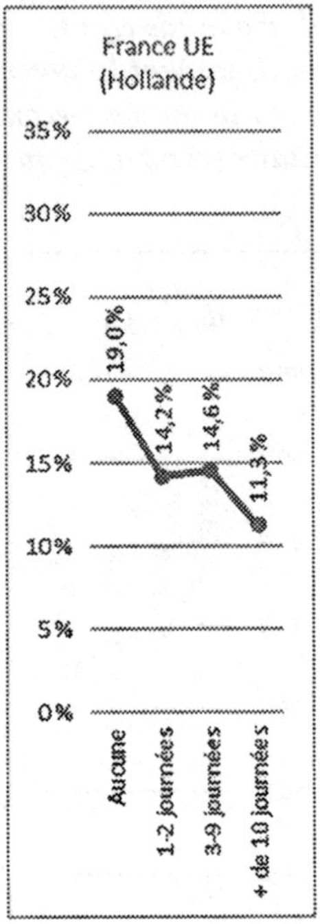


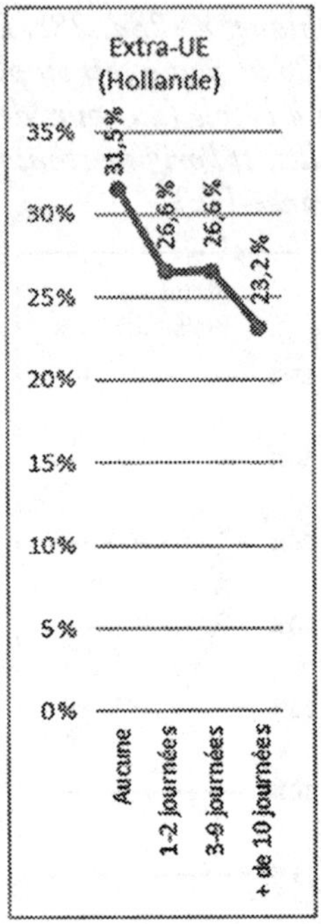


La prise en compte de la réussite scolaire donne des indications convergentes. Plus les élèves s'estiment mauvais à l'école, moins ils perçoivent Nicolas Sarkozy comme un « bon » président : – 11 points pour les enfants du haut de l'échelle sociale, – 17 pour ceux du bas. Et l'effet se vérifie à nouveau pour les enfants d'origine française ou européenne par leurs deux parents (– 15 points) ou lorsque au moins un d'entre eux est d'origine extra-européenne (– 18 points). Et, à nouveau, le même résultat est confirmé pour Hollande (cf. graphiques n[os] 30a, 30b, 30c, 30d).

*Graphiques nos 29a, 29b, 29c et 29d. Sarkozy est un « bon président » (% de tout à fait ou plutôt d'accord) suivant l'auto-estimation des résultats scolaires, le niveau socio-économique des familles, et l'origine ethnique minoritaire (extra-UE) ou majoritaire (France-UE). Source : POLIS-France.*

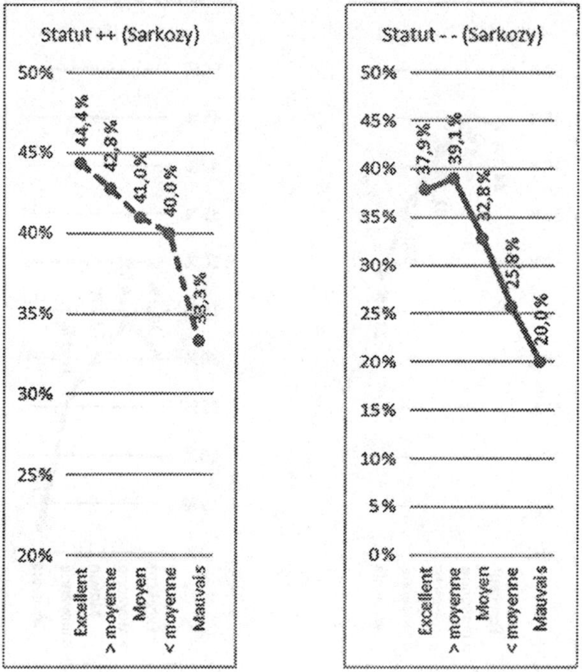

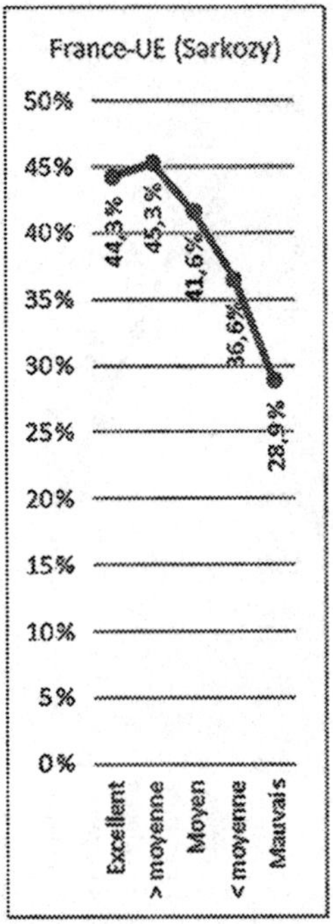
France-UE (Sarkozy)
50%
45%
40%
35%
30%
25%
20%
15%
10%
5%
0%
44,3%
45,3%
41,6%
36,6%
28,9%
Excellent
> moyenne
Moyen
< moyenne
Mauvais

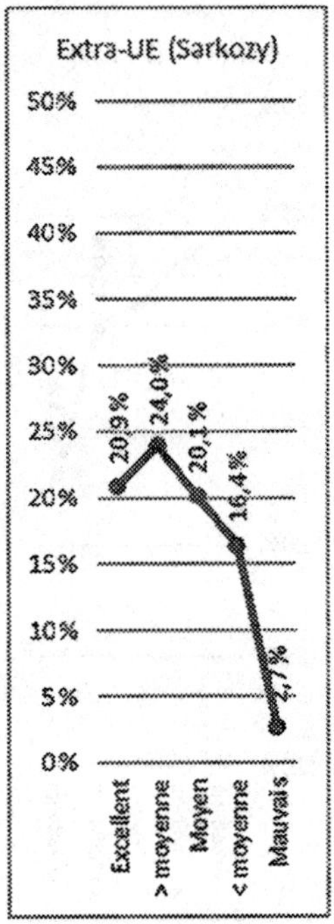
Extra-UE (Sarkozy)
50%
45%
40%
35%
30%
25%
20%
15%
10%
5%
0%
20,9%
24,0%
20,1%
16,4%
Excellent
> moyenne
Moyen
< moyenne
Mauvais

*Graphiques n^os^ 30a, 30b, 30c et 30d. Hollande est un « bon président » (% de tout à fait ou plutôt d'accord) suivant l'auto-estimation des résultats scolaires, le niveau socio-économique des familles, et l'origine ethnique minoritaire (extra-UE) ou majoritaire (France-UE). Source : UPYC-France.*

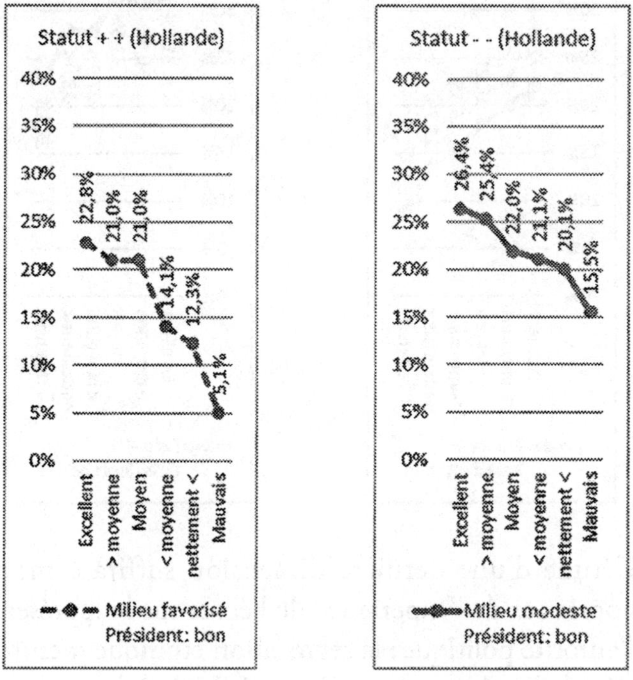

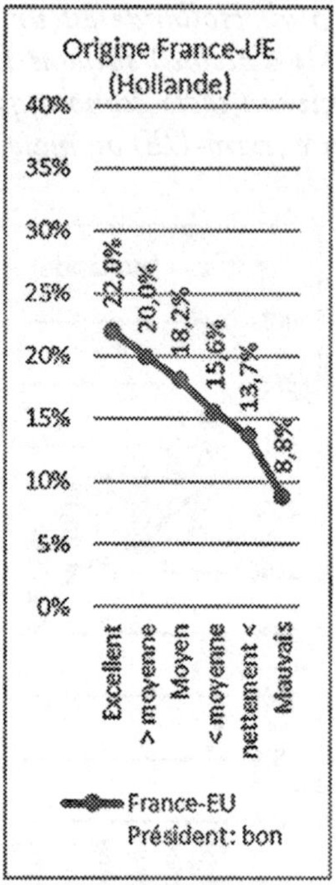


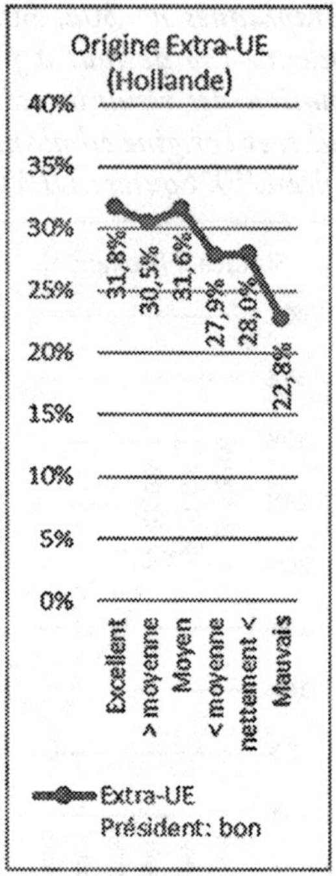


L'étude d'une dernière dimension suffira à montrer l'importance de l'expérience de l'école sur le représentant de l'autorité politique : la ségrégation ethnique mesurée au niveau de l'établissement. François Hollande est apprécié des adolescents d'autant plus qu'ils se trouvent dans des collèges à forte concentration minoritaire. Cette popularité de l'homme d'État se vérifie tant pour les jeunes d'origine française ou européenne (cf. graphique n° 30a) qu'extra-européenne (cf. graphique n° 30b). Enfin, il faut noter deux aspects. En haut de l'échelle sociale, il n'y a que peu de différence d'adhésion suivant qu'on est

« blanc » ou pas (les jeunes extra-UE sont 6 points plus « hollandais » que les Franco-Européens), mais elle est plus présente en milieu modeste (avec 14 points de plus, soit 31 %, les Blancs sont deux fois plus « hollandais » que les non-Blancs). Lorsqu'ils sont scolarisés dans les collèges ghetto minoritaires, les deux groupes, « blanc » et « non-blanc », ont des jugements positifs d'intensité comparable sur Hollande. En résumé, Français Hollande est le visage bienveillant de l'État d'autant plus que les enfants appartiennent à un groupe de statut socio-économique faible, minoritaire, et sont scolarisés dans un collège ghetto.

*Graphiques nos 30a, 30b, 30c et 30d. Hollande, Sarkozy est un « bon président » (% de tout à fait ou plutôt d'accord) suivant la concentration ethnique minoritaire à l'école, le niveau socio-économique des familles (haut ou bas), et l'origine ethnique minoritaire (extra-UE) ou majoritaire (France-UE).*

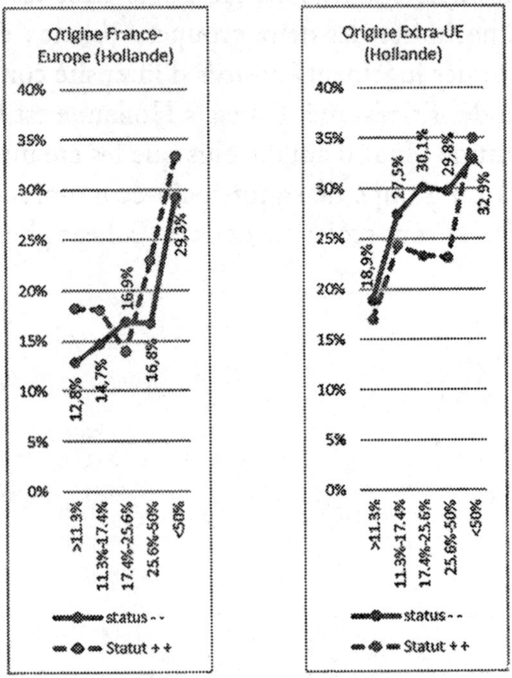

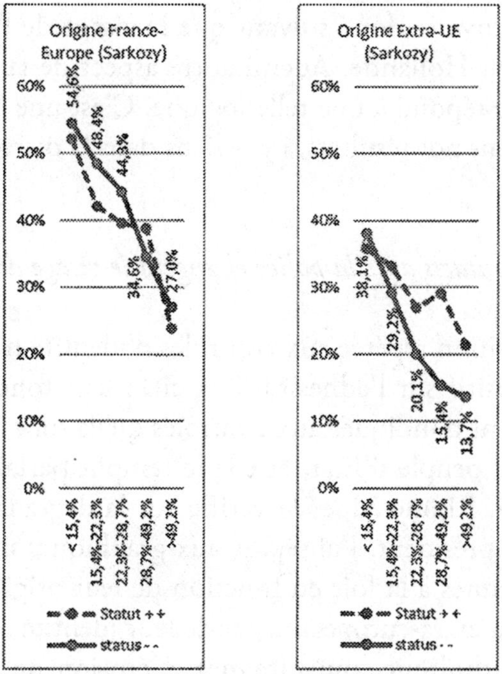


Nicolas Sarkozy, à l'inverse de François Hollande, récolte des jugements fortement amicaux dans la majorité ethnique, et clairement hostiles dans la minorité. Mais, et c'est ce qui nous intéresse ici, la concentration des « non-Blancs » dans les établissements qu'ils fréquentent érode dans tous les cas, et considérablement, le lien au président. Cela est vrai, que les familles soient du haut ou du bas de l'échelle sociale. Le phénomène de dégradation est même plus marqué pour la majorité ethnique : les enfants blancs croient d'autant moins au président qu'ils se trouvent dans un milieu plus diversifié. L'effet ghetto scolaire s'inverse donc suivant que le visage de l'État est Sarkozy ou Hollande. Aucun autre aspect de la relation à l'État ne répond à une telle logique. C'est une curiosité unique dans nos résultats, j'y reviens dans la discussion.

### *3. Les contacts avec la police changent le visage de l'État*

L'exposition répétée aux contrôles d'identité n'a jamais d'effet positif sur l'adhésion à la cité : leur fonction est précisément d'indiquer aux contrôlés qu'ils sont des marginaux du peuple d'État, et elle le remplit parfaitement. L'étude en Rhône-Alpes le vérifie sur la dégradation du visage du président. J'ai séparé aux graphiques n^os^ 31a et 31b les jeunes à la fois en fonction de leur origine européenne ou extra-européenne, et de leur identité religieuse (athée, catholique, musulmane). L'érosion de l'approbation est la plus forte chez les enfants issus de familles qui ont le plus soutenu l'élection de Nicolas Sarkozy : les catholiques qui forment le gros de la catégorie des chrétiens en France ! Qu'ils soient d'origine française ou étrangère, le ciblage par la police fait perdre confiance aux catholiques dans l'homme d'État (de 13 à 14 points), et ce bien qu'ils appartiennent au groupe le moins contrôlé (cf. graphiques n^os^ 31a et 31b). Les musulmans voient plus négativement le président, mais ils sont si peu nombreux à avoir une haute opinion de lui que l'effet est ténu. L'image que les athées ont de Sarkozy souffre aussi des contrôles, surtout lorsqu'ils sont d'origine étrangère. Le mécanisme est similaire s'agissant de François Hollande. Un focus sur les filles, moins contrôlées, montre qu'elles sont cependant tout aussi affectées par une exposition plus élevée. Ainsi, dans les Bouches-du-Rhône, le ressentiment des collégiennes musulmanes s'exprime face aux vérifications policières diverses (cf. graphiques n[os] 31c et 31d).

*Graphiques n[os] 31a, 31b, 31c et 31d. Sarkozy, Hollande est un « bon président » (% de tout à fait ou plutôt d'accord) suivant la fréquence des contrôles (nombre de types), l'identité religieuse et l'origine ethnique minoritaire (extra-UE) ou majoritaire (France-UE).*

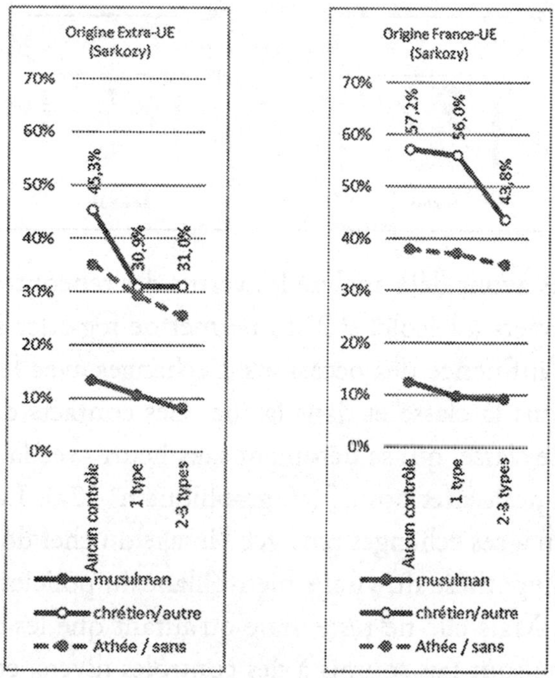

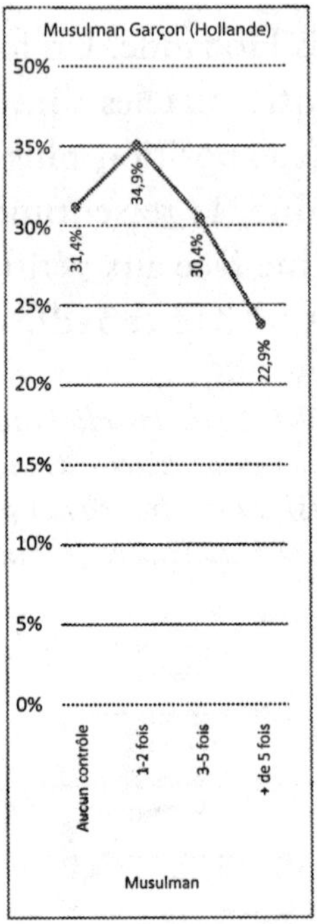


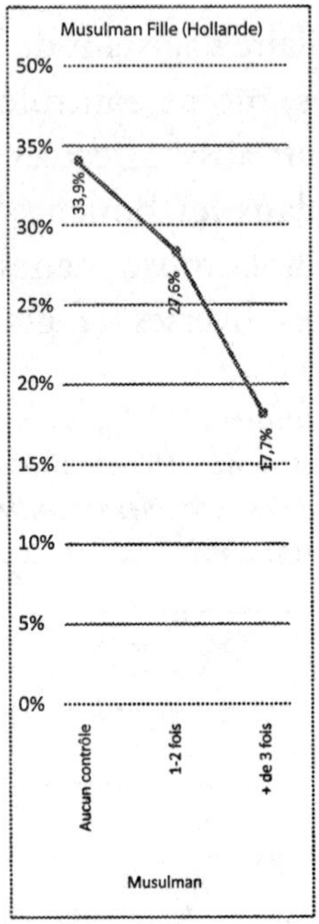


Nous avons déjà analysé les vertus des rencontres avec les policiers à l'école. POLIS permet de regarder séparément l'influence des occasions d'échanges avec les policiers dans la classe et dans la rue. Ces contacts dans les salles de classe, qui se déroulent sans heurt avec la police, ont un petit effet positif (cf. graphique n° 32a). La participation à ces échanges renforce l'image du chef de l'État : c'est l'hypothèse du visage bienveillant du policier qui se vérifie. Mais elle ne reste vraie qu'autant que les adolescents ne sont pas soumis à des contrôles divers, et l'effet bénéfique s'évanouit dès lors qu'on atteint un seuil de trois types de contrôles. La raison est double : l'exposition au contrôle injustifié, d'une part, et agressif, d'autre part. Arrêtons-nous un instant sur la manière dont les contrôles sont ressentis par les adolescents.

Le sentiment d'injustice lors du contrôle divise par deux le soutien à Sarkozy chez les jeunes d'origine européenne et par quatre celui des jeunes d'origine extra-européenne (cf. graphique n° 32b). Avec une autre méthode reposant sur des éléments d'évaluation du contact (le tutoiement, l'explication de la raison du contrôle, le fait d'être traité avec respect, avec brutalité), l'enquête UPYC arrive à des résultats comparables, mais moins prononcés. L'expérience du contrôle affecte nettement les enfants du bas de l'échelle sociale, mais aussi les musulmans (cf. graphique n° 32c). L'explication tient probablement dans le fait que les contrôles sont plus fréquents, plus intrusifs et plus tendus avec les enfants qui appartiennent à la minorité ethnique, nous l'avons déjà amplement documenté au chapitre précédent.

*Graphiques n° 32a : Sarkozy est un « bon président » (% de tout à fait ou plutôt d'accord) suivant le contact avec un policier en classe et l'exposition au contrôle, et graphiques suivants Sarkozy 32b, et Hollande 32c, est un « bon président » (% de tout à fait ou plutôt d'accord) suivant le déroulement du dernier contrôle policier (juste / injuste et +/-) et l'origine ethnique minoritaire (extra-UE) ou majoritaire (France-UE), le statut socio-économique.*

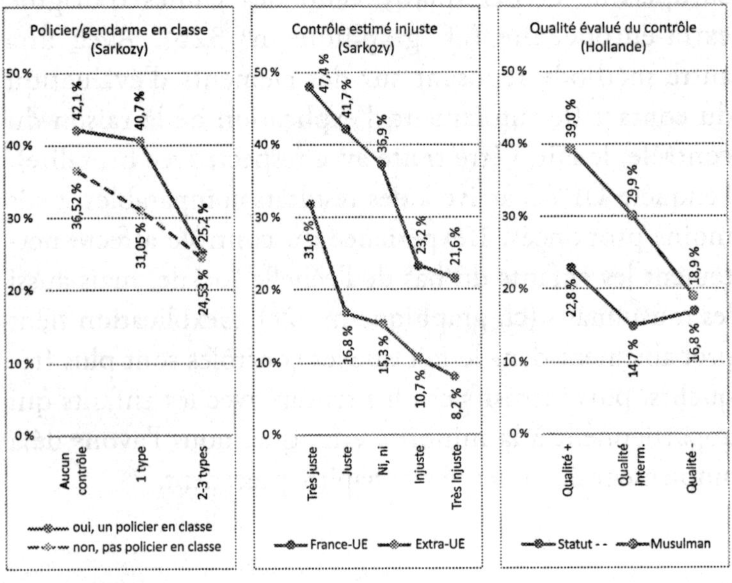


### *4. Les deux corps du président de la République*

Les jeunes se sont révélés sensibles aux informations que leur envoient non seulement les fonctionnaires lors du contact quotidien, mais également les hommes politiques eux-mêmes en campagne ou lorsqu'ils gouvernent (graphiques n^os 30a, 30b, 30c et 30d). François Hollande a été élu contre Nicolas Sarkozy au deuxième tour de l'élection présidentielle, et s'est démarqué pendant la campagne sur nombre de thèmes de son prédécesseur, et notamment la punitivité (la tolérance zéro), son approche restrictive de l'immigration et sa stigmatisation des cités. Nicolas Sarkozy, en tant que ministre de l'Intérieur puis Président, avait orienté les tactiques de la police pour les rendre très agressives, mis en avant « la répression comme la meilleure des préventions », illustrée par le poids des BAC et l'usage des LBD dans sa stratégie en banlieue, et la création des GIR pour coordonner les organismes du système pénal au plan régional. Il était coutumier de sorties sur « la racaille » ou la nécessité de passer les banlieues au karcher. Une fois président, il emprunte à la sémantique de l'extrême droite, crée « le ministère de l'Immigration, de l'Intégration et de l'Identité nationale » dès son arrivée au pouvoir en mai 2007. Nicolas Sarkozy promeut la « double peine » qui combine condamnation pénale et exclusion du territoire national pour les étrangers. Lors du discours de Grenoble, le 30 juillet 2010, il déclare : « nous subissons les conséquences de cinquante années d'immigration insuffisamment régulée qui ont abouti à un échec », « nous allons réévaluer les motifs pouvant donner lieu à la déchéance de la nationalité française ». Notre échantillon d'élèves de Grenoble et Lyon, qui provient d'une enquête de terrain ayant eu lieu en mai 2012, soit moins de deux ans plus tard, n'y est pas insensible.

À l'inverse, François Hollande était le candidat de l'égalité devant la police, du récépissé de contrôle d'identité – point sur lequel il aura déçu ceux qui avaient cru en sa promesse – et des zones de sécurité prioritaires censées intégrer approche policière et prévention sociale, en faisant travailler ensemble préfet, élus locaux et associations. Certes, à la suite des attentats de novembre 2015, François Hollande propose, lui aussi, devant le Congrès réuni à Versailles, la déchéance de nationalité pour les auteurs d'attentats terroristes. Mais l'enquête UPYC est réalisée à la fin du printemps 2015, après les attentats de janvier contre *Charlie Hebdo* et l'Hyper Cacher par les frères Kouachi. À ce moment, le président a surtout pris des initiatives symboliques de concorde nationale, d'hommage aux victimes, organisé la marche du 11 janvier où participent entre 1 et 1,5 million de personnes à Paris, et plus de 3,7 millions en France. Des leaders aussi différents qu'Angela Merkel, David Cameron, Benyamin Nétanyahou, Mahmoud Abbas ou le roi de Jordanie s'y joignent. Le chef de l'État plaide pour « une société juste et fraternelle », et dit vouloir « apaiser la haine et la souffrance de tous ceux qui sont touchés par ces crimes contre l'humanité : ne répondons pas au mal par le mal ».

Il est clair que les discours politiques sont des informations qui viennent donc se mêler aux autres, tirées de la vie quotidienne des adolescents. Pris ensembles ces deux types de messages expliquent les appréciations opposées des jeunes majoritaires et minoritaires. Sarkozy a mobilisé un clivage ethnique pour sa communication politique : il s'adresse aux « Blancs » et aux catholiques qu'il veut protéger des « non-Blancs » musulmans. Les adolescents qui appartiennent à ces deux groupes réagissent en fonction de leur identité sociale à ces informations : les premiers se reconnaissent dans le visage de l'État, les seconds non. De surcroît, nos données montrent que si un élève « blanc » est scolarisé dans un établissement « blanc », son penchant sarkozyste en sort raffermi : c'est dans cette configuration que son soutien est au plus haut. Les psychologues appellent cela « effet d'influence sociale majoritaire », ou conformisme. Dans un cas, les croyances de l'élève, pour une part héritées de ses parents, sont renforcées par celles qui dominent dans son environnement scolaire. Mais, inversement, il peut y avoir un conflit de normes : si les normes dans la classe s'opposent à celles de sa famille d'origine, ces dernières perdent en intensité : au contact de ses camarades, il modifie ses idées. Il faut y voir une conséquence de l'« effet du contact » théorisé par le psychologue américain Gordon Allport [1]. Il travaille à l'époque sur les préjugés des adolescents, et comprend que l'attitude à l'égard des personnes d'une autre « race » est surtout influencée par les idées apprises dans son milieu d'origine. Mais, quant le jeune est au contact de personnes de « race » différente, il change d'avis, surtout lorsque les relations interpersonnelles sont plus profondes. Ici,

1. Gordon W. Allport, *The Nature of prejudice. op. cit.*

ce n'est pas vis-à-vis du groupe minoritaire qu'il change d'avis, mais à propos du visage de la nation.

Concernant François Hollande, les élèves ont également traité les informations qui les concernent : les minorités ne se sentent pas stigmatisées, et il promet même de les protéger contre les abus des contrôles d'identité. En conséquence, le groupe d'origine étrangère se reconnaît dans le président. En conséquence, l'effet ghetto de l'école ne joue pas cette fois dans le sens où on l'attend, il ne semble pas être interprété comme un signe de relégation par les élèves. Et, en fait, il a même l'effet inverse : plus les enfants sont dans un ghetto ethnique minoritaire, plus ils apprécient Hollande. Jusqu'à présent, les normes civiques étaient au plus bas dans ces lieux. Comment est-il possible que le fait d'être en contexte de ségrégation scolaire augmente la popularité du chef de l'État ? Pourquoi les plus mauvais à l'école aiment-ils moins Hollande, et ceux qui vivent en relégation ethnique aiguë le soutiennent à fond ? À nouveau, l'effet de conformisme joue : les jeunes « non-blancs » soutiennent le plus Hollande lorqu'ils sont placés dans un contexte où leurs camarades font de même. Puis, au fur et à mesure qu'ils s'éloignent de ce ghetto ethnique, ils entrent en contact avec des élèves majoritaires. Leurs préférences héritées de la famille ne sont plus renforcées par celles de leurs copains. Elles entrent en décalage avec celles du cadre scolaire, et leur hollandisation décroît. Pour sa part, la population franco-européenne se révèle elle aussi plus favorable à Hollande dans les collèges défavorisés qu'en dehors : à nouveau, l'hypothèse du conformisme semble la seule capable d'expliquer nos résultats.

En résumé, les adolescents discernent très bien les chefs d'État, et leur reconnaissent une fonction importante, tout en se révélant majoritairement critiques. Mais, contrairement à toutes les autres composantes de la culture politique que nous avons examinées aux chapitres précédents, leurs jugements sur le personnage clé de l'État répondent à une double logique. La comprendre nous fait revenir à notre point de départ : la distinction par Ernst Kantorowicz entre les « deux corps du roi », la fonction et l'homme. Appelons « effet Kantorowicz » cette versatilité des déterminations que nous avons observée. En quoi consiste-t-elle ? Nous avons avancé l'idée que les déterminants des jugements de la fonction se doivent d'être stables, invariants, quel que soit l'homme. Ainsi, l'expérience que les jeunes ont des administrations, leur réussite scolaire ou encore leur absence d'exposition aux contrôles d'identité, contribuent à façonner leur perception du visage de l'État, quelque soit l'homme. Réussir à l'école équivaut, à l'âge adulte, à réussir dans la vie : les bonnes notes au collège ou même au lycée procurent de l'estime de soi et surtout un statut, et sont le signe annonciateur d'un futur, de perspectives. Ne pas être contrôlé équivaut à ne pas être assimilé à une menace, identifié à « la racaille ». Conformément au modèle rationnel de socialisation politique, les informations rassemblées au contact des professeurs et des policiers indiquent aux adolescents s'ils sont acceptés ou rejetés hors du peuple d'État. Cela joue à l'identique pour la fonction du président, quel que soit l'homme. Le jugement sur le second corps du président, l'homme, dépend non pas de la relation aux fonctionnaires de première ligne, dans les classes ou dans la rue, mais de ses déclarations politiques, et des clivages identitaires qu'il mobilise pour gouverner. De ce fait, le choix de politiser les identités ethniques engendre un clivage qui provoque soutien ou rejet du président suivant cette démarcation. L'élève réagit aux messages en fonction de son identité sociale, et de celle des élèves avec lesquels il est en contact à l'école. L'identité ethnico-religieuse ne détermine pas le rapport à la fonction de dirigeant, mais à un homme et à sa définition du peuple d'État.

# CONCLUSION

## *L'État, la jeune nation et la paix de Babylone*

Nous avons besoin de prendre au sérieux, tant politiquement que sociologiquement, la formation du sens de la nation. Il nous faut saisir l'émergence d'une émotion nationale, d'une inscription de soi dans un cadre national puisque tel est le cadre qui organise nos rapports sociaux, pour une part essentielle. Pour ce faire, nous devons analyser, dans les contextes de leur vie quotidienne, les situations qui amènent les adolescents à se reconnaître ou au contraire à vouloir se détourner de l'inscription dans un collectif national, tant pour ce qui concerne leur affiliation que leurs rapports aux institutions et aux principes qui les commandent.

Les présidents de la République déplorent le traitement qui est réservé à la jeunesse. Nicolas Sarkozy lance « Notre société s'est figée au détriment de la jeunesse », « Aucun jeune en difficulté ne doit être laissé à son sort » en septembre 2009 [1]. Au Bourget, en janvier 2012 dans

1. Avec le RSA jeunes, M. Sarkozy brise un tabou à droite, *Le Monde*, 29 septembre 2009.

son premier grand discours de campagne, c'est au tour de son futur successeur, François Hollande d'haranguer la foule « Ils ont échoué parce qu'ils n'ont pas commencé par le rêve », puis « C'est pour la jeunesse de notre pays que je veux présider la France[1] ». Et, en 2017, une fois élu Emmanuel Macron voit grand. « Nous devons renouer avec l'héroïsme politique. » Il s'interroge et répond : « Quelle est la situation de la France depuis trente ans ? Qui est le grand sacrifié ? Le jeune, le peu qualifié, l'immigré ou le descendant d'immigré[2] ! » Encore récemment il s'adresse aux bi-nationaux d'origine africaine : « Vous êtes totalement français[3]. » Dans ce livre, nous avons cherché à savoir comment l'Etat réalise son grand projet d'inclusion de la jeunesse dans la nation.

Dans sa version démocratique, la nation met en tension deux idées : celle d'êtres égaux, et celle d'êtres identiques par une identité sociale. L'identité renvoie à une croyance dans une ressemblance : en dépit des différences de classe, de région, de langue, de religion, d'idéologie, on se reconnaît dans un pays. Comme toute identité sociale (et non pas personnelle) elle vise une appartenance collective. Elle fait classiquement appel à une définition du « eux » et du « nous », en référence à un pays, la France, et à une nationalité attribuée par l'État. La culture civique renvoie

1. Hollande : « Je suis venu vous parler de la France… » *Le Point*, 22/01/2012.
2. *Le Point*, n° 2347, jeudi 31 août au mercredi 6 septembre 2017.
3. *Le Monde*, vendredi 8 octobre 2021, au sommet France-Afrique de Montpellier.

aux attitudes vis-à-vis des objets politiques, ici la norme électorale, la laïcité, ou encore le lien avec le président qui symbolise le système. Elle met l'accent sur la citoyenneté, l'exercice de droits, l'égalité devant la loi, et la confiance dans l'impartialité de l'État pour les garantir. L'égalité ne dépend pas, en principe, de la ressemblance et les démocraties libérales s'enorgueillissent de garantir la diversité de conscience. Aussi bien l'identité que la culture civique sont vivantes, et se présentent comme des champs de bataille politique où s'affrontent différences conceptions de ce que c'est d'être français et des liens à l'État, celui concernant la laïcité n'étant pas le moindre. La nation, par définition inachevée, est le produit d'une fabrication ininterrompue, elle n'est pas un héritage. Et les jeunes, par leurs aspirations, la transforment.

Pour analyser le rôle de l'État, nous avons utilisé la distinction de Max Weber entre la nation et le peuple d'État. La nation est une identité collective qui ne se confond avec aucune autre, et qui n'existe que par l'adhésion subjective de ses membres à ce cadre : les individus font d'une circonstance, se trouver dans un cadre national, une nation en y souscrivant et en lui attribuant une valeur. Il s'agit d'un processus graduel pour les jeunes qui débute dans l'enfance et se stabilise à l'adolescence. Mais les jeunes ne sont pas simplement socialisés par les normes et valeurs de leurs parents, ils tendent à inventer les leurs. Les adolescents apparaissent tout à fait conscients de leurs préférences. Leurs aspirations et valeurs transforment progressivement le cadre national par le renouvellement des générations : par exemple, leur cosmopolitisme correspond à une idée modifiée de la nation, et leur vision libérale les pousse à imaginer des liens à l'État sur une base plus protectrice des droits des individus. Pour sa part, le peuple d'État est une « catégorie pratique » de gouvernement : il consiste d'abord dans le travail d'attribution ou de retrait de la nationalité que ce dernier fait sur les individus. Il la découpe, l'ouvre, la ferme, trie les individus qui en font partie et les sépare des autres. Il affirme les caractéristiques qui définissent les citoyens, et celles qui les en écartent. À la définition du peuple d'État par la loi s'ajoute ensuite celle qui résulte de l'usage des symboles par les hommes politiques, au premier rang desquels le président de la République, mais également les ministres à travers leurs discours et les explicitations de leur vision des choses dans les meetings, les médias classiques et aujourd'hui les médias sociaux parfois alimentés par les phrases saisies à la volée. L'adhésion à la culture politique nationale est par-dessus tout le résultat des contacts ordinaires entre les fonctionnaires de première ligne et les jeunes.

C'est d'ailleurs l'enseignement essentiel de ce livre. À chaque contact, les agents dessinent des lignes d'inclusion ou d'exclusion à travers la population. Les interactions à l'école, avec la police modifient la manière que les jeunes ont de se penser comme membres de la nation, et aussi leur culture civique. Elles manifestent la puissance étatique au quotidien par la définition des cadres d'interaction (comme la classe ou le contrôle d'identité), des exigences à atteindre (de connaissances valorisées), ou l'assignation de rôles (la manière attendue de se comporter devant le drapeau lors de la prière laïque ou devant un policier ou un enseignant). C'est l'hypothèse centrale que nous avons mise à l'épreuve des résultats d'enquête. Nous avons vérifié que, au cœur de l'adhésion des jeunes à la culture nationale telle qu'elle est affirmée par l'État, se trouve la médiation faite de l'addition des expériences émotionnelles vécues jour après jour avec l'administration et ses agents de première ligne. Cette théorie de la culture politique médiatisée donne toute sa place à la somme des interactions qui pourraient sembler, à distance, insignifiantes, mais qui sont la chair des relations sociales et, nous l'avons défendu, affectent le rapport à la culture politique des jeunes.

Nous avons montré dans ce travail, à partir de nos résultats d'enquête sur les adolescents et ceux de confrères sur les jeunes adultes, que tant l'idée de l'identité nationale que la culture civique de la jeunesse sont en décalage avec l'idée d'une France fermée et une approche illibérale de l'expression des croyances. Commençons par l'attachement national. S'il ne faiblit pas, d'une manière générale, il n'empêche pas l'affirmation d'un cosmopolitisme de la jeunesse dans un monde de plus en plus global au plan culturel. Les adolescents ne se définissent pas majoritairement en référence totale à la France, et s'inscrivent très souvent dans un double espace national. Les enfants issus de parents français et sans religion le font d'une façon différente de ceux de la minorité ethnique. Les premiers, les enfants d'origine française, athées et appartenant au haut de l'échelle sociale, se reconnaissent le plus fortement dans la nation comme pays ou comme nationalité (se sentir français, vouloir une carte d'identité française). Leur ouverture sur une double nationalité tient probablement au fait qu'ils sont socialisés dans les couches urbaines et diplômées – leurs parents considèrent les identités et les frontières nationales et culturelles comme poreuses –, et qu'ils sont plus européanisés et ouverts aux cultures minoritaires [1]. Pour les seconds, l'affiliation à la France est aussi liée à l'histoire, à l'identité religieuse et au statut de la famille des adolescents : elle est la plus faible chez ceux dont les parents sont nés hors de l'UE, qui sont de religion musulmane et se situent dans la moitié inférieure des catégories socio-économiques. Ils se pensent un peu plus souvent en extériorité à la nation, d'une part, ce qui les distingue des premiers, mais, comme eux quoique plus nettement, ils s'inscrivent dans un double espace national. Il semble que le cosmopolitisme des enfants des couches supérieures procède par projection dans un monde globalisé, et celui des classes inférieures par rattachement à une trajectoire familiale passée.

1. Voir sur cet aspect : Vincenzo Cicchelli, « Appartenances et orientations cosmopolites des jeunes Européens », *op. cit.*

La culture civique est faite des attitudes des jeunes vis-à-vis du monde politique. Nous l'avons résumée à trois traits, même s'il est clair qu'il s'agit d'une réduction : la valorisation du vote, l'adhésion au principe de laïcité et le jugement vis-à-vis du président. Nous avons découvert une vision démocrate et libérale de la laïcité chez les jeunes, teintée de scepticisme quant à la figure qui symbolise la République. Contrairement à de sombres prédictions, nous ne trouvons pas de trace de perte de la foi de toute une génération dans la démocratie[1]. Nos adolescents se situent juste avant leur entrée dans l'âge de la majorité électorale et, comme les élèves, interrogés à la fin de IVe République, ils croient fortement à l'utilité du vote. La norme électorale et la fonction du citoyen qui exerce un rôle actif à travers elle restent tout à fait centrales, et ce dans tous les segments de la population. Si une attitude civique rassemble la jeunesse, c'est celle qui concerne le suffrage. Mais, comme d'autres, nous trouvons une désillusion vis-à-vis de la classe politique : les adolescents sont très majoritairement critiques vis-à-vis du président de la République, tant celui de gauche que celui de droite à propos desquels nous avons pu les interroger jeunes. Même s'ils sont très majoritairement athées désormais, au contraire de ceux du début de la Ve République, ils sont en faveur du principe d'une laïcité ouverte qui permette à chacun d'exprimer sa foi, de manger ce qu'il veut, et s'ils ont des doutes, jamais le fait de porter des signes

1. Cf. travaux de Yascha Mounk (université Harvard) et de Roberto Stefan Foa (université de Melbourne).

religieux n'est majoritairement condamné. Les progrès de l'adhésion à une culture des droits, qui marche en parallèle à leur constitutionnalisation renforcée depuis la fin de la Seconde Guerre mondiale, et à l'affirmation des valeurs libérales et de tolérance, sont attestés par nombre de travaux de politologues français, notamment grâce à l'étude des attitudes des générations successives de jeunes adultes [1].

Pour autant, cela ne veut pas dire qu'il n'existe pas de différence du tout entre les adolescents en matière de culture civique. Lorsqu'on observe les différents groupes, les athées et catholiques, ceux des jeunes qui se définissent le moins par leur identité religieuse, sont davantage convaincus par le principe de laïcité et par l'utilité du vote. Mais la différence, souvent de l'ordre de 10 points, est comparable à celle qui dépend du statut socio-économique. Elle est probablement minimisée par le caractère rustique de notre division de la société en deux catégories (« haut » *versus* « bas »), comme le suggère l'importance des autres effets de quartier de résidence ou de l'école. De fait, les élèves du haut de l'échelle sociale adhèrent plus à l'idée de l'utilité du vote, et également davantage au principe de laïcité, que leur identité religieuse soit musulmane ou non. En résumé, alors que l'identité religieuse familiale ou la durée de son ancrage dans le pays sont des traits nettement associés à l'affiliation à la France, sans disparaître

1. Laurent Lardeux et Vincent Tiberj (dir.), *Générations désenchantées ? Jeunes et démocratie*, *op. cit.*

du spectre de l'explication de la culture civique, leur effet statistique est désormais comparable aux effets de stratification socio-économique.

Enfin, le jugement sur le président est déterminée largement mais pas uniquement par ses prises de position publiques. C'est l'effet Kantorowicz expliqué au chapitre 8. Nous avons observé que les jeunes adhèrent d'autant plus à la nation qu'ils peuvent se reconnaître dans la représentation que les leaders politiques en donnent : l'opposition des jugements sur Nicolas Sarkozy et François Hollande chez les adolescents est particulièrement informative de ce point de vue. Pour Nicolas Sarkozy, catholique qui s'est rendu deux fois à Rome et l'homme qui voulait karchériser les banlieues, tant le milieu social favorisé, la religion catholique que le groupe ethnique majoritaire sont des facteurs de soutien. Concernant les jugements sur François Hollande, athée revendiqué et favorable au mariage pour tous, moins clivant, le statut n'a pas d'effet, tandis qu'une appartenance au groupe ethnique minoritaire joue en sa faveur.

Le fait que la nation soit une collectivité politique qui peut inclure chacun ne veut pas pour autant dire que tous en bénéficient de manière égale, expliquait Max Weber : « c'est donc le groupe qui tire profit de l'existence d'une culture spécifique qui souscrit à l'idée de la nation [1] ». C'est

1. Max Weber, *Wirtschaft und Gesellschaft*, *op. cit.*, p. 560.

aussi ce que nous observons : dans une société hiérarchisée, sécularisée, non musulmane, les enfants du « haut » de l'échelle sociale se sentent plus affiliés à la nation que ceux du « bas ». Et, les athées se reconnaissent dans la France plus que les autres, et il en va de même pour les non-musulmans par rapport aux musulmans. Nous avons appelé cela l'effet miroir identitaire. On notera l'effondrement du catholicisme comme religion de masse : non seulement la pratique s'est dissoute, mais l'appartenance déclarée est devenue minoritaire dans la population française, et plus encore chez les jeunes en milieu urbain, précisément ceux interrogés par UPYC et POLIS. Ce qui ne lui permet plus d'être une identité qui, lorsqu'elle est affirmée, vient renforcer le sentiment national.

La nature nationale de l'identité et l'universalisme des principes d'une république ne signifient pas leur neutralité sociale et politique. Pour généraux qu'ils se disent, les principes avancés dans la culture d'État n'en sont pas moins avant tout locaux, ou plus précisément nationaux, et pas moins édictés par des groupes ou des classes qui détiennent le pouvoir culturel et politique et, faute de toujours imposer complètement ses intérêts et ses symboles, est en position de mieux les défendre. Les jeunes qui appartiennent à la société centrale se reconnaissent intensément dans ses symboles, aujourd'hui comme hier : la contestation du drapeau, chez les 12-18 ans, est la plus faible chez « les adolescents des classes supérieures » en 1977[1] constatent deux sociologues. L'universalisme de 1789 cache des inégalités : les femmes n'ont-elles pas eu le droit de vote seulement en 1944 en France, dix ans après la Turquie, et trente-huit après la Finlande ? Elles ne peuvent ouvrir sans le consentement de leur mari un compte en banque que depuis 1965. Ce serait pécher par simplisme de ne s'intéresser qu'aux principes sans regarder ceux qui les brandissent. Il en va de même en matière ethnico-religieuse. Toujours, une nation est en lutte pour sa définition. Les universalismes incluent, mais ils excluent aussi. Ils unissent mais ils divisent également.

Toute société est divisée, même si elle n'a qu'une seule foi : c'est pourquoi la figure de la nécessaire paix de Babylone entre les élus et les pécheurs a été utilisée par saint Thomas d'Aquin comme base de sa réflexion sur l'unité d'un peuple. Lorsqu'on cherche à faire une photographie des clivages essentiels qui existent chez les jeunes, on trouve un mélange de traits de nature socio-économique et identitaire. Mais, nous avons défendu, données à l'appui, l'idée que l'expérience des adolescents est un puissant moteur de rapport à la nation qui n'a pas été suffisamment considéré. En effet, s'il est utile d'examiner les identités religieuses revendiquées, on doit se souvenir qu'elles sont largement produites par ces mêmes expériences, et que leur signification politique dépend du cadre

1. J.-C. Passeron, F. de Singly, « Différences dans la différence : socialisation de classe et socialisation sexuelle », *Revue française de sciences politiques*, 34-1, pp. 48-78, 1984 (p. 58).

institutionnel : être chrétien en Orient ou en Europe, ou même en France ou en Allemagne n'a pas la même signification politique, et pareillement pour les musulmans ou les athées. Être athée, chrétien ou musulman sont des identités, mais leur sens dérive de la vie quotidienne. Une conception qui fait de la religion une notion qui ne s'expliquerait par rien d'autre qu'elle-même ne peut pas convaincre car elle est enfermée dans une auto-explication. Les enfants naissent dans un pays où ils vont se développer. Le fait qu'ils veuillent ou non s'associer dans une nation et poursuivre des buts communs va dépendre de leur socialisation familiale, mais aussi d'une somme de rencontres, de contacts avec les agents de première ligne et du cadre qui leur est imposé par l'État. Nos résultats sont clairs sur ce point : le cœur de ces expériences formatives est leur caractère égalitaire ou inégalitaire.

Nous avons d'abord montré que le fait de permettre aux groupes minoritaires l'expression de leur identité religieuse favorise l'identification nationale : lorsqu'ils sont scolarisés dans le secteur privé où avoir une croyance religieuse ne heurte pas un personnel plus souvent religieux et des règles de fonctionnement qui font place aux croyances, les jeunes musulmans s'auto-catégorisent nettement moins souvent en dehors de la nation, et sont plus nombreux à vouloir devenir français. Leur culture civique donne plus de valeur à la laïcité comme principe pour vivre ensemble, et leur croyance dans l'utilité du vote se développe. Ces effets sont parfois plutôt visibles chez les musulmans du « haut », ou chez les plus traditionalistes, mais jamais l'« effet secteur » n'est négatif. Dans ses travaux sur les collèges, Michael Lipsky remarquait que le collège peut être au diapason avec le groupe ethnique majoritaire mais tout aussi bien opposé à l'idée de reconnaître l'identité hispanique des résidents [1]. Je pense que nous avons trouvé le même type de résultat en France. On vérifie ce phénomène de résonance entre normes de la famille et de l'école. Y compris chez les athées, par la négative : leur affiliation nationale ou leur valorisation de la laïcité décroît lorsqu'ils sont scolarisés dans le privé, probablement du fait de la distance entre leurs valeurs familiales et celles de l'établissement, ces dernières étant à contre-courant des premières. Mais, d'une manière générale, l'utilité du vote sort renforcée des établissements privés : la participation conventionnelle au système politique y est plébiscitée par les élèves.

Ensuite, la relation aux professeurs, aux notes et à la ségrégation scolaire dans les enquêtes UPYC-France et UPYC-UE souligne leur rôle dans l'attachement à l'école, bien sûr, mais aussi à l'affiliation nationale. Cette faiblesse française dans l'attachement à l'école est bien identifiée par les enquêtes PISA, nous la retrouvons. Une expérience favorable de l'école se révèle être un facteur robuste d'appartenance nationale et civique. L'auto-estimation par ses notes situe l'élève en fonction de sa performance, et,

1. Michael Lipsky, *Streetlevel Bureaucracy*, *op. cit.*

lorsqu'il a conscience qu'il ne sait pas faire ce que l'école attend de lui, il traduit cette marginalisation scolaire en extériorité nationale. La réussite scolaire est d'ailleurs liée au sentiment de sa propre compétence [1]. Un des résultats les plus spectaculaires que nous avons présenté tient dans le fait que, lorsqu'il se sait en échec à l'école, les normes de la culture civique lui apparaissent peu attractives. Probablement, l'idée d'avoir un rôle comme citoyen par son vote entre trop en contradiction avec ce qu'il vit dans la classe, avec le manque de confiance en soi. Être déconsidéré ou simplement ignoré par les élèves et les professeurs qui savent fabrique un sentiment d'impuissance. Un lien affectif dégradé au professeur préféré a le même effet : comment croire aux principes lorsqu'on a une relation distante avec lui et à l'école en général ? La concentration des minorités dans les établissements ghetto est un facteur d'échec bien connu pour les élèves défavorisés : il redouble leur handicap socio-culturel. Les élèves de la société centrale, aisés et distants de la religion, y sont un peu moins sensibles. Il n'empêche, les jeunes du groupe majoritaire, les athées-catholiques modernes, se sentent moins français lorsqu'ils sont dans ce type d'établissement. Et ceux du groupe minoritaire, les musulmans, sont moins attirés par une nationalité autre que française. L'enfant ne naît pas affilié à la nation, il le devient au cours de son développement. Utilité du vote, assentiment à la laïcité ouverte et confiance dans un « bon » président souffrent pareillement

1. Francesca Borgonovi, *It's a Matter of Self-Confidence*, OECD Education and Skills Today, 2015.

de la ségrégation minoritaire dans l'établissement scolaire. L'école est une expérience totale pour l'élève qui y vient quotidiennement. Il y apprend comment fonctionne la société : la séparation sur la base du statut social ou de l'origine ethnique, la valeur attribuée aux différentes identités de croyance, l'importance du mérite scolaire pour exister. Les enseignants et le personnel de l'établissement sont une médiation entre la petite société qu'est l'établissement et la grande qu'est la nation : se sentir à sa place dans une, c'est imaginer prendre sa place dans l'autre. La manière de vivre dans la petite circonstance qu'est l'école est la base sur laquelle imaginer, ou non, une association volontaire et des buts en commun dans la grande circonstance qu'est la nation.

L'école française a un effet profondément ambivalent. Au risque de le caricaturer, elle renforce l'adhésion de certains élèves aux normes d'État, les gagnants, mais elle en éloigne d'autres, les disqualifiés : les inégalités scolaires fracturent, dès l'adolescence, l'idée de société politique. Cela se produit alors que, ainsi que le notait Marie Durut-Bellat, « le système français devrait théoriquement être un des moins inégalitaires » car il comprend des caractéristiques associées à l'égalité scolaire : un enseignement pré-élémentaire développé et un tronc commun au collège. Sous le mandat d'Emmanuel Macron, le dédoublement des classes en éducation prioritaire a été mis en place à marche forcée dans plusieurs milliers de classes de CP et CE1. Les résultats sur l'acquisition des savoirs fondamentaux sont positif[1]. Mais le fossé qui oppose les lycées professionnels aux autres types d'établissements, d'une part, et la ségrégation sociale ou ethnique, d'autre part, jouent contre les perdants. Il s'agit des élèves qui ne sont pas issus de la société centrale, ceux que Weber appelle « le groupe qui tire profit de l'existence d'une culture spécifique ». Du côté du ministère de l'Éducation nationale, on réaffirme mollement l'ambition de lutter contre les inégalités scolaires et on affiche une nouvelle tentative de refondation six ans à peine après celle de 2013 avec la « Loi pour une école de la confiance » en 2019. Mais la situation est dégradée : les pays de l'OCDE font passer, tous les trois ans, des tests à des élèves de 15 ans afin de mesurer leur niveau scolaire, c'est l'enquête PISA. Le système d'enseignement français est jugé particulièrement inégalitaire : « Les élèves français de milieux sociaux économiques défavorisés sont cinq fois plus nombreux que ceux des milieux favorisés à ne pas atteindre le niveau minimal de lecture. C'est un des scores les plus élevés », a commenté José Ángel Gurría, le secrétaire général de l'OCDE, lors de la présentation des résultats de la dernière vague de l'étude PISA. Et nous avons vu les effets des résultats scolaires sur l'inclusion nationale. En matière de dépenses d'éducation, la France se trouve, au sein de

1. DEP, 2019, déboublement des classes de CP en éducation prioritaire renforcée : première évaluation, ministre de l'Éducation nationale. Cependant, le nombre d'élèves par classe reste en France un des deux plus élevés, et le nombre d'enseignants par élèves un des deux plus faibles selon le rapport 2020 de l'OCDE.

l'UE, dans une situation médiocre, indique l'Observatoire des inégalités [1]. Et les moyens nécessaires n'ont pas été affectés aux zones prioritaires d'éducation, lesquelles n'ont pas pu avoir l'effet visé d'après les économistes qui ont audité la mesure [2]. Dans un rapport publié en 2020 pour la Commission européenne, Teodora Parveva analyse les facteurs structurels des inégalités scolaires, dont on a vu les effets sur la culture politique : les dépenses par élève à l'école primaire, la pratique du redoublement, la sélection des élèves par les établissements, et enfin la ségrégation socio-économique – jugée « prédicteur important [3] ». Cette dernière est la grande oubliée du ministère de l'Éducation nationale : il ne prend pas même la peine de la mesurer.

À travers la ségrégation, le fonctionnement du système scolaire a sa part de responsabilité dans la désaffiliation nationale. Il faut savoir que les différences scolaires entre élèves ne s'expliquent pas par le fait que la société française est particulièrement inégalitaire, explique Marie Duru-Bellat : « On ne peut en effet renvoyer cette inégalité scolaire à la force des inégalités sociales en France : par rapport aux pays de l'OCDE, la France a un niveau

1. Louis Maurin, « Dépenses d'éducation : la France, un élève médiocre », *Analyses*, 23 novembre 2018.

2. Roland Bénabou, Francis Kramarz et Corinne Prost, « Zones d'éducation prioritaire : quels moyens pour quels résultats ? », *Économie et statistique*, 2005, n° 380.

3. Teodora Parveva (dir.), *Equity in School Education in Europe : Structures, policies and student performance*, European Commission, Education, Audiovisual and Culture Agency, 2020.

d'inégalité moyen[1]. » Le déplacement du débat politique sur une laïcité identitaire se traduisant par des affrontements sur les menus à l'école ou l'usage du voile par les accompagnants des sorties scolaires, tout cela est bien peu susceptible de renforcer la possibilité d'une nation. Les vrais enjeux de l'incorporation politique sont ailleurs : dans la lutte contre les inégalités et la ségrégation ethnique dans les établissements scolaires.

L'expérience de l'inégalité ne s'arrête pas à l'école. Une autre administration de première ligne est rencontrée par les jeunes, moins fréquemment certes, mais avec un effet symbolique tout aussi puissant : la police. Au nom d'une supposée sécurité, la pratique des contrôles d'identité s'est banalisée, et leurs cibles sont les « suspects habituels » : les jeunes qui n'ont pas la peau blanche. Nous avons appelé ces pratiques la mauvaise police. Nos résultats, et bien d'autres, montrent la pratique généralisée des contrôles au faciès, tout autant que leur caractère plus intrusif, moins respectueux et plus brutal en direction des minorités ethniques. Surtout, dès lors qu'ils sont répétés, ils se révèlent dévastateurs pour l'incorporation politique : tant le ciblage ethnique que la façon de faire le contrôle exprime un statut de sous-citoyen. On le vérifie pour les musulmans, bien sûr, mais également pour les catholiques ou les athées. La manière dont les contacts se déroulent avec les policiers est douloureuse pour la culture civique :

1. Marie Duru-Bellat, « PISA : regarder au-delà des moyennes... », *Le Monde*, 10 décembre 2019.

les élèves qui estiment qu'il a été mauvais croient moins à l'utilité du vote ou au principe de laïcité. Et ont également une opinion plus négative du président de la République. L'injustice ressentie lors de ces contrôles policiers, très souvent sans fondement, est un des facteurs les plus puissants de distance vis-à-vis du sentiment national. Leurs expériences apprennent aux adolescents à désapprendre les normes fondamentales de la citoyenneté. Ils sont moins engagés civiquement, croient moins dans leur propre efficacité, se défient plus du chef de l'État. Les adolescents apprennent que le gouvernement c'est le pouvoir discrétionnaire, qu'ils ne sont pas jugés dignes de la citoyenneté, que la police opère en roue libre, toutes expériences qui se situent à l'opposé d'une culture politique inclusive. La figure du policier bienveillant comme médiateur entre les jeunes et la République reste donc marginal, tant dans l'enquête POLIS que UPYC. Le seul cas dans lequel le contact avec des policiers améliore les attitudes vis-à-vis de la nation et de la culture civique est la rencontre en classe, mais sous réserve que les élèves n'aient eu aucun contact dans la rue par ailleurs. Dès que c'est le cas, son effet positif s'efface ou se renverse. Le policier, aux yeux des élèves, n'est bienveillant que s'il reste éloigné, disent nos données. Ces orientations sont d'autant plus problématiques qu'elles s'inscrivent dans un ensemble plus vaste de moyens de coercition et de violence. Elles se sont manifestées aux yeux de tous pendant la crise des Gilets jaunes avec l'usage d'armes qui mutilent, mais qui existaient depuis de longues années dans les zones défavorisées. Elles s'illustrent aussi avec l'affaire Théo auquel les policiers ont enfoncé une matraque dans l'anus : son analyse par le Défenseur des droits a souligné l'accumulation d'une lourde série de fautes et d'irrégularités par les agents [1]. C'est encore l'affaire Chouviat que des policiers plaquent au sol et laissent s'étouffer, puis qui, d'après les premiers éléments divulgués par la presse, auraient menti avec la complicité de leur hiérarchie [2], et que le ministre a enfin choisi de ne pas suspendre [3]. La mauvaise police ruine la possibilité de croire dans la neutralité d'un État impartial serviteur du bien commun. Or, la conflictualité de la relation à la police est manifeste dans nos données, qui portent sur différentes villes françaises (Marseille, Aix, Lyon, Grenoble) à plusieurs moments dans le temps : à chaque fois les minorités et les quartiers pauvres sont plus mal traités, souffrent de violences policières, et trop souvent les jeunes se retrouvent face à une police qui ne sait ni se justifier ni les traiter avec dignité. Les mots « bamboula, d'accord ça ne doit pas se dire, ça reste à peu près convenable » lâche sur France 5 un responsable syndical [4].

1. Voir la synthèse du rapport publiée par *Le Monde* du 24 novembre 2020 : « Affaire Théo : la démonstration implacable d'une lourde série de manquements policiers ».

2. « Mort de Cédric Chouviat : les policiers auraient menti avec la bénédiction de leur hiérarchie », (*Le Parisien*, 21 juillet 2020).

3. « Mort de Cédric Chouviat : les policiers mis en examen ne seront pas suspendus », (*Le Parisien*, 6 août 2021).

4. Ce sont les propos de Luc Poignant, du syndicat Unité police SGP-FO, le 9 février 2017. A la suite de la bronca provoquée, il s'est excusé après la fin de l'émission. Le ministre de l'Intérieur, Bruno Le Roux, a condamné les propos qui « tendaient à relativiser une insulte à caractère raciste ».

Le terme « bougnoulisé » est une banale « expression dans la police » confirme, devant la présidente du tribunal, un policier de Rouen poursuivi pour des centaines de messages racistes [1]. Lorsque le Président annonce qu'une plateforme pour signaler les discriminations policières pourrait voir le jour en décembre 2020, deux syndicats de police dénoncent « la défiance de l'État vis-à-vis des policiers ». Les effets de cette approche policière sur l'affiliation nationale sont très inquiétants. Cette crise endémique dans les relations quotidiennes a fini par prendre une expression publique. Longtemps fractionné en petits groupes de victimes des familles, un mouvement plus large de contestation est apparu en même temps que les preuves des violences policières répétées. Il dénonce une organisation en décalage avec le cadre juridique qui fixe son emploi, et surtout avec le cadre moral des sociétés occidentales qui rejette la violence, fût-elle celle des détenteurs du pouvoir de prescrire, des prêtres, des enseignants ou des policiers. « La police de la République, ce doit être la police de l'égalité. (...) Mais nous savons aussi qu'il faut absolument que l'on respecte la dignité », estimait en 2017 le Défenseur des droits, Jacques Toubon. Au quotidien, l'injustice des pratiques policières, l'absence de politique déterminée assortie des dispositifs de suivi et de contrôle, et de la transparence nécessaire se révèlent être un véritable poison pour la nation. La question aujourd'hui n'est

1. Voir le compte rendu du procès : « Au procès des policiers de Rouen : On baigne dans un racisme ambiant », David Perrotin, Mediapart, 4 septembre 2021.

pas de savoir si la police est discriminante, l'ensemble des données disponibles montre qu'elle l'est de manière endémique, mais si les responsables politiques veulent mettre un terme à la mauvaise police et en promouvoir une bonne. Les dénégations concernant les problèmes de la discrimination ethnique et de la violence par les ministres, des directeurs généraux et des responsables des corps d'inspection, la main sur le cœur mais sans disposer d'aucune preuve, ne sont plus acceptables. La balle est dans leur camp pour reconnaître le problème, lancer des initiatives crédibles et montrer l'effectivité de la protection des droits des citoyens devant la police.

Sur un plan plus théorique, l'idée que je défends est celle de la nation médiatisée par l'administration et ses agents de première ligne. Elle se produit à travers une succession et une accumulation de contacts qui peuvent être facteurs d'inclusion mais aussi d'exclusion. Les enfants, et *a fortiori* les adolescents, sont conscients de ce qui se joue, et l'expriment. C'est pourquoi je ne suis pas convaincu par l'approche dite du « nationalisme banal », supposé inconscient : on deviendrait un membre d'une nation sans s'en rendre compte. Lorsqu'on voit la virulence des débats publics sur l'islam et la laïcité en France, les attaques contre les groupes religieux minoritaires dans la communication de nombreux hommes politiques, et lorsqu'on considère que les élèves sont directement concernés par les mesures prises à la crèche et à l'école pour contrôler leurs tenues vestimentaires, cette hypothèse est très douteuse.

De même, lorsqu'on observe les effets des bons contacts des jeunes de la société centrale et les mauvais de la société périphérique avec les enseignants et les policiers sur ces enjeux politiques, on a du mal à imaginer que les élèves ne savent pas ce qui se joue. D'ailleurs, en étudiant les jugements sur le président de la République dans les enquêtes POLIS et UPYC, nous avons bien remarqué que les élites ont un discours politique auxquels les élèves sont sensibles. Je me sens plus proche de l'école de pensée qui fait du façonnage du peuple d'État une entreprise consciente. Notre travail a jeté une lumière crue sur les politiques des gouvernements, en se focalisant sur les pratiques à l'œuvre dans l'école et la police pour expliquer l'affiliation à la nation et leurs attitudes civiques. Les responsables politiques nous paraissent contribuer aux problèmes qu'il disent vouloir combattre.

Depuis une vingtaine d'années, les gouvernements successifs, en dépit de la globalisation de l'économie, de la culture et des enjeux environnementaux, mais aussi de l'intégration dans l'Union européenne, persistent à affirmer l'idée d'une nation exclusive et dotée d'une identité historique permanente. En grande difficulté pour réguler les chocs d'une économie globalisée, ils déplacent les débats de société sur un plan symbolique. Alors que l'héritage révolutionnaire qu'ils revendiquent place les droits de l'homme et du citoyen au cœur de l'édifice politique, ils développent une vision primordialiste de la nation c'est-à-dire construite sur des traits ethniques culturels ou linguistiques immuables. En principe, la République place la culture civique au-dessus de tout : elle n'est ni ethnique ni religieuse, au sens de fondée sur un groupe ou une religion. Elle est une croyance dans les valeurs de démocratie, de liberté et d'égalité, un républicanisme constitutionnel. Mais la culture civique peut devenir le véhicule d'une bataille ethnique. À ce moment-là, le gouvernement ethnicise le peuple d'État et la culture civique. La « culturalisation des principes de la république[1] » est manifeste en matière de laïcité et remonte au rapport Marceau-Long en 1987, suivi de la redécouverte de la laïcité dans rapport Stasi en 2003. Elle commence à muter en attaques contre les politiques antidiscriminatoires après les émeutes de 2005, et juste après la création du ministère de l'Immigration, de l'Intégration et de l'identité nationale en 2007, puis le « Grand débat sur l'identité nationale » de 2009. Un ministère pour décider de l'identité nationale. Ceci est d'autant plus surprenant que la question du voile qui a agité la France pendant vingt ans est à son étiage : seules trois infractions à la loi de 2004 sont comptabilisées à la rentrée 2005[2]. Baroud d'honneur, l'ultime tentative d'hégémonie culturelle de l'État est vouée à l'échec : ce qui se concevait il y a deux siècles est simplement hors d'atteinte dans un monde plus

1. Christophe Bertossi, « La République "modèle" et ses discours modélisants : l'intégration performative à la française », *Migrations Société*, 2009, n° 122, p. 39-76.

2. Voir le premier rapport d'étape de l'Observatoire de la laïcité en juin 2013, cité par *Le Monde*, du 15 mars 2004.

global. Le Rassemblement national y voir une opportunité[1]. L'intensité des joutes politiques autour de l'identité témoigne de cette approche ethnique de l'affiliation nationale. Elles sont résumées par les petites phrases de ministres. En 2019, Jean-Michel Blanquer affirme que les « petites filles ne vont pas à l'école maternelle » en raison du « fondamentalisme », et ce contre toute évidence statistique. En 2021, il confie à Jean-Pierre Obin, connu pour son rapport inquiet sur la laïcité à l'école, une mission destinée à améliorer la formation des enseignants à la laïcité qu'il qualifie d'« enjeu de civilisation ». Qu'un ministre de l'Éducation confonde laïcité et civilisation est troublant. À la fin du mois d'août 2021, il organise une campagne de communication sur la laïcité telle qu'il la voit, c'est-à-dire sans parler de religion, de neutralité de l'État, de la séparation des Églises et de l'État, et de la liberté de conscience des croyants aussi bien que des athées. Le ministre l'a dite « faite pour unir », mais alors comment expliquer qu'elle omette d'aborder la véritable séparation qui est la concentration ethnique à l'école ! L'État sort de sa neutralité religieuse pour organiser les cultes dès 2004 à l'école, puis dans les entreprises en 2016, demandant plus d'abstention religieuse, et plus de réglementation des associations civiles. Et avec sa campagne il présuppose que

1. À Strasbourg, le 12 février 2012, Marine Le Pen veut « éradiquer le halal dans les cantines scolaires ». Le maire RN de Beaucaire est débouté par le tribunal de sa tentative de supprimer les menus sans porc. Décision rendue en appel le mardi 9 octobre 2018 par le tribunal administratif de Nîmes, suite à leur interdiction par le conseil municipal motivée par le fait qu'« aucune demande particulière fondée sur des motifs religieux ne pourra justifier une adaptation du service ».

l'adhésion à la laïcité est une question de coexistence de jeunes ayant différentes couleurs de peau. C'est l'inflexion identitaire de la laïcité qui se poursuit actuellement[1].

Or, c'est cette tendance même à définir, de manière illusoire, le noyau dur de l'identité nationale par des traits objectifs et permanents qui est la source de sa crise. Ce mode de pensée de la nation opère par ignorance de l'évidence d'un peuple dont la composition ou les valeurs n'ont cessé de se transformer dans l'histoire, de la profonde diversité de tout ensemble politique – on se souvient que c'est le point de départ de la pensée de Weber[2] – et en négligeant les processus concrets qui favorisent l'affirmation ou l'affaiblissement de cette conscience subjective. Cette vision figée oublie l'essentiel : la nation est une construction politique, toujours inachevée. Sur le plan symbolique le meilleur résumé de l'approche dominante au sein des gouvernements successifs est la « ligne Hortefeux-Darmanin ». Lors du campus d'été de l'UMP, l'année 2009 à Seignosse dans les Landes, Jean-François Copé plaisante avec un jeune homme, Amine, juste avant qu'une femme explique : « Il est catholique, il mange du cochon et il boit de la bière. » Et Brice Hortefeux, le ministre de l'Intérieur, de répondre : « Ah, mais ça ne va pas du tout, alors, il ne correspond pas du

1. Philippe Portier. *L'Inflexion sécuritaire de la laïcité française*, Presses universitaires de Grenoble, 2021, p. 2-9.

2. Voir aussi Sabine Choquet, 2015, *Identité nationale et multiculturalisme. Deux notions antagonistes ?*, Classiques Garnier, Paris, 2015.

tout au prototype. C'est pas du tout ça. — C'est notre petit Arabe, explique la dame. — Bon, tant mieux, dit M. Hortefeux. Il en faut toujours un. Quand il y en a un, ça va. C'est quand il y en a beaucoup qu'il y a des problèmes. » En novembre 2020, sur le plateau d'une télévision, le ministre de l'Intérieur Gérald Darmanin se dit « toujours choqué d'entrer dans un hypermarché, de voir qu'il y avait en arrivant en rayon de telles cuisines communautaires », se livre à des insinuations sur les commerçants qui opéreraient « en flattant quelques bas instincts » (*sic*) – comprendre qu'ils ont un rayon de produits halal ou casher. La raison invoquée ? « C'est comme ça que ça commence, le communautarisme. » Certes, il existe nécessairement un volet identitaire à côté du civique dans toute expression de la nation par les responsables politiques. Mais, ici, l'asymétrie est totale. À l'examen des droits réels est substituée l'idée d'une identité nationale dans laquelle chacun est tenu de se reconnaître, sans aucune distance ni critique. C'est « béret et jambon-beurre » en guise de Constitution. On a connu plus de profondeur de pensée sur la nation et sa représentation chez nos dirigeants.

Un homme politique peut-il avoir un sentiment désintéressé de l'ordre moral et des identités sociales ? La conflictualité à tonalité identitaire engagée par ce gouvernement et les précédents ne facilitera pas dans le futur la formation d'une nation inclusive. Nos données montrent que, très tôt, les adolescents mettent en relation leur affiliation avec leur position dans l'espace national et la signification de leur statut économique, leur identité religieuse, leur histoire familiale et leur couleur de peau. Ce résultat n'est pas limité à la France[1]. Ils en concluent s'ils sont dans le groupe central de la société, ou bien alors tenus à sa marge. C'est d'ailleurs pour cela que les adolescents qui appartiennent aux minorités se reconnaissent plus aisément dans une identité européenne que nationale : la première est, du fait de la diversité inhérente à l'Europe, fondée avant tout sur des droits politiques et le respect de la diversité, comme sa devise l'exprime (« Unie dans la diversité »), la seconde renvoie immanquablement à une identité majoritaire, à une référence ethnique et appuyée religieuse parfois[2].

On savait par les études sur les adultes que les moins éduqués ont moins confiance dans les institutions, adhèrent moins que les autres aux valeurs démocratiques. On a pu confirmer que la formation de ces attitudes nationales et civiques est très liée aux relations qui se nouent à l'école et avec la police, dès l'adolescence. Et, il n'y a, hélas, pas de doute que l'école fonctionne sur la base d'une séparation scolaire et socio-économique, et la police sur la base d'une séparation ethnique. Le même groupe est, par deux fois, disqualifié.

---

1. Zachary Elkins et John Sides, « Can institutions build unity in multiethnic states ? », *American Political Science Review*, 2007, vol. 101, p. 693-708.

2. Voir l'étude d'Orhan Agirdag *et al*, « European identity as a unifying category : National vs. European identification among native and immigrant pupils », *European Union Politics*, 2016, vol. 17, p. 285–302.

Il est particulièrement étrange que les gouvernements français aient inversé le sens de la causalité. L'évolution des verdicts politiques en vingt ans n'est pas banale : l'accusation de *séparatisme* a remplacé dans les slogans politiques la *fracture sociale*, le diagnostic de Jacques Chirac à l'élection de 1995. Le point de convergence des deux postures est la division de la société française, mais à une différence près : cette fois, ce ne sont non plus les conditions matérielles de l'intégration mais une intention morale subversive qui est imaginée être à son origine. La faute réside dans les valeurs des groupes, et non dans les ressources matérielles ou l'éducation des individus ou dans les politiques de l'État vis-à-vis des groupes et territoires défavorisés. Nous avons vu combien cette interprétation est erronée. Elle l'est d'autant plus que la France se révèle particulièrement discriminatoire comparée à ses grands voisins d'Europe continentale. Nous avons déjà démontré que la police allemande n'est pas affectée par un contrôle au faciès endémique, et l'enquête sociale européenne qui lui est consacrée montre que la police est jugée par le public plus discriminatoire ethniquement en France que partout ailleurs en Europe[1]. Nous avons cité les travaux comparatifs sur l'école française qui la situent parmi les moins égalitaires, les moins capables de corriger les effets du statut socio-économique des familles, et celles qui pratiquent le plus la ségrégation ethnique. Mais ce n'est pas

1. Sebastian Roché, *De la police en démocratie*, *op. cit.*

tout : la prévalence de la discrimination à l'embauche est très élevée en France : parmi les dix-sept pays européens analysés, le taux de discrimination ethnique y est le plus fort [1]. Ces réalités sont ignorées au profit de déclarations sur la supposée tyrannie de la minorité, d'une part, et sur le rôle symbolique de la loi, d'autre part. Marcel Gauchet a cru bon de dire que les droits de l'homme étaient un obstacle à la démocratie comprise comme une dictature de la majorité [2]. Mais la liberté et l'égalité ont été placées au cœur du projet démocratique par les révolutionnaires américains et français, et depuis par l'Union européenne, et ne peuvent pas être garanties sans codification légale. L'affirmation de ces valeurs émancipatrices se poursuit aujourd'hui, et les minorités s'en saisissent, manifestant que le processus n'est pas rompu. Et ce en dépit des assauts que subissent les défenseurs de ces idées aux États-Unis, en Pologne ou en France, qu'il s'agisse des journalistes désignés ennemis de la nation par Trump ou des universitaires contaminés par la culture américaine « racialiste » selon des membres de notre gouvernement. « Je vois la société se racialiser progressivement », s'alarme Emmanuel Macron dans un entretien à *Elle* au début de l'été 2021. Lors de sa visite à Marseille début septembre 2021, il remarque que les écoles sont délabrées, veut

1. Lincoln Quillian, Anthony Heath, Devah Pager, Arnfinn H. Midtbøen, Fenella Fleischmann, Ole Hexel, « Do some countries discriminate more than others ? Evidence from 97 field experiments of racial discrimination in hiring », *Sociological Science*, 17 juin 2019.

2. *Le Figaro*, 26 octobre 2020.

« remettre du sport, de la musique », mais reste aveugle à la ségrégation ethnique spectaculaire, urbaine mais aussi scolaire – que nous avons amplement décrite dans ce livre. On se souvient qu'Emmanuel Macron avait rejeté, en mai 2018, la proposition phare de Jean-Louis Borloo à qui il avait confié une mission. Ce dernier, sur la base du constat que « Dans les quartiers, il y a quatre fois moins de moyens qu'ailleurs, rapporté au nombre d'habitants », avait notamment proposé la création d'une « cour d'équité territoriale [1] ». Comment peut-il être aveugle aux inégalités sociales, ethniques et raciales qui sont la pratique courante de ses administrations, et ce depuis des dizaines d'années ? Le refus de regarder les inégalités ethniques détonne d'autant plus que les débats ont progressé sur les enjeux liés à celles du genre. La position sociale des femmes, et leur nombre, ont probablement rendu moins improbable le succès de leur mobilisation que celle des groupes minoritaires, eux qui sont situés majoritairement en bas de l'échelle sociale. Le second grand argument en faveur du voile d'ignorance sur les divisions ethniques et religieuses réside dans la manière de considérer la loi. Il ne faut pas se contenter du « mythe des droits » selon lequel leur seule invocation, y compris devant les tribunaux, suffirait à les rendre vrais. Stuart Scheingold, dans une démarche qui a inspiré de nombreux chercheurs, a voulu déplacer le propos vers la question de l'effectivité

1. Dans *Nice-Matin* le 1er septembre 2021, Jean-Louis Borloo dénonce la persistance d'une « ségrégation urbaine » en France.

des droits[1]. Deux actions en justice au motif de la discrimination policière ont été gagnées contre l'État français, mais aucune modification d'ampleur n'a été entreprise par les ministres de l'Intérieur. De son côté, la ségrégation scolaire, sociale et ethnique ne recule pas. Les parents d'élèves qui se mobilisent, comme dans le quartier du Petit Bard-Pergola à Montpellier ou l'association « No Ghetto » à Vénissieux, mais aussi à Toulouse ou le collectif « Apprendre ensemble » à Paris ne sont pas entendus par l'Education nationale. Aucun « changement social significatif » n'a été enregistré. Il ne faut pas s'y tromper : « Au lieu de penser les droits juridiquement affirmés comme des faits sociaux accomplis ou des impératifs moraux », il faut y voir « des buts affirmés de politique publique », et « des ressources politiques de valeur incertaine entre les mains de celles et ceux qui veulent modifier le cours de l'action publique », expliquait Scheingold il y a cinquante ans. Or, aujourd'hui, le droit à l'égalité n'est pas un but des politiques scolaires suffisamment affirmé et doté de ressources, et ne l'est pas du tout en matière de politique policière.

Au terme de ce parcours peut-être avons-nous mieux compris la manière dont l'affiliation nationale se

1. Stuart A. Scheingold, *The Politics Of Rights, Lawyers, Public Policy And Political Change*, Yale University Press, 1974, p. 6-7. Voir la présentation de Pierre-Yves Baudot et Anne Revillard, « L'autonomie de l'équilibriste. Contribution à une sociologie de la production institutionnelle des droits », *Gouvernement et action publique*, Paris, Presses de Sciences Po, 2014, vol. 3, p. 83-113.

construit, ce qui la rapproche de la culture civique et ce qui l'en éloigne ? On pourrait résumer ce livre en deux propositions. Premièrement, la nation qui émerge se situe au point de rencontre des aspirations culturelles des adolescents, d'une part, et du peuple d'État, d'autre part, tel qu'il est actuellement défini par les responsables politiques et les agents des administrations : plus les jeunes se reconnaissent dans le projet de l'État, plus ils adhèrent à la nation et aux normes civiques. Secondement, l'affiliation nationale des adolescents est profondément affectée non pas tant par leur exposition aux mythes et symboles nationaux (les grands hommes dans l'Histoire, drapeau, hymne national), mais plutôt par les relations qu'ils ont au quotidien avec les agents. C'est ce que j'ai proposé d'appeler la théorie de la médiation de l'identification subjective à la nation. Elle est produite au cours de la socialisation secondaire, au-delà de la famille, par l'école et la police. Ce processus est inclusif pour les enfants de la société centrale. Mais, il tend à réduire l'adhésion des jeunes qui sont disqualifiés par le système scolaire et humiliés par la police. Ces face-à-face sont autant d'expériences relationnelles sensibles, de joies ou de souffrances. Tout processus cognitif est très lié à ces émotions instantanées [1]. Lorsqu'il est fait de contrôle et de dégradation, voire de violences physiques, il est à la base d'émotions formatives, d'un sentiment d'injustice et d'être méprisé, qui éloignent les jeunes de la culture nationale. Le fait que les expériences

1. Jonathan Haidt, *et al.* 2007 The New Synthesis in Moral Psychology, *Science*, 316, 998-1002.

sociales soient à la racine des attitudes enfants, de leur compréhension ce qui est juste, est bien établi par la psychologie. Ici, nous l'avons amplement documenté pour l'attachement à la collectivité politique. L'affiliation ou la désaffiliation nationale traduit le résultat d'un processus dans lequel les agents de l'administration apprennent au quotidien à chaque enfant la place qui lui est attribuée dans la collectivité politique.

Dans ce contexte d'injustices socio-économiques et ethnico-religieuses, affirmer que la police ou l'armée sont la clé de la cohésion sociale, comme le fait ce gouvernement, et plusieurs qui l'ont précédé, est tout à fait préoccupant. Perdant de vue la finalité combattante de l'armée qui devient l'objet d'un fantasme politique, Emmanuel Macron fait du développement du service militaire volontaire une fonction d'encadrement socio-éducatif, celle « de transmettre des valeurs républicaines (...) par un encadrement militaire » pour les jeunes les plus en difficulté, encore réaffirmé à Marseille en septembre[1]. Cette approche, souvent évaluée, n'est évidemment pas efficace[2]. Comment imaginer qu'on peut faire accepter par la force un modèle dont on est exclu ? Les polices « assurent la sécurité », explique le président de la République Emmanuel Macron, et « cette mission première, c'est celle

1. *Le Figaro*, 2 septembre 2021.

2. Voir par exemple, B. Meade, et B. Steiner, (2010). « The total effects of boot camps that house juveniles: A systematic review of the evidence », *Journal of Criminal Justice*, 38, 841-853.

qui rend possibles et légitime toutes les autres[1] ». Au plan factuel, et historique également, il s'agit encore d'une erreur : la contribution de la police à la sécurité est faible, et son développement est postérieur à la Révolution qui est le plus grand moment de l'affirmation de la liberté et de l'égalité. Au plan des normes démocratiques, voilà qui ne laisse pas d'interroger. On retrouve d'ordinaire cette approche chez le président chinois, qui en a d'ailleurs fait son cheval de bataille contre les droits humains, et l'a promue au rang de contre-modèle occidental. « Le sentiment de sécurité est le meilleur cadeau qu'un pays puisse offrir à son peuple », avait déclaré le président Xi Jinping. Le stratège Lin Junhye, théoricien du système de « crédit social » qui surveille et note à chaque moment de la vie le comportement des Chinois, explique : « D'abord il faut la paix et la stabilité, que chacun vive bien et après seulement, on réfléchira aux droits de l'homme. » Sans faire de la France une petite Chine, la considération pour les droits humains est manifestement insuffisante dans les déclarations de nos présidents successifs. Alexis de Tocqueville écrivait, dans *De la démocratie en Amérique* : « Je conviendrais sans peine que la paix publique est un grand bien ; mais je ne veux pas oublier cependant que c'est à travers le bon ordre que tous les peuples sont arrivés à la tyrannie. » Si une nation pacifiée est le projet de l'État, l'égalité mérite plus d'attention. Le grand projet de la social-démocratie est d'embrasser les idéaux et les politiques qui sont en son cœur :

1. Discours du président de la République, Emmanuel Macron, devant les forces de sécurité intérieure, le 18 octobre 2017.

la justice sociale, la solidarité pour assurer les besoins fondamentaux, l'égalité – et pour la jeunesse en particulier devant l'éducation et la police. Toutes ces valeurs inspirent d'ailleurs largement les Européens, notamment les plus jeunes. Si l'existence d'une collectivité politique dépend de son unité, le fait que chacun soit traité de manière égale en est une cause, pas une conséquence.

## *Remerciements*

Ce livre est l'aboutissement d'un travail empirique commencé il y a près d'une dizaine d'années, qui a eu plusieurs phases, et consisté en deux projets sur les adolescents que j'ai dirigés et auxquels de nombreux collègues ont été associés à divers titres. Je tiens à les remercier ici, et notamment Jacques de Maillard qui a été très impliqué dans le projet POLIS (les jeunes dans la cité) en France, mais également Dietrich Oberwittler qui a dirigé le volet allemand et guidé la partie scolaire, cette vaste étude qui s'est déroulée sur plusieurs années dans les collèges et lycées et dans la rue. Mathieu Zagrodzki et Noëlle Castagné ont pris une large part dans les travaux d'observation des interactions des patrouilles dans la rue avec la police. La publication des résultats du projet UPYC (*Understanding and Preventing Youth Crime, dont le volet français comporte un questionnement spécifique sur la laïcité*), a été conduite main dans la main avec Mike Hough, et réalisée avec des universités de quatre pays de l'UE. Le projet a consisté dans l'exploration des réactions des adolescents minoritaires à l'école et devant la police par voie d'enquête dans les collèges. Ma gratitude va à Sandrine Astor qui a organisé les terrains des deux enquêtes en milieu scolaire, comme d'ailleurs de la plupart des précédentes, avec les qualités de rigueur et de disponibilité qui la caractérisent. Elle a également contribué largement aux analyses des données. Je remercie également Simon Varaine pour son appui dans les calculs qui ont permis de comparer les deux enquêtes. Le soutien financier de l'Agence nationale de recherche a, par deux fois, permis la réalisation de ces travaux. La direction générale du CNRS a soutenu ce travail par le financement d'une conférence sur l'identification nationale. Le ministère de l'Intérieur a donné les autorisations pour accompagner les patrouilles, et ainsi que l'Éducation nationale pour la réalisation des enquêtes en milieu scolaire, qu'ils en soient remerciés ici.

Sur une note plus personnelle, je ne peux pas oublier Christophe Bataille qui m'avait invité à boire un café en 1996, et permis de publier chez Grasset *De la police en démocratie* vingt ans plus tard, résultat du déroulement de la vie, imprévisible mais heureux, et maintenant ce travail. Merci aussi à Pierre Marlière pour son méticuleux travail d'éditeur et à toute l'équipe de la fabrication. Enfin, il me faut, une seconde fois, exprimer ma profonde gratitude à Jacques de Maillard, qui a bien voulu relire le manuscrit et y proposer des améliorations tant qu'il a pu, et à Marie Duru-Bellat qui m'a aidé à m'orienter dans le monde de l'école. Il m'est impossible de ne pas penser à mon épouse chérie, Sylvie, à son soutien affectif qui ne laisse pas d'étonner et de me ravir, à ma fille Blanche la reine des graphiques, au très mobile Pierre et à l'îlien équatorial Louis, et aussi à mon chat, « animal chouchou », le plus fidèle compagnon de l'écrivain et toujours prompt à sauter sur le clavier de l'ordinateur.

# TABLE

*Introduction* : Une culture politique nationale qui vacille ? .......... 11

Chapitre 1 : La nationalisation des citoyens .......... 45
Chapitre 2 : La culture civique en trois dimensions : le vote, la laïcité, le président .......... 87
Chapitre 3 : La socialisation politique de la jeunesse .......... 131
Chapitre 4 : École privée, école publique et laïcité .......... 167
Chapitre 5 : La ségrégation scolaire contre la nation .......... 207
Chapitre 6 : La discrimination au faciès au nom de la loi .......... 245
Chapitre 7 : La mauvaise police et la culture politique des adolescents .......... 285
Chapitre 8 : Les élèves jugent le visage de la nation : le président de la République .......... 321

*Conclusion* : L'État, la jeune nation et la paix de Babylone .......... 359
*Remerciements* .......... 395

Cet ouvrage a été imprimé
par CPI Brodard & Taupin
pour le compte des éditions Grasset
à La Flèche (Sarthe)
en novembre 2021

Mise en pages Maury-Imprimeur

PAPIER À BASE DE FIBRES CERTIFIÉES

*Grasset* s'engage pour l'environnement en réduisant l'empreinte carbone de ses livres. Celle de cet exemplaire est de :
1,1 kg éq. $CO_2$
Rendez-vous sur www.grasset-durable.fr

N° d'édition : 22255 – N° d'impression : 3046211
Dépôt légal : janvier 2022
*Imprimé en France*